中国水利风景区故事
长江篇·精选卷

ZHONG GUO SHUI LI FENG JING QU GU SHI
CHANG JIANG PIAN · JING XUAN JUAN

大江传奇

—— 上册 ——

水利部综合事业局　长江水利委员会　河海大学　◎编

河海大学出版社
HOHAI UNIVERSITY PRESS
·南京·

图书在版编目（CIP）数据

大江传奇：中国水利风景区故事. 长江篇. 精选卷 / 水利部综合事业局，水利部长江水利委员会，河海大学编. 南京：河海大学出版社，2024. 12. -- ISBN 978-7-5630-9564-3

Ⅰ. I277.3

中国国家版本馆CIP数据核字第2024UG5467号

书　　名	大江传奇：中国水利风景区故事. 长江篇. 精选卷
书　　号	ISBN 978-7-5630-9564-3
责任编辑	汤思语　朱梦楠　夏无双
特约校对	杨　荻
装帧设计	吴礼军　段　伟
出版发行	河海大学出版社
地　　址	南京市西康路1号（邮编：210098）
电　　话	（025）83737852（总编室）　（025）83787602（编辑室） （025）83722833（营销部）
经　　销	江苏省新华发行集团有限公司
排　　版	南京布克文化发展有限公司
印　　刷	南京迅驰彩色印刷有限公司
开　　本	787毫米×1092毫米　1/16
印　　张	32.5
插　　页	2
字　　数	438千字
版　　次	2024年12月第1版
印　　次	2024年12月第1次印刷
定　　价	300.00元（全二册）

"要保护传承弘扬长江文化。长江造就了从巴山蜀水到江南水乡的千年文脉,是中华民族的代表性符号和中华文明的标志性象征,是涵养社会主义核心价值观的重要源泉。要把长江文化保护好、传承好、弘扬好,延续历史文脉,坚定文化自信。要保护好长江文物和文化遗产,深入研究长江文化内涵,推动优秀传统文化创造性转化、创新性发展。要将长江的历史文化、山水文化与城乡发展相融合,突出地方特色,更多采用'微改造'的'绣花'功夫,对历史文化街区进行修复。"

——习近平

大江传奇
中国水利风景区故事·长江篇·精选卷
编委会

主编单位：水利部综合事业局
　　　　　水利部长江水利委员会
　　　　　河海大学
参编单位：青海省水利厅　　西藏自治区水利厅
　　　　　四川省水利厅　　云南省水利厅
　　　　　贵州省水利厅　　陕西省水利厅
　　　　　甘肃省水利厅　　湖北省水利厅
　　　　　湖南省水利厅　　江西省水利厅
　　　　　河南省水利厅　　广西壮族自治区水利厅
　　　　　江苏省水利厅　　安徽省水利厅
　　　　　上海市水务局　　浙江省水利厅

主　　　任：吴文庆
副 主 任：陈东明　刘祥峰　杨桂山　王　威　阮仁良
　　　　　徐维国　蔡　勇　焦泰文　葛国华　谭德伦
　　　　　刘　锐　杨　勇　高　嵩　赵　辉　党德才
　　　　　程江芬　星连文　陆国宾

总 主 编：郑大俊
执行主编：王如高　董　青
副 主 编：蔡荣治　李灵军　韩凌杰　顾永明　王永忠
　　　　　张添烨　郭俊杰
顾　　问：姜开鹏　牛志奇　凌先有　王　凯　陈梦晖

参与编审人员

（以姓氏笔画为序）

于小迪	万云江	马生录	王　凡	王欣苗
孔莉莉	石　佳	史志刚	吉　庆	朱绪乾
刘苏南	刘林松	刘晓峰	严智猛	李云飞
李恒东	李朝军	李堃瑞	杨　柳	杨颖刚
邱远波	肜海平	沈中原	宋建锋	张　舜
张元曦	张细兵	张福胜	陈吉虎	陈昱霖
周　波	胡早萍	赵　杰	秦　烨	钱邦永
徐　娇	徐小松	顾云蓉	曹　言	曹龙辉
喻涵雨	曾晓春	谢松斌	窦亦然	廖　炜
谭佩君	潘春茹			

前言

  水为世间万物生存之基，维系生命，孕育文明。细流汇河，河流汇江海，构筑大地血脉。河流，大地的动脉，千百年来滋养着土地，承载着人类厚重历史与辉煌。无数璀璨的文明遗产，皆与大河的滋养息息相关。长江是中华民族的母亲河，也是中华民族发展的重要支撑。

  万里长江，奔腾不息，润泽流域生灵万物，见证中华文化起源传承。浩荡东流泽被中华大地，多元一体的中华民族、辉煌璀璨的中华文明在江水的涤濯下生生不息。习近平总书记指出："长江、黄河都是中华民族的发源地，都是中华民族的摇篮。"长江，作为居亚洲之首、世界前列的巨川，在中华民族的发展史中拥有举足轻重的地位。从巴山蜀水到江南水乡，长江流域的山山水水孕育了不同的文化形态，这些文化形态在历史的长河中相互交流、碰撞、融合，共同书写了中华文明的辉煌篇章。巫山龙骨坡遗址实证中华民族约二百万年人类史，被誉为"东亚人类摇篮"；澧县的城头山出现了中国最早的城，是长江文明源头之一；浦江上山文化遗址成为以南方稻作文明和北方粟作文明为基础的中华文明形成过程的重要起点。正是在这长江之水的润泽下，中华民族多元一体的精神得以传承，辉煌璀璨的中华文明得以生生不息、历久弥新。

在长江中涌动的，是滋养万物、润泽四方的生命之水。习近平总书记指出："长江拥有独特的生态系统，是我国重要的生态宝库。"长江流域鱼类资源丰富，有400余种，占全国鱼类总数10%以上，其中纯淡水鱼类约占全国淡水鱼类总数的1/4。特有物种超150种，如中华鲟、白鲟。中下游湖泊众多，为珍稀水生哺乳动物白鳍豚和江豚的栖息地，全球独有。长江不仅是水生生物的摇篮，也滋养陆生生物，对维护生态平衡、促进生物多样性、保障人类福祉意义重大。长江之水交错纵横，在携沙裹浪中垒砌着文明演进的生态基石。

在长江中飞泻的，是绵延不断、经久不衰的文化之水。习近平总书记指出："长江造就了从巴山蜀水到江南水乡的千年文脉，是中华民族的代表性符号和中华文明的标志性象征，是涵养社会主义核心价值观的重要源泉。"回溯历史，长江流域先民驯化野生稻为稻秧，由此迈向的农耕时代，与两河平原的人们共同开启人类文明新篇章。在满足基本生活需求的同时，长江流域先民们也开始了对宇宙天地的深邃思考。无论是"道生一，一生二，二生三，三生万物"的老庄之道，还是"理生万物，理主动静"的程朱理学，亦或是"宇宙便是吾心，吾心即是宇宙"的陆王心学，都深刻体现了中华民族对宇宙和人生的独特理解与思考。这些思想的光芒，不仅照亮了长江流域的文化天空，也为整个中华民族的文明进程注入了不竭的动力。

在长江中激扬的，是兼收并蓄、包容万象的开放之水。习近平总书记指出："开放是人类文明进步的重要动力，是世界繁荣发展的必由之路。"自古以来，长江流域凭借地理优势，一直是文化交流的前沿与高地。数千年前,越人便探索太平洋。汉代,西南地区已建立与印度、东南亚的陆路交通网络"蜀身毒道",蜀地丝绸流向缅甸、印度,印度洋的珍贵物品也传入巴蜀。中唐后,海上丝绸之路成为中外交流的主要通道。长江沿线多地成为中国对外贸易的重要港口,长江流域的地位愈发显著,在波澜起伏间输送着民族发展的精神力量。

长江"优"于水,也"忧"于水。长江之水滋养文明,也常成洪水猛兽。自古以来,长江水患就是中华民族的心腹之患,长江两岸人民与洪水的斗争持续了数千年。长江流域的水灾记录散布于文献史料之中,"夏水增盛,坏散颠没,死者无数""田稼尽没""(大水)漂溺居人",无数生民之命泯灭于洪水中。面对千年滔滔洪水,中华儿女不屈服于命运。古蜀王杜宇凿巫峡,战国李冰修都江堰,东汉杜诗整修陂池制水排,东晋桓温筑江陵金堤。隋唐后,江南农田水利快速发展,长江治理持续进行。

中华人民共和国成立后,党中央、国务院把除害兴利、治水安邦放在十分重要的地位,领导人民治江事业取得了举世瞩目的辉煌成就。先后建成了荆江分洪工程、三峡工程、南水北调工程等一批"世纪工程",开展了堤防建设、河道治理、山洪灾害防治等水利建设,长江流域防洪减灾、水资源综合利用、水能开发、生态环境建设、流域水资源管理等能力明显增强,为流域经济社会发展和人民生活幸福安康提供了有力的水利支撑与保障。

党的十八大以来,习近平总书记提出了"节水优先、空间均衡、系统治理、两手发力"治水思路,作出了推进长江经济带发展的战略部署。习近平总书记多次深入长江沿线考察调研,先后四次主持召开长江经济带发展座谈会并发表重要讲话,为长江经济带高质量发展掌舵领航、谋篇布局。水利部党组认真贯彻落实习近平总书记的重要指示精神,统筹发展与安全,推进安澜、绿色、美丽、和谐长江建设,有力提升了水利支撑和保障能力,为长江大保护和长江经济带高质量发展提供了水安全保障。

中华人民共和国成立70多年来,我国水利工程建设取得显著成就,形成了丰富的水利风景资源。水利部积极推动水利风景区的建设与管理,成效显著。如今,数千个水利风景区,遍布神州大地,成为美丽中国的水利标识。这些水利风景区在维护水工程安全、保障水资源利用、改善水环境、修复水生态及发展绿色水经济等方面发挥重要作用,成为推动生态文明和美丽中国建设的重要力量,成为传承水历史、普及水知识、传播水文化的重要平台。

长江流域自然景观壮丽秀美,自上游的"金沙水拍云崖暖"与"岷山千里雪"之景,至中游的"山随平野尽,江入大荒流"之貌,再至下游的"烟花三月下扬州"与"夜泊秦淮近酒家"之韵,数千公里的水道沿途风光各异,独具魅力。都江堰、灵渠、丹江口等水利工程为世界级杰作,调节水势,防御洪灾,保障供水,蕴含科技智慧与人文精神。长江流域沿线分布的数百个水利风景区,如生态绿叶和文化珍珠般镶嵌在长江之畔,向世人展示了长江流域的自然之美、人文之韵和科技之智。

长江文化,如同一部厚重的历史长卷,记录着中华民族从远古走向现代的辉煌历程。上游的巴蜀文化,神秘而古朴,如同长江源头那终年不化的雪山,见证了古代巴蜀人民的智慧和勇气。中游的荆楚文化,浪漫而豪放,如同长江中游那波涛汹涌的江水,诉说着楚国儿女的英勇与传奇。下游的吴越文化,精巧而雅致,如同长江下游那烟雨蒙蒙的江南水乡,展现了吴越人民的细腻与智慧。长江流域孕育了众多独具特色的文化形态。这些文化形态不仅体现在物质文化遗产如古建筑、古遗址上，更体现在非物质文化遗产如民间习俗、艺术表演中。长江文化以其独特的魅力和深厚的底蕴，成为中华民族文化的重要组成部分。

习近平总书记提出："深入发掘长江文化的时代价值，推出更多体现新时代长江文化的文艺精品。"《大江传奇》挖掘并传承长江的丰富水文化，旨在保护、传承、弘扬长江文化，坚定文化自信。本书从雄伟的水利工程、瑰丽的河湖风光、丰富的沿江风土人情以及治水人物英勇事迹等角度，讲述长江流域水利风景区的精彩故事，展现长江的悠久历史、优秀文化及优美风景，呈现生动的历史画卷，让读者穿越时空，与古人对话，看长江风景之美，品长江文化之韵。捧读此书，读者将深刻理解习近平总书记对长江文化保护与发展的殷切嘱托，感悟中华儿女在治水实践中所展现出的锐意进取的创造精神、不畏艰难的奋斗精神、同心同德的团结精神以及孜孜以求的梦想精神，这些精神将激励我们为传承与弘扬长江文化不懈努力。

《大江传奇》不仅仅是对长江流域水利风景区的一次全面而深入的探寻，更是对中国主要水系之魅力与故事的又一次精彩呈现。本书进行了大胆的体例创新，通过更加丰富的细节描绘、更加生动的语言叙述以及更加深入的内涵挖掘，全方位、多角度地展现了长江流域水利风景区的壮丽景色、深厚文化以及独特魅力。本书不仅详细记录了长江沿线各个水利风景区的自然风光、人文景观和历史遗迹，还通过引人入胜的故事情节，将读者带入一个个神奇与美丽的世界。同时，本书还深入挖掘了长江流域水利风景区背后的文化内涵，将历史与现实相结合，展现了长江水利事业的发展与变迁。《大江传奇》兼具艺术性、知识性和趣味性，不仅为读者提供了了解长江流域水利风景区的珍贵资料，更打开了一扇通往自然与人文之美的大门。

《大江传奇》集中展示了长江的精髓与亮点，汇聚众多关于长江流域水利风景区的精彩故事，体现了深刻内涵，旨在为广大读者呈现一幅全面、深入的长江流域水利风景区画卷。这些故事由水利部长江水利委员会与长江流域遍布各省（区、市）的水利（水务）厅（局）水利风景区主管部门，经过慎重考虑和精心挑选后所推荐。在经过水利部景区办严格而细致的挑选后，这些故事凭借其深厚的文化内涵、独特的故事情节和生动的描写，荣幸地被收录进精选卷。精选卷不仅是对长江流域水利风景区文化的一次集中展示，更是对水利工作者辛勤付出和传承文化成果的肯定与褒奖。相信精选卷的出版，将进一步推动长江流域水利风景区文化的传播和发展，让更多人领略到长江流域的独特魅力和文化底蕴。同时，也将激励更多的水利工作者和文化传承者，继续为保护和弘扬长江流域的水利文化贡献自己的力量。

水利万物，长江之水浩浩汤汤东流入海，滋养千家万户，生生不息。水载千秋，长江文化通贯古今，照亮中华儿女同心之志，砥砺前行。愿《大江传奇》抛砖引玉，润物无声，滋养民众心田，为弘扬长江文化贡献力量，共谱长江文明壮丽华章。

本书编委会
2025 年 5 月

厚植文化底蕴　促进融合发展
打造长江流域水利风景区靓丽名片

长江是中华民族的母亲河，流域内名川大湖云集，蕴藏着丰富的水利风景资源。长江保护治理70多年来，尤其是党的十八大以来，长江流域各地深入践行习近平生态文明思想，大力推进水利风景区建设，已建成近400处国家级水利风景区。景区建设与长江历史文化、山水文化、城乡发展相融合，运行管理更加规范、综合效益不断拓展、文化品位持续提升，在为沿江百姓提供亲水爱水平台的同时，成为展示长江保护治理成就、传承弘扬长江文化的重要窗口。

习近平总书记强调，要把长江文化保护好、传承好、弘扬好，延续历史文脉，坚定文化自信。水利风景区除了水域（水体）及水利工程兴利除害功能，还兼具观赏、文化、旅游等价值，是传承弘扬长江文化的重要载体。深入发掘景区蕴含的文化价值，大力拓展水利社会服务功能，是水利风景区承载的重要时代使命。要推动新阶段水利风景区高质量发展，可在水文化保护、传承、弘扬方面更下功夫，不断厚植文化底蕴，展现中华历史之美、山河之美、文化之美。

一、突出挖掘保护，发挥水文化资源禀赋优势

水利风景区具有公益属性突出、与水利工程融合密切、水文化特征鲜明等特点。长江水利委员会作为流域管理机构，有3个国家级直管水利风景区，分别为丹江口大坝、丹江口松涛和陆水水库水利风景区，均为水库型水利风景区。近年来，长江水利委员会将挖掘景区水文化资源作为一项重要的基础工作，持续推进水文化资源调查、保护等工作。2020年起，长江委指导相关单位、部门在汉江流域开展了水文化遗产调查，出版《汉江流域水文化遗产》《丹江口治水精神》系列图书，深入挖掘丹江口大坝、松涛等景区蕴含的治水文化；在陆水水库打造"长江三峡试验坝"文化特色，对石碾、混凝土预制块等水文化资源进行系统性保护，并在三峡试验坝展览馆展陈，持续将资源优势转化为发展优势。

"水"是水利风景区的核心资源，孕育着博大精深的水文化，是水利风景区的灵魂。新形势下，长江流域各级景区管理单位注重挖掘自身特有的水文化资源，适时开展水文化资源调查梳理，掌握其分布、种类、开发与保护现状，从每一个景区入手，从展示每一个河段入手，找到景区发展变迁的历史脉络，发掘其中蕴含的历史文化、民族文化、红色文化等，并因地制宜对水利风景资源进行有效的水文化融入，开展水文化科普实践，拓展水文化利用空间，使一个个风光旖旎的水利风景区弥漫着文化芳香。

二、突出传承弘扬，讲好水利风景区故事

在持续拓展宣传平台，讲好长江故事，营造景区发展良好氛围

方面，应做到以下两点：一是积极开展品牌创建。经过多年建设，丹江口水利枢纽工程被中宣部命名为"全国爱国主义教育示范基地"；三峡试验坝陆水水利枢纽工程、丹江口水利枢纽工程被评为"国家水情教育基地"；丹江口大坝景区打造汉江水文化示范工程，入选"国家水利风景区高质量发展典型案例名单"；丹江口大坝景区、陆水水库景区积极开展红色文化保护与传承，入选《红色基因水利风景区名录》。二是开展水文化特色活动。依托景区现有资源，做好"世界水日""中国水周""关爱山川河流·守护国之重器"等活动，让水知识、水法规、水文化"流淌"入家家户户。通过组织现场观摩、交流讲座等方式向公众开展水情教育，引导公众增进了解"三峡试验坝""丹江口水利枢纽"建设历程，感悟水利工程文化底蕴。

美丽的风景带给人们赏心悦目的感受，而厚重的文化则能彰显治水历史、增强社会认同。长江流域各级景区管理单位一方面以现有的景区资源为基础，探索搭建包括科普馆、展览馆、工程纪念馆、文化长廊、3D沉浸式体验设施等多种形式的水文化宣教展示平台，持续开展水文化传播活动。另一方面充分运用新媒体平台，打造数字化水文化产品，以人们喜闻乐见的方式丰富水文化传播渠道，拓展大众体验方式，提升景区知名度。同时进一步加强景区品牌宣传、推广及应用，充分挖掘品牌价值，进一步提升品牌集聚效应。

三、突出融合发展，持续释放景区综合效益

近年来，长江水利委员会直管的水利风景区，主动融入国家重大战

略、服务地方经济社会发展，激发景区发展内生动力。丹江口大坝水利风景区以南水北调中线水源地为纽带，积极融入长江经济带高质量发展、南水北调后续工程高质量发展等国家重大战略，打造具有鲜明水源特色的水利风景区；深挖红色资源，积极拓展文旅新业务新业态，并将景区景观与水利文化元素融合，打造以"水利+"教育、红色、科普为主要内容的文旅产品，充分彰显"汉江文旅"品牌价值。

水利风景区生态资源富集，是绿水青山的典型区域，也是促进文旅融合、推动水文化事业和产业发展的重要抓手。做好水利风景区建设与管理工作需在创新发展、融合发展方面协同发力。一是强化顶层设计，完善规章制度、标准体系，推动景区在文化发展方面标准化规范化管理，将水利风景区建设纳入幸福河湖建设，促进景区建设与幸福河湖建设深度融合发展。二是推动"水利+文化"建设，以江河湖库为纽带，以水利风景区为载体，以水利、生态、文化等特色要素为切入口，规划大国重器、红色故事、水文化科普等主题的特色旅游路线，更好发挥水利风景区生态旅游和文化弘扬功能。三是积极推进智慧景区建设，鼓励基础条件较好的景区，充分利用云计算、大数据、人工智能等信息技术打造智慧景区，逐步实现长江流域水利风景区文旅要素聚合，不断提升体验感、吸引力和竞争力，推动水利风景区高质量发展。

水利部长江水利委员会

2025年5月

长江

CHANG JIANG

　　长江，这条横贯中华大地的母亲河，以6300多公里的磅礴气势串联起多元文化与壮美河山。本书精选52篇水利风景区故事，分溯上、中、下游，展现大江大河与人类智慧的共生交响。

　　上游段自青藏高原奔涌至宜昌，穿越九省险峻峡谷，19篇故事镌刻着巴蜀文化基因与多民族文明密码。这里的水利工程不仅是驯服怒江的智慧结晶，更是守护高原生态的绿色屏障，在湍急江流中见证着天人合一的古老智慧。中游段横贯荆楚大地，至鄱阳湖口，17篇故事在星罗棋布的湖泊群中展开。洞庭云梦间，千年治水史诗与现代科技在此交融，荆楚文化根脉与商贸文明基因孕育出独具张力的水文化，青铜编钟的余韵仍在现代闸坝间回响。下游段自湖口奔流入海，16篇故事浸润着江南烟雨。运河古镇与摩登都市隔水相望，吴越文化应和着泵站轰鸣，水利工程在此化作织就水网的诗意笔触，将水乡文明精髓奏成现代田园交响。

　　从雪域圣湖到东海碧波，这部江河长卷不仅记录着水利工程的沧桑巨变，更承载着中华民族治水兴邦的集体记忆。每处闸坝枢纽都是一首凝固的史诗，每片水域都倒映着文明的年轮。阅读本书，与我们共溯这条承载中华文明基因的精神长河。

中国水利风景区故事——长江篇·精选卷
景区分布图

目录

上游 SHANGYOU

神奇奥秘通天河 ———————————— 003

雪山神的一滴水 ———————————— 013

天下独有白牦牛 ———————————— 021

清澈双眼赏冰湖 ———————————— 029

月出邛池多诗意 ———————————— 037

酒香飘溢山水间 ———————————— 045

天上池水落人间 ———————————— 053

勇冠三遗都江堰 ———————————— 061

一江巴水绕柳津 ———————————— 071

候鸟天堂海成滩 ———————————— 079

火舞奢香彝乡情 ———————————— 085

凉都明湖巧变美 ———————————— 095

酒香四溢茅台渡 ———————————— 103

峡谷闭门藏仙景 ———————————— 113

高原上鸟类王国	123
群仙聚会金鼎山	133
瀛湖边的织女石	141
划山引水的神剑	149
晚霞湖边的巧女	157

中游

一个神话的诞生	169
科学试验的赞歌	175
两江四岸文化园	181
亲亲漳水润荆楚	189
诗意太和梅花香	199
悠悠长渠伴水镜	207
千龙造福在人间	223
刘海砍樵西洞庭	233
青山龙潭的明珠	241
边城彩笔沈从文	251
山水武宁桥中桥	259
大觉山水冠武夷	269
渔舟唱晚鱼米乡	277
赣东南城千岛湖	285

倚剑长歌武功湖 ---------- 293

有龙则灵帝王乡 ---------- 301

渠引湘漓两千年 ---------- 311

下游 XIAYOU

一江清水向北流 ---------- 323

大别山中第一湖 ---------- 335

十里桃花千尺情 ---------- 345

牧童遥指杏花村 ---------- 355

金陵明珠玄武湖 ---------- 365

中华第一情侣园 ---------- 375

水上城楼观江流 ---------- 383

姑苏台枕胥江水 ---------- 391

杉青水秀别样情 ---------- 401

春申治水芙蓉湖 ---------- 409

运河三塔映三湾 ---------- 417

上海人的蓝色梦 ---------- 425

古城处处皆水景 ---------- 435

唱不完的太湖美 ---------- 445

千年海塘赏鱼鳞 ---------- 455

水乡古韵运河园 ---------- 463

上游

SHANG YOU

长江上游西起青藏高原，东至湖北宜昌。途经青海、西藏、四川、云南、重庆、贵州、甘肃、陕西、湖北等多个省区市。精选卷收录长江上游水利风景区故事19篇。

长江上游的文化，是中国文化"多元一体"格局中不可或缺的一环，它深深刻印着巴蜀文化的烙印，融合了多民族、多地域的文化精华。这片土地，历史悠久，文化底蕴深厚。从新石器时代的遗迹到古代文明的辉煌，从独具匠心的民间艺术到丰富多彩的民俗风情，长江上游的文化展现了其深邃的底蕴与独特的魅力。它犹如一部厚重的历史典籍，记载着人类的智慧与勤劳，见证了中华民族的历史变迁与文化传承的壮丽篇章。

长江上游地区，以险峻的峡谷景观、奔腾不息的江流与多姿多彩的自然美景闻名遐迩。在这片土地上，水利风景区成为人类工程技术智慧的璀璨结晶，同时，也精心呵护着原有的自然风貌。上游地区，因其独特的生态系统与丰富的生物多样性而广受赞誉。这些水利风景区在民国生态保护事业中扮演了至关重要的角色，通过周密的规划与科学的管理，实现了水利工程与生态环境的和谐共存。

西藏自治区
青海省
云南省　　四川省　　甘肃省
贵州省　重庆市　　陕西省

神奇奥秘通天河

玉树通天河水利风景区

玉树通天河水利风景区位于青海省玉树藏族自治州，地处青藏高原中部、青海省的西南部。景区总面积1731平方公里，其中水面面积135平方公里。景区范围包括玉树州境内通天河干流和聂恰曲、益曲、巴塘河、扎西科河等几条主要支流。景区风景资源种类丰富，包括河道景观、湿地景观、湖泊景观、河谷草原景观、森林景观、天象景观等自然景观和水工建筑、宗教寺庙与民俗村落风情广场等人文景观。景区内有充满高原民族文化气息的古村落和古老的渡口。夏日，游客可以在巴塘河口附近的晒经台重温《西游记》中唐僧取经归来的传说故事；而隆冬时节，沿岸居民在冰面上创作冰沙嘛呢则是一种独特的文化习俗。

2016年，玉树通天河水利风景区被水利部批准为国家水利风景区。

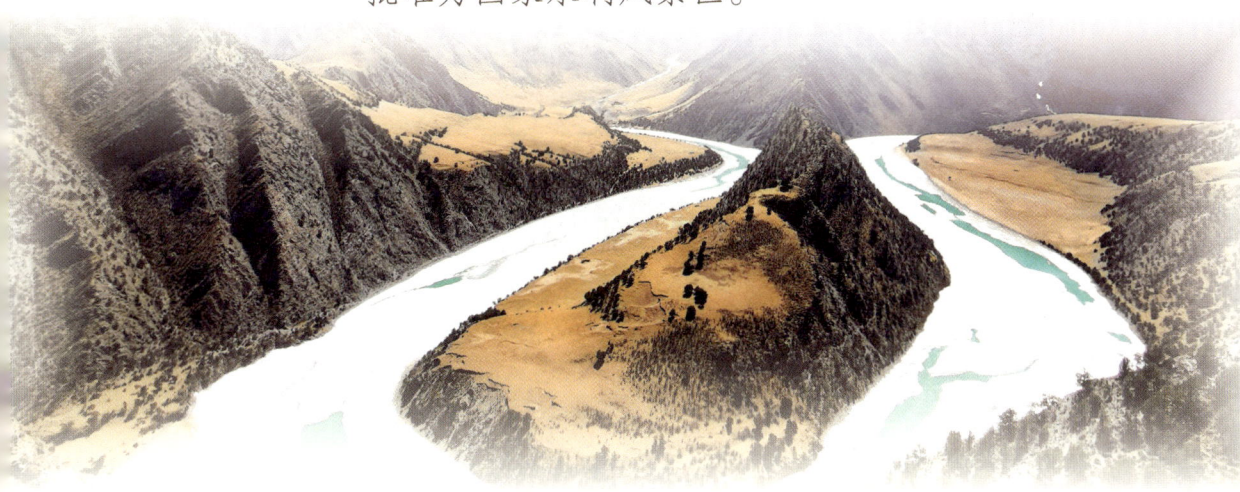

通天河,又叫"牦牛河",这条奔腾不息的古老河流,时而狂野奔腾,时而温柔如丝,时而混沌翻滚,时而明净如镜。这里有迷人的自然风光,也有深邃的人文故事,有公主远嫁的哀愁,也有童年传说的回响……沿着通天河畔行走,只见两岸群山巍峨,河水从悬崖峭壁间咆哮而出,一路向前奔腾,古老的渡口和独具民族风情的村落历经沧桑,依旧吸引着无数人的目光,成为大家心中的诗和远方。

阳光下,通天河潺潺流淌,滋养着一草一木。凡是通天河水到过的地方,皆有了生命的气息,泛出了灵气。让我们沿着通天河,走进这深山幽林,一起来寻觅大自然神奇的奥妙。

这里的峰峦直插云霄,云海烟波缥缈,劲松将树根插入裂石崖缝,怪石林立。如此奇美之景都浓缩在这一条河的河畔,彰显在这惊天地泣鬼神的通天河之中。

通天河冬季景观

从古到今，世界经历了多少沧桑变化，但通天河却一直静静地流淌着，它淡泊名利，不追求红尘的繁华，与天地为伴，涤荡着每一个游人内心的浮躁与忧虑。

一踏入通天河，你就能感受到那欢快的泉水从岩石缝里蹦跳

景区内三江源石碑

出来，仿佛在向你展示它的活力。有时，它会激荡在高高的崖畔，展现出它的磅礴气势；有时，它又会跃入深深的潭水中，显得格外静谧；而有时，它还会流连于宽阔的河谷和荒凉的沙滩，似乎在享受这份自由和宁静。

这条河水真是神奇啊，它时而急速流转，时而悠闲自得，但不管怎样，它都在不断地前行，最终汇入滔滔的金沙江中。这一路走来，它经历了无数的曲折和变化，但始终保持着那份宁静和坚韧，真是让人佩服。

当你走进通天河的时候，不妨放下心中的烦恼和浮躁，静下心来感受它的美好和宁静。让它带走你内心的尘埃，让你重新找回那份平静和自信。

在灿烂的阳光下，通天河水展现出其清澈、纯洁且坚韧不拔的特质，粼粼波光间闪耀着璀璨夺目的五彩光华，为巍峨的群山和广袤的森林注入了勃勃生机与灵动气息。沿河而行，野草莓花在静谧中悄然绽放，其洁白的花瓣晨露出一种精致且孤傲的美态。

清晨时分，河畔成为鸟儿们欢聚的乐园。红腹角雉、画眉、大山雀等众鸟齐聚一堂，它们一边细致地梳理着亮丽的羽毛，一边欢快地鸣叫着，共同谱写出一曲曲动听的乐章。然而，野猪、羚牛、青羊等动物则选择在黄昏时分，怀着几分犹豫与警觉，缓缓踱步至水边。它们一边警惕地环

神奇奥秘通天河·005

顾四周,一边迅速地俯下头,轻啜一口清凉的河水,展现出生动而自然的生态画卷。

在茂密的丛林中,一片生机盎然的景象映入眼帘。金钱豹、黑熊、金猫等肉食动物,目光灼灼,它们静静地隐藏在树木之间,伺机而动,随时准备发动致命的一击。这些肉食动物的存在,让森林中的气氛变得紧张而刺激,让人不禁为之屏息。

然而,与这些肉食动物形成鲜明对比的,是潭中的大鲵和其他鱼类。它们扭动着笨拙的身躯,在清澈的水中自由自在地游动,仿佛完全不知道外界的危险。它们时而跃出水面,时而潜入水底,享受着悠闲的生活。看着它们那无忧无虑的样子,不禁让人感叹大自然的神奇与和谐。

通天河的岸边有一个个小潭,潭面光滑如镜,倒映着碧蓝的天空和起伏的山峦。天空如洗,云彩悠悠,仿佛一幅美丽的画卷。而远处的山峦,层峦叠嶂,苍翠欲滴,壮丽而宏伟。这些景色与潭中的生物相互映衬,构成了一幅和谐而美丽的画面。

东北方向的群峰环绕着主峰,宛如一朵盛开的莲花,美丽而神秘。莲花山的西梁顶,仿佛赫然露出一只硕大的"狗头",它朝天而吠,栩栩如生,是大自然的鬼斧神工。这只"狗头"形象生动,让人过目难忘,为莲花山增添了几分神秘与威严。

莲花山之东,三位采莲少女迎风而立,她们身穿轻纱长裙,裙裾随风飘舞,衣带飘飘,宛如仙女下凡。她们的脸上

通天河景区风貌

洋溢着青春的笑容,眼神中透露出对大自然的热爱与向往。她们或低头采莲,或抬头远望,仿佛在诉说着与大自然的亲密无间。

在这片密林中,无论是凶猛的肉食动物,还是悠闲的水生生物,抑或是美丽的自然景观,都构成了一幅生动而和谐的画卷。它们共同演绎着大自然的奇妙与美丽,让人感叹不已。

在古典名著《西游记》里,通天河被这样生动地描绘:"师徒方登岸整理,忽又一阵狂风,天色昏暗,雷闪俱作,走石飞沙。但见那:一阵风,乾坤播荡;一声雷,振动山川。一个闪,钻云飞火;一天雾,大地遮漫。风气呼号,雷声激烈……那风搅得个通天河波浪翻腾,那雷振得个通天河鱼龙丧胆,那闪照得个通天河彻底光明,那雾盖得个通天河岸崖昏惨。"仿佛让我们亲临现场,感受通天河的奇观。

通天河景区风貌

河两岸,一片翠绿映入眼帘,树木茂盛,青稞田碧绿。远处山峰生机勃勃,溪流如绸带在山谷中舞动,波光粼粼,欢快歌唱。溪流一路晃动,蜿蜒曲折,奔流直下。它似舞者展现身姿,流水声传递欢快与激情。

穿行在绿意长廊,游人的心情如白云般飘逸欢快。身后是辽阔草原,眼前是宁静田园画卷。色彩丰富,丛林翠绿,原野斑斓,青稞晾晒有序,如大自然调色盘。半山腰上,民居古朴宁静。村民悠闲走过,步伐从

神奇奥秘通天河·007

容,与土地共同诉说着故事。犬吠声声,山羊跳跃,增添生动活力。打开车窗,呼吸清新空气,巍峨纪念碑映入眼帘。踏入神秘美丽的三江源自然保护区,大自然与人类智慧共绘的醉人画卷在眼前展开。

远望峡谷深处,巨浪汹涌疾驰。脚下河水波涛汹涌,卷起巨大旋涡与白浪,相互撞击翻卷,发出震耳欲聋的轰鸣,势不可当、奔腾向前。地动山摇之感令人胆战心惊,双腿发软。此情此景似重现唐僧师徒取经归来的最后一劫,被老鼋投入河中,经书被河水浸透。也许,西游记里的"通天河"并不是这里的通天河,但唐僧西天取经落水的故事却深深地刻进了人们的脑海里。

通天河所在的玉树州素有"牦牛之乡"的美名。

传说,很久以前,玉树草原水草丰美,牛羊成群,凡人生活幸福,连天神都嫉妒。

一天,天神坐在大殿上处理公务,忙得焦头烂额。困倦之余,他便向人间张望,望见人间的草原上水草丰茂,牛羊奔跑,放牧的人们悠闲地躺在草地上晒太阳,任牛羊自由奔跑。

天神看到这些和谐的景象,心里有些许不爽,心想:"我作为一名天神,每天忙着处理凡间和天界的各种烦事,这些凡人倒好,放牧牛羊一点都不上心,竟然十分自在,看来不给你们制造点麻烦,你们就不懂得生活的不易。"

于是,天神派了一只神牛下凡。他命令神牛:"你必须在三天之内啃光那里的牧草,踏平那里的青山。"神牛下凡后,决定先化作一个农人四处走走。他本想逍遥自在地游玩一天,最后两天再完成天神的任务。

神牛化作的农人在当地游玩时,受到了当地人热情的款待,也被当地人的善良所感动。神牛心想:"这里的人太善良了,我不能做对不起他们的事情。我不忍心啃光这里的嫩草,更不忍心踏平如此青翠的山峰。"

通天河景区勒巴沟

于是，他并没有完成天神安排的任务。

三天后，天神从天上往凡间看，发现这里还和原来一样，人们逍遥自在地生活，牛羊自由自在地吃草，山依旧那么绿，人依旧那么快活。天神盛怒，遂降下熊熊天火，致使玉树遭受了空前的灾难。在这危难之际，神牛挺身而出，毅然决然地喷出洁白的奶水，以浇灭肆虐的天火，从而拯救当地的百姓于水深火热之中。然而，神牛因此触怒了天神，被降罪化为了一块坚硬的石头。自此以后，草原上屹立起了一座巍峨的神山，山中流淌着清澈见底的泉水，这便是通天河的源头，也是这段古老传说的起源。

无论何时，在玉树的荒野、草原、山巅或深谷，都能见到外形粗犷、桀骜不驯的"高原之舟"牦牛。它们拥有长毛、大角，奔跑时四蹄生风，尽管外表威猛，却和藏獒一样，是人们最忠实温驯的朋友。人们把这种动物叫作牦牛。牦牛或许就是神牛化作人间牛时的形象。

藏族民众视白牦牛为吉祥之兆，尊奉其为神圣之牛。牦牛在藏族人民的生活中扮演着多重角色，不仅协助人们搬运农具、协助搬家转场，还为人们提供了丰富的肉类来源和新鲜的牛奶。其毛皮亦被用于抵御严寒，给藏族人民带来温暖。牦牛既是藏族人民的生产要素，又是他们宝贵的物质财富，更是他们虔诚供奉、敬仰的对象。因此，牦牛文化成为藏族文化中极具代表性的一部分。

在神山之巅、圣湖之畔或江河源头，人们常供奉巨大牛角，既表达对原始图腾的敬畏，又寓意镇妖伏魔、禳灾解祸。玉树人深爱、敬惜牦牛，赞颂其坚韧耐力和吃苦耐劳的精神。因此供奉牛角、纪念牦牛，更是对这种精神的崇敬与追求。

欣赏着通天河两岸绝美的风景，聆听优美的传说故事，醉心于山水之间，神思游于古今之间，可谓人间一大妙事。通天河两岸，巍峨的高山与深邃的峡谷交相辉映，展现出一种幽深奇伟的自然绝景。层峦叠嶂，沟壑纵横，尽显大自然的鬼斧神工。通天河水在巉岩峭壁间奋力奔腾，咆哮之声震耳欲聋，其势如虹，势不可挡，彰显出这一隘口的险峻与壮美。此情此景，不禁令人回想起昔日前人抗击廓尔喀入侵中国西藏的英勇岁月。当时，大将军福康安的心腹幕僚，清代前期咏藏诗人杨揆曾以诗歌描绘了通天河的壮丽景象。他的诗句既表达了对大自然的敬畏之情，也展现了中华民族在保卫家园、抵御外侮中的坚定信念与英勇精神：河流兮通天，去天岂云遥？我行策马随神飙，穹庐夜卧蒙征袍。心魄靡散无所倚，彷徉旷宇谁赋归来招？

直至20世纪60年代初，通天河渡口作为西宁通往玉树、西藏的必经之路，一直被视为一道令人胆寒的险峻天堑。在悠久的历史长河中，那些进行货物贸易的商贾、穿梭于汉藏两地的使者、手持经筒虔诚朝拜的信众，以及为生计四处奔波的手工业者，无不肩挑手提，望着眼前的通天河渡口,无奈叹息。

如今,三座宏伟的桥梁横跨天际,将昔日的天堑化为了坦途,那些曾经阻碍前行的艰难险阻,皆已成为历史长河中的过眼云烟。昔日依赖牛皮筏子和木船渡河的景象已一去不复返,玉树州首座大桥——通天河大桥犹如一道绚丽的彩虹,横跨于大河两岸,展现出无比壮丽的气势。

在谈及通天河大桥的建设历程时,其设计者深情回忆道,由于春季河流湍急,施工环境极为恶劣,大桥的建设工作不得不在零下30 ℃的严寒条件下进行。面对如此艰苦的条件,200余名工人凭借着坚韧不拔的毅力,克服了机具设备简陋、技工不足和气候严寒等种种困难,进行了创造性的劳动,奋斗了三个冬天。

经过艰苦卓绝的努力,这座可抗7.5级地震的雄伟大桥终于建成了。它不仅能够承受重达80吨的坦克顺利通过,更在"4·14"玉树7.1级地震中展现出了惊人的韧性。当地大部分房屋在地震中倒塌,而这座大桥仅桥面出现裂痕,依然坚强地维系着生命线的畅通,为灾区人民提供了

通天河景区隆宝湖

宝贵的救援通道。

如今,往来于大桥上的旅者、行人,每每至此,都要下车驻足在巍然屹立的通天河大桥上,一睹通天河波翻浪涌的雄奇景观。一边是大河奔流,咆哮怒吼;一边是幽谷苍翠,野花盛开,大自然壮丽瑰玮的画布包罗万象、无奇不有。昔日令人提心吊胆的艰险路途,已成为一段美丽的天堂之路!

通天河一侧屹立着三江源自然保护区纪念碑,碑下石阶前陈列着三块巨石,其上分别镌刻着"黄河""长江""澜沧江"的字样,与苍穹相映成趣,展现出令人叹为观止的宏伟景象。碑的顶端,一双张开的巨手设计巧妙,象征着"三江源"的三股水流自指缝间悠然流淌而下,传递出对江河源头神圣之水的深深敬畏与珍视之情。

正如碑文中所言:"高原极地,一派风光。水塔天成,源远流长。三江同根,与斯滥觞。浩淼(一作"渺")东去,润泽八方。羽族炫翎,天籁泱泱。蹄类竞走,翁郁苍茫。自然保护,管育加强。禁猎止伐,水源涵养。万物竞天,澜安土祥。山川秀美,庇佑家邦。开发西部,民富国强。勒石为铭,永志不忘。"

随着国民生态保护意识的增强和国家政策扶持力度的加大,通天河水利风景区着重于生态环境保护,同时推进基础设施建设,提升游客体验;通过多元化项目发展,如文化旅游、户外运动等,增强景区吸引力。未来,通天河水利风景区将成为集生态保护、休闲度假为一体的旅游胜地。

来通天河吧,采一朵神奇之花,将它酿成诗,酿成故事,酿成美美的希望之花,常开在心间,永不衰败,陪伴你度过每一个风雨春秋。

雪山神的一滴水

拉萨市拉萨河水利风景区

拉萨市拉萨河水利风景区位于西藏自治区拉萨市城区内,依托拉萨河城区综合治理工程而建,景区规划面积7.65平方公里,属于河湖型水利风景区。景区以拉萨河城区段两岸生态人文景观为景区主体,形成市民休闲、商业文化、旅游文化三个功能分区,两岸布置了以藏族风貌为主题的7个公园及演出基地。景区内设有《文成公主》大型实景演出基地,为游客带来丰富的旅游文化体验。景区内的拉萨河特大桥,作为青藏铁路的标志性工程,其独特设计与布达拉宫遥相呼应。景区利用高原河流地貌与河道特征,结合山脉、水文化及天象景观,打造出独特的雪域高原水利风景区。

2016年,拉萨市拉萨河水利风景区被水利部批准为国家水利风景区。

拉萨河,作为西藏自治区的一条重要河流,在藏语中被称为"吉曲",它也被尊称为"快乐河""幸福河",是拉萨的母亲河。拉萨河水利风景区以拉萨河为中心,是在推进新西藏建设的历程中应运而生的。该风景区位于拉萨市城区内,得益于拉萨河城区综合治理工程的实施而建立,是一个典型的城市河湖型水利风景区。

近年来,随着拉萨河生态修复与治理工作的不断深入,其生态系统得到了有效地保护,河水变得清澈透明,成群的鸟儿在此嬉戏,游览拉萨河已成为一种亲近自然的户外休闲方式,深受市民的喜爱。拉萨市不断加大水利投资规模,重点推进拉萨河城区段综合整治工程、拉萨河城区段综合治理及生态修复工程等关键水利项目,以提升防洪减灾能力,实施严格的水资源管理制度,并积极推进水污染防治和水生态修复工作。拉萨河"水量丰起来、水质好起来、风光美起来"的蓝图逐步成为现实。

凡踏足拉萨河之地者,无不对其产生深深的眷恋与向往。每逢春季,嫩草初露,拉萨河之水呈现出蓝莹莹的色彩,宛如一条蓝色的哈达,轻舞飞扬于大地之上。河水之蓝与天空之蓝交相辉映,共同构筑出一个空灵静谧的世界。天空中,白云悠悠,飘逸自如,宛如一个个精灵,无拘无束,随风而舞。这些洁白的精灵,既浮游于天际,又似乎在拉萨河那晶莹剔透的怀抱中徜徉,共同演绎着大自然的和谐与美丽。

远处的高山,披着银白的雪袍,傲然挺立;空气清新得仿佛寒冬中的风精灵在轻舞。而那一抹淡淡的绿意,远远望去,仿佛能看到一股顽强的生命力在悄然绽放,无论什么都无法阻挡它的脚步。

秋天,拉萨河边的白杨树换上了金色的华服,熠熠生辉。远处的山,就像那脱去了厚重衣裳的汉子,露出黑红的脊梁,散发出粗犷而坚韧的气息。天空依旧那么蓝,宛如一块无瑕的宝石;白云则白得纯净,如同天使的羽翼,轻轻飘洒;它们共同映衬着拉萨河,拉萨河宛如一条天河

拉萨河春景

落入人间,清澈透明,一尘不染。

"红山矗立,碧水中流",这是拉萨河的真实写照,宛如一幅充满生机与活力的秋日画卷,让人流连忘返,陶醉其中。

拉萨河的渡船可真是别具一格,得靠那结实耐用的牛皮筏来撑场面。这船啊,白天精神抖擞地驰骋在碧波荡漾的河面上,但一到夜幕降临,它就得乖乖地躺在河滩上休息啦。

夜幕降临,船夫们把船稳稳当当地停在河滩上,然后大家围坐在一起,享受牛粪火的温暖。这时,清冽的青稞酒和浓酽的酥油茶就派上用场啦,大家边喝边聊,好不惬意。再从羊皮口袋里抓出香喷喷的糌粑,一边嚼着一边欣赏那皎洁的月光。月光下,大家还会欢快地唱起歌来,跳起那动人的锅庄舞,听老人们娓娓道来拉萨河的神秘故事。

返程的时候,船夫们会小心翼翼地把牛皮筏晒干,然后背在背上,翻山越岭,回到拉萨河的上游。而那些行李,就交给老绵羊来驮着。船夫们咿咿呀呀地唱着欢快的歌,而羊脖子上系的铃铛也叮叮当当地响个不停,仿佛在给他们伴奏,一起度过那段虽然寂寞但充满乐趣的归途。

　　老人们还常说,拉萨河那自东向西倒流的现象,背后藏着一个很古老的传说。每当听到这里,大家都充满了好奇和期待,感觉整个拉萨河都充满了神秘和魅力。

　　拉萨河发源于念青唐古拉山,传说中,念青唐古拉山是雪域高原上的四大神山之一。很久很久之前,这座雄伟的山上住着一位威猛又帅气的雪山神,他是拉萨河谷的守护神。这雪山神有一副少年的模样,身材细长高挑,简直就像草原上的风一样轻盈。

　　他的额头宽得像一片无边无际的大草原,眼睛明亮得仿佛太阳,鼻梁高耸入云,就像念青唐古拉山的主峰一样挺拔;唇瓣则像是草原上盛开的格桑花,娇艳欲滴;牙齿,就像满天繁星,闪烁着迷人的光芒。他经常身披一件雪白的羊皮大氅,骑着那匹白如雪的神马,在高山峡谷间自由驰骋,或是在草原上与神马一起遨游四方。他守护着神山的雪水流入拉萨河,这就是他在人间的神圣使命。

拉萨河水利风景区2号闸

有一天,雪山神骑着他的神马,悠闲地在草原上漫步。突然,一阵天籁般的歌声传入他的耳中,那声音嘹亮而悠扬,就像天上的仙女在人间歌唱。他立刻停住马,聚精会神地聆听,感觉那歌声中带着一丝淡淡的忧伤。就连他的神马也仿佛感受到了这份忧伤,发出呜呜的哀鸣声。于是,雪山神便骑着马,顺着歌声的方向寻找。

远远地,他看见绿油油的草丛中有一群羊在咩咩地叫唤。羊群中,一位藏族少女正蹲在地上,怀里抱着一只小羊羔。其他的羊儿们都围着少女,仰望着她,似乎都在为她担心。那忧伤的歌声正是从少女口中传出的,她的脸上写满了忧愁。她怀里的小羊羔奶声奶气地咩咩叫着,任谁听了都会心生怜爱,想要将它紧紧搂入怀中。

雪山神跃下马背,给少女行了个礼,打趣道:"白云在蓝天中欢舞,姑娘怎么一副心事重重的样子?"

少女抱着小羊羔,亭亭玉立,站了起来,眼前的翩翩少年风姿绰约,举止大方,她感觉似乎在哪里见过他,但又想不起具体在哪里。她微微低头,回了个礼,轻声道:"太阳正悠然升起,草原母亲如此美丽,可我的羊儿却即将失去家园。"

原来,少女怀中的这只小绵羊可不是普通的小羊,它是个能预知未来的神奇小家伙,还会悄悄告诉少女一些天机。刚才,小绵羊向少女透露了一个惊人的消息:草原上的草即将枯萎,以后再也长不出鲜嫩的青草了。这里会变成一片荒芜的黄沙地,狂风会带着沙砾,像大雾一样弥漫整个草原,届时,草原将变成沙漠,羊群将无水无草,处境堪忧。

少女听得心弦紧绷,最后只能用歌声来表达她的急切与忧虑。那些羊儿似乎也感受到了她的情绪,纷纷停下咀嚼,慢慢聚拢在她身边,用忧郁的眼神望着她,喉咙里发出低沉的哀鸣。

雪山神环顾四周,眼中仍是一片生机盎然的绿色草原。他好奇地问少女,为什么会发生这样的变故。少女告诉他,小绵羊预测到明天雪域高原上的四大山神将会聚首,他们打算将山上的水引向别处。如果念青唐古拉山的水也流向其他地方,那么拉萨河就会干涸,这里就会失去最纯净、最清甜的水源。没有了水,草原的草就会枯萎,这里就会变成一片荒芜的黄沙地,到时这些羊群也将无以为生。

雪山神听完,沉思了片刻,然后郑重地说:"你放心,这里的水不会流向别处,我向天地保证。"说完,他从怀中掏出一件宝物递给少女:"送给你,有了它,这里的水将永远甘甜清洌。"少女低头一看,只见少年手心托着一颗晶莹剔透、蓝莹莹的水滴,正在微微晃动。她小心翼翼地接过水滴,正要道谢,却见少年已经翻身上马,如箭般飞驰而去。

第二天,雪山神和三位山神一见面就迫不及待地分享了他的想法。他信誓旦旦地表示,自己决不会改变水流的方向,誓要让这片草原保持原貌,像一颗璀璨的明珠镶嵌在雪域高原。山神们一听,顿时炸开了锅,纷纷谴责雪山神公然违背天庭的命令,简直就是找死,而且还会连累他们这些无辜的兄弟。雪山神却不为所动,一脸倔强地坚持着自己的主张,气得山神们一个个拂袖而去,纷纷表示不再与他共事。

最后,雪域高原上出现了一个奇特的景象:念青唐古拉山上的水流独树一帜,从东向西倒流而去,向世人展示着它的独特魅力。而其他神山的水流则一如既往地从西向东奔涌,形成了一道道壮观的风景线。雪山神因为没有听从天庭的号令,被贬为凡人。此时,雪山神还不知道另一件事情。原来,他在草原上邂逅的那位美丽少女,竟是天庭的仙女下凡!那只可

拉萨河水利风景区4号闸

爱的小绵羊，就是她的贴身宠物。由于泄露了天机，少女也受到了天庭的惩罚，被贬到了凡间。

少女继续在拉萨河畔放牧她的羊群，与它们一同迎接每一个日出，送走每一个日落，过着简单而又快乐的生活。当她独自坐在

拉萨河水利风景区沿河景观

柔软如毛毯的草地上时，周围的格桑花在微风中轻轻摇曳，仿佛在向她点头致意。太阳温暖的光芒洒在她身上，让她感到无比舒适和惬意。小鸟们在草原上欢快地飞翔，时而群飞，时而独自鸣唱，为这片大地增添了无尽的生机和活力。少女不禁想起了那个英俊的少年，想起了他骑在马上的飒爽英姿，想起了他眼中那温暖而善良的光芒。

半年后，草原上驰骋着一位飘逸的白衣少年，少女一眼就瞅见他，仿佛早已心有所感。两人相认之后，心生欢喜，爱意浓浓。少年得知少女竟是观音菩萨身边的善财龙女，更是心生敬佩与倾慕，两人最终喜结连理，共度美好时光。不久后，他们便迎来了爱情的结晶，一个聪明伶俐的儿子，他便是后来的一代英主松赞干布。

公元7世纪初，藏地英雄松赞干布凭借卓越的智慧和胆识，建立了西藏高原上的首个统一政权——吐蕃王朝。他在拉萨河的下游，兴建了繁华的王都拉萨城，不仅迎娶了大唐的文成公主和尼泊尔的赤尊公主，更在拉萨红山之巅，筑起了世人瞩目的建筑奇迹——巍峨壮观的布达拉宫。同时，他还在沃塘湖畔建立了藏传佛教的信仰圣地大昭寺，使拉萨成为西藏地区的政治、经济、文化和宗教中心，至今仍然璀璨夺目。

拉萨河成了神河、圣河、药水河。老人们说，拉萨河有八种功德：一甘，二凉，三软，四轻，五净，六香，七饮不损喉，八喝过不伤胃，可以消除

杂念，净化心灵，给人以健康快乐。每年藏历八月，拉萨河南岸宝瓶山顶上空就会升起一颗"弃山"星，那个时候成千上万的人会去拉萨河里沐浴，祈求消除烦恼病痛。

在新时代的推动下，秉承新西藏的建设理念，拉萨河得到了精心呵护，呈现出愈发美丽的面貌。河水清澈见底，水质纯净无瑕；河岸两侧绿草如茵，树木郁郁葱葱，繁花似锦，构成了一幅生态和谐的美丽画卷。随着旅游业的蓬勃发展，拉萨成为众多游客的向往之地，吸引了来自五湖四海的人们，甚至海外游客也纷至沓来，共同领略西藏的深厚文化底蕴和独特的藏族风情。旅游业的兴盛不仅推动了拉萨经济的繁荣发展，也为拉萨河的进一步建设提供了有力的支撑和保障。

拉萨河是拉萨的"母亲河"，她如同骏马在辽阔的草原上尽情奔腾，那风驰电掣的英姿，让人眼前一亮；如同百灵鸟在传说之地高歌欢唱，那悠扬的旋律，如同天籁；如同雄鹰在蓝天中展翅翱翔，那神奇的力量，让人惊叹不已……美丽的拉萨河，她蜿蜒曲折的河水从念青唐古拉山南麓的嘉黎里彭措拉孔马沟轻轻流淌而出，欢快地奔走在西南的大地上，最后汇入那气势磅礴的雅鲁藏布江，与大自然共同谱写了一曲壮丽的赞歌。

拉萨河，这条源自雪域高原的圣洁之河，宛如一条璀璨的哈达，深情地奉献给广大人民。在这里，您可以静心聆听她千年不息的悠扬歌声，深切感受她蕴含的柔情蜜意，以及她所展现出的浩荡不息的精神风骨。让我们共同领略拉萨河的美丽与魅力，体验这片神秘而圣洁的雪域高原。

天下独有白牦牛

乃东区雅砻河谷水利风景区

雅砻河谷水利风景区位于西藏自治区山南市。雅砻河干流全长83公里，流域面积2070平方公里，属山区性河流。上游有雅拉香布冰川雪山，海拔6635.8米，冰川面积约30平方公里。这里有雪山冰川、河流湖泊、田园牧场、河滩谷地、高山植被；也有历史古迹和古朴的民风民俗，集人文景观与自然景观于一体，构成了一幅神秘、古朴而又壮丽的画。雅砻河以其得天独厚的自然条件和丰厚的历史文化积淀，成为藏民族历史文化宝库中一颗璀璨夺目的明珠。

2013年，乃东区雅砻河谷水利风景区被水利部批准为国家水利风景区。

她随河床高低而变幻万千,有时低声吟唱,有时激情咆哮,时而蜿蜒曲折,时而笔直如箭;她随光影流转而五彩斑斓,时而翠绿如翡翠,时而碧蓝似宝石。与穿越雪山峻岭时那股震撼人心的气势相比,当雅鲁藏布江悠然淌过冈底斯山至念青唐古拉山以南的藏南谷地时,她变得如此宁静而辽阔,宛如一位慈爱的母亲,将一路收集的雪液玉浆慷慨赠予这片肥沃的谷地,使得花红草绿,水土丰饶。她,就是雅砻河。

　　从空中俯瞰,那湛蓝的江水与金色的沙洲相互辉映,犹如一幅天神在群山间挥毫泼墨的绚烂画卷。这一带山脉多为喀斯特地貌,水流中钙化物质含量极高,因此江水呈现出如梦如幻的碧绿色,美得令人心醉。

　　在这里,岁月悄然无声地陪伴着你走过四季轮回;群山在静谧中诉说着它们的雄伟与壮丽;江河在无言中描绘着它们的辽阔与恢宏;蓝天在静默中展现着它的宽广与深邃;大地在沉默中孕育着永恒的生命力。在这片无声的雅鲁藏布江畔,人们口中的西藏文明"摇篮"——雅砻河谷,正是在大自然的呵护与滋养下,悄然无声地孕育而出。

雅砻第一宫——雍布拉康

　　雅砻河,作为西藏地区的壮阔大河,是藏族祖先雅隆部落最早的发祥地。其发源于巍峨的喜马拉雅山北麓雅拉香布山,蜿蜒前行约80公里后,最终汇入雅鲁藏布江的怀抱。在雅鲁藏布江那宽广的河谷地带,孕育出了一片风光旖旎的盆地——雅砻河谷。此地不仅是山南市最为秀美的河谷之一,更是藏文化的摇篮、藏南谷地的核心以及西藏的粮仓。藏族人民最初便是在这片土地上辛勤耕耘,播撒希望的种子。至今，泽当萨热村仍保留有一块名为"索当"的土地，相传是西藏历史上的第一块农田。

雅砻河谷两侧，巍峨的山峦层峦叠嶂，而中间则是一望无垠的平原。这里海拔高峻，阳光照耀之下，空气清新，视野无垠，游人置身于天地之间，可以感受山低云矮、星月近在咫尺的奇妙景象。得益于丰富的水资源、温和的气候以及肥沃的土地，这里物产丰饶，滋养出了坚韧不拔的雅隆部族。他们兵强马壮，粮草充足，为日后松赞干布统一全藏提供了坚实的后盾。

高原田地

此地，更是松赞干布的故乡，藏族的发祥地。漫步在这片神奇的土地上，仿佛能见到一袭红袍的藏族勇士，他们傲然挺立于雪山之巅，开怀畅笑。藏族儿郎们怀揣着最虔诚的信仰，拥有最矫健的身姿，他们仰手接飞猱，俯身散马蹄，展现着无尽的英勇与活力。而当他们佩戴着洁白的哈达，跨越时空的界限，深入雪山腹地时，更是将这份虔诚与敬意献给了远方的客人。

跨越青藏高原历史的长河，我们回望囊日松赞，这位卓有成就的"赞普"（吐蕃时期百姓对君长的称呼，意为雄健的男子），更是松赞干布之父。他胸怀壮志，抱负非凡——矢志将众多小邦林立、各自为政的青藏高原整合于一己之力之下。尽管一代人的力量难以完成此等伟业，但幸运的是，他的儿子松赞干布有完成这项伟业的希望。为了更好地培育这位接班人，囊日松赞对儿子松赞干布进行了严苛的训练——唯有达标方可休憩，唯有优异方可享用午餐。不论炎炎夏日还是寒冷冬季，松赞干布的身影始终驰骋于马背之上，马蹄声伴随着他与父亲征服山川、征

天下独有白牦牛 • 023

战草原的征程。

在松赞干布年仅十岁时，他的武艺已在宫廷中崭露头角。及至少年时期，他更是敢于骑马深入山野，猎杀野牛野马。其骑射技艺堪称绝伦，目光远大的父亲还特地邀请了草原上杰出的师傅亲自传授技艺。此外，松赞干布不仅接受了草原文化的熏陶，更涉猎了中原文化。受父亲的影响，少年时代的松赞干布已展现出非凡的才华与潜力，无疑是囊日松赞的杰出传人。

在松赞干布长到十二岁之际，其父遭仇敌毒手，他遂继承赞普之位。登基后，他一方面积极追查凶手，严惩不贷；另一方面，他着力整顿军务，迅速平定各地叛乱，统一各部族，选定逻些（今拉萨）为都城，从而奠定了吐蕃政权的基石。自此，一位王者引领着他的王国在高原之上崭露头角，熠熠生辉。

随后，松赞干布相继征服周边的苏毗、多弥、白兰、党项、羊同等部族，进一步巩固和扩大了吐蕃的疆域。他致力于发展生产，提升国力；派大臣创制文字，促进文化繁荣；制定法律，确立官制、军制，使国家管理更加规范有序。在松赞干布的英明领导下，吐蕃势力日益强盛，最终实现了对西藏高原地区的统一，逻些城作为都城，更加彰显出其政治和文化中心的地位。

文成，系宗室之女。贞观十五年（公元641年）正月十五日，特行册封之礼，嫁于吐蕃赞普松赞干布，由江夏王亲自护送入藏。松赞干布于河源亲迎，见江夏王，行子婿之礼，甚恭谨，赞叹大国服饰礼仪之美妙绝伦，俯仰之间流露出愧色与沮丧之情，对亲近之人言曰："我父祖未有通婚上国者，今我得尚大唐公主，为幸实多，当为公主筑一城，以夸示后代。"

公元641年，正值松赞干布壮年之际，他自远方迎娶了同样智慧过人且胸怀壮志的文成公主，她成为他人生中至关重要的伴侣。雅砻河谷，这片神秘之地，江水蒸腾，雾气缭绕，仿佛诉说着一段令人陶醉的传奇爱情故事。这片辽阔而富饶的土地，孕育着万千生灵，见证了松赞干布与文成公主如雪莲花般纯洁无私的一生。

距乃东区约两公里的贡布日山南麓，屹立着昌珠寺这座历史悠久的建筑。传说，该寺由松赞干布与文成公主亲自筹划并主持修建，其所在之地林木繁茂，景致优美，自古以来便是山南市的政治、经济中心之一。寺庙南临巍峨的喜马拉雅山脉，北接雅鲁藏布江畔的潺潺流水，历经千年沧桑，至今已有1300多年的历史。昌珠寺不仅是吐蕃时期西藏的第一座佛堂，更是藏族文化的重要载体，为后世留下了宝贵的文化遗产。

传说，文成公主入藏后，曾细心观察天象，发现西藏地形犹如一仰卧的女魔之姿。其中，昌珠寺所处的位置恰好是女魔的左臂，为镇住此地形，建寺之举势在必行。在寺院建设之前，该地原有一湖，湖中藏有五头怪龙，后松赞干布化身为大鹏，成功降伏此龙，昌珠寺之名由此而来，意为"鹞龙寺"。此寺落成后，成为松赞干布与文成公主的冬季居所，而文成公主曾使用过的灶具至今仍妥善保存在寺内。

昌珠寺又被称为"昌珠卓玛拉康"，即"昌珠度母殿"之意，寺内共有神殿二十一座，分别代表二十一度母（观音菩萨之化身）。尤为珍贵的是，寺中藏有一幅举世罕见的珍珠唐卡，堪称文物瑰宝。此唐卡长二米，宽一点二米，耗费珍珠二十六两，共计珍珠二万九千零二十六颗，并镶嵌钻石一颗、红宝石二颗、蓝宝石一颗、紫宝石零点五五两、绿松石一百八十五颗以及珊瑚

山谷村居

一千九百九十七颗。画面色彩丰富,有红、黄、绿、黑、白等多种色调,周围更饰以祥云、鲜花、飞鸟、花瓣等图案,极富艺术价值。

此幅珍珠唐卡乃元末明初帕木竹巴政权时期,由乃东王后出资制作而成,名为"观世音菩萨憩息图",原为献给孜措巴寺的供养品,后成为昌珠寺的镇寺之宝。昌珠寺内藏有诸多珍贵文物,而这幅珍珠唐卡更是其中的翘楚,以其精湛的工艺和悠久的历史价值而享誉世界。即便隔着玻璃,那历经千年仍熠熠生辉的珍珠光泽,以及那怡然自得的微笑面容,都足以令人心驰神往,难以忘怀。如今,这幅珍珠唐卡已被列为国家一级文物,受到重点保护。

在昌珠寺之侧,屹立着文成公主之雕像,历经千年风霜雨雪,她始终面带微笑,慈爱地庇佑着这片土地的子民。她的深情目光仿佛在欢迎着来自四面八方的游人,亦在凝望着这片土地日新月异的变迁,见证着藏汉民族间深厚的情谊与友谊。

雅砻河谷,作为历史的见证者,不仅见证了吐蕃昔日的辉煌与峥嵘,更以其丰富的自然景观和人文风貌,展现了独特的魅力。这里既有巍峨的雪山冰川、宁静的田园牧场、宽阔的河滩谷地以及繁茂的高山植被,又有充满神秘色彩的神山圣湖、历史悠久的古迹遗址以及淳朴的民风民俗。

雅砻河畔

在这片神奇的土地上,雅砻河谷更被誉为动物的乐园。若是有幸踏足此地,你或许能目睹那被称为高原神兽的牦牛,它们又被称为西藏牛,是高寒地区特有的珍稀物种。值得一提的是,"六牦牛部"部落便是发源于此,为这片土地增添了更为浓厚的历史底蕴。

乃东牦牛

据说大约在公元前3世纪,以聂赤为首领的部落居民已经活动于雅砻河谷流域。传说聂赤是"天神天父六君之子墀顿祉"的后代,做了"六牦牛部"的首领。唐蕃会盟碑中称聂赤赞普为"圣神赞普鹘提悉补野",意为"神圣的光照人间的悉补野部落首领","六牦牛部"和"悉补野部落"皆指雅砻部落。

白牦牛是比较稀少的牦牛品种之一。在藏族牧人眼里,它象征着财富和神圣。传说在止贡赞普统治时期,奸臣罗阿木达孜篡夺了王位,并迫使王妃去放牧马匹。一天,王妃在放牧时入睡并梦到雅拉香布神山化作一头白牦牛。醒来后,她发现一头白牦牛正站在她面前,随后突然消失不见。王妃怀孕满月时,诞下了一个蠕动的血块。她不忍心将其遗弃,于是将其放入一个带有温度的野牦牛角中,用牛奶喂养,并悉心照料。此后,一个可爱的男孩从牛角中诞生,因此得名"茹莱杰",意为从牛角中出生的人。这个男孩长大后,铲除了奸臣罗阿木达孜,平息了吐蕃王朝内乱,成为"吐蕃七贤臣"之一。

藏族人民将白牦牛尊为雅拉香布雪山的化身,并将其神圣化为一位身披白衣的神灵。这位神灵左手握着一杆装饰有五色彩线的短矛,右手则挥舞着一把光芒四射的水晶剑,骑着一头巨大的白色牦牛。白牦牛口中和鼻孔中不断喷出雪雹，山神统领着十亿战神，忠诚地守护着雅砻地区的安宁。雅拉香布雪山神的配偶名为朗勉托吉普玉，她是天界女神的领袖，身着淡红色的衣裳，右手控制着闪电，左手掌握着冰雹，驾驭着闪电翱翔天际。相传，到了公元7世纪，印度密宗大师莲花生来到吐蕃，传播佛教，并成功地将雅拉香布雪山神收服，使其成为佛教的护法神。

据敦煌古藏文记载："雅拉香布乃吐蕃王国众山神中地位仅次于冈仁波齐神山。"雅拉香布雪山位于西藏山南地区乃东区，藏族先民发祥地之一的雅砻河谷，海拔6647米，其方圆几百里的冰川，是雅砻河的源头。雅拉香布藏语意为"上部守护之神"，在"世界形成之九神山"中排列第二。这里的先民们利用雪山融水修筑渠道，灌溉农田，极大地提升了雅砻河谷的农业生产力和居民的生活水平。因此，生活在雅鲁藏布江南岸、雅砻河流域的人们对雅拉香布雪山怀有深厚的感激之情，将其尊崇为吐蕃统治区域内地位崇高的神山。

踏足雅砻河谷，我们得以探寻其"冬宫"之奥秘，领略那举世罕见的珍珠唐卡之风采；亦可亲临其"夏宫"，感受那沃野千里、田园风光的宁静与美好。此外，我们还可游览"青稞之乡"，品尝那醇厚甘甜的青稞酒，品味其独特风味；亦可参观"藏源草原"，欣赏那精美绝伦的藏族服饰，领略其独特魅力。

西藏之景宛若仙境，雪山巍峨耸立，草地广袤无垠，牛羊成群悠然自得。人生若得如初见，则世间万物皆显空灵之境。雅砻河谷，其景致足以令人忘却尘世烦忧，西藏文明之瑰丽令人叹为观止，生态和谐令人欢欣鼓舞，神秘传说更使人沉醉其中。

"我从未想过离开，江河可鉴，雪山为证。"

清澈双眼赏冰湖

林芝措木及日湖水利风景区

　　林芝措木及日湖水利风景区，位于西藏自治区林芝市八一镇，是比日神山国家级森林公园的核心区。措木及日湖，又称"冰湖"，藏语意为"观音的眼泪"，由措木及日湖、昂错和天眼湖几处高原湖泊组成，是一座古冰碛湖。景区面积45平方公里，景观带长约18公里，景区有冰湖、雪峰、金竹、彩林、花海等奇特美景，拥有措木及日和昂措湖等高山湖泊，有姻缘松、巴吉牧居、神牛祈寿、旧伐木与茶马古道遗址、工布庄园遗址等景观点；有原始森林，竹海、溪流、雪山、草甸；有观音、度母以及工布王子神牛返湖等美丽传说；景区内还有100余种植物，200余种动物，景观层次丰富，文化底蕴深厚，是动植物的天然乐园。

　　2010年，林芝措木及日湖水利风景区被水利部批准为国家水利风景区。

林芝，古称工布，为青藏高原人类原始文化发祥地之一，历史可溯至史前。45000年前，该地已有人类定居，从事农业。林芝是古象雄文化传承的首站，文化底蕴深厚。古象雄王子敦巴辛饶在此传授古象雄佛法，使之成为古象雄佛法初传教法的圣地，亦是继承和传播古老象雄文化的沃土。随着西藏旅游文化的发展与繁荣，林芝凭借"低海拔、气候宜"的自然条件优势和"西藏江南"的称号，日渐成为众多游客进入西藏旅游的热门城市。

雪中步道

日光从中心向四周发散，湖水用她的纯净将天空铺展在地平线上，厚雪覆盖林芝市静谧的冬，浮冰在暖意萌生时清脆朗朗地碰撞湖岸。虫豸唤醒密林，大朵大朵的花盛开、枯萎又腐烂，狼群在夜里用幽光泛泛的眼审视，湖底的黑鱼将一生缄默在没有光线穿透的水底。陆地的主宰是湖岸边顽强生长的花木，古老植物的根在向地底探索。我们的肉眼，看见山河错移，看见万物进行生命的循环，透过稀薄的大气看见星空灿烂、日光辉煌。在措木及日湖，变幻莫测的背后是万物生灵的静默运动，彰显着生命的奥妙。

措木及日湖又称"冰湖"，是一座古冰碛湖，是古冰川活动的杰作：古冰川消退时，冰碛物形成凹地，冰碛物阻塞河床、冰川谷积水形成了湖泊。拉萨的平均含氧量约为平原的70%，到了林芝市，这里有漫山遍野的原始森林，保护完好，是天然氧吧，含氧量达到了平原的80%以上，"雪域江南"名不虚传。在西藏，流传着"天上有仙境，人间有措木及日"的说法，茂盛的原始森林，常年笼罩着云雾，如仙境般呈现在人们眼前。

路两旁，杂树上结有松萝，这种松萝对空气质量有严苛的要求，空气中有一点点污染就不能存活，措木及日景区到处可见松萝，无疑是松萝的天堂！

景区里还有犹如梦境一样的花海世界——普日玛花海。

早春三月，报春花开始绽放，十月遇见格桑花海——这其间，各种各样的高山花卉就像排队一样，一个个地展示出它们绚烂多姿的风采。这些花儿，色彩斑斓得就像一块块精美的锦缎，壮观得又好似一片无边的海洋。想象一下，这些绚烂的花卉与青翠的森林、蔚蓝的天空和平静的湖水交融在一起，简直就像一幅美丽的画卷。

夏季，正是龙胆花、塔黄、桃儿七开放的好季节，如果你运气足够好，还能欣赏到漫山遍野的黄杜鹃，简直美得让人窒息。此时，如果你漫步在花海栈道上，一边观赏着这些盛开的鲜花，一边聆听着林间清脆的鸟鸣，再感受习习微风吹拂的惬意，那简直就像是走进了一个梦幻的世界，让人流连忘返。

穿过五彩斑斓的普日玛花海，我们惊喜地发现那赫赫有名的措木及日湖正静静地躺在眼前。这湖啊，四周被群山环抱，仿佛是众星捧月般被四季青翠的冷杉簇拥着，那湖光山色简直美得让人目不暇接！

瞧，远处那几匹马儿，它们正悠闲地躺在草地上晒太阳，享受着这宁静而美好的时光。湖面上，几只赤麻鸭悠闲地游弋着，时而低头觅食，时而抬头观望，仿佛在欣赏这如诗如画的景色。

整个画面充满了生机与活力，让人仿佛置身于一幅美丽的画卷之中，感受着大自然的神奇魅力。

措木及日湖是冰川融水，无污染，是八一镇的备用水源。站在湖边，那清澈见底的湖水，让人心里感觉特别舒畅，好像所有的烦恼都被这碧蓝的湖水给冲走了一样。这湖水真是让人心旷神怡啊！

常言道，一场秋雨一场凉，冬天的措木及日，则是一场冬雪一场梦，是一场山与雪、湖与冰、荒野与赞歌的人间幻梦。这片雪中的圣地上虽然没了碧波荡漾，没了惠风和畅，但此时的她晶莹剔透得宛若纯净无瑕的碧玉，优雅娴静。林下雪疏疏，漫天纷飞的雪让人想起川端康成的《雪国》，不，是更加辽阔的存在。一望无尽的远，纯粹的白。措木及日其实不单是一个湖，而是由3个湖组成的高山湖泊群，其中措木及日湖和昂措相传是由观音菩萨双眼所化，更高处的小湖则是"天眼"所化。到了冬季，"天眼湖"结冰变成了白色，在雪山的映衬下显得十分静谧。由于天眼湖位于原始森林中，加上海拔高，鲜有游人涉足；加上湖面时常云雾笼罩，变幻莫测，为它平添许多神秘色彩。

措木及日湖的两边屹立着终年积雪的神山，它仿佛是天地间最纯净的象征，披挂着一片深情不化的皑皑白雪。它不仅是自然奇观，更是藏民心中的圣地，寄托着他们无尽的信仰与希望。

雪的触角伸向那广袤无垠的土地，从巍峨耸立的雪山之巅，到碧波荡漾的圣洁湖泊，再到山脚下一座座古朴的小村落，最后是城镇里藏家人温馨的小院子……雪，无处不在，无时无刻不在为这片土地披上一层神秘而圣洁的外衣。

秋景

初冬时节，阿里、那曲等地的雪景已揭开朦胧的面纱。随着冬季的深入，雪越积越厚，覆盖了整个大地。深冬的拉萨、林芝等地更是银装素裹，一片洁白无瑕。那些原本熟悉的山川、河流、房屋，在雪的装点下，变得愈发庄重而神秘。

措木及日，这片被誉为雪域天堂的圣地，在雪的映衬下愈发显得圣洁。湖泊的水面在雪的映照下闪烁着耀眼的光芒，仿佛是天地间的一颗明珠。湖畔的藏民们身着五彩斑斓的民族服饰，在雪中劳作、生活，构成了一幅幅美丽的画卷。

冬景

当雪落满这片土地上的每一个角落，人们的身心仿佛也经历了一次洗礼。站在这片雪域天堂中，人们会感受到一种前所未有的宁静与祥和。那是一种远离尘嚣、回归自然的感觉，让人忘却了世间的纷扰与烦恼。

雪，是这片土地的灵魂，也是藏民们心中的信仰。它见证了这片土地上的历史变迁，也承载了藏民们无尽的期盼与愿景。在这片雪域天堂中，游人们仿佛能够触摸到那份深沉而厚重的信仰与文化，感受到那种源自内心深处的宁静与力量。

不下雪的日子里，可以欣赏原始森林的景象，茂密的丛林，高的是冷杉，矮的是漫山遍野的杜鹃，还有那狭长的沟谷，流淌而过的溪水，一群群的牦牛在山间安静地吃着绿草，浮云划过纯蓝的天空，一群鸟儿飞过……这份纯粹悠然，好像一幅山野图。措木及日澄澈的蓝与巴松措玉石般的绿形成鲜明的对比，让人不禁感叹大自然的鬼斧神工！湖水安然，天空静谧，在这样的环境里，都不敢大声说话，生怕破坏了这份超脱的感觉，所谓："不敢高声语，恐惊天上人。"

"观音的眼泪"——措木及日湖是西藏高原上的一颗明珠，纯净无瑕，晶莹剔透，是人们心中的圣湖。它深邃宁静，原始而古朴，蕴含着丰富而神奇的历史文化底蕴,同时亦是一枚珍贵无比的蓝宝石。在这片神奇的土地上,藏传佛教、原始巫教乃至中土道教均留下了丰富的故事与神话传说,为措木及日景区增添了浓厚的宗教文化氛围,令人深感其历史之厚重与神秘。

相传很久以前,林芝一带的百姓生活十分困苦,常年缺水,人们无法耕种,也无法发展畜牧业,大旱的时候还常常有人饥渴而死。观音菩萨目睹此景,深感悲悯,泪落成湖。因湖水的滋养,林芝地区的环境得以改善,树木葱茏,庄稼茁壮,百姓生活逐渐富足。时至今日,措木及日湖仍被当地居民奉为神圣之地,据传若在湖畔喧哗或吐痰,即便晴空如洗,亦会顷刻间细雨绵绵。

沿着通往措木及日湖的小路前行,会看到道路两旁出一片璀璨夺目的金色竹海。据古老传说记载,财神菩萨曾在措木及日山中的某处岩洞内修行悟道,当时,众多当地村民慕名而来,竞相虔诚朝拜。其中,有一位名为启嘉的村民,在朝拜途中偶然发现了财神遗落的黄金手杖,便心生贪念,私自将其占为己有。

然而,当启嘉行至一处山泉旁,放下手杖饮水之际,那黄金手杖却突然幻化成漫山遍野的金色竹子,熠熠生辉,蔚为壮观。财神菩萨显灵,向他揭示了世间真理:"世间的财富本属天下人共有,那支金手杖现已融入这片金色的竹海之中。唯有勤奋努力、有缘之人,方能洞察其奥秘,并从中汲取无尽的财富。"

传说在这片神奇的土地上，还生长着两棵千年古树——"千手观音树"。这两棵高大的喜马拉雅冷杉树，高达55米，树径达150厘米，历经千年风霜，依旧屹立不倒。传说在观音菩萨将措木及日湖点化为自己的魂湖之后，前来朝拜的信徒络绎不绝。然而，由于道路崎岖，常有信徒不慎跌入湖中。观音菩萨心生怜悯，便抛下两片树叶，化为这两棵参天大树。它们的枝叶茂盛，如同千手观音的佛手一般，守护着众生，故得名"千手观音树"。树上总有当地人挂的哈达，以作祈福之意。虽然这些只是美好的传说，但不得不说，这体现了当地人民对美好生活的向往。

措木及日湖也是著名的茶马古道的重要组成部分。在抵达景区入口后，沿蜿蜒曲折的道路前行，步行约三公里，即可抵达茶马古道旁的古瞿康泽寺对面的一座山峰，名为"万堆山"。此山峰形态酷似布达拉宫。据史书记载，瞿康泽寺乃由一位名为曲巴仁布切的活佛亲自主持修建。寺庙竣工之日，万堆山突发金光，原本茂密的森林瞬间消失无踪，一座形似布达拉宫的峭壁赫然呈现，供工布地区的信徒前来朝拜。

据民间流传，具备佛缘之人，若心怀虔诚，遥望这座山，站在吉祥桥上向西眺望，就可见陡峭崖壁上生长的树木以"之"字形姿态向上延伸，形态酷似布达拉宫的梯步，山顶更可映照出他们心中那神圣的布达拉宫幻影。因此，这座山被当地民众亲切地尊称为布达拉宫神山。更有传说，在宁静安详的夜晚，有缘之人还能隐约听闻诵经之声、敲锣之音以及法号吹奏的旋律。

在距离景区大门四公里之遥的幽静之处，一块巍峨的磐石之上，两棵松树屹立其间，彼此紧密依偎，共同生长。这便是闻名遐迩的"姻缘松"，其中一棵挺拔雄伟，尽显阳刚之气，另一棵则柔美纤细，具有女子之婉约。二者宛如一对情深意切的男女，相互依偎，共谱佳话。

据传，在活佛的指引下，古时的工布王子与一位美丽的公主相识相恋。他们在历经种种艰辛与挑战后，真情流露，感动了佛祖。于是，在一夜之间，他们为爱种下的两颗种子便化为了千年巨树，象征着他们坚贞不渝的爱情，也成就了一段传世佳话。

民间盛传，凡是对着姻缘松虔诚许愿的男女，相爱的双方能够白头偕老，共度余生；而未婚的男女，则能够收获美满幸福的爱情。因此，姻缘松成为众多恋人心中祈求永恒爱情的圣地。

如果你有机会到林芝市旅游，措木及日的美景和美丽传说一定会让你流连忘返。这里青山滴翠，绿树常青，天空的风云变幻，色彩迷离，山腰云雾缭绕，宛如童话世界。在这里，万物发出声音，我们能感知到地球万千生命一个个微小的叹息。草木拔节的声音，高山隆起的声音，鸟兽相呼的声音，人类祈祷的声音……这些渺小却气象万千，微不足道却又灿烂盛大的声音共同构成了措木及日。它的水天一色，湖光山色，以及草地上各类高山花卉，都会让我们赞叹大自然的造化。那清澈的湖水让人想掬一捧蓝天洗脸，或者化作一条小河，长留此地，看蓝天白云、赤麻鸭嬉戏，与大自然的奇景融为一体。

措木及日水利风景区以其独特的自然风光和深厚的文化底蕴吸引着众多游客。未来，随着生态保护和旅游开发的深入，景区将进一步提升生态价值，丰富旅游体验，成为人与自然和谐共生的典范，为林芝乃至全国的生态文明建设贡献更多力量。

这里的美纯净、绚烂，充满着天然的质朴和传奇的味道，相信在不久的将来，它将融合原生态的纯美和现代文明的瑰丽，为您展示最独特的魅力！

月出邛池多诗意

西昌邛海水利风景区

西昌邛海水利风景区是河湖型水利风景区，位于四川省凉山彝族自治州西昌市，地处西南亚热带高原山区，流域跨凉山州三市县。风景资源以邛海湖泊、彝族风情为主，兼具气候、生物、宗教等多种优势。风景区资源丰富，人文历史厚重，自然景观独特。风景区规划总面积69.4平方公里，水域面积38.5平方公里。根据资源特色和开发价值，采用"一园两带三片区"布局，以自然环境为本，主要功能包括水利休闲、生态旅游、文化体验、康养娱乐等，具有自然环境与人文环境和谐统一的绿色环境。邛海是西昌市区工农业及城镇生活用水的重要水源，同时也是一个充满魅力的旅游目的地。每年冬季，游客们纷纷前来晒太阳、吃烧烤、赏月亮，感受"月出邛池多诗意"的浪漫。

2016年，西昌邛海水利风景区被水利部批准为国家水利风景区。

邛海，作为四川省的第二大淡水湖，是西昌市周边极为宝贵的自然湿地资源，在生物多样性保护方面扮演着不可替代的角色。同时，它也是西昌中心城区不可或缺的水源地。为了保护邛海，西昌市投入了巨大的努力，秉承"修复一片湿地，救活一个湖，造福一方百姓"的治理理念。通过立法保护、规划指导、生态搬迁以及流域综合治理等多方面措施，西昌市致力于实现城市发展与邛海生态保护的和谐共生。

在这里，人与自然的和谐共处、人与山水的完美融合得到了生动体现。如今，邛海湿地作为西昌的"母亲湖"，宛如一颗璀璨的明珠镶嵌在城市的心脏地带，深植于人们心中。它以高原淡水湖泊的独特魅力和四季如春的气候，被誉为"高原明珠，春日湿地"。

阳娇月雅地钟灵，四季如春画卷城。邛海空中白鸥舞，泸山峰上彩幡迎。茶香古道千秋马，箭傲天庭万里程。四面青峦腾瑞气，风流锦绣溢霓屏。

这是一名银川退休老人对西昌与邛海的深情赞颂。西昌，为中国的航天史上写下了浓墨重彩的一笔，它结束了中国租用外国卫星看电视的历史，我们现在看的电视节目的电磁波信号都是由西昌发送的卫星传送的；它开启了中国探索神秘太空之旅，我国探月工程的首颗绕月人造卫星——"嫦娥一号"从这里启程奔向38万公里外的月球。在这个美丽的城市，邛海，是镶嵌在它大地上的一颗璀璨明珠，那是世间少有的胜景，是游人

邛海步道

一生值得一去的地方。

西昌市位于长江上游,历史悠久,为中国西南重要城市,是南方丝绸之路上的明珠。汉代西南夷之一的"邛都夷",就分布在今四川凉山彝族自治州西昌、德昌地区。秦汉起,王朝中央政府在此设郡县管理。中华人民共和国成立后,设西昌专区。1978年撤销西昌专区,并入凉山彝族自治州,成为西昌市。自并入凉山彝族自治州后,西昌市不仅继续保留了其作为地区政治、经济、文化中心的地位,而且依托其独特的地理位置和丰富的资源,逐步发展成为西南地区一颗璀璨的明珠。

西昌市地处四川盆地与云贵高原之间的过渡地带,山川秀美,气候宜人,拥有丰富的自然资源和人文景观。这里有壮观的邛海,湖水碧波荡漾,四周群山环抱,景色如画。西昌市海拔高,空气洁净,一年四季碧空如洗,全年日照达300多天,因而享有"月亮城""太阳城"的美誉。

西昌城东南的邛海位于青藏高原横断山区东缘,《马可·波罗游记》曾这样描述它的美丽:"碧水秀色,草茂鱼丰,珍珠硕大,美不胜收,其气候与恬静远胜地中海,真是东方之珠啊。"这颗"东方之珠"说的就是邛海。2016年,西昌邛海水利风景区正式成为国家水利风景区。

在四川凉山彝族自治州,关于邛海的成因,一直流传着两个古老的民间传说:汉时邛都县沉陷说以及明清时宁远府沉陷说。这些传说在民间口口相传,流传甚广,给这片水域增添了几分神秘色彩。

还有一种说法是,邛海的形成与梓潼县的沉陷有着密切的关联。在阳光明媚的日子里,当湖水清澈透明时,游客们能在青龙寺附近的水域中,隐约见到水底的筒形瓦顶,它仿佛是在诉说着一个古老而神秘的故事。这一奇特的现象,在古代的文献中也有所记载。《后汉书·西南夷列传》以及泸山光福寺明代的《泸山碑记》中,均对此有所描述,为这一民间传说提供了历史依据。

1975年，科学家们在对邛海进行调查时，在离湖岸数十米的水下，惊奇地发现了屋基条石。这一发现进一步印证了地震成海的传说。然而，尽管这些证据似乎为地震成海的说法提供了支持，但历史文献中的记载却与此相悖。

据考，汉武帝时期，伟大的史学家司马迁曾亲自到访过西昌、邛海地区。然而，在他的著作《史记》中，却从未提及"邛都地陷成海"的说法。这一矛盾之处，使得邛海的成因变得扑朔迷离，引发了人们更多的好奇与探讨。

为了解开这一谜团，科学家们进行了大量的研究。他们通过对邛海周边地质环境的考察，以及对历史文献的深入挖掘，逐渐揭示了邛海形成的真相。原来，邛海的形成并非单一原因所致，而是多种自然因素共同作用的结果。在地质历史时期，邛海地区经历了多次地壳运动和气候变化，这些自然力量塑造了邛海独特的地理形态。此外，人类活动也对邛海的形成产生了一定的影响。例如，历史上的水利工程和农业开发等活动，都在一定程度上改变了邛海的水文环境。

既无邛都地陷成海一说，那么神话便有了市场。

有关邛海的形成，有两则神话。一是大蛇吞骏马，一是蚯蚓变飞龙。

相传，古代邛都县的一个孤寡贫困的老太婆喂养了一条头上长着角的大蛇。大蛇外出觅食，吞食了当地县官价值千金的骏马。县官雷霆大怒，寻迹找到老太婆家，因未见大蛇而将老太婆杀害。大蛇回家后发现老太婆被杀，便托梦给县令说要报仇，之后的第四十天夜里，邛都县及周边四十里土地同时下陷形成邛海。而今，邛海东岸的青龙寺仍供奉有大蛇的显像，以祈求风调雨顺。

另传，在很久以前，西昌邛海是一个县城，叫梓潼县。城外住着一家母子俩。家里很穷靠打柴为生，儿子是个柴夫，每天都要上山砍柴，卖了才能买到一天吃的米。年复一年，天天如此，在他去砍柴的路边有一口露天水井。他每天去砍柴都要在水井边磨刀，有一天磨刀时不小心把手划破了，鲜血流到井里，变成一条小蚯蚓。他觉得很奇怪，但是他还是上山去砍柴。他每天挑柴到井边吃中午饭时，都要扔几粒饭给小蚯蚓吃。小蚯蚓一天天长大，吃得也越来越多，再后来，就要拿一半的午饭来喂它。有一天柴夫对蚯蚓说："我养不起你了，你自己去谋生吧。"

池上花海

不久蚯蚓托梦说："恩人，感谢你的养育之恩，明天你把堂屋打扫干净，晚上不要关门，我给你拿粮食来。"到了第二天晚上，天空突然狂风暴雨，半夜只听得堂屋里有"唰唰"的声音，等到第二天早上起来一看，堂屋里堆满了稻谷，这时他才知道，小蚯蚓变成了龙。第二天财主跑到自家的田里一看，稻谷没了，只剩下稻茬，便报了官，官府搜查出柴夫家中堆了许多稻谷，将他抓了起来，准备第二日开堂问斩。龙又来托梦，说你不要怕，明天升堂时，大堂中会长出三根竹笋，你蹬断旁边的两根，你就得救了。

第二天升堂时，果然公堂中冒出了三根竹笋，柴夫蹬断两根，顿时冒出两股巨大的水流，而中间的那根竹笋竟变成了龙，柴夫和百姓骑上龙飞走了，公堂被淹没了，后来梓潼县就变成了一片汪洋。

实际上，邛海属典型断陷湖，约在150万年前，青藏高原东部地势总体呈西低东高，造成古金沙江等河流自东向西流，水流堵塞逐渐汇聚成了"昔格达湖"。此后的百万年中，青藏高原持续隆升，地壳活动和形变不断地增强，众多年轻山系形成，地势也逐渐演变为西高东低，水热条件慢慢发生改变，金沙江开始自西向东流，"昔格达湖"不断萎缩，仅在断裂下陷的地方残留着的小湖泊，邛海于是成功实现由"堰塞湖"向"构造湖"的转变。

独特的地理地貌造就了邛海四季如春的气候，红枫翠柏，繁花锦簇。同其他高原湖泊一样，邛海静谧安宁，波澜不惊，湖光山色两相和，水影天光同一色，仿佛"人在画中游"。

除此之外，邛海水利风景区地形特征显著，其地貌形态展现为东、西、南三面环山之势。具体而言，西侧屹立着泸山，南侧则延续着大箐梁子向北伸展的山体余脉。而在这三面山体的环抱之中，主要分布着邛海湖盆区，该区域开口朝向西北方向。至于北面，则是广袤的邛海沿湖平原，为风景区增添了一抹平阔之美。在这些地形中，泸山山峦奇秀，以幽、秀、雅、雄为特征，被誉为"川南圣境"，观赏性较高。这些独特的地理环境造就了邛海独特的天象景观，令人叹为观止。

其一为邛池夜月。这是邛海景观之一绝，邛海的大多数夜晚是满天星斗，或明月高挂，特别是每年农历八月十五日夜晚，月大而明亮，月光皎白如雪。此时"月出邛池水，空明澈九霄"，漫天星辰，皓月凌空，光照湖面，万缕银丝，星光闪烁之美景，无不令人称绝。

其二为碧波朝阳。景区内降雨较为集中，干湿季节界限清晰。每年自11月起至次年5月，该地区进入干季，风力较为强劲，阳光照射充足，天空晴朗，红日高悬。每日午前时段，风力减弱，湖面平静，仿佛一面明镜；然而，午后风起，加之潮汐的影响，原本宁静的湖面瞬间波涛汹涌，浪涛借助风势愈发高涨，波浪高达尺余，后浪推前浪，波涛连绵不断，宛若无数银龙在嬉戏翻腾,景象奇特且引人入胜。

其三为渔村夕照。水产类动物成熟时,渔民们遵循自然规律,在晨昏时分入湖捕鱼。水面之上,渔舟穿梭,渔网舒展,活像一幅动人的劳作画卷。渔船上欢歌笑语,捕鱼口令声声入耳,与水面拍打声交织成生动的湖上乐章。夜幕降临,渔家炊烟袅袅升起,为湖面增添生动色彩。渔家乐的景象宛如精美画卷,令人陶醉。

渔民丰收

邛海流域现有藻类植物约61属250余种,分布于蓝藻门、绿藻门、裸藻门、甲藻门、黄藻门和硅藻门等。鸟类种类丰富,突破300种,其中骨顶鸡、池鹭、红嘴鸥、小辟鸟虎鸟、绿头鸭数量较多。珍禽鸳鸯、白腰草鹬、白鹭等均为特色鸟类。珍稀繁殖鸟紫水鸡以邛海湿地为重要栖息地。土著鱼类有20余种。

邛海是彝族文明的发源地。邛海之水,孕育了5000年灿烂彝族文明和中国最大的彝族聚居地——西昌,直至如今,邛海依然是彝族人心目中的圣湖,彝族人的后代仍然世世代代繁衍生息在邛海边,耕田、渔猎、祭祀、生活。邛海水利风景区,不仅以其秀美的自然风光吸引着无数游客,更因其内部和周边浓厚的彝族文化而独具魅力。在这片土地上,彝族人民世代相传的传统文化和民俗风情,构成了景区独特的人文景观。

在这片土地上,有一座凉山彝族奴隶社会博物馆,它带领人们穿越历史长河，感受彝族奴隶社会的独特风貌。馆内陈列大量历史文物和资料，生动再现彝族奴隶社会的生产生活、宗教信仰、社会结构等。

火把节、彝族年等传统节日是邛海水利风景区彝族文化的重要组成部分。火把节尤为盛大，彝族人民盛装欢庆，祈求丰收和好运。节日氛围浓郁，展现彝族文化的独特魅力。此外，彝族的毕摩文化、杆杆酒、坨坨肉、换裙礼、彝族选美等民俗风情也精彩纷呈。毕摩传承文化，杆杆酒和坨坨肉蕴含文化内涵，换裙礼标志少女成年，彝族选美展现姑娘们的风采。

值得一提的是，邛海水利风景区的彝族火把节还曾被遴选为中国向联合国教科文组织申报2012年"人类非物质文化遗产代表作名录"的推荐项目。这一殊荣不仅彰显了火把节在彝族文化中的重要地位，也进一步提升了邛海水利风景区在国内外的知名度和影响力。

邛海水利风景区除了民俗风情，还有人文景观青龙寺。寺庙风格独特，融合了彝族和汉族建筑元素，是文化交融的见证。

在邛海水利风景区，游客可欣赏自然风光，深入了解彝族文化的独特魅力和底蕴。这里集自然景观和人文景观于一体，是游客不应错过的精彩之地。

为保障邛海旅游业的可持续发展，景区实施了湿地恢复工程，对邛海海岸沿线实施"退塘还湖""退田还湖""退房还湖"措施，恢复重建湖滨天然湿地等，现已形成"观鸟岛""梦里水乡""烟雨鹭洲""西波鹤影""梦寻花海""梦回田园"六期湿地旅游片区以及海河渔村、月色风情小镇、邛海宾馆等高品质休闲度假产品。

哦，朋友，携一缕清风，请唱着歌谣，来这里感受山间之明月、湖水之空灵，体味浓浓的彝族风情和民族文化，让清新的自然之美和浓浓的文化之美充盈您的心扉吧！

酒香飘溢山水间

泸州张坝水利风景区

张坝水利风景区位于四川省泸州市江阳区，依托张坝生态堤防工程而建，属于河湖型水利风景区，景区面积3.82平方公里，其中水域面积1.12平方公里。张坝桂圆林是该风景区的核心，桂圆林占地2200亩，拥有1.5万多株百年以上的桂圆树，以及其他珍稀植物如荔枝树和桢楠树。生态堤防水利工程具有防洪、生态调节、游览观光等多重功能，与张坝桂圆林共同构成了张坝水利风景区的主体。景区风光优美，酒文化浓厚，远看长江奔流，白鹭纷飞，野鸭成群，林木葱郁，分布着张家大院、桂王亭、揽桂楼、龙影长廊、桂水山庄、桂香广场、龙吟溪、夫妻树、景行台和卧龙树等多处景观，形成了以桂圆文化、休闲娱乐、旅游观光、生态保护、水文化科普教育于一体的多功能特色水利景观。

2016年，张坝水利风景区被水利部批准为国家水利风景区。

在泸州这片土地上，山清秀，水澄澈，到处青山叠翠，绿水悠长，林木葱郁，禽鸟欢鸣，田舍如画，居民淳朴，呈现一派自然、宁静、平和的景象。

来到此地，在清丽宁静的山水之间行走，心里定会洋溢很美好的感受。那一道道绵延的青山如画展现在眼前，那湖水、河水、江水唱着不同旋律的歌在你耳边作响，就连清风里也夹着草木香、酒香和花香，直沁入肺腑，脚下的路曲折悠长，身旁的花草树木微微摇晃，鸟在耳边欢叫，就连阳光落在这里，也显得无比透明和纯净。

湖面上波光粼粼，江面上浪花滚滚，河面上花瓣漂浮，各种形态的水体都深深地眷恋着这片土地，它们以柔软、欢快、纯净的姿态在这里尽兴地奔流、栖息、沉睡。那树木、庄稼和花草被它们养育得葱郁繁茂，桂圆林子里的树木们浓密得如绿色的绸云落在一起，阳光拼命地从枝叶缝隙间挤进来，投下斑驳稀疏的影子。在光影弥漫间，那圆乎乎的桂圆果挂满枝头，饱满圆润，模样诱人。荔枝树在阳光滋润下，叶片闪闪发亮，鲜嫩的荔枝迅速长大。

来到张坝水利风景区，享受大自然别样的恩赐，令人深受感动。看那弥漫的绿云落在大地上，它们的根是那么古老，多少年来深入土地，不屈不挠地生长，长出绿色翅膀，如云般伸展，缔造出甜润之果，恩泽一代代人成长。这铺天盖地的林木宛若绿海一样富有活力，使人震撼。这里林木遍地，古树参天，沧桑的树木历经风雨，仍枝繁叶茂，如巨伞罩住土地。

这里现有百年以上桂圆树15000多株，荔枝2000多株，桢楠树1000多株，素有"江畔氧吧，绿色天堂"之称。

这是一个属于树木的世界，众多的树木聚在这里，演绎着自然界的神奇故事。在这故事里，有一个古老的树王，它可是这些小桂圆树的祖师辈。这棵树王是十七世纪末，张氏人家在张坝种植下的第一批桂圆树中的一株,历经三百多年的风霜雨雪,这批树种中唯有它因顽强的生命力存活下来,展现出骄傲的王者风范,被誉为"树王"。树王苍劲古朴,浓荫蔽日,俨然一位披着绿衣的巨人傲然站立在林子里,成为泸州桂圆林的"活化石"和历史见证物。

林子深处有两棵夫妻树。它们相依相偎,已走过百年风雨,诠释着"在天愿作比翼鸟,在地愿为连理枝"的爱情姿态,以执子之手、永不分离的姿态成为爱情坚贞的象征。树木们是有灵性的,它们沉默无语,但在风清月明之夜,或许也在相互倾诉心事、表达爱意。

当你走近这些树木,也许你会羡慕它。羡慕它的顽强生命力,羡慕它们彼此相爱,永不改变,羡慕它们根在泥土、心在蓝天,一生为一个目标成长,摇曳绿色诗意,从不像人类那样充满烦恼。树越老,越有力量,树在很古老时,它云朵般的枝叶就会向天空伸展开去。

夫妻树

这里不仅有树木的绿浪在翻滚,还拥有一个奇石竞秀的世界。在桂圆林边上,每逢枯水季节,就会形成一个千亩沙石滩。沙石滩上奇石遍布,千姿百态的石头参差错落,不经意间,你就会捡到古怪有趣的顽石,细细端详,你会惊喜一笑。这里蕴藏丰富的长江奇石,奇石种类繁多,造型各异,晶莹剔透,具有极大的收藏和观赏价值,是中国奇石、中国雅石的宝贵资源发掘地。

在长江边的堤岸上漫步,远望长江,如一条巨大的白龙蜿蜒流过,江面上船只点点,落日的余晖里,江水泛着玫瑰色,浪花舔着堤岸,发出"咕咕"的声音。那阔大的江面波光粼粼,水花闪亮,令人心生出一种美好、充满力量的感觉。此刻，再凝视岸边的十里桂圆林长廊，只见树木葱茏，绿浪翻卷，滚滚长江从绿海中穿过，眼前景象气势磅礴，蔚为壮观。

黄昏时分，或许你已在这山水间走累了。不妨找一家靠江的门店，和好友静静坐下，品尝几盘当地小菜，小酌几杯泸州名酒。这时，坐在江边饭店搭建的亭台里，远望长江，看落日西斜，和友人对酒畅谈。那酒的醇香在唇齿间弥散，飘溢在空气里，和草木花香融为一体，令人沉醉。

来这里一定要喝泸州酒。泸州是个有名的酒城，泸州酒业始于秦汉，兴于唐宋，盛于明清。泸州最有名的酒是泸州老窖。它的传统酿造技艺在秦汉以来川南酒业发展的特定时空氛围下开始孕育，在元、明、清三代正式定型并走向成熟。

泸州老窖酒传统酿造技艺在我国酒类行业中享有"活文物"之称，它是我国酿酒技术和酒文化的一个典型实例，即使是科学发达的今天，它传统的制酒工艺也难以被现代技术替代。作为世界酿酒业的珍贵非物质文化遗产，这一传统技艺亟待保护和发扬。

有一则关于泸州曲酒的传说广为流传，有关古龙泉井之渊源所在。虽然现今此井已难觅其踪，但这一传说依然在当地民间口耳相传，为众人津津乐道。

传说，在泸州城南的凤凰山下，住着一位姓舒的樵夫和他的女儿。有一天，樵夫喝了几口山泉水，突然发现一条大红路，走着走着就迷路了。女儿得知父亲失踪，连夜去找，结果遇到萤火虫带路，来到了一个宫殿。在宫殿里，她遇到了一位长者，长者带她进去，只见父亲和龙王喝得正欢。原来龙王为了感谢樵夫救了它的三太子，摆了一桌宴席款待。樵夫拒绝了龙王送的珍宝，只接受了美酒。回家的路上，酒罐不小心掉进了井里，化成了水。这水喝起来就像仙酒一样美味。樵夫和女儿用这井水酿酒，酒香四溢，传得越来越远，成了泸州的一大佳话。据说，后来的

桂龙潭水系全貌

人就是用这井水酿出了泸州大曲,名气至今都不衰。

听着有趣的酒故事,和友人或家人碰杯痛饮泸州曲酒,那醇厚的酒香仿佛带着龙王的神气,令人飘飘欲醉。若是喝个七八成,朦胧中,看长江流水浩荡,黄昏里树木花影若人影般攒动,一切恍若仙境。这时,几分醉意几分清醒,别有一番"醉眼看花花不语,遥望长江水有情"的意境美。

泸州不光美酒名扬四海,这片飘溢着酒香的土地上也滋生了浓厚的民俗文化。

这里的雨坛彩龙以其悠久的历史和浪漫的龙舞表演艺术被誉为"东方活龙"。清光绪十八年(公元1892年)左右,当地艺人将原有的"草把龙"改成彩龙,到1919年,出现了第一条雨坛彩龙。自此每逢年节或婚丧嫁娶,当地百姓都要舞彩龙。雨坛彩龙的表演重在一个"活"字,"人龙合一"。表演时舞者"动于中而形于外""心有性情,手显神色""手随眼动,眼随心动"。

这里的江阳区的分水岭镇火龙节驰名中外,被评为四川省非物质文化遗产。分水岭镇火龙节在全国龙文化活动中独树一帜,是中国舞龙文

酒香飘溢山水间・049

化的一个杰出代表,具有悠远的历史渊源和深厚的文化底蕴。

分水岭火龙节源于民间传说——"分水张少年火烧恶龙"。传说古时候分水岭有条孽龙,浑身喷火,导致土地干裂、禾苗枯死,分水张姓青年与恶龙大战三天三夜,将恶龙烧死在镇境龚湾的"龙灯田",从此风调雨顺,五谷丰登。为了祈祷丰年、人畜平安,清代同治二年(公元1863年)正月十五,龚湾叶姓士绅自任会首,创办士绅、民众自愿参与、共同操办的火龙节,此后火龙节于每年正月十五举办,祖孙三代相继传承。其后又历三代,转由分水岭乡街村承办,由家族传承演变为现在的社会传承,2013年,撤乡建镇,改由现在分水岭镇分水社区承办。

"分水岭镇火龙节"是当地民众在长期农耕生产、生活中形成的为祷祝丰年、以舞龙和烧火龙活动为载体的群众性体育文化活动。火龙节表现了分水岭人征服大自然、开创幸福生活的信心、智慧和力量,寄予了人们祈求丰年、人畜平安的美好愿望。

畅饮着美酒,欣赏着黄昏落日、长江奔流的美好画面,感受每一片叶子在风里低语的声音,任林木葱郁的影子落在心间,任酒杯在眼前晃动,任遥远的传说在心里回响,任沸腾的火把燃烧在想象的世界里,这一切,是多么的惬意啊!

龙潭飞瀑

在这片充满生机的土地上,每一份惬意与宁静,都深深植根于张坝生态堤防水利工程的精心呵护之中。生态环境,作为人类社会赖以生存与发展的基石,其优劣直接关系到民众的幸福指数与生活质量。泸州市江阳区,一个历史悠久而又充满活力的城市区域,在2009年毅然决然地踏上了绿色发展的征途,以张坝桂圆林公园为起点,展开了一场前所未有的生态保护与建设战役。

张坝桂圆林,这片承载着无数记忆与希望的绿色宝地,曾一度面临着土壤沙化、江水肆虐、采砂堆石的严重威胁,以及居民高密度生产生活所带来的环境污染、树木老化死亡的严峻挑战。面对这一系列生态环境恶化的

桂圆林

问题,泸州市江阳区没有退缩,而是选择了迎难而上,以绿色、可持续发展的理念为引领,全面启动了张坝桂圆林的保护性开发建设项目。

该项目不仅仅是对一片林地的简单修复,更是一场深刻的生态文明建设实践。通过"科学规划、多元整合、强效管理"的全方位策略,张坝桂圆林逐渐焕发出新的生机与活力。科学规划确保了工程的有序推进与资源的合理配置;多元整合则促进了政府、企业、社会等多方力量的共同参与和协作;而强效管理则保障了工程质量的持续提升与生态环境的持续优化。

经过数年的不懈努力,张坝桂圆林的森林覆盖率实现了显著提升,昔日的生态伤痕被绿意盎然的植被所弥合。水土流失的综合治理率高达95%,这一数据不仅是对工程成效的直观体现,更是对长江沿岸水土保持工作的重要贡献。张坝桂圆林,已从昔日的生态重灾区转变为如今的绿色生态屏障,为长江上游的生态环境保护树立了典范。

张坝生态堤防水利工程还充分发挥了其多功能性。作为集水利观

光、生态旅游等多功能于一体的旅游目的地,它不仅为当地居民提供了休闲娱乐的好去处,还吸引了大量游客前来探索与体验。防洪、生态调节、游览观光等多重功能的实现,使得该工程的经济效益、社会效益和生态效益得到了有机融合与提升。

更为重要的是,张坝生态堤防水利工程作为长江沿岸的重要工程之一,为沿岸居民提供了坚实的安全保障。在自然灾害面前,它如同一道坚不可摧的防线,守护着这片土地的安宁与祥和。同时,该工程还促进了泸州市的城市可持续发展与生态文明建设,成为城市形象的一张耀眼名片。未来,张坝生态堤防水利工程将继续发挥其重要作用,为泸州市乃至整个长江沿岸地区的生态环境保护与经济社会发展贡献力量。在这片绿意盎然的土地上,人与自然和谐共生的美好愿景正逐步变为现实。

张坝景区的美无论用尽多少华丽的语言也难以描述,只能任你一颗敏感的心细细地感悟,在那酒香飘溢的山水间,你已深深地醉了,醉得难以自拔。

天上池水落人间

广安华蓥山天池湖水利风景区

广安华蓥山天池湖水利风景区位于四川省广安华蓥市天池镇、红岩乡，属于水库型水利风景区。景区属于深丘、低山及中山区，地势连绵起伏，错落有致。依托天池湖水体，景区整合山水自然景观、动植物资源、历史人文景观、民俗风情、工程景观于一个有机整体，保持山水自然原汁原味的野性与美感，留住历史文化遗产的沧桑与原貌，不着痕迹地融进当今的民俗风貌和社会风景。景区内不仅有美丽的自然风光，还有丰富的人文景观。晚清第一词人、书法家赵熙曾专程到此游览，留下了"天池公园"的匾额和"天池传侠笔，文苑鲁诸生"的楹联。此外，景区内还有月亮岛、白鹭岛、温泉半岛等多个景点，每个景点都有其独特的魅力，让游客流连忘返。

2016年，广安华蓥山天池湖水利风景区被水利部批准为国家水利风景区。

群山连绵起伏,首尾相接,环抱着中央沉静的湖水。天空极蓝极纯粹,是靛青色的,白色的云彩疏淡懒散,像是不知哪位仙人归去时遗忘的几道浅浅的白色墨迹,透着一股子浑然天成的随意与优雅。湖水似乎将天空的颜色全盘接纳了去,成了一块干净的蓝色宝石,不含一点杂质,只有细腻的纹理泛着淡淡的微光。正可谓"云落清波若镜天""湖光山色绿黛敷"。湖泊四周的山棱角分明,棕色里透着点黄和灰,又零星地夹杂着绿色。这山谈不上秀美,她是干净利落的,是气质冷峻的,也是俊逸的,骨子里藏着一股独属于大自然的孤僻与野性。

这如诗如画的悠远美景,就是与天山天池、长白山天池并称"全国三大天池"的华蓥山天池湖。天池湖被山峦环抱在中央,冰清玉洁,关于她,老县志记载,宋代时,华蓥山突逢暴雨,雨水延续不断,冲落山上的树木,木塞于洞,雨水聚集,遂成天池。

天池仙境

但是，关于天池湖的来历，民间有一个口口相传的美丽故事。传说，很久很久以前的远古世代，天地初生，万物方始，天上的神仙们热衷于欣赏人间的壮美山川，乐此不疲。有一天，玉皇大帝的三女儿俯瞰华蓥山的峻美景色，沉醉于华蓥山的鬼斧神工，痴迷之间，不慎将手中的一面玉镜跌落下来，玉镜坠入华蓥山中央。玉镜亦爱华蓥山的美景，又沾染了群山的灵气，不愿意再回到天上。于是，霎那间，蓝色的水波自由奔涌，生生不息，几番星移斗转，最终归于沉静，形成了澄澈洁净的天池湖。三公主虽然不舍自己的宝镜，但亦陶醉于这山水相依的胜境，不忍心将其破坏，遂将自己的玉镜留在了华蓥山。自此，她常常在天上俯瞰华蓥山天池湖全景，觉得天池湖像一面玉镜镶嵌在群山中，心下觉得很是快慰。

圣洁优美的天池湖因此萦绕着神秘的色彩，被人们视作是上天的恩赐。她是亲切而慷慨的，同样是温柔而慈悲的，是哺育生命的源泉。湖面上常常漂浮着小巧的木舟，当地人执一柄纤长的木桨，在湖上乘舟游弋。傍晚时分，夕阳西下，半边天空全染成了绯红色，天池湖也像饮醉了酒，透着热烈的红，一下子令人亲近起来。归来的船头上，人们唱着钟爱的小调，真是一幅"渔舟唱晚"的生动图景，蕴含着中国人千百年来的生活情趣。

天池湖水域面积2.6平方公里，湖周长9.5公里，平均水深25米，其广阔而幽深的湖水，意味着丰富的水资源。长久以来，天池湖清澈干净的水源保障了华蓥市城区以及禄市、华龙、永兴、古桥、阳和、高兴、明月等乡镇十万余人生活用水，浇灌了十多万亩农田，哺育了这块土地上一代又一代的生命。天池湖上建有一座拱坝水利枢纽，为周围城乡的生活与生产提供源源不断的清洁能源。

天池湖水库属嘉陵江流域渠江清溪河水系，总库容5030万立方米，是一座以灌溉、城乡供水为主,兼有防洪、旅游、发电及改善生态环境等综合效益的中型水利工程。景区资源丰富,水利工程雄伟壮观,库区水面开阔,岸线蜿蜒曲折,中心岛屿植被茂密,生态良好。

于高处俯瞰天池湖,可以见到一座碧绿的岛屿逍遥独立,远离陆地,四面临水,是为全岛;还有两座岛屿从陆地延伸进湖中,似乎是要到近处一窥天池湖之美,是为半岛。其中最大的岛屿,中间稍宽,往两头逐渐变窄,两端又仿佛是相互吸引,渐渐靠近,像极了一弯新月,故名月亮岛。

这座岛屿通体碧绿,翠色浓郁,岛上绿树掩映,芳草萋萋,尤其多生苍劲的松树,罗汉松、马尾松昂然挺立,成群成片,英气十足。1930年,辞职归乡的四川保路同志会会长、广安天池籍人蒲殿俊撰写的《辟治广安天池议》,在淋漓尽致描绘岛上美丽自然风光的同时,也呼吁社会各界人士捐款以修筑一座公园来进行革命活动和集会。在那个战火纷飞、国运飘零的年代,月亮岛公园顺应中国革命之形势而生,因地制宜,取岛上木材石料,最初只建几间茅舍,几处池塘点缀其间,几条小径彼此连通。公园朴实简单,好在岛上绿树成荫、流水灵动,野趣盎然,景色别有一番风韵。有"晚清第一词人"美誉的四川大儒赵熙登岛游历时,沉醉于岛上秀丽的景色,又为公园背后英勇无畏的革命精神和艰苦朴素的革命作风深感动容,挥毫题留"天池公园"匾额和"天池传侠笔,文苑鲁诸生"楹联。老上海演绎古典和现代美学的《良友》画报,开辟专版刊载天池湖的悠远胜景,撰诗曰:"痴生慕名天池游,旖旎风光醉心头;粼粼波光映蓝天,曲曲堤岸托杨柳;莲姑渔翁乘风归,扁舟小岛聚波头;夕阳染红瑶池水,众山人怀化吴钩。"

20世纪60年代,中华人民共和国刚刚成立不久,国际风云变幻莫测。党和国家作出了开展"三线建设"建立后方战略基地的重大决策。关键时刻,天池湖担当起保卫国家安全的光荣职责——国家在东岸建造了"三线军工"国营华光仪器厂,而月亮岛公园成为华光厂的集体农场。20世纪90年代,华光厂搬迁,农场随着华蓥山三线建设的终止而落寞,但是那些为国家建设默默奉献的英雄们永远地将三线精神播种在华蓥山区、倾洒在天池湖畔,世世代代滋养着灵山秀水和天池人民。月亮岛公园,诞生于新民主主义革命时期,见证了抗日战争、解放战争胜利,新中国成立,社会主义革命,中国推开改革开放的大门……中国人民从血泪中挣脱桎梏,一步步地站起来、富起来,最终强起来。这座岛屿和公园看似遗世而独立,但从未缺席这些重大的历史时段。

晚霞映照天池湖

其实,晚清时期,华蓥山天池就已拥有了众多宝贵的历史遗迹和文化遗产,让后人去探究、追思。从天池湖向上追溯,有一条汇集河流——白果坝河。河流狭长,两岸绿草丛生。河水干净清澈,悠悠地向前流着,河上跨着一座南北走向的单孔石拱,名唤德星桥,建造于光绪七年(公元1881年)。历经风雨侵蚀和时光磨洗,德星桥曾经细致精巧的雕刻图案大多消弭在尘埃中,看不清晰了,唯桥身两侧的一条镂空雕刻锁桥石龙依然矫健生动。龙首向东,龙尾向西分布于桥身两侧,似乎要腾跃而起,冲出石桥。

沿天池湖岸步行,可以见到湖畔有一座沧桑高耸的碉楼建筑,亦是建于清末。仰头看去,有二十米之高,碉楼顶部有一处瞭望哨,可以将天池湖的全景尽收眼底。下边的楼层,四周大多设有窗户和以供射击的垛眼。碉楼的建造材料全从土地和百姓家中来,墙体均由黏土、竹篾、糯米饭等材料夯筑而成,朴实之余还流露出几分艰辛来。穿过百余年的时光,恍惚间,仿佛能看到当年的士兵或立于碉楼之上向远处眺望,或隐蔽在墙后透过窗户和垛眼警惕着一草一木的响动。

沿着天池湖畔再走上几步,向上攀过一段艰难的路途,可以见到一处荒凉的断垣残壁,这大概就是清光绪十一年(公元1885年)重建的邓家古寨遗址了。杂草近乎野蛮地生长着,让人怀疑它们似乎要吞没这最后的遗迹。寨门已经落没残破,但是圆拱顶依然执拗着,昂首挺立在杂草丛中。拱顶正中的石刻记着:"大清光绪拾一年十一月初八日重建"。字体是端正秀丽的楷书,但是风化得很严重,有些地方模糊得难以辨认。寨墙断断续续,高低错落,只给人们留下了最后的200米。幸存的寨墙亦不完整,几乎处处侵蚀剥落,墙体遍布着缺口和裂缝,深深浅浅很是斑驳。夕照洒下,远处巍然屹立的华蓥山披上金色的外衣,繁盛的野草和破败的石墙都镀上一层暖黄色的光辉,草地上静静地躺着或大或小残落的石头,生命的短暂和历史的永恒尽在其中。没有人知晓邓家古寨最初是何时修建的,它就像一个迟暮的英雄,在生命的末年依然透着苍凉的壮美之感,让世人不禁去猜想它背后的历史岁月,为它唏嘘不已。

华蓥山天池,这片古老而神秘的土地,或许在远古时代就已经与人类结下了不解之缘。

这一天,阳光明媚,微风拂面,看似再平常不过。

华蓥山宝鼎

然而，对于四川广能集团特种水泥厂的矿工们来说，却是一个不寻常的日子。他们来到华蓥山田湾作业区，准备在两个距离地面近五十米的岩层中炸开几处洞穴，以探寻矿藏的踪迹。

华蓥山公路

随着爆炸声响起，尘土飞扬，矿工们期待着能够发现丰富的矿产资源。然而，当他们走进洞穴时，却惊讶地发现，这次炸出的并不是矿，而是一堆堆黏土和大量散乱堆积的奇特石头。这些石头形状各异，大小不一，散发着一种古老而神秘的气息。

消息很快传到了学术界，中科院考古专家刘金毅博士等一众专家学者纷纷奔赴现场。他们仔细观察了这些奇特石头，经过初步鉴定，惊讶地发现这些石头竟然是更新世时期的古生物化石群。这些化石距今已有七十万至十万年之久，它们见证了地球历史的沧桑巨变。

在这些化石中，专家们可以辨别出犀牛、剑齿象、豹、熊、巨貘、豪猪、野猪、牛和竹鼠等十余种动物的牙齿以及脊椎、肢骨等。这些动物在远古时代曾经在这片土地上繁衍生息，留下了丰富的生物遗迹。

然而，更让专家们兴奋的是，他们在一堆化石中发现了一件蝶形骨器。这件骨器与国外发现的"刻画作品"不同，它属于工艺更为复杂的"艺术"制品。这件骨器的出现，为在华蓥山寻找古人类化石及其文化遗存提供了极具价值的线索。

刘金毅博士在他的考察报告中写道："蝶形骨器的发现，不仅为我们提供了关于古人类生活的宝贵信息，更为我们揭示了华蓥山在远古时代可能是一个人类活动的中心区域。这为我们进一步研究华蓥山地区的人类文明演进提供了重要的线索。"

他进一步指出，华蓥市境内完全有希望寻找到可与中国其他如"北京人""蓝田人"之类的古人类化石媲美的"华蓥人"。这一发现不仅对于学术界具有重大意义，更对于人类对自身历史的认知和理解有着深远的影响。

田湾遗址的发现，让我们对华蓥山天池地区的历史和文化有了更深入的了解。这片神秘的土地，或许还隐藏着更多关于人类起源和演进的秘密。未来，随着科技的不断进步和考古工作的深入开展，我们有理由相信，更多关于华蓥山天池地区的珍贵历史信息将被逐步揭示出来，为我们揭示更加完整的人类文明演进史。

顾名思义，"天池湖"三个字似乎说的是一个简短的故事：天上的池水倾泻到人间成了一个湖泊。湛蓝的天池湖自有一股子高雅而神秘的风韵，似乎一头扎进去，便可以真的越过天空和白云，跨进了隐匿于其后的天堂。但是天池湖的美不是虚无缥缈的，是务实的。因为，她养育了一方土地、一方百姓，她给人们留下了众多历史文化遗产，既有实实在在物质的，也有滋养心灵精神的。所以，天池湖是凝视着高远的天空的，亦是脱胎于厚实的土地的。

随着人们对生态保护和休闲旅游的日益重视，广安华蓥山天池湖水利风景区将迎来新的发展机遇。未来，景区将进一步完善水利工程建设，确保水资源的合理利用和生态环境的持续改善。同时，将加大旅游开发力度，丰富旅游产品，提升服务质量，为游客提供更加优质的旅游体验。此外，还将注重文化传承与创新，深入挖掘历史文化内涵，打造具有地方特色的文化品牌。相信在不久的将来，广安华蓥山天池湖水利风景区将成为国内外知名的旅游胜地，吸引更多游客前来观光游览，感受大自然的魅力和人文的底蕴。

勇冠三遗都江堰

都江堰水利风景区

都江堰水利风景区坐落在四川省成都平原西部的岷江上，位于四川省都江堰市城西。都江堰不仅是举世闻名的中国古代水利工程，也是著名的风景名胜区。都江堰始建于秦昭王后期，由蜀郡太守李冰父子在前人鳖灵开凿的基础上组织修建。它由渠首枢纽（鱼嘴、飞沙堰、宝瓶口）、灌区各级引水渠道，以及各类工程建筑物和大中小型水库与塘堰等构成。千百年以来，这个水利工程让四川成为物产丰富的天府之国。都江堰景区内有伏龙观、二王庙、安澜索桥、玉垒关、离堆公园、玉垒山公园、玉女峰、灵岩寺、普照寺、翠月湖等名胜古迹，是世界文化遗产、国家5A级旅游景区、全国重点文物保护单位，具有极高的知名度和美誉度。

2013年，都江堰水利风景区被水利部批准为国家水利风景区。2023年，都江堰水利风景区荣获国家水利风景区高质量发展"标杆景区"称号。

都江堰是全球为数不多的获得三项"世界遗产"的工程，分别是"世界文化遗产""世界自然遗产""世界灌溉工程遗产"。

在2000年的联合国教科文组织世界遗产委员会第24届大会上，都江堰成功跻身"世界文化遗产"名录，实现了其首次"封遗"。此次会议对都江堰及其附属的青城山的文化遗产价值给予了高度评价，认定都江堰水利工程历经两千余年仍高效运作，生动展示了中国古代科学技术的卓越成就，堪称世界水文治理和水利发展史上的一个里程碑。同时，青城山作为中国道教的发祥地，对东南亚地区产生了深远的影响。

随后，在2006年联合国教科文组织第30届世界遗产大会上，四川大熊猫栖息地亦被纳入"世界自然遗产"名录，而都江堰则成为其18个管理单元之一。至此，成都都江堰荣膺"双遗"殊荣。

在2018年8月，国际灌排委员会第69届国际执行理事会在加拿大萨斯卡通举行，都江堰水利工程荣获"世界灌溉工程遗产"称号。

"世界灌溉工程遗产"与"世界文化遗产"、"世界自然遗产"等同属于世界遗产范畴。这一荣誉由国际灌排委员会设立，旨在保护、发掘和推广具有历史价值的可持续灌溉工程及其科学经验，自2014年起在全

渠首三大主体工程

鱼嘴　　飞沙堰　　宝瓶口

渠首三大主体工程

球范围内进行评选。评选标准相当严格，要求入选的灌溉工程必须拥有至少100年的历史，并且在工程设计、建设技术等方面要领先于其时代。都江堰水利工程的入选，无疑是对其实力、社会贡献以及可持续发展能力的高度认可。

国际灌排委员会制定的"申遗"标准包括10项严格指标：是灌溉农业发展的关键里程碑或转折点，对农业进步、粮食产量提升、农民收入增加有显著贡献；在工程设计、建设技术、规模、引水量、灌溉面积等方面，必须领先于其时代；有助于增加粮食生产、改善农民生活、促进农村繁荣、减少贫困；在其建筑年代必须是一种创新；对现代工程理论和实践的发展有重要贡献；在工程设计和建设过程中重视环境保护；在其建筑年代被视为工程奇迹；具有独特性和建设性意义；承载着文化传统或文明的印记；是可持续运营管理的典范。这10项指标缺一不可。此外，国际灌排委员会还明确指出：入围的工程必须已投入使用超过100年。

作为世界上最古老的无坝引水灌溉工程之一，狭义上的都江堰水利工程（渠首引水部分）一直被誉为水利工程史上的杰作。然而，本次申报世界遗产的范围，不仅限于渠首引水部分，而是扩展至整个灌区，这个灌区覆盖了成都、德阳、绵阳等7个市的40个县（市、区）。当时，根据有关部门提供的数据，灌区的1076万亩灌溉面积中，有800万亩是在1949年之后新增的。换言之，超过70%的灌溉面积的历史尚不足70年，尚未达到申报世界遗产的年限要求。

然而，国际灌排委员会为都江堰开辟了先例。国际灌排委员会和国家灌排委员会曾先后邀请国际和国内的专家对都江堰灌区工程进行了深入考察。面对众多事实，国际灌排委员会对都江堰水利工程及其灌区的立场是明确的：不设限，也不反对将古代水利工程应用于现代发展。

国际灌排委员会明确表态，对灌溉工程的持续建设和进步表示肯定和支持。这正是都江堰入选的原因。灌区面积能够在当代迅速扩展，本身就证明了该工程的前瞻性和科学性。

经过岁月的洗礼，都江堰灌区依旧焕发着新的生机，不断经历着扩建与更新，持续发挥着其不可替代的重要作用。这一持续发展的历程，正是都江堰与那些静态文化遗产之间最显著的区别，体现了它独有的生命力与活力。

在众多国内外专家看来，都江堰水利工程的卓越之处并不仅限于其著名的宝瓶口、飞沙堰等渠首工程，更是其庞大而复杂的灌区工程体系。这个体系宛如一台精密运作的机器，各个部件相互协作，共同维护着都江堰的繁荣与稳定。

国际灌排委员会在其官方网站上对都江堰灌区工程体系给予了高度评价，称赞其充满活力且极具价值。这样的评价不仅肯定了都江堰灌区工程体系的技术实力和创新能力，更是对其在促进地方经济发展、改善民众生活条件等方面所作出的巨大贡献的认可。

都江堰作为青城山—都江堰世界文化遗产地和四川大熊猫栖息地世界自然遗产的重要组成部分，是全国首个拥有世界自然、文化双遗产的县级市。世界灌溉工程遗产的成功申报，让都江堰一跃成为全球为数不多的"三大"世界遗产集中的城市，为都江堰增添更多更深厚的文化底蕴。

都江堰工程拥有悠久的历史，其起源可追溯至战国时期。随着秦国征服蜀国，统一

李冰石像

宝瓶口初冬

长江流域成为其雄心壮志的一部分，成都因此成为一个战略重镇。然而，岷江水道并未直接通达成都，导致水路运输面临重重困难。面对这一挑战，蜀郡太守李冰勇敢地站了出来，他利用成都平原的自然地形，在玉垒山下构思并设计了一项水利工程。李冰巧妙地运用了地形优势，无须建造大型水坝，仅通过在上游进行截流，便成功地引导江水流向成都，从而缔造了这一宏伟的水利杰作。

秦人精通铧尖分流技术，巧妙地截江取水。岷江上游水流湍急，李冰率先实施分流策略，构筑了"鱼嘴"分水堤，这是都江堰三大工程之一。该堤因形似鱼嘴而得名，成功地将岷江划分为外江和内江，其中内江的水专门用于灌溉成都平原。

在李冰精心挑选的岷江河段，实际上存在一个天然形成的沙洲，即"鱼嘴"分水堤的所在地。这个天然沙洲的形成与岷江的弯曲河道紧密相关：当汹涌的岷江水流经过这段弯道时，受到离心力的作用，凹岸（河流弯曲部分内侧的岸边）的水面高度会高于凸岸（河流弯曲部分外侧的岸边）。由于重力的影响，靠近凹岸的江水会趋向于向下流动，江水在下降的过程中会带动凹岸一侧以及河底的泥沙向凸岸一侧移动。随着时间的推移，沙石逐渐淤积，最终形成了这个位于江心的沙洲。这个自然过程被称为"凹冲凸淤"（在弯道处，水流螺旋状向前推进）。

都江堰工程彰显了古人的科学智慧，其设计原则被精炼为"四六分水"和"二八分沙"。在都江堰的建设过程中，李冰巧妙地使内江河床低于外江，从而在枯水季节，江水的流速减缓，通过"鱼嘴"分流后，流入内江的水量可达到岷江总水量的六成。相反，在丰水季节，岷江水位上升，流速加快，流量增大，河流的主流线趋于直线，导致大约六成的水流直接冲向外江，而四成则流入内江，这便是著名的"四六分水"策略。通过这种水量控制方法，都江堰不仅确保了成都平原的灌溉需求能够得到满足，还能有效预防洪水的发生。为了精确实现"四六分水"，李冰还采用了名为"槎"的辅助工具，这是一种木质三脚架。例如，当内江的水量过大时，可以在"鱼嘴"内侧放置一定数量的槎，以阻挡多余的江水，从而更精确地调节内江的水量。在现代，这一功能由闸门来实现。

"二八分沙"机制深深植根于"凹冲凸淤"的自然法则之中。河流动力学指出，水流可细分为表层与底层。表层水流受离心力牵引，自然转向凹岸；而底层水流，富含泥沙，却偏爱流向凸岸。尤为精妙的是，"鱼嘴"工程被匠心独运地置于弯道前端，略向内偏，此举成功地将岷江中八成之泥沙导向外江，确保了内江水域的清澈与畅通。

"深淘滩，低作堰"——这六字治水箴言历经千年，至今仍广为流传，家喻户晓。它们指导着后人如何维护都江堰，涵盖了都江堰的两大主要工程：飞沙堰和宝瓶口。江水通过鱼嘴流入内江后，会受到虎头岩

（宝瓶口前伸向江心的岩石）的冲击，以及离堆的推力作用，自然形成涡流，直接冲向飞沙堰。这样，多余的洪水和泥沙便被带入外江。而剩余的泥沙则会在飞沙堰对面的凤栖窝沉积，因此需要定期进行人工淘挖，

"深淘滩，低作堰"石碑

这项活动被称为"岁修"。"深淘滩"特指在"岁修"淘挖时，必须挖到一定的深度，直至露出石马，以此确保内江河床的冲淤平衡。实际上，历代都极为重视都江堰的维护和加固，即使石马后来被"卧铁"所取代，它们的位置也始终保持一致，这个位置被称为河流平衡剖面。

"低作堰"则意味着飞沙堰的高度必须控制得当（目前保持在大约2米），以利于排水和排沙，实现"引水灌溉田地，分洪减灾"的功能。由此可见，飞沙堰的作用包括三个部分：一是排除内江多余的江水，以防洪涝；二是将内江的泥沙排入外江，以清沙；三是确保内江的水量稳定。岷江水经过鱼嘴和飞沙堰后，若要顺利流入成都平原，必须绕过或穿过玉垒山。然而，由于地形地貌的特殊性，若选择绕开玉垒山引水，则无法将岷江水引入成都平原。因此，李冰采用了火烧石的方法凿穿玉垒山，形成了一个形似瓶口的人工开口，赋予了它控制内江进水量的特定功能，故而得名"宝瓶口"。

鱼嘴、飞沙堰、宝瓶口，这三大主体工程构成了都江堰的核心，分别承担着分流泥沙、防洪排沙、调节水流的关键功能。正是这些工程的巧妙设计，使得成都从一个饱受灾害的城市转变成了富饶的鱼米之乡。都江堰的建设体现了对环境的尊重，它巧妙地利用了自然资源，将潜在的灾害转化为益处。因此，广阔的成都平原得以实现"水旱由人，不知饥

馑",被誉为"天府之国"。此外,都江堰还是应用"弯道环流"背后力学原理的早期典范。

纵观历史,古埃及与古巴比伦的灌溉系统已不复存在或已失去效力,而都江堰却因精细的管理而造福人民至今。作为古代水利工程的典范,都江堰见证了中华民族的智慧与勇气,记载了治水先贤们的贡献。在元代,吉当普对都江堰进行了创新性的改造,将竹笼结构转变为铁石结构,从而降低了岁修成本并增强了功能。明代的施千祥加固了鱼嘴,并铸造了"铁牛"鱼嘴,增强了其抗冲刷能力,并使其能精准调节水量。"铁牛"鱼嘴成为体现明代水利技术的亮丽风景线。到了晚清,丁宝桢与陆葆德对都江堰进行了大规模的修缮,确保了其安全,保障了四川的农业与民众生活。

回顾都江堰两千余年的辉煌历史,我们不难发现,正是得益于李冰、吉当普、施千祥、丁宝桢等治水先贤们的不懈努力与卓越贡献,都江堰才

截流　　淘滩修堤

开水　　修整堰体

岁修

得以历经岁月的洗礼而屹立不倒，成为人类水利史上的一个奇迹。先贤们的事迹与精神，如同流经都江堰的滚滚江水一般，源远流长，激励着后人不断前进，勇于探索。

进入民国时期，都江堰开始与现代科技相结合。西方的管理理念和技术的引入，为都江堰的管理注入了新的活力。这既尊重了传统，又展望了未来，预示着都江堰将迎来重大变革。

雪景

中华人民共和国成立后，都江堰的管护事业蓬勃发展，犹如春日里破土而出的竹笋，迅速成长壮大。自20世纪50年代初期，政府便开始对都江堰进行全方位的修复与改造工作。在恢复和保护渠首三大工程的原始风貌的同时，工程师们借助现代科技，实施了一系列巧妙绝伦的渠系改造和闸群配套建设工程。这些工程不仅使都江堰的六大干渠变得更加流畅、高效，还仿佛为它们注入了生命，使它们能够灵活地适应灌溉需求，真正实现了"水随人意，渠听令行"的宏伟目标。

随着20世纪60年代的到来，都江堰的灌溉系统得到了显著增强，其作用范围迅速扩大至成都平原及其周边的丘陵地带。在这片辽阔的区域，都江堰的水源如同甘露一般，滋养着每一寸土地和无数生命。农民们满怀感激地表示："有了都江堰，我们不再担忧干旱了。"

时光荏苒，进入20世纪70年代，都江堰的水利建设达到了新的高峰。在丘陵地带，一场规模宏大的水利建设运动正热火朝天地进行。都江堰的水流宛如三条巨龙,分别从北部、中部和南部三个方向穿越龙泉山脉,为这片曾经饱受干旱之苦的地区带来了生命的活力。近400万亩的土地因此摆脱了干旱的困扰,焕发出勃勃的生机。

在20世纪80年代,都江堰对其灌区工程进行了全面且豪华的升级。此次改造不仅提升了工程的标准和质量,还显著增强了输水和引水的能力。因此,都江堰的灌溉面积实现了质的飞跃,跃居全国首位。这一成就不仅彰显了都江堰作为古代水利工程的卓越价值,更证明了现代科技与管理手段在水利事业中的巨大潜力。

回顾都江堰的历史,我们对这座古老且充满活力的水利工程感到自豪。从民国初期的尝试到如今迅猛的发展,都江堰以其独特的魅力和不懈的努力,书写了辉煌的篇章。站在渠首,眺望江水,历史的回声在耳边响起:"都江堰,是中华智慧的结晶,灌溉文明的瑰宝!"

作为防洪和灌溉的杰作,都江堰历经两千余年,始终守护着成都平原,使其被誉为"天府之国"。截至2024年3月,都江堰灌区覆盖面积达2.86万平方公里,灌溉面积达到1154.8万亩,覆盖7个地级市40个县(市、区),惠及超过2800万人口。它是世界上最古老、唯一留存且持续使用的无坝引水系统,充分展现了我国古代劳动人民的智慧。亲临此地,感受都江堰的宏伟,领悟水利文明的精髓,无疑是人生中的一大幸事。

一江巴水绕柳津

巴中柳津湖水利风景区

巴中柳津湖水利风景区位于四川省巴中市城区中心地带，属城市河湖型水利风景区。巴中市地处中国版图的中心位置，与秦岭相依、大巴山相偎，被碧水青山环绕。巴中城畔，可见群山吐翠、澄江如练、白鹭群飞，那就是巴中柳津湖水利风景区。景区主体依托柳津湖及巴河景观休闲带而建，以水为纽带，将城市风景与自然资源有机结合，实现了人与自然的和谐共生。

2018年，巴中柳津湖水利风景区被水利部批准为国家水利风景区。

一座城市有了水就有了灵气，有了桥就有了诗意。柳津桥对巴中儿女而言有着特殊意义，它与巴中人的生活、文化紧密地交织在了一起，而柳津湖也正因荡漾在柳津桥之下而得名。

柳津桥原名"永安桥"，桥下的码头是衔接巴中与外界的一大渡口，此处商旅往来，好不热闹，河边柳叶袅袅，摇曳生姿，更是吸引了许多外来游客。河畔有一座凉亭，每当人们在渡口送朋友离开时，都会在亭中摆上几碟小菜，斟酒告别，临行前，还会折下柳枝赠予友人，来表达自己的留恋不舍之情。"初唐四杰"之一的大诗人王勃旅居巴蜀时，就是在这个渡口送别了友人，抒发了"津亭秋月夜，谁见泣离群"的无尽感慨。

"折柳送别"这一行旅风俗起源于春秋时期，因此在古代并不罕见，但巴州的柳可与别处不同。据记载，巴州柳"风态绝殊"，唐代著名诗人李商隐旅居巴州时就为其写了一首赞美之诗——"巴江可惜柳，柳色绿侵江。好向金銮殿，移阴入绮窗"。将其对巴州柳的喜爱表达得缠绵悱恻，优美动人。宋代，巴州太守郑渊因喜爱此地柳树至极，又取折柳送别之意，将河畔凉亭命名为"折柳亭"。后来，文人雅客们便以渡口（"津"）、柳树为特点，将此亭更名为"柳津亭"，所以桥也就被叫作了"柳津桥"。

千百年过去，这里少了许多柳，原有的渡口也被填平，可唯独这座桥，随着巴中日新月异的发展，以更加恢宏的气势横跨巴河，呈现在人们眼前，不仅连接着巴河两岸，而且连接着两岸的人与情。

在陆、空交通尚不发达之时，河流无疑是人们赖以生存的交通要道。那些傍河而建的村落小镇，往往因水而兴，依水繁荣。清澈的河水滋养了这片土地，也孕育了丰富的文化和生活。然而，随着社会的飞速发展，人类活动对自然环境的影响日益显著，也因此带来了环境被破坏的问题。

高楼、工厂如雨后春笋般拔地而起，随着城市化的进程不断加快，人口数量急剧增长。然而，这种繁荣的背后却存在巨大的隐患。源源不断的排泄物未经处理便直接排入河流，导致巴河河道连同柳津湖都遭受了前所未有的污染。水质恶化、生态系统失衡，昔日的鱼米之乡逐渐变成了人们口中的"污染重灾区"。

巴河

面对如此严峻的形势，巴中市委、市政府决定采取行动。自2011年起，一项轰轰烈烈的巴河治理工程便拉开了序幕。治理工程涉及多个方面，首先是清理河滩，疏通河道。工人们利用大型机械设备，将河道中的垃圾、淤泥一一清除，恢复了河道的畅通。同时，为了拓宽水面，还进行了河道拓宽工程，使得巴河的水面更加宽广，水流得以更加顺利前行。

除了河道治理，污水处理也是治理工程中的重要一环。巴中市政府新建了污水管道，将城市污水集中收集并送至污水处理厂进行处理。为减小渠江流域下游防洪压力，改善水生态环境，突显巴中水景观，巴中市委、市政府投入18亿余元，实施巴河治理与生态修复工程，让巴中人民不再遭受洪水的侵袭，同时也给市民提供了休闲健身的场所，"巴山夜雨主题广场""巴人飞天""绿滩剧场"等6个景观节点，让巴河两岸的"蝶变"灵动了巴中城，市民享受着越变越美的"红利"。

经过数年的努力，巴河治理工程取得了显著的成效。如今，巴河的水质得到了明显改善，生态系统也逐渐恢复。昔日的污染重灾区已经变成了人们心中的美丽家园。这一转变不仅彰显了人类与自然和谐共生的理念,也为巴中市的可持续发展奠定了坚实的基础。

如今再到巴河看看,你会发现,曾经脏、乱、臭的一河一湖,摇身一变成了"清、亮、美"的代言人。这里的水色更绿了,水质更好了,周围的风光也更加婀娜多姿了——巴河又重新"活"过来了!散步、垂钓、观景,白天人们就在巴河河畔休闲娱乐,释放着压力,还能不时看见鸟类栖息、鱼儿戏水的可爱画面。每当夜幕降临,在一片霓虹闪烁下,巴河优美的曲线更显妩媚。同时,依托坚实的水利工程支撑,柳津湖水利风景区也在2018年顺利入围国家级水利风景区。

巴河水静静流淌,孕育巴中千年,积淀了丰厚的历史文化。一个个传奇的故事,一个个从历史中走来的鲜活的人物,不禁引起人们的反复回味。

巴中的历史可以追溯到东汉汉和帝永元三年(公元91年,距今已有近2000年了)。唐朝时期巴中还被叫作"巴州",是个偏僻之地,有不少皇室子弟和达官贵人被贬至此,在这些人中间,最为人们熟知的当属"章怀太子"李贤。

李贤是唐高宗李治的第六子,武则天次子。他自幼眉清目秀,举止端庄,天资聪颖,深受高宗喜爱。

巴河水质提升

相传上元二年（公元675年），皇太子李弘猝死，李贤顺理成章地登上了太子之位。在李贤赶往洛阳的途中，遇见了被武后贬来守皇陵的王公公，为了报复武后，王公公告诉李贤他是武后的姐姐韩国夫人所生。李贤一听竟信以为真，毕竟王公公曾侍奉了皇帝大半辈子，对宫里的秘密一清二楚。自此，李贤便处处躲着武后，几次受诏也都不进宫。

这天，卧病在床的唐高宗提起了李贤："听说贤儿很有些先帝的遗风啊。"身旁给他喂药的武后摇了摇头说："可贤儿没有帝王的胸怀啊，最近也不知听信了谁的谗言，竟说我不是他的亲生母亲。"一听这话，李治慌了神，便说："朕若不能再上朝，便将皇位传给贤儿，你看如何？"这话一说，可气着了渴望皇位的武后，于是她说了几句安抚李治的话便头也不回地离开了。

另一边，李贤在东宫借酒消愁，喝得酩酊大醉之时，自顾自地哭嚎："我以为你是我的母后，原来是杀我母亲的仇人！太子……太子……有了天后还要我这太子做什么！"以此发泄心中愤怒。

这时有人来报，说新打造的五百件兵器都已经运进宫来了，李贤清醒了不少，说道："全都藏在宫中，听我的吩咐。"话音刚落，又有人来报："殿下，宫中来人了，是裴炎。"

只见裴炎走了进来，行礼后说："太子殿下久久不应召入宫，我奉旨前来查询。"李贤慌了神，结结巴巴地问："查，查什么？"裴炎挥手示意，侍卫们便将东宫翻了个底朝天，果然在马坊里搜出了李贤私藏的武器。

原来是武后料到儿子会有行动，故意派裴炎等人前去搜查。随后武后便以私藏武器、蓄意谋反为由，要将李贤处死，在唐高宗的苦苦哀求下，武后才答应免除李贤死罪，将他贬为庶人，幽禁在长安，数年后又将他流放至巴州。

据说李贤被流放巴州时，终日愁眉不展，但他宅心仁厚，与民同乐，常邀百姓一同登山。巴州山脉众多,他却唯独钟情于巴州北边的那座巍峨大山,每每登上峰巅,总会远眺那遥远的长安城,心中默念国泰民安,更怀揣着小小的期许,希望有一天能再次被母后迎回皇宫之中。

可李贤却没能等来这一天,30来岁就被迫自尽。后来,唐睿宗李旦追加李贤皇太子身份,谥号"章怀",故称"章怀太子"。后来,人们便将李贤登高北望的那座山命名为"望王山",以表追忆。

因李贤在巴州时深受百姓爱戴,巴州百姓为了纪念太子体恤民情,还把每年的农历正月十六定为"登高节"。这一天,人们呼朋唤友前去登高,还在胸前和发端插上柏树的枝丫,寓意消除百病、长命百岁。巴中登高习俗已传承上千年,现已被列入四川省第二批非物质文化遗产名录。

如今的望王山已被打造成巴中首个运动主题公园,半山腰处新建有健身步道,网球、羽毛球馆,篮球场等,古、现代风格兼具,游客们既可以登山欣赏巴城美景,还能在群山环抱的醉人风光中锻炼身体,修养身心。

坐落于巴中城南的南龛山与城北的望王山遥相对望。南龛山上苍松翠柏挺立,古寺错落,是登高休闲的绝佳之地,也是宗教历史文

巴中回风亭

南龛飞霞阁

化汇集的一大园区。

南龛山内矗立着享有盛誉的"南龛摩崖造像",这一艺术瑰宝曾荣获敦煌研究院原院长段文杰先生的高度评价。所谓造像,即是以泥塑、石雕、木雕或金属雕刻等手段,精心塑造出栩栩如生的形象。南龛摩崖造像以佛教题材为主,现存龛窟176龛,造像约2700尊,多为唐代镌刻。其龛窟最大者高5米,坐佛通高4.45米,最小者仅高40厘米。数百个大大小小的龛窟雕刻方正,镶嵌在长约350米的岩石崖壁上,排列错落有致,密如蜂房,其壮观景象绝对让你叹为观止。在雕刻技法和艺术处理上,匠人们打破了从前程式化的束缚,使龛窟内的造像各具神采,特色鲜明。神色温柔的、目光有力的、垂头冥思的,端坐的、挺立的、倚靠的,个个体态丰满,神形各异,十分传神,其线条之流畅、雕刻之精美,可谓是巧夺天工。除去人物雕刻,龛窟上还有种类繁多的窟楣和边饰,再配上成束的五彩串珠、帷幕流苏,更显出了巴文化的魅力。

除造像外，山中岩壁上还题刻了数百条诗文，其中以唐朝巴州刺史严武所写的《奏请赐巴州南龛寺题名表》最为有名。

唐肃宗在位时期，严武任巴州刺史。这年春日，严武快马加鞭赶往长安，向皇帝递上奏章，奏章里不是对腐败现象的披露，也不是对民间疾苦的反映，而是严武想要修葺南龛山的寺庙、为寺庙题名的请求。

严武对南龛山可以说是爱之深切，史书记载他每隔十天就要登山一次。他在表中描述所见佛像"属岁绵远，仪形亏缺"，还有许多苔藓、荆棘生长。于是，严武派人清扫了佛龛，还建造了三十余间房屋，移来洪钟一口，想将这里打造为令人肃敬的福地，深思熟虑后，便上奏请求皇帝赐名。唐肃宗本就为信佛之人，听了严武的请求后非常高兴，便给寺庙赐名"光福寺"。于是在全国佛教文化的浪潮推动之下，南龛山上大规模修建庙宇，开展了百场传经授道的文化活动，一展大唐宏伟风采。而正是严武的这个想法，让南龛造像得以完好保存，为今天的我们留下了弥足珍贵的文化遗产。

柳津桥下的依依惜别、李贤太子的悲情泪水、南龛山间的大唐风采……柳津湖水利风景区作为巴中一张亮丽的名片，也将继续见证这座城市的发展、成就与辉煌。

候鸟天堂海成滩

丽江市玉龙县拉市海水利风景区

丽江市玉龙县拉市海水利风景区,是一处集自然风光、生态旅游与科普教育于一体的综合性风景区。拉市海位于丽江市玉龙纳西族自治县境内,地处拉市坝中部,湖面海拔2437米,水域面积广阔,是滇西北高原上一颗璀璨的明珠。拉市海湿地生态系统独特且脆弱,是众多珍稀濒危鸟类和其他野生动物的栖息地。这里也是很多候鸟的越冬栖息地,每年都会有十几万只候鸟在这里过冬。拉市海也由此成为丽江骑马、划船、观鸟的好去处。

2011年,丽江市玉龙县拉市海水利风景区被水利部批准为国家水利风景区。

位于彩云之南、金沙江中游区域的丽江，是一座汇聚了无数美好元素的城市。其魅力不仅体现在古朴雅致的古城风貌上，还涵盖了静谧壮丽的雪山景观、清澈灵动的湖泊水域、奔腾不息的江河之水，以及丰富多彩的民族风情，令人叹为观止，难以尽数描绘。

距离丽江古城西侧约10公里之处，隐藏着一处风景如画的拉市海水利风景区。这里碧波荡漾，水面上闪烁着点点光芒，岸边杨柳依依，随风轻摆，构成了一幅动人的自然画卷。景区内水草丰茂，随风摇曳，展现出无尽的生机与活力；而沼泽地带则更显清幽，碧波万顷，仿佛蕴含着深邃的情感。向北眺望，只见巍峨的玉龙雪山矗立天际，其山势挺拔，洁白无瑕，宛如仙境。云雾缭绕间，雪山时隐时现，为景区增添了几分神秘与庄严。晴空之下，群峰更显晶莹夺目，令人心旷神怡。

指云禅寺

转向南方，古刹圣地指云寺映入眼帘。这座始建于清雍正年间的禅寺，历经三百年风雨沧桑，依然保持着平静与庄严。寺内香火缭绕，钟声悠扬，有一种超脱尘世的氛围。"佛手指云呈净土，禅心会意证菩提"，这句禅语不仅道出了指云寺的深厚底蕴，也寄托了人们对美好生活的向往与追求。在指云寺的庇护下，这片土地更显圣洁与庄严。

拉市海并非传统意义上的"海"，而是一座天然的湖泊，位于云南省深处的内陆地区，西南部边缘，实际上并无海域存在，然而，该地区却拥有众多以"海"命名的湖泊,这一现象在"云南十八怪"中有所体现,其中一"怪"即为"湖泊亦称海"。至于此现象的成因,有两种主要观点。其一,鉴于云南地处内陆,当地居民鲜有机会目睹浩瀚的大海,因此将湖泊称为"海",以此寄托对大海的憧憬与向往。其二,在纳西族语言中,"湖泊"与"海"的发音相同,均被称为"鹤"(纳西语音),故而在翻译成现代汉语时,遵循了民族语音的习惯,将"湖"称为"海"。

至于拉市海的具体成因及命名由来,可追溯其地质历史。拉市海原为滇西北古地槽的一部分,经历中生代燕山运动后形成陆地,随后在中新世演变为准平原。随着横断山脉造山运动的推进,至上新世末至更新世初,玉龙雪山下的这片准平原被分割成三个相对高差在100米至200米之间的高原山间盆地,即拉市坝、丽江坝、七河坝。其中,拉市坝为地势最高的盆地,盆地中仍保留了一片水域,这便是拉市海。因此,拉市海实为断层构造湖。其主要的地表水源是来自南侧的清水河和北侧的美泉河。由于20世纪80年代的水坝修建,拉市海由原本的季节性湖泊转变为保持一定水位的高原湖泊。

拉市海水利风景区,作为高原湿地省级自然保护区的核心区域,其历史可追溯至1998年,当时即被确立为省级自然保护区。该区域内林木葱郁,植被覆盖率高达87%,为丰富的生物多样性提供了优越的生态环境。截至2024年底,保护区内已记录到鱼类共计25种,分属5目10科21属;植物种类更是繁多,高达566种。此外,拉市海水利风景区还于2011年被水利部

飞鸟掠湖

候鸟蹁跹

评为第十一批国家级水利风景区,进一步彰显了其在生态保护与水利资源利用方面的重要价值。

自丽江古城驱车仅需15分钟,即可抵达拉市海湿地公园。历经二十余载的精心打造,该公园现已发展成为集科学探索、生态游览及休闲度假功能于一体的综合性生态主题公园。步入公园,首先映入眼帘的便是拉市海湿地博物馆,其专注于展示湿地公园内丰富的鸟类生态。

离开博物馆,步入葱郁的草木间,一条蜿蜒十余公里的步行栈道——观鸟长廊,引领游客深入自然。拉市海,以其丰富的鸟类资源闻名遐迩,被誉为"候鸟的天堂"。尤其是每年12月至次年2月,成千上万的冬候鸟不远万里纷至沓来,或悠然栖息于碧波之上,或翱翔于蓝天之间,构成了一幅"沙鸥翔集"的壮丽画卷。人们漫步于观鸟长廊,聆听百鸟争鸣,远眺水天一色,心旷神怡,流连忘返。

继续深入长廊,纳西东巴文化博物馆赫然在望,馆内详述了自然神祇与人类社会的和谐共生的故事。博物馆的走廊上,红绳系挂的心愿卡片随风轻摆,风铃轻响、清脆悦耳,营造出一种纯净而神圣的氛围。

随后，少数民族村庄纪念馆映入眼帘，该馆以生动直观的方式展现了我国各民族丰富多彩的服饰文化及地理分布情况。而海景栈道则以其曲折蜿蜒之姿，引领游客领略"鱼游浅底，鸟飞长空"的自然美景，令人沉醉不已。

拉市海不仅自然风光旖旎，更承载着深厚的文化底蕴。相传，古代的纳西族青年男女虽可自由恋爱，却难以自主婚姻。他们憧憬着一个超脱尘世的玉龙"乌托邦"，那里雪山巍峨、流泉潺潺、日月同辉，是相爱之人梦寐以求的归宿。每年冬季，南飞的候鸟栖息于拉市海，有人便将其视为那些化身为鸟的纳西情侣，他们在天堂中继续着未了的情缘。

如今，云蒸霞蔚的玉龙雪山与拉市海相依相偎，守护着这片土地上的子民，也见证着一代代纳西族儿女自由地追求他们所向往的幸福。

拉市海水利风景区周边，散布着十余个马场，宛如星辰点缀于湖泊之畔。此地曾是茶马古道上的重要驿站，境内遗存着较为完整的茶马古道历史遗迹。茶马古道，这一商贸通道，其历史可追溯至唐宋时期。彼时，藏族人民因生活所需，视茶为不可或缺之物，然青藏高原的自然条件却限制了茶叶的种植。为解决这一问题，并促进藏区与内地的物资交流，一系列以茶叶贸易为核心的交通线路应运而生，被称为"茶马古道"。此古道不仅见证了茶与马交易的盛况，更承载着推动经贸往来、维护民族和睦与边疆安全的深远意义。

在拉市海之旅中，体验茶马古道成为不可或缺的一环。游客可沿"踏马寻花，繁花似锦"、"指马云途，古寺青灯"及"老马识途，沃野千里"三条特色线路，在马夫的引领下，骑上精心挑选的坐骑，重走这条历史悠久的古道。沿途，古木参天，光影斑驳，每一步都踏在前人的足迹之上，游人可以感受历史的厚重与沧桑。骑行之余，游客还可尽情欣赏沿途美景，享受信马由缰的自由与惬意。

行程结束后,品尝一份地道的土鸡火锅,更能让味蕾得到极大的满足。此外,骑行前往指云寺,于青灯古佛间祈求善缘,也是一次心灵的洗礼与升华。

指云寺,其地理位置亦属茶马古道之必经之地,历来为众多马帮队伍出行前祈福祈安之所。如今,该寺仍在吸引着大量游客前来瞻仰佛光、祈求福祉。

昔日,拉市海水利风景区以"骑马、划船"为主要旅游项目,游客乘舟游湖,尽赏湖光山色之美,将蓝天碧水、绿草如茵之景尽收眼底。然而,自2018年起,拉市海全面禁止水上旅游活动,昔日热闹非凡的湖面逐渐回归宁静与和谐。这一变化,体现了拉市海旅游产业发展更加注重生态保护了。

"遥望玉龙雪生烟,身临拉市海成滩。平平静静指云寺,也为善人渡善缘。"此短诗以精练之笔,描绘了拉市海水利风景区之壮丽景色。湖畔观鸟、雪山静赏、古道骑行、禅寺礼佛……拉市海,正以前所未有的经济活力,引领乡村振兴之广阔征途。

步入拉市海水利风景区,但见苍穹辽阔、山峦巍峨、碧波荡漾。此地不仅自然风光旖旎,更蕴含深厚的历史底蕴及纳西人民之勤劳智慧。作为滇西北高原上一颗璀璨的明珠,拉市海不仅净化了无数旅人的心灵,亦成为众多鸟类的栖息乐园,承载着纳西族人民对美好生活的深切向往。

岁月流转,雪山依旧巍峨,绿水长流不息。拉市海,在水天一色间,闪耀着不息的光芒,见证着时代的变迁与发展。

火舞奢香彝乡情

大方奢香九驿水利风景区

　　大方奢香九驿水利风景区位于贵州省毕节市大方县,属于水库型水利风景区。景区内的七座小型水库呈"七星伴月"格局。水利风景资源丰富,有落脚河水电站、大海坝等7座大坝,峡谷幽深壮丽,引人入胜,生物丰富,珍稀物种繁多,奢香墓为全国重点文物保护单位,大方古井群历史悠久,彝族火把节源远流长。森林覆盖率高,水土保持良好,环境优美,是集观光旅游、文化体验、科普教育于一体的水利风景区。

　　2015年,大方奢香九驿水利风景区被水利部批准为国家水利风景区。

俗话说，大方"于滇为咽喉，于蜀为门户"。

大方奢香九驿水利风景区坐落于毕节市大方县近郊，地理位置优越，交通便捷。

景区所在之处，正是那充满神秘色彩的彝族聚居地，浓郁的民族风情扑面而来。在这片少数民族的乐土上，各种各样的节日活动如同五彩斑斓的烟火常年绽放，欢乐的氛围弥漫在每一个角落。而在这诸多节日中，最为璀璨夺目的莫过于彝族火把节，它如同一颗璀璨的明珠，照亮了这片土地。

谈到火把节，那些流传在彝族人口中的美丽传说，仿佛一幅幅动人的画卷，在游人眼前徐徐展开。这些传说不仅让人们对这片土地充满了好奇与向往，更让人们深切地感受到了这里的神秘魅力。在这充满欢乐的彝族聚居地里，每一个传说、每一个节日，都如同一个个跳跃的音符，奏响了一曲曲动人的民族乐章。

在很久很久以前，天上有个大力士名叫斯惹阿比，地上也有个大力士，他叫阿体拉巴。这两个家伙，一个在天界，一个在凡间，可都是响当当的壮士啊！他俩都有拔山的力气，平时也老爱炫耀自己的神力。

有一天，斯惹阿比突然心血来潮，想和阿体拉巴来个摔跤比赛。可巧的是，阿体拉巴那会儿正有急事要出门。他匆匆忙忙地就拜托自己的母亲用一盘铁饼招待斯惹阿比，想让他自个儿先练练手。斯惹阿比一看这阵势，心想：这家伙居然能把铁饼当饭吃，力气肯定比我大多了！于是，他脚底抹油般溜了！

彝族火把节

过了一会儿,阿体拉巴欢天喜地地归来,一听到母亲说斯惹阿比刚刚离去,他就像只灵活的猴子一样追了上去,非要和斯惹阿比一决高下,看看谁摔跤更厉害。斯惹阿比虽然百般推脱,但最终还是拗不过阿体拉巴的热情,只得硬着头皮和他进行比赛。经过一番激烈缠斗,结果斯惹阿比竟然被阿体拉巴摔了个四脚朝天,一命呜呼!

天神恩梯古兹得知这个消息后,非常生气!斯惹阿比可是他们天庭的知名力士,居然被凡间的一个小子给摔死了,这简直是对天庭的极大侮辱!于是,他气急败坏地派了大批蝗虫下凡,去啃食地上的庄稼,企图给阿体拉巴一个教训。

可是阿体拉巴早就料到了天神的报复手段,他在农历六月二十四那晚,像个聪明的魔术师一样,砍来了一大堆松树枝和野蒿枝,扎成了无数个火把。他率领着村庄里的人们,一起点燃火把,浩浩荡荡地到田里去烧虫。火光照亮了夜空,人们的欢呼声此起彼伏,他们成功地击退了蝗虫,让天神恩梯古兹的报复计划落空。

从此,这个故事就在当地人口中被传为佳话,彝族人民为了纪念这个勇敢的英雄和那场胜利的火把战斗,便把这天定为火把节,每年都要举行盛大的庆祝活动,传承这份勇气和智慧。

说到火把节,当地还流传着另一个有趣又神秘的传说。撒梅王曾经跟一群侵略者打过一场大仗,虽然他的头被敌人给砍掉了,但神奇的是,每当夜幕降临,星星闪烁的时候,撒梅王竟然能重新长出一个脑袋,继续指挥士兵们跟敌人作战!

可是,好景不长,因为有个内奸泄露了秘密,那敌方将领知道了只要用尖刀草扫过撒梅王的脖子,他的头就再也长不出来了。于是,他们就用这个办法把撒梅王给打败了。

据传,尖刀草上的那些红斑,都是撒梅王的鲜血染成的,真是太悲壮了!所以,每年的六月二十四,撒梅人都会点起火把,载歌载舞地纪念那位英勇的撒梅王，希望他的英灵能够保佑他们平平安安、快快乐乐地生活下去！

而除了那些充满神秘色彩的神话传说，还有一个与彝族文化紧密相连且充满凄美之情的传说。

在遥远的过去，有一位如花似玉、聪明伶俐的姑娘，她与小伙阿龙自小一起长大，青梅竹马，情深意长。两人早已心照不宣，默默许下了一生的誓言，梦想着携手共度温馨甜蜜的生活。然而，命运却似乎有意捉弄这对恋人。附近部落的男子听闻了姑娘的美貌，都心动不已，希望能与她缔结良缘，于是纷纷上门提亲。

在这群前来提亲的男子里，竟有个霸道的土官老爷，他派手下小兵前来姑娘家，恶狠狠地放话道："要是那姑娘胆敢不答应我们老爷的提亲，我们老爷就血洗整个山寨，让全寨的百姓都尝尝我们老爷的厉害！"吓得姑娘一家只得无奈应承，将六月二十四定为相亲之日。

时光荏苒，转眼相亲之日便悄然降临。那日，姑娘特意换上了平日里舍不得穿的雪白长裙和黑色短褂，胸前系着一块五彩斑斓的花围裙，显得尤为亮丽动人。她还亲手点燃了一堆篝火，火光映照着她那娇羞又充满期待的脸庞。

而十二部的头人们也纷纷从四面八方赶来，有的骑着骏马，有的坐着轿子，还有的徒步而来，大家都想一睹这位传说中的美丽姑娘的风采。整个山寨洋溢着热闹喜庆的气氛，仿佛在为这场特殊的相亲盛会预热。

人群终于到齐，那位美丽的姑娘眼波流转，深深凝视着阿龙，突然间她仿佛化为了一只勇敢的喜鹊，毫不犹豫地纵身跳入了熊熊燃烧的火堆之中。阿龙和几个小伙子惊愕之下，手忙脚乱地想要拽住她，可惜只来得及扯下她的一角衣裳。

姑娘的家人闻讯赶来，但可惜，她已为爱献身，英勇地殉情而去。阿龙痛彻心扉，哀恸欲绝。为了纪念她那份对爱情的坚贞不渝，十二位英勇的小伙子纷纷抬起大牛，展开了一场激烈的角力，以推倒对方为荣耀。

之后，家家户户欢声笑语，杀牛庆贺，载歌载舞，共同庆祝这特殊的日子。这个传统一直流传至今，人们便将每年的六月二十四日定为火把节，以纪念那位英勇的姑娘。

而被阿龙扯下的衣角，如今成了彝家妇女别具一格的围腰带，穿戴在她们身上，诉说着那段古老而动人的传说。那焚烧姑娘的青烟，仿佛也化作了山寨的晨雾，轻轻缭绕在彝山的每一个角落。

据说，每当清晨喜鹊欢快地鸣叫着，彝山的远处就会隐约显现出那位勇敢姑娘的身影，仿佛在向人们诉说着她的故事。因此，人们亲切地称她为"喜鹊姑娘"，让她的传说永远流传在人们的心中。

火把节习俗与传说的诞生，简直像一场彝族文化的狂欢盛宴！它们深深植根于彝语支各民族的原生崇拜之中，尤其是那炽热的火焰，简直成了连接一切的神奇纽带。想象一下，在西南彝语支各民族的火把节庆典上，火焰舞动，照亮了整片大地，人们围着火把载歌载舞，仿佛是在用火的力量熏田除祟、逐疫去灾，那场面何其壮观！

这火，不仅能灭虫保苗、催苗出穗，还承载着祈求丰年、招引光明、迎接福瑞的美好愿景。人们相信，火焰的神秘力量能驱走一切不祥，带来好运和幸福。这种趋吉避凶的民俗心理和信仰观念,正是火把节习俗与传说的独特魅力所在。

火把节的传说更是将这种对火的原始崇拜表现得淋漓尽致。它延续了火把节习俗的原生态民俗基因,让我们窥见彝族文化的深厚底蕴。火,作为彝族追求光明的象征,不仅仅是一种物质存在,更是一种精神寄托和文化象征。在火把节的庆典中,舞动的火焰与人们的欢声笑语交织在一起,共同演绎着这场彝族文化的狂欢盛宴!

除精彩纷呈的火把节活动外,慕俄格古城更是这个景区的璀璨明珠,以宣慰府为中心,汇聚了彝族独特的聚合建筑景观,仿佛是一部生动的历史长卷,诉说着千年的文化传奇。

说到这慕俄格古城,历史文献里可是有着不少精彩记载。清康熙三年,平西王吴三桂发起"平南蛮""剿水西"的军事行动,结果奢香墓及其附属建筑在兵变中化为灰烬。好在后来,清道光十三年,奢香的后裔安淦辛向大定府禀文请求修葺,终于在道光十八年得到批准,墓地被修复成了石围封土,还立了面碑和墓志碑。这便是慕俄格古城的雏形。可惜,奢香祠等附属设施没能恢复原貌,规模也大打折扣。后来,我国启动慕俄格古城规划建设项目让这座古城焕发出全新的活力,展现出别样的生机与魅力!

远眺宣慰府

贵州宣慰府

历史上的大方奢香九驿水利风景区一带，在奢香夫人的智慧治理下，打磨了大海坝、小海坝、太公湖、螺蛳塘、云龙湖、飞燕湖、白瓦湖这七颗璀璨的明珠。这些湖泊形状各异，犹如大自然的鬼斧神工。湖区周围，青山如黛，碧波荡漾，形成了一幅美丽的画卷。从高空俯瞰，更是能看到"七星伴月""七湖捧城"的神奇景观，让人陶醉其中，流连忘返！

奢香夫人，一提起这个名字，无数神秘的传说就跃然纸上。她不仅是历史长河中熠熠生辉的真实人物，而且直至今日还被人们铭记，如今，贵州地区矗立着她的雕像，诉说着她曾经的辉煌。

据说，奢香夫人，出身非凡，乃是元末川南彝族土司的掌上明珠，名副其实的彝族部落公主。她生于1358年，在那个风起云涌的元末明初时代，她以一位彝族女政治家的身份，崭露头角，名震四方。

奢香夫人的一生堪称传奇。她为中国的地方民族团结和国家的统一付出了巨大的努力，她的贡献卓越非凡，让人肃然起敬。就连明朝的开国皇帝朱元璋，都曾对她赞不绝口，盛赞道："奢香归附，胜得十万雄兵。"

如今，当我们提及奢香夫人，心中不禁涌起一股敬意与钦佩之情。她的故事，不仅是一段历史的见证，更是一种精神的传承。让我们铭记这位伟大的彝族女政治家，让她的传奇故事永远流传下去。

1375年，年仅17岁的奢香与贵州宣慰使、水西彝族默部首领陇赞·霭翠喜结良缘，从此开始了他们的甜蜜生活。婚后，奢香不仅全心全意地辅佐霭翠处理贵州宣慰司的大小事务，更是以她的聪明才智和贤良淑德赢得了水西各部的赞誉和族人们的爱戴。大家纷纷亲切地称她为"苴慕"（君长），对她的崇敬之情溢于言表。

　　作为一位杰出的彝族女政治家，奢香夫人将贵州宣慰府作为自己的执政舞台，她勤奋耕耘、精心织造，努力发展经济；她修建九驿，畅通交通，促进地区间的交流与合作；她接纳汉族儒士，推广汉学，促进民族文化的融合与发展；她顾全大局，致力于建设和谐稳定的社会环境；她守卫边陲，保卫家园，为加强民族团结、维护水西地区的繁荣稳定做出了卓越的贡献。她的光辉事迹和伟大成就，将永远流淌在历史的长河中，成为后人传颂的佳话。

奢香夫人铜像

时光荏苒，原湖早已换了新颜，但奢香夫人大兴水利、为民造福的佳话仍旧在百姓心中鲜活如昨，代代相传。如今，我们只需凝视她的画像与塑像，便能感受到那扑面而来的美丽动人的彝族风情。

祭花神

景区内，亚热带常绿阔叶林带绿意盎然，生机勃勃。踏入大海坝，只见树木根系庞大，枝叶繁茂，郁郁葱葱。一阵山风吹过，松树枝叶随风摇曳，仿佛波涛翻滚，令人心旷神怡，陶醉其中。在这大自然的怀抱中，湖水与飞鸟总是相互辉映，形成一幅和谐共生的美丽画卷。漫步景区，时而可见白鹭展翅高飞，腾空而起，时而又有白鹭轻盈地踏着碎步在浅水中嬉戏觅食，构成了一道独特而迷人的风景线。

大方奢香九驿水利风景区简直是个宝藏之地！这里的美景真是让人叹为观止："七星伴月"璀璨闪耀，大方古井群历史韵味浓厚，水映山色宛如画卷，云龙山蜿蜒壮丽，朝晖晚霞美不胜收，淡云薄雾如梦如幻，雨连天地磅礴大气，山地松涛声声入耳，白鹭凌空自由翱翔，石桥映月浪漫至极，慕俄格古城古朴典雅，贵州宣慰府尽显尊贵，奢香夫人传说动人，彝族火把节更是热闹非凡！

整个风景区分为六大类，真是丰富多彩！水文风景、天象景观、生物景观、工程景观和文化景观一应俱全，让游客一次性领略多种不同的自然与人文魅力。

景区内不仅有古水利遗迹，还有古井群点缀其中。那慕俄格古城里，竟然有99口古井之多，多数都是明、清时期的古物。想象一下，龙井、斗姥阁井、岩脚井、小龙水井、关井、皂角井……每一口井都承载着深厚的历史和文化底蕴,仿佛在诉说着古老的故事。快来大方奢香九驿水利风景区,一起探寻这些宝藏般的景点吧!

每年农历二、三月,布摩择定吉日后,百里杜鹃彝族同胞就会组织祭花神仪式,祈求风调雨顺、六畜兴旺。他们期望通过祭花神活动,倡导人们关爱自然、与自然和谐相处,保护这片百里杜鹃。

大方奢香九驿水利风景区,是一个集古城、湖泊、生态与重要历史人物遗址于一体的神秘之地。自然与人文、生态与文化在这里交织成一幅绚烂的锦绣图景。县委、县政府的前瞻性眼光,使得这里的旅游资源得到了优化组合,基础设施也得到了有力完善。他们为大方奢香九驿水利风景区的建设进行了全盘规划,统一布局,精心谋划,让每一处风景都焕发出独特的魅力。

在加大基础设施和旅游景观工程建设的同时,县委、县政府还注重环境治理、水域管理、水生态的保护与涵养;根据国家有关规定,按功能分区,出台了一系列管理规定,使得景区的管理有法可依、有章可循,既合理有序又科学规范,就像给这片土地穿上了一件美丽的外衣,让每一个来到这里的人都能感受到它的魅力与活力。

山水相依,花火共舞。在这美丽的大方奢香九驿水利风景区,无论是生活在此的百姓,还是那山水间的壮丽景色,都洋溢着无尽的活力与生机。这里如同一位美人,吸引着来自四面八方的游客前来一睹其风采,揭开那神秘的面纱,探索其深处的奥秘。

凉都明湖巧变美

六盘水市明湖水利风景区

六盘水市明湖水利风景区位于贵州省六盘水市钟山区境内,依托明湖水库而建,属水库型水利风景区,总面积0.31平方公里。景区湖水清澈、山体秀美,地形、地貌独特,湖心姊妹岛与湿地、山地融为一体,空气清新、气温适宜,被称为中国凉都,是人们休闲避暑的好去处。景区内人工生态与自然生态有机结合,自然生物多样丰富,植被以亚热带常绿阔叶林为主,珍稀保护动物种类较多。景区文化以多支系苗族的服饰、头饰、节日活动为主体。景区内山、水、岛、林,以及民族文化资源有机组合,相互烘托,景观和谐、优美,形成一定特色和风格,是集旅游、度假、休闲于一体的郊野景区。

2011年,六盘水市明湖水利风景区被水利部批准为国家水利风景区。

1964年，根据中央工作会议精神，原国家计委携手原煤炭工业部，经过一番精心考察与权衡，最终选定贵州西部，那片安顺、兴义、毕节三地环抱的沃土，特别是六枝、盘县、水城三县，作为煤炭基地的摇篮。于是，"六盘水"这一名字，便由这三县之名首字巧妙融合而成，"六盘水"也横空出世。尽管"六盘水"之名尚年轻，但其承载的地域，却早已在历史长河中留下了深深的烙印。春秋之时，这里是牂牁国的领地；战国时期，又成了夜郎国的疆域。

明湖水利风景区便坐落在六盘水市钟山区的怀抱中，它依傍着明湖水库，犹如一颗璀璨的明珠镶嵌在大地之上，属于水库型水利风景区，总面积达到了66万平方米，其中水域面积占据了53.2万平方米。明湖虽然是个人工湖，但丝毫不减她的美丽与魅力。她就像一位身着华服的小家碧玉，以最自然、最纯粹的方式展现着她的娇小玲珑、单纯可爱和简单质朴。她的美，是那么的清新脱俗，仿佛是大自然赋予她的一份特殊礼物，让人流连忘返，陶醉其中。

来到这里，你简直会被眼前那众多壮观的水利工程给惊艳到！大坝高大威猛，简直就像一位气宇轩昂的巨人，用它那宽厚的怀抱紧紧地拥抱着一湖碧绿如玉的湖水。这座大坝从1956年8月开始建设，是一座均质土坝，高达13米，库容达到了惊人的200万立方米！

后来，经过扩建，这座大坝更是摇身一变，变成了黏土斜墙碾压堆石坝，总库容也飙升到了558万立方米（2013年数据）！站在这里，凝视着这座雄伟的水库大坝，你会不禁感叹人类的智慧和伟大，仿佛能听见那岁月流转中，建设者们辛勤劳动的号角和汗水滴落的声音。

六盘水这片土地，重峦叠嶂，连绵不绝。说到它的风景，可就得提到那神奇的地壳运动，它把山脉都拉裂了，形成了一个垂直得让人惊叹的沟谷，于是明湖一线天就这样产生了。

瑶池

　　湖水波光粼粼，小岛美得如梦如幻，每一处景色都像是精心调配的调色盘，让人心旷神怡！然而，在2010年以前，这里还只是一片被几个池塘和水沟点缀的旱地，看着有些杂乱无章。

　　回味这里的历史，简直就像打开了一部生动的地球生命和人类文明的纪录片！

　　早在明朝时期，这里就是一块天然的湿地。可随着岁月流转，人类活动的影响使这里慢慢变成了旱地。有些农户为了生计，挖了些池塘和水沟来养水产品，虽然添了些生机，但总让人觉得少了点什么。

　　20世纪80年代时，这里简直就是一幅奇特的画卷。山体上，光秃秃的岩石裸露在外，就像一个个秃顶的老头，上面寸草不生，岩骨嶙峋。每当风雨交加，它们就会忍不住"打喷嚏"，碎石纷纷扬扬地落下，仿佛在给人们表演一场"摇滚秀"。

　　山脚下的百姓田地，可真是让人捏把汗。土地贫瘠，庄稼难种难收，更何况还有些碎石时不时地闯入田地，毁损庄稼，砸伤百姓。百姓们真是苦不堪言，每天都提心吊胆地过日子。

山下的房舍错落有致，不远处就是那裸露的河床。晴天时，河床上的鹅卵石被晒得暖洋洋的，河底干涸无水，泥沙随风起舞。而到了雨天，山上的雨水就像是愤怒的猛兽，携带着泥沙奔涌而下，将河床淹没在黄泥的海洋中。此时的河床，黄泥翻滚，滔滔不绝。

但历史总是充满了神奇。20世纪90年代末，六盘水的人们意识到了问题的严重性，开始大力实施退耕还林政策，种植草木，关闭污染源。2010年，六盘水开始了水城河改造项目。这个项目的厉害之处在于，它用生态综合治理的方法，把旱地又变回了湿地，还恢复了它原本的生态功能！经过大家的不懈努力，六盘水明湖湿地公园在2011年就被批准为国家水利风景区，2012年全部完工，2013年还通过了国家林业局的验收，正式晋升为国家级湿地公园！

在整个建设过程中，大家都特别注重恢复本地的生态系统，尽量不去过多打扰大自然。而且，这个项目还有一个特别之处，那就是它的跌水设计。这个设计利用依山傍水的优势，降低了水流速度，再通过各种水生

明湖野趣

植物来吸收水体中的多余营养,让水生态系统自身进行修复和完善。

那些断了的"链条"被重新接好,大自然开始发挥它的魔力。现在的六盘水,真是大变样了!曾经石漠化那么严重的地方,经过退耕还林、环城林带建设、水城河改造等一系列项目的努力,现在已经变得像一块被精心雕琢的翡翠,在贵州的山地间闪烁着翠绿的光芒!

在明湖的世界里,你可以感受到那份宁静与和谐,仿佛整个世界都变得温柔起来。她水波荡漾,如同少女的眼眸般明亮清澈;她的岸边绿树成荫,为这片水域增添了几分生机与活力。在这里,你可以尽情地欣赏她的美丽,感受她的温柔,享受大自然带来的愉悦与放松。

她那清澈的湖水宛如明亮的眸子,晶莹剔透。她静静地站在这一片宁静的乐土之上,仰望着那片蔚蓝的天空,心中满溢着柔情蜜意。她在守望中,用那颗剔透玲珑的心去探寻这片大地的无尽奥秘,更用她那份温润如玉的情怀,默默地滋养着这片土地上的人们,让他们在她的关爱中茁壮成长。

明湖与周围的山脉相互依偎。在周围林木的簇拥下,明湖更是增添了几分神秘与美丽。明湖的水犹如一池碧玉,晶莹剔透,清凉宜人,仿佛能够洗净人间的一切烦恼。而明湖边的山脉则因为明湖水的陪伴,显得更加沉稳而清秀。那些山脉静静地伫立在蓝天白云之下,宛如一位位智慧的哲人,在默默回味着过往的岁月。

这里的山势平缓而又不失大气,山上郁郁葱葱的林木为这片土地增添了不少生机。阳光透过树叶的缝隙洒下,斑驳陆离的光影在地面上跳跃,仿佛在为这片山林演奏着一曲欢快的乐章。走进这片山林,仿佛置身于一个充满生命力的绿色世界,让人感受到大自然的神奇与美妙。

这里的水汀,就像一条调皮的小蛇,蜿蜒曲折地爬动,更像一首活蹦乱跳的小诗。汀上的树影婆娑起舞,芳草萋萋迷人,倩影倒映在水面上,就像美人对着镜子欣赏自己的美貌。那些白色的沙鸥最是自在：有的悠闲地站在汀上，用喙梳理着洁白的羽毛；有的则缓缓地振翅飞翔在水上，时不时偷瞄一眼水面上自己那优雅的身姿。

这里的天空湛蓝如洗，云朵洁白如雪，云朵映衬着天空，让天空显得更加高远辽阔。云团自由自在地在天空飘浮，它们的轻盈影子落在碧玉般的湖水里，仿佛是一条条洁白的鱼儿在湖水里欢快地游动。

这唯美而富有诗意的画面，就是明湖水利风景区送给我们的一份珍贵礼物。它就像一幅生动活泼的画，在春夏秋冬都展现着与众不同的魅力。明湖以它绰约的风姿、冰清的玉肌、娇美的容颜和楚楚动人的风韵，吸引了无数游人尤其是文人墨客前来探访，共同欣赏这份大自然的馈赠。

这里山清水秀，绿树成荫，鸟儿在林间欢快地穿梭，溪水潺潺地流淌，美得就像一幅画。瀑布有时候像从天而降的勇士，一路冲杀下来，看得人心惊肉跳又忍不住喝彩；有时候又像败军之将，跌跌撞撞地跌落几级山石，灰溜溜地钻进深深的潭水里。湖中央的姊妹岛、湿地和山地，它们错落有致，像是精心布置的舞台布景，美得让人目不暇接。

明湖飘带桥

彩色飘带桥，像一位飘逸的舞者，在明湖这位优雅的舞伴身边翩翩起舞。别看它桥身是硬邦邦的钢铁，但远远望去，简直就像一条彩色的丝带在湖面上翻飞，灵动得让人赞叹不已，仿佛在诉说着坚硬与柔软如何和谐共舞的秘密。

那湖心亭,简直就是个小巧玲珑的宫殿!飞檐翘角,雕梁画栋,亭子里还放着一张石桌,上面摆着棋盘。经常能看到一群悠闲的游客围坐在那儿,一边切磋棋艺,一边欣赏周围的湖光山色,听鸟儿唱歌,闻花草的香气。到了冬天,雪花飘落时,这里更是变成了一片银装素裹的仙境,美得让人心醉神迷!

若你是个善于品味自然神韵的妙人儿,何不学学明代的张岱,怀揣一颗宁静又富足的心,悠然站在亭畔,静静地瞅着那雪花儿轻盈飘落,好似一群调皮的雪精灵在山水间翩翩起舞。在这漫天飞舞的雪花中,让思绪和情感随风飘荡,恍若隔世般领悟人生真谛,心胸豁然开朗,心境也如清泉般澄澈。或许,你眼中的雪和湖,与张岱所见不尽相同,但那份对自然的热爱与领悟,定是一致的。

而在细雨绵绵的日子里,这里又别有一番韵味。天空灰蒙蒙的,好似一位忧郁的诗人,细雨如丝,淅淅沥沥,仿佛人的愁绪在天地间弥漫开来。雨雾中的明湖,神秘而忧伤,仿佛一位心事重重的佳人,欲语还休,令人怜爱不已。待到晴空万里时,这里又是另一番景象。碧绿的山峦清秀如画,连绵不绝,令人心旷神怡。夏日炎炎,这里却清凉宜人,仿佛能将酷暑挡在千里之外,让人仿佛置身于秋日之中,因而赢得了"中国凉都"的美名。

在这片绿意盎然的土地上,自然生物丰富多样,亚热带常绿阔叶林是这里的"主角",还有许多珍稀保护动物作为"配角"。到了春季,山花们就像一群活泼的小姑娘,竞相绽放,绚丽烂漫,给整片山林增添了无数流光溢彩的花灯。嫩嫩的叶子们则在阳光下欢快地招摇,享受着温煦的阳光和充满芳香的春风,仿佛在举行一场盛大的派对。

夏天一来,这里更是密林葱茏,湖面上的风儿轻轻吹过,带来阵阵凉意。坐在湖边，感觉就像被清凉的仙气包围，舒爽极了！如果你在山林里漫步，遮天蔽日的林木就像一把把巨大的遮阳伞，让你无论走多久都不会感到炎热。这样的清凉环境，自然吸引了大批游客前来避暑度假，享受那悠长的夏日时光。

到了秋天，这里又变成了一幅五彩斑斓的画卷。明澈的湖水和清亮的蓝天作为背景，五彩缤纷的林木花草仿佛跃然纸上。层林尽染，就像大师用各色油彩精心涂抹的作品，展现出万物丰富的神韵和迷人的风采。

而到了冬天，一切都变得冷静而深沉。明湖变得孤傲而神秘，众山们则增添了几分特别的气质。冷风吹来，树木们仿佛在颤抖，但又表现得异常高傲，似乎在告诉世人：我们绝不向寒冷低头！

这里还是苗族人的大本营呢！每年，他们都会举办一系列丰富多彩的苗族文化活动，从民族服饰、头饰展示，到各种节日活动，应有尽有。集会场上更是热闹非凡，欢声笑语此起彼伏，绚丽多彩的服饰和头饰简直让人眼花缭乱，参与者置身于苗族文化的盛宴中，能够感受到苗族人热爱生活的热情与活力。

当你怀揣一颗欢快跳跃的心，踏足这片神奇之地，与明湖不期而遇，与爱情邂逅时，你的灵魂与明湖翩翩起舞，与山水共谱乐章，它们与你心中的爱交织成一幅绚烂的画卷。想象一下，那一山一水间，定能洒满生命的欢声笑语和绚烂色彩，每一石每一木都仿佛在诉说着深深的眷恋与爱意，而明湖的美景也会因此永远镌刻在你的心田，成为你生命中难以忘怀的篇章。

酒香四溢茅台渡

遵义茅台渡水利风景区

茅台渡水利风景区位于贵州省遵义市仁怀市，依托赤水河道、茅台渡口建立，于2018年设立，为城市河湖型水利风景区。功能定位包括水利旅游服务、生态保护、旅游创新、红色教育和工业休闲体验。规划布局为"红色经典，酒水融合"。景区自然资源丰富，人文历史悠久，特色明显，包括赤水河、茅台镇、合马镇、美酒河镇及茅台渡口等景点。气候适宜微生物群生长，利于茅台酒酿造；马尾树、紫荆、野猪等动植物在此繁衍。古盐文化、长征文化、酒文化和水文化交融，民俗与民族文化相得益彰。

2018年，遵义茅台渡水利风景区被水利部批准为国家水利风景区。

才华横溢的天才诗人李白,以其独特的饮酒风采享誉全球,其笔下的诗篇更是如同清冽佳酿。人们每当品味这些诗句时,都仿佛在细细品尝一杯美酒,口感甘美、醇厚,令人回味无穷。人们不禁遐想,若李白有幸品尝茅台,又将会是何等欣喜若狂,灵感泉涌,创作出更多令人陶醉的诗篇?

茅台渡口

茅台,源自茅台镇,是茅台渡水利风景区的一颗璀璨明珠。

茅台渡水利风景区位于仁怀市的西北部,以拥有悠久历史的"古盐道渡口"——茅台渡为文化底蕴,同时以被誉为"中国第一酒镇"的茅台酒镇为核心文化元素。此外,风景区依托"中国白酒母亲河"——赤水河仁怀段,巧妙地将沿岸丰富的水利资源、深厚的文化遗产、特色鲜明的村镇景观、便捷的交通网络以及现代化的工业园区连接起来,形成了一处自然景观与人文景观相互映衬的城市河湖型水利风景区。

景区占地面积广阔,总面积达到135平方公里,其中水域覆盖了5平方公里的面积。这里是一个资源丰富、文化多元的旅游宝地。特别值得一提的是,作为风景区关键组成部分的"古盐道渡口",其历史可追溯至乾隆十年(公元1745年),由当时的贵州总督张广泗主持开凿赤水河道。自那时起,赤水河道开始通航,四川的食盐得以通过此地运往茅台镇并起岸,因此被誉为"仁岸"。由于贸易的繁荣,渡口成了川盐入黔的四大主要口岸之一。每年,通过赤水河运至茅台镇并卸载的食盐量高达650多万公斤,满足了贵州省三分之二地区对食盐的需求。

吴公岩渡口位于风景区内,曾是盐夫们每日必经的要道,成千上万的人在此争先恐后地渡河。通往河底的石阶全由整块岩石精心雕刻而成,沿着赤水河畔延伸的纤夫道,经过百余年的风雨侵蚀,石灰岩石阶在远处闪烁着光芒,宛如一条"雪梯",引人入胜。

茅台酒厂大门

茅台镇坐落在娄山的怀抱之中,紧邻波光粼粼的赤水河。这个被誉为"酒镇"的地方,选址真是巧妙,依山傍水,既宁静又祥和。河的东岸,街道布局错落有致,民居排列得井井有条,小青瓦、坡屋顶、白粉墙、雕花窗,构成了一幅生动的民俗画卷,散发出浓郁的乡土风情。

至于西岸,则是酿酒厂房和商业街道的聚集地。这里吆喝声与音乐声交织,热闹非凡,宛如一场盛大的派对。在这里,传统与现代完美融合,仿佛引领人们穿越时空,体验茅台镇那独特的魅力。

最能代表中国酒文化的胜地,非中国酒文化城莫属。这里,是全球规模最大的酒文化博物馆。城内设有多个展示区,包括中国酒源馆、中国酒技馆、中国酒韵馆、中国酒俗馆、中国酒器馆、国酒茅台馆、醉美茅台馆、中国名酒馆等。在这里,您能全面地探索中国酒业的发展历史,体验中国酒文化千年传承的独特魅力。这无疑是一场视觉与心灵的双重盛宴!

茅台镇,既是中国著名的美酒之都,又承载着丰富的红色历史。红军四渡赤水纪念园,宛如一部厚重的历史画卷,引领人们穿梭时空,重温那段激动人心的革命历史。园内,雄伟的四渡赤水浮雕墙、庄严的展览陈列馆、肃穆的纪念堂以及庄严的渡口纪念碑等建筑和设施,都深刻地记录了红军战士们的英勇事迹和坚定信念。

追溯至1935年初,中国工农红军在此地精心策划并成功执行了一场重大的战略转移。当时,由毛泽东亲自指挥的红军四渡赤水战役,被誉为军事史上的杰作。其中,第三次渡赤水更是红军长征途中的关键历史时刻。在这里,红军战士们巧妙地布阵,假装攻击敌军,展现了他们无畏的勇气和智慧。

1935年3月16日,红军在茅台镇附近三渡赤水再入川南。毛泽东、朱德、周恩来等中央领导亲自带领部队,随一军团从中间的渡口过河。这些英勇的历史场景,如今在纪念园中被重现,仿佛让参观者目睹了那段波澜壮阔的岁月。

赤水之战不仅展示了共产党领导下的军队英勇无畏和不怕牺牲的精神,还体现了我党灵活多变的战略战术。为了传承这份珍贵的革命精神,茅台镇特别设立了"红军长征过茅台"陈列馆。馆内,实物、影像与现代的声、光、电技术相结合,为参观者营造出一种身临其境的体验,使人们深刻地感受到红色文化的浓厚与深远。

耸立于云端的红军四渡赤水纪念塔,其上镌刻着江泽民同志亲笔题写的"红军四渡赤水纪念塔"九个鎏金大字,光芒四射。纪念塔旁边的渡口纪念碑,刻有著名书法家陈恒安

红军四渡赤水纪念园

美酒河

所书的"茅台渡口"四个大字,笔锋强劲有力。站在此地,仿佛能听到历史的回声在耳旁回荡,那份永不褪色的革命情怀令人振奋。

赤水河,作为长江上游右岸的重要支流,因其特有的赤红色水体而闻名遐迩,自古以来便备受赞誉。古人曾用"集灵泉于一身,汇秀水而东下"之句,赞美其独特的自然景观和深厚的人文底蕴。

在赤水河南岸的吴公岩摩崖之上,矗立着一座宏伟的巨型石刻。上面刻有著名书法家邵华泽亲笔书写的"美酒河"三个大字,字迹刚劲有力,充分体现了其深厚的文化底蕴和极高的艺术水平。石刻巧妙地嵌入峭壁之中,占地面积约4800平方米,其壮观的气势与周围的山川景色相得益彰,共同构成了一幅令人赞叹的自然美景。

在石刻之下,耸立着一组被誉为"世界之最"的石刻龙建筑群。这些建筑群沿着美酒河北岸延伸,由四条石刻长龙构成,每条龙的长度达到192米,总长度达到768米。这些石刻长龙不仅作为公路的护栏,而且是石雕艺术领域中的杰作。

这些石刻龙的形态栩栩如生,工艺精细至极,仿佛每一条都拥有生动的生命和灵魂,令人赞叹不已。这组石刻龙建筑群不仅展示了中国古代石雕艺术的辉煌成就,还深刻反映了人类与自然和谐共存的理念。

它们以独特的方式叙述着赤水河畔悠久的历史和深厚的文化底蕴,成为这片土地上极为珍贵的文化遗产,值得我们珍视和传承。

沿着赤水河轻盈漫步,感受这条活泼的河流在大地上欢快跳跃的旋律。那些奔腾不息的水珠,仿佛都藏着一个个鲜活的情感故事,喜怒哀乐尽在其中。河流宛如一个顽皮的孩童,在沟壑间尽情嬉戏,随心所欲地翻滚,发出咯咯的欢笑声,像是大自然的快乐使者。

渐渐地,水流在奔腾中展现出一种成熟的韵味,它们褪去了儿时的顽皮,变得坚毅而果敢。它们勇往直前,毫不畏惧地向前冲刺,遇到阻碍便巧妙地绕行而过,遇到山崖则毫不犹豫地纵身而下,犹如一位英勇无畏的战士,在大自然的舞台上尽情战斗。

空气中弥漫着浓烈的酒香,仿佛将整个大地都浸润其中。那浓郁的香气似乎能渗透进每一寸土壤、每一缕清风,以及茂密的林木之中。深深吸一口气,那醇厚的气息仿佛化作甘醇的美酒,让人心醉神迷,陶醉在这美妙的自然之中。

赤水河静静地流淌,它的身姿优雅而神秘,宛如一条自远古穿梭而来的白龙。这条白龙似乎对美酒情有独钟,因此,人们亲切地称它为"美酒河",以彰显其独特的魅力。在赤水河的陪伴下,人们仿佛能感受到大自然的生命力与活力,人们与赤水河共同谱写出一曲曲生动的自然之歌。

赤水河,白酒的摇篮,浑身都散发着浓浓的文化气息。每到农历九月初九,茅台镇上的酱香白酒师傅们都会举行一场庄重又神秘的祭水大典,向大自然、神灵和祖先的智慧表达无尽的感激和崇敬。

赤水河的水，真是神奇得很！它的水质独特，仿佛汇聚了天地间的所有精华，融入了山水的灵秀之美。瞧那景色，雄浑、神奇、险峻、美丽，让人惊叹不已！河水奔腾不息，滩滩相连，湍急异常，充满了无尽的生机与活力。

两岸的山岭高耸入云，竹木葱茏，青翠欲滴，简直就像一幅幅壮美的画卷。赤水河啊，它因为独特的自然条件、丰富的水资源和深厚的人文底蕴，被誉为九州之瑰宝，名声在外，如雷贯耳！

赤水河洋溢着的活力呀，真是让人为大自然的神奇而感动不已，为它的壮丽景色而震撼连连。它不仅是这片土地上的绝美风景，更是这片景区的灵魂所在，让人流连忘返，陶醉在这美丽的自然之中。

在景区内，一片翠绿的景象映入眼帘，繁茂的植被令人目不暇接。这里生长着各种植物，以亚热带常绿针叶林和常绿阔叶林为主，构成了一派充满活力的自然风光。这些多样的植被不仅为大地涂上了缤纷的色彩，也为多种多样的动物提供了理想的栖息地。

在这片充满生机的土地上，各种动物找到了它们的家园。白甲鱼在水中悠然自得，中华倒刺鲃在水中若隐若现，穿山甲在泥土中穿梭自如，

锦绣茅台

布谷鸟在枝头欢快地歌唱,喜鹊则在枝头跳跃嬉戏。每一个生命都在这里找到了属于自己的乐园。

当你漫步在这片美丽的景区时,关于金龟临泉的神奇传说定会吸引你的注意。这则故事仿佛穿越时空,带你进入一个充满神秘与奇幻色彩的世界,在你欣赏自然美景的同时,也能感受到深厚的文化底蕴。

传说中,玉帝的酿酒童子曾被派往太上老君处协助炼丹。

茅酒神

在炼丹期间,童子与摇扇的童女聃儿因触犯天规,被贬至凡间。他们最终流落到赤水河畔的茅台紫云地区。这里山水秀丽,童子深感喜爱,便随此地更名为紫云。

紫云目睹当地百姓生活困苦,心生怜悯,于是将天宫的酿酒秘技传授给民众。他指导百姓在端午时节用少女踩曲的方法,利用成熟小麦酿酒;到了重阳时节,则采用男子酿酒的技术,使用成熟高粱。经过端午踩曲、重阳下沙、九次蒸煮、八次发酵、七次取酒的复杂工艺,最终酿出了香气四溢、甘甜爽口、醇厚绵长的美酒。当地居民对紫云与聃儿感激不尽。

紫云与聃儿在人间度过漫长的岁月,心中却常思念太上老君。一天,他们来到山口高声呼唤,老君闻讯而来,告诫他们只要潜心修炼,必能重返天庭。然而,玉帝得知他们私自将天庭酿酒技艺传授人间,勃然大怒,命令他们遵守天规,否则将降罪于人间。紫云与聃儿无奈,于重阳之夜投井自尽,以死明志。老君感念他们的善良,将他们化作龟山与龟井,使他们生死相依,永不分离。

这个凄美的故事如同一串晶莹的珍珠,为这片山水增添了独特的魅力,让人沉醉其中,流连忘返。引人入胜的传说与山水相互辉映,构成了一幅动人的画卷,让人叹为观止。

居住于此的仡佬族、布依族、苗族、侗族等民族,为这片土地注入了浓郁的民俗色彩和独特的民族文化。祭水节、仁怀打杯舞、苗族花灯等丰富多彩的活动,宛如璀璨的明珠,点缀在这片土地上,带给人们无尽的欢乐与惊喜。

说起仁怀打杯舞,当地流传着一则特别动人的传说。相传,天宫中有一位美丽的舞仙,听闻了紫云和聃儿的感人故事后,内心深受感动。为了纪念这对纯真的童男童女,她竟偷偷携带一杯天宫的美酒和一只空杯,悄然降临人间。抵达此地后,她将杯中的美酒倒一部分至另一只酒

山之奇——雄伟壮阔

杯中,手持双杯,跳起了极为迷人的舞蹈,仿佛在为紫云和聘儿的善举喝彩。舞毕,舞仙将杯中酒洒入河中,随后悄然离去。自那以后,河水变得甘甜芳香,犹如加了蜜一般。当地居民用这神奇的河水酿制的酒,口感如同天宫的琼浆玉液,甜美而芬芳,令人回味无穷。

为了缅怀这位舞姿翩跹的仙女,当地居民创造了一种极富特色的舞蹈——打杯舞。这种舞蹈以酒杯为道具,因此也被称为"酒杯舞"。舞者们在表演时,双手各持两个小酒杯,随着音乐节奏互相敲击,发出清脆悦耳的响声,极为动听。舞蹈动作既豪迈又粗犷,完美展现了仁怀人民的热忱与奔放。打杯舞无疑是民间艺术中的一朵奇葩。

茅台酒为该景区增添了浓重的色彩,而景区也成了茅台酒发展的坚实后盾,为其提供支撑。在现代商业的喧嚣浪潮中,茅台酒不仅赢得了广泛的社会赞誉,还为红色文化教育基地的辉煌发展贡献了力量。

经过百年风雨的洗礼,古盐渡的纤夫们依然在历史的回声中急匆匆地穿梭。红军四渡赤水的号角声依旧激昂地回荡,而茅台的馥郁酒香更是弥漫在祖国的各个角落。

酒香四溢,弥漫在这片美丽的风景之中。茅台渡风景区以其独特的酒文化与秀丽山水的和谐融合,长久地散发着它独有的迷人魅力,吸引着源源不断的游客前来探索,令人陶醉忘返。

峡谷闭门藏仙景

绥阳双门峡水利风景区

绥阳双门峡水利风景区位于贵州省遵义市绥阳县风华镇连丰村,双门峡有上百个景点景观。一箭瀑如神射手百步穿杨的利箭,从百丈悬崖上直穿深潭;玉女瀑的点点水花,似仙女洒向凡尘的花雨;情侣瀑在山岩间比翼齐飞;鉴琴瀑在峡谷弹奏《高山流水》。山峰悬崖形态各异,如蜂房、观音、天马,亦有孩童顽皮、女子娇羞之态。溪流潭水,清澈透明,美不胜收。集山、水、洞、瀑、崖为一峡,汇奇、险、秀、美、幽为一谷,双门峡是开展峡谷生态旅游的最佳去处。

2015年,绥阳双门峡水利风景区被水利部批准为国家水利风景区。

双门峡水利风景区,以其迷人的景观,荣获《中国国家地理》杂志授予的"最美景观拍摄地"称号。这个风景区位于遵义市绥阳县风华镇,被大娄山的怀抱所包围。景区内的地质构造错综复杂,宛如一个神秘迷宫,寒武系、奥陶系、志留系、二叠系等岩层层次分明。特别是万象洞,它可能是贵州溶洞的鼻祖,主要发育于寒武系和奥陶系的白云岩中,充满了无尽的奇幻与探索的乐趣。

这座峡谷,既深邃又俏丽,堪称大自然的"颜值担当"。它那幽深的心思中,蕴藏着五彩斑斓的诗行。这些诗行蜿蜒曲折,宛如河水的低语、山脉的诉说、林木的生长。双门峡,宛如一位深藏不露的绝世佳人,乌发垂腰,螓首蛾眉,面若桃花,体态优雅,只需一瞥便能让人倾心,终身难忘。

踏入这迷人的峡谷,你定会情不自禁地发出惊叹,仿佛整个世界都变得更加美好。若你是一位摄影爱好者,无论你的镜头指向哪个角落,都能捕捉到美得让人心醉的画面。墨绿的背景,是林木的欢乐家园,树木们仿佛在低语,传出阵阵悦耳的旋律。飘逸的风在林子里欢快地穿梭,叶子们摇曳着身姿,展示出各种美妙的舞姿。

自由的河流宛如一条优雅的丝带,悠闲地顺着峡谷蜿蜒流淌,它们扭动着柔软的腰肢,悠然自得地向前而行。那些忽隐忽现的瀑布宛如调皮的精灵,轻轻跳入眼帘,它们像长长的飘逸的诗句悬挂在山崖上,每一片飞溅的水花都散发着山水的诗意。

双门峡,这个以自然水域为特色的峡谷型水利风景区,宛如一个充满活力的自然舞台。谷底的平均海拔介于400至500米之间,四周被形态各异的山峰所环绕,这些山峰的平均高度超过了200米。其中,笔架山以其1293.8米的海拔傲视群峰,巍峨壮观。

漫步于双门峡,你仿佛步入了一幅立体而生动的画卷之中。看那银河般的河流，宛如天降的奇迹，波光粼粼，水花四溅，五彩斑斓，光彩夺目，令人目不转睛。河水沿着山谷悠然流淌，时而平缓如歌，时而急促如鼓，仿佛是一曲动听的交响乐在耳畔回响。

那些错落有致的山峦，是大自然的杰作。它们时而突兀高耸，时而平缓绵延，形态各异，令人赞叹不已。它们仿佛是大地不经意间发出的惊叹，诉说着神秘而动人的故事，等待着你去细细品味。每一个独特的造型，都是大自然灵感的闪现，让人不禁为之赞叹。

最令人神往的，无疑是那片茂密的原始森林。它宛如一幅浓墨重彩的画卷，仿佛是上天倾注心血创作的杰作。这位伟大的艺术家究竟施展了怎样的魔法？你瞧，他所绘制的每一棵树都独具魅力：那些枝枝蔓蔓，有的挺拔向上，仿佛要触及天际；有的旁逸斜出，仿佛在向你展示它的个性。每一根枝条都似乎蕴藏着无尽的神秘力量，每一片叶子都闪耀着灵动之美。这些叶子紧密相拥，密密麻麻，它们在阳光下窃窃私语，倾诉着彼此的心事。那么，谁能听懂这些叶子的话语呢？或许，只有那些纯净无瑕、清澈如水的灵魂，才能与叶子们进行心灵的对话，感受它们每一丝忧伤与欢乐。

飞湍瀑流

而溶洞，则是另一番神奇的世界，充满了无尽的想象与奇幻。它们幽深、奇特、迤逦，每一处都散发着变幻莫测的神秘之美。这些溶洞仿佛是大地上深藏的一个个神秘故事，无从追寻故事中的元素，它们承载着历史的情感，静静地隐藏在林木葱茏的峡谷深处，等待着勇敢的探险家来揭开它们的面纱。在连绵的山崖上，镌刻着许多古今名人的美好诗句。这些诗句历经千年，依旧熠熠生辉。只要你怀揣一颗敏感多情的心，细细品味，定能领略到其中的深意与韵味。

踏入这片神奇的领域，你仿佛沉浸在一幅栩栩如生的山水画中，一边领略着迷人的自然风光，一边感受着那在心中回响的山水诗篇。眼前的山川与峡谷似乎被赋予了生命，与你共舞欢腾，而诗中的山水宛若一股清泉，滋养着你的灵魂。

情感的河流在你心中澎湃流淌，思维的波涛汹涌而出，仿佛要将这美妙的时刻永久地镌刻在心间。在恍惚之间，你会对这些真实山水所蕴含的神奇魅力感到惊叹，它们不仅在你眼前展现了迷人的风采，更深入你的灵魂，与你产生深刻的共鸣。

双门峡水利风景区

双门峡，这片土地上的璀璨明珠，以其独特的喀斯特地貌魅力，吸引了无数游客。这是一条长约3公里的典型喀斯特峡谷，切割深度超过400米。近世纪的地质运动使得双门峡河谷抬升，形成了高悬于深切峡谷之上的喀斯特悬谷。在这里，你可以欣赏到喀斯特锥峰、盆地、悬谷及峡谷等奇特地貌景观相互辉映的壮丽景色，瑰丽多姿而又深幽恬静，令人仿佛置身于一个梦幻般的世界之中。

欢迎来到瀑布的狂欢乐园，这里观瀑的体验定会让您惊叹不已，乐在其中！一条瀑布宛若闪耀的银线，在悬崖上舞动，宛如山崖间飘逸的思绪；瀑布在阳光的照射下，神秘莫测，仿佛是魔法世界中隐藏的秘密通道。

钙化彩云瀑布更是大自然的杰作，它宛如一幅栩栩如生的瀑布画卷。其形成是由于瀑水急速流动时发生的物理化学反应，以及生物作用的奇妙影响，几方共同作用下使得碳酸钙沉积。在双门峡的绝壁钙化瀑布内部，景象更是神奇，仿佛架空的石窟廊道通往另一个世界，曲折的石级小径引领您深入其中，仿佛置身于"悬空寺"的神秘氛围之中。

瀑布轻盈地从岩石的顶端洒落，绘制出一幅姿态万千的水幕画卷。岩石与流水相互辉映，赋予了这幅画卷无尽的美丽与生机。在深邃峡谷的衬托下，它们共同编织出一幅纯真而壮丽的大自然辉煌图景，这无疑是贵州高原"喀斯特瀑布王国"中独一无二、令人沉醉的群瀑奇观。

碧绿的溪流宛若一条活泼的绿龙，由三百多米长的清澈溪流、数个活泼可爱的小瀑布以及一片翠绿的碧潭组成。在碧潭之上，一道高约5米、宽约3米的瀑布如银色丝带般倾泻而下，注入潭中，激起一片晶莹的水花。潭水清澈透明，鱼儿在其中自由穿梭，仿佛在向世人展示它们的家园。溪流的潺潺声，如同一段使人愉悦的旋律，令人心旷神怡。

碧溪潭宛如一面巨大的铜镜，静谧地躺卧，映照着四周春意盎然的

一线瀑

山峦和葱郁的树木，构成了一幅迷人的画卷。春山的翠绿与树木的倒影相互辉映，仿佛是大自然施展的魔法，令人目不转睛，沉醉于无尽的愉悦之中。

景区的地质景观独特而多样，令人应接不暇。那些著名的地文景观，如万象洞、万丈岩、曹植峰、神龟游峡、霞客石、孔雀开屏、宝塔峰、变脸山等，无不彰显着大自然的神奇造化，令人叹为观止。

特别值得一提的是万象洞，它海拔高达1150米，是一个历史悠久的古洞。由于洞穴两端相通，洞内氧气充足，四季温度宜人，常年维持在14℃。尽管洞穴规模不大，但其内部景观却异常壮观。洞中有洞，钟乳石遍布，宛如一片神秘的石林。这个洞穴的名字源于其景观的多样性，正如成语"包罗万象"所描述的那样。

下面，让我们来谈谈曹植峰。它正对着美女瀑，海拔约1500米，山脚是繁茂的林木，山腰是裸露的岩石，而山顶则覆盖着绿色的低矮植被，构成了一幅壮丽的自然画卷。相传，曹植曾游历双门峡，被这里的美景深深打动，想要作诗以记之。他命随从铺开纸墨，却在长时间的凝视后，思绪万千，不知从何落笔。最终，他化身为这座山峰，永久地伫立于此，与这片美景融为一体。

在双门峡水利风景区的东端与西端，矗立着两道天然的石门，宛如守护神一般，阻挡了河水在峡谷的通行。然而，不甘示弱的河水，凭借其鬼斧神工之力，硬生生地将陡峭的悬崖冲开，从狭窄的岩石缝隙中穿流而过，造就了一道充满艺术美感的岩门。这是大自然的杰作，令人不禁为之惊叹。

这两扇石门背后流传着一则颇具趣味的传说。据说，当年韩愈挥笔写下"乃呼大灵龟，骑云款天门"的佳句，深深打动了天宫的玉帝。玉帝一高兴，便派遣了天界的两只大灵龟下凡探视。这两只大灵龟心中既畏惧又兴奋，因为它们从未踏足凡间，加之身躯庞大笨重，极易迷失方向。

降临这片土地后，它们立刻被这里的美景深深吸引，尤其是那清澈甘甜的泉水，一饮便令人飘飘欲仙。两只灵龟欣喜若狂，在此逗留数日，日日畅饮泉水，并在山涧旁尽情嬉戏。

然而，当它们打算离开时，却发现自己迷失了方向。在天庭时，它们曾被告知紫微星与北斗星遥相呼应之处即南天门，它们正是从那里降临凡间的。如今，两只灵龟在人间迷路，真是令人啼笑皆非。

玻璃栈道

因此，它们夜夜凝视星空，寻找紫微星与北斗星，希冀它们能指引归途。但不幸的是，两只灵龟意见不合，一个主张顺流而上，另一个坚持逆流而下。它们互不相让，争执不休，场面一度混乱。

天帝得知这两个小家伙因贪图享乐而迷失方向，耽误了重要事务，怒不可遏。他决定给予它们一个教训，命令小仙从南天门旁拾起两颗小石子，用力投向凡间。这两颗石子准确无误地落在双门峡谷的东西两端，仿佛是为两只灵龟量身定制的天然石门，将它们困在其中，以反省其过错。

石子落地后，立刻化作陡峭的天然石门，彻底封锁了峡谷的通道。两只灵龟也在那一刻化作石头：一只头朝上游，蜷缩在石门内；另一只头朝下游，似乎仍在艰难前行。河水似乎也难以忍受这沉闷的氛围，终日喧嚣不息，最终在无数次猛烈的冲击下，冲开了天门的一道裂缝，欢快地奔腾而去。

至于霞客石，它绝非普通的岩石。昔日，探险家徐霞客不畏艰险，沿着长江、芙蓉江溯流而上，就是为了能够坐在这块神奇的石头上，感受那份非凡的探险经历。

在某个不平凡的日子里，探险家徐霞客踏入了这个充满神秘色彩的地域，他的目光立刻被双门峡那被烟雾缠绕的壮丽景色所吸引。夕阳如同金色的织物，穿过峡谷的缝隙，将光芒洒在那些尖锐而挺拔的喀斯特锥峰上，宛如天工巧夺的杰作。瀑布的流水清澈见底，闪烁着晶莹的光芒，宛如一位优雅的仙女在轻盈地舞动。

徐霞客被眼前的美景深深打动，心中充满了无尽的喜悦，情不自禁地在一块巨大的岩石上挥毫泼墨，留下了"闭门藏仙景"几个雄浑的大字。书写完毕，他依依不舍地轻抚着岩石，然后才带着留恋的心情离开。那块岩石，如今被人们亲切地称为"霞客石"，它默默见证着徐霞客与这

石涧幽瀑

片迷人景色之间不解的情缘。

　　双门峡景区两岸的钙化体,如同繁星般点缀其间,形态千变万化。有的像柔软的草地,有的似鳞片般层叠,还有的宛如扇子或窗帘,层层叠叠,纹理细腻,如同精美的画卷。它们被苔藓覆盖,藤蔓缠绕,宛如一片片绿云在其中飘荡。更有一处景致,酷似孔雀开屏,将那高耸的悬崖绝壁装点得生机勃勃,绿意盎然,显得格外迷人。

　　这片风景如画的景区,古树挺拔,枝繁叶茂,呈现一片生机勃勃的景象。黑叶猴们在枝头间灵活地跳跃穿梭,宛如在空中上演一场令人叹为观止的杂技。山间的村寨宁静而古朴,田园风光宛如一幅动人的诗画,令人陶醉不已。

　　特别值得一提的是,景区内的中国诗歌谷为这片土地增添了一抹独特的文化色彩。东汉时期,文学家尹珍在此设立学馆,讲学长达十三年之久。从隋唐至晚清,这里孕育了无数才华横溢的诗人,留下了丰富的文化遗产。这片被誉为"中国诗歌谷"的神奇之地,巧妙地将自然美景与人文历史融合。在这里,您可以尽情享受休闲度假的愉悦时光,沉浸在诗歌的艺术氛围中,或探访古寺,参禅悟道,体验心灵的宁静与升华。

漫步在这幅生动的自然画卷中,仿佛沉浸在诗文的海洋里。字句之间,水波涟漪、山峦叠嶂、林木葱郁,令人心旷神怡。此刻,内心的灵感与情感如泉水般涌现,思想的河流在胸中奔腾,骨子里的锐气如山峰般坚定。品味这样的山水诗画,真是一种难得的享受啊!

高原上鸟类王国

威宁草海水利风景区

　　威宁草海水利风景区，位于贵州省毕节市威宁县，地处云贵高原乌蒙山麓腹地，总面积120平方公里，水域面积为46.5平方公里，于1985年成立省级自然保护区，1992年升级为国家级自然保护区，2015年获得国家4A级旅游景区称号。景区内有大量的属国家重点保护物种、国际联合保护物种和草海所特有的珍稀濒危物种。其中鸟类是草海极其重要的生物资源，现有鸟类248种10万余只，其中黑颈鹤近2600只，国家重点保护野生动物34种，Ⅰ级保护动物7种，Ⅱ级保护动物27种。草海成为我国八大候鸟越冬地之一，全球十佳湖泊观鸟区之一。

　　2016年，威宁草海水利风景区被水利部批准为国家水利风景区。

在云贵高原的乌蒙山深处,隐藏着一个鲜为人知的秘境——威宁草海。它与青海湖、滇池齐名,被誉为"高原明珠",在大地上闪耀。作为国家水利风景区,威宁草海不仅风景如画,还蕴藏着无数大自然的珍宝。

在威宁草海水利风景区内,珍稀濒危物种繁多,其中不乏国家重点保护和国际联合保护的珍稀物种。鸟类,尤其是这片秘境中的璀璨明星,它们在草海景区内翩翩起舞,种类繁多,达到了248种之多,数量更是高达10万余只。特别是那闻名遐迩的黑颈鹤,它们优雅地在草海上空翱翔,数量接近2600只,成为一道独特的风景线。

此外,草海景区还是众多国家重点保护野生动物的家园,有34种珍稀动物,其中Ⅰ级保护动物7种,Ⅱ级保护动物27种。这些珍贵的生灵,在草海这片乐土上自由自在地生活,构成了一幅生机勃勃的自然画卷。凭借其丰富的动植物资源,草海景区不仅成为我国八大候鸟越冬地之一,更是全球十佳湖泊观鸟区之一,吸引着无数游客尤其是观鸟爱好者前来探访,感受大自然的神奇魅力。

草海江家湾

威宁草海，这颗璀璨的明珠，是长江支流横江上游洛泽河的源头湖泊。它位于云贵高原中部，贵州省威宁县城的西侧。从形状上看，它酷似一只佛手，既优雅又别致，同时它也是贵州省最大的天然淡水湖泊。

日照草海

草海，这个岩溶湖泊，是地质构造的杰作！它原本是一片平缓的山丘间盆地，那里耕地集中，人口众多，溪流从北部黑岩洞一带的溶洞中悠然流淌出来。草海之名恰如其分，湖底遍布茂盛繁密的水草，宛如铺上了一层绿色的地毯。然而，这并未影响其水质的清澈纯净；相反，水草如同一群勤劳的小精灵，帮助过滤水质，使得草海的水质更加明澈清透。

湖水宛如一面明镜，波光粼粼，引人注目。在晴朗的天气里，阳光洒在湖面上，湖水会折射出璀璨闪烁的细碎光芒，耀眼夺目。这些光芒与水底的水草交相辉映，仿佛一场视觉盛宴，令人心旷神怡，流连忘返。

草海的诞生过程独树一帜，充满了传奇的色彩。根据史料记载，清咸丰七年（公元1857年）七月，暴雨如注，似乎天公洒下了无尽的泪水。连绵不断的暴雨导致了山洪的猛烈暴发，携带着树木和泥土的泥石流倾泻而下，最终堵塞了消水洞，导致南北两片海子紧密相连，合为一体。

那刻的场景，必定是令人胆战心惊，仿佛大自然在肆意宣泄愤怒。即便在今天，我们在翻阅古籍时，仍能感受到那场山洪的狂暴与恐怖。

岁月流转，水流不断涌入这片由泥石流堆积而成的区域，逐渐孕育出了一个美丽的湖泊。湖水上涨至城南斗姥阁，宛如高原上的一颗璀璨明珠，熠熠生辉。后来，为了缅怀蔡锷将军，人们将这片威宁草海亲切地命名为"松坡湖"（蔡锷字松坡）。

随着时间的推移，湖中繁茂的水草造就了一道独特的自然景观，这片湖泊因此被重新命名为"草海"。今天的草海，已然成为一个生机勃勃、活力四射的自然奇观，吸引着无数游客前来探索它的神秘与美丽。

草海，这片古老的湖泊，拥有优越的地理位置和深厚的历史底蕴。阳光普照，水质清澈见底，气候宜人，水热条件得天独厚，因此孕育了丰富的生物资源。四周环绕着苍翠的青山，林木葱郁。在清澈见底的湖水中，鱼虾嬉戏，蒲草随风摇曳，各种水生动植物竞相生长，为数百种珍稀水鸟提供了一个繁衍生息的天堂。草海景区内的鸟类世界热闹非凡，珍稀鸟类种类繁多，包括黑颈鹤、卷羽鹈鹕、蓑羽鹤、灰鹤等，它们都是国家级的保护对象。

此外，草海这片神奇的土地还孕育了"草海细鱼"这一美食佳肴。这种鱼以其鲜美细腻的肉质和独特绵密的风味，赢得了省内外食客的一致好评，成为威宁草海水利风景区的一张闪亮名片。

夏日草海

威宁草海水利风景区，以其独特的湿地景观和卓越的自然环境而享誉四方。这里阳光充足，气候宜人，冬暖夏凉，四季分明，是理想的夏季避暑胜地。湖面辽阔，湖水清澈透明，水草丰盈，四季景色

草海鸟瞰图

迷人，美不胜收，令人流连忘返。

春风轻拂，草海周围的杜鹃花竞相绽放，争奇斗艳，宛如身着彩衣的少女翩翩起舞。袭人的花香，吸引成群的鸟儿在空中欢舞，似乎在为春天的盛宴歌唱。湖底的水草绿意盎然，繁茂得如同翡翠绿毯，随风轻轻摆动，仿佛在向每位游客挥手致意，并与艳丽的牡丹花交相辉映，为草海绘制出一幅绚丽多彩的画卷。

春末夏初，威宁草海生机盎然。群鸟在此筑巢觅食，呼朋引伴，振翅高飞。乘船游览，成为游客的一大乐事。泛舟湖上，眼前是一片碧波荡漾的湖水，令人仿佛置身于仙境。水草茂盛，船边的水草高挑挺拔，宛如绿色的屏障，既不遮挡视线，又增添了游湖的趣味。微风掠过，水草随风摇曳，仿佛在诉说草海的秘密。

偶尔，几只海鸟被游船惊起，扑棱着翅膀，沾着水珠的羽翼在阳光下熠熠生辉，它们展翅高飞，仿佛在演绎着"争渡，争渡，惊起一滩鸥鹭"的生动场景。

高原上鸟类王国·127

秋高气爽之际,草海湖面平静如镜,烟波浩渺,苍花云树倒映其中,鸢飞鱼跃,北雁南飞,充满诗情画意。风和日丽之时,站在岸边放眼望去,水天一色,令人心旷神怡,仿佛置身于人间仙境。在朝霞或夕阳的映照下,湖水更是如同被人撒下了无数金粉,璀璨夺目,令人流连忘返。

皓月当空之时,皎洁的月光洒在湖面上,波光粼粼,如梦如幻,令人陶醉。荡舟湖中,湖光水色交相辉映,让人仿佛置身于一幅美丽的画卷之中,心醉神迷。

冬季来临,草海吸引了数万只珍禽异鸟前来越冬。鸟类云集,蔚为壮观,令人赞叹大自然的神奇魅力。大雁和野鸭在此筑巢生息,为草海增添了无限生机与活力。游客们纷纷举起相机,捕捉这难得的自然美景,留下一张张美丽的照片,表示对大自然的敬畏与感恩。

草海精灵——黑颈鹤

在这些鸟类中,最为罕见珍奇的要数我国特有的黑颈鹤了。它们身材高大,体态健硕,羽毛以灰白为主,颈脖上环绕着一条如黑缎带般的羽绒,头顶上镶嵌着鲜红的珠顶,熠熠生辉。它们的尾部和羽翼末端呈现出独特的黑色,使得它们在众多鸟类中脱颖而出。黑颈鹤的舞姿优雅,飞翔时宛如仙子降临,姿态曼妙。它们的鸣叫声高亢,数里之外都能清晰听到,它们仿佛在用歌声表达对这片土地的深情与依恋。

每当春天来临,黑颈鹤便成群结队地飞越崇山峻岭,前往青海的柴达木盆地或玉树隆宝滩进行繁殖。它们选择在人迹罕至的地区筑巢生息，悉心照料幼小的后代。待到雏鸟羽翼渐丰，它们又会结伴飞往云贵高原的草海，度过寒冷的冬季。黑颈鹤的迁徙之旅，不仅是大自然的壮丽奇观，更是生命力的彰显，令人肃然起敬，感慨万千。

鸟类的家园

经过多年鸟类保护的努力，如今的野外环境大为改善，人与黑颈鹤实现了和谐共处。人们与黑颈鹤的距离竟然可以缩短至仅10米，这种和谐共生的画面令人惊叹不已！此外，这里的鸟种类繁多，保护区的规模恰到好处，无疑是生态旅游的理想胜地。特别是草海，它已成为观鸟爱好者的首选之地！

威宁草海水利风景区不仅拥有丰富的鸟类资源和优美的自然环境，其历史遗迹同样构成了一道迷人的风景线。龙王庙、斗姥阁、六洞桥、望海楼、观鹿台等名胜古迹，每一处都散发着独特的历史韵味。漫步其中，仿佛穿越时空，回到了那些遥远的年代。细细品味，你会发现这里的每一处风景都充满了奇妙与秀美，令人流连忘返。

草海西边，隐藏着一座神秘而迷人的孤岛——阳关山，当地人亲切地称之为"落星岛"。百年来，它如同一位慈祥的长者，静静地矗立在湖水之中，在岁月的流转中默默守护着。海边山下，绿荫如波，竹篱茅舍若隐若现，茂林深处，云气缭绕，溪涧碧绿如玉，林木郁郁葱葱，每一处都散发着别样的风情。

而海的东南边，则是一道美丽的风景线——烟柳长堤。这长堤拥有深厚的历史底蕴，建于清同治年间，雄伟地屹立在古鸭田和南海之间。

堤边的垂柳随风摇曳,宛如少女的长发,飘逸而灵动。六洞桥上的望海楼更是古雅别致,碧瓦红檐,绿窗回廊,仿佛让人穿越到了古代。

在长堤的东侧,错落有致的主庙殿宇隐匿于绿荫之中,松竹挺拔,古木参天,藤萝缠绕,芳草萋萋。站在此地,俯瞰草海,美景一览无余,令人仿佛置身于一幅栩栩如生的画卷之中。

威宁草海水利风景区,一个真正的宝藏之地!它不仅是国家4A级旅游景区和自然保护区,还是彝族、回族、苗族等多个少数民族人民的共同家园。这里的民俗文化丰富多彩,令人惊叹。更令人称奇的是,这里还保存着大量珍贵的生物化石和人类文化遗址,吸引着无数国内外学者前来探索。

草海风景区的高原湿地原生态特征极为显著,保护得相当完好,整个生态系统完整而和谐。海湾与岬角交相辉映,风景如诗如画。这里还是世界人禽共生、和谐相处的候鸟天堂之一,是观鸟、避暑的绝佳去处。它被誉为"贵州旅游皇冠上的一块蓝宝石",更以"高原明珠""鸟类王国""生物基因库"等美誉名扬四海,令人向往不已。

在历史上,威宁草海湿地曾多次遭受人为破坏,导致水面干涸。据《威宁县志》记载,光绪十九年(公元1893年),总镇苏元瑞对草海进行了疏浚,取得了显著成效,但遗憾的是,工程未完成便告终止,后续无人接替,河道再次淤塞。

1980年,贵州省政府作出重大决策,决定重新启动草海的恢复工程。1982年,草海成功蓄水,恢复水面面积至25平方公里。随后,在1992年,草海被国务院批准升级为国家级自然保护区,集候鸟保护、水生养殖和旅游疗养等多重功能于一身。

当前,草海的生态环境正展现出逐步改善的迹象,表明其恢复治理工作已初见成效。随着草海生态环境的持续改善,越来越多的国内外游客和研究者被吸引至此。

草海湿地生态系统，作为一个历史悠久的自然生态系统，不仅融合了自然与历史的元素，而且是保护当地及周边区域生态环境的关键。它在当地自然和社会环境中占据着至关重要的位置，对于保持生态平衡、推动可持续发展具有不可估量的价值。

在人类文明的演进过程中，生态的繁荣与衰退直接关联着文明的兴衰。尽管工业化带来了空前的物质进步，但同时也导致了无法挽回的生态破坏。那种目光短浅、以牺牲生态为代价的发展模式已不再可行，而顺应自然、保护自然的绿色发展道路，才是人类未来的发展趋势。

五千年的中华文明孕育了丰富的生态智慧。诸如"天人合一"和"道法自然"的哲学思想，"劝君莫打三春鸟，子在巢中望母归"等经典诗

句,以及"一粥一饭,当思来之不易;半丝半缕,恒念物力维艰"的治家格言,这些质朴而深刻的自然观念,至今仍对人类社会具有深远的警示和启迪意义。

在政府的积极引导和推动下,毕节市始终坚持人民至上的发展理念,积极回应民众的期望和关注,致力于恢复和保护生态环境。通过持续的努力,毕节市成功地为市民再现了蓝天白云、繁星闪烁的自然美景,恢复了清水湖岸、鱼翔浅底的生态之美,让市民在鸟语花香、田园风光的怀抱中享受美好生活。这些措施充分展示了自然与人文、生态与文化的和谐统一,呈现了一幅幅具有威宁特色的美丽画卷。

威宁草海水利风景区宛如一本生动的历史书,其演变和治理过程让我们见证了国家如何在时代的洪流和环境的变迁中做到生态观念和治理理念的与时俱进。人类与大自然紧密相连,携手前行,共同创造了一个和谐美好的自然世界。这正是我们人类对生态发展的终极追求和理想目标。这份珍贵的和谐共生关系,彰显了人类与自然和谐共生的美好愿景。

群仙聚会金鼎山

遵义市大板水水利风景区

大板水水利风景区位于贵州省遵义市区近郊，地处大娄山山脉东部中段。大板水国家森林公园于2010年规划，包含大板水、小板水和新土沟水域，核心为马老岩水库，是集保护、游览、科普、宗教、避暑、度假于一体的城郊水保型景区，分管理接待、森林游览、探险、苗寨风情、宗教文化、石林地质、山水景观、水生态维护等8区。植被丰富，有红豆杉等18种国家重点保护植物，云豹等21种国家重点保护动物。

2011年，遵义市大板水水利风景区被水利部批准为国家水利风景区。

群山起伏跌宕，在大板水地区犹如一群欢腾的野兽，在自然的舞台上尽情展示它们的舞蹈。它们紧密相依，攒动着，仿佛在举行一场盛大的狂欢。沟壑纵横交错，宛如乐谱上的音符，而褶皱则如同阴阳分割的旋律，层层叠叠，蜿蜒流转，共同谱写出一曲欢快动听的自然交响乐。

森林茂密，如同波涛汹涌的海洋，每一棵林木都散发着独特的野性之美。在清幽的小径上漫步，你会被小兽穿梭的欢快声、枝头上百鸟悦耳的歌唱声以及雨天里雨滴轻敲树叶的清脆声所吸引。特别是那欢快的溪流，叮咚作响，仿佛一群顽皮的孩子在山谷中尽情嬉戏。

在行走中，你可能会突然被一道从天而降的瀑布所吸引，那飞流直下的"银河"仿佛是森林中的精灵，它纵身一跃，溅起水珠点点，形成一片迷人的水雾，仿佛带你进入了仙境。碧绿的潭水深邃而清澈，宛如散落在人间的璀璨绿宝石，闪烁着迷人的光芒。

踏入这片山水之中，就如同走进了一幅色彩斑斓的油画。每一次呼吸，都能感受到满满的生机与喜悦。眼前所展现的迷人画卷，正是大板水水利风景区的绝美景致。这里以雄浑的气势、幽静的氛围、秀丽的景色和深厚的文化底蕴而闻名，汇聚了多彩贵州的美景，向世人展示了一种独特的胜境之美。

大板水水利风景区坐落于贵州省遵义市郊区，位于大娄山山脉东部的中段。该地区四季气候宜人，冬季不严寒，夏季不酷热，阳光充足，降水丰沛。得益于冷暖气团在峰谷间的交汇，冬季时云雾缭绕，阴雨连绵，气候湿润不寒冷；夏季则气候温凉，湿润多雨，常常可见彩虹、云海、雾凇等迷人气象奇观。这里宛如大自然的调色板，将四季的美丽画卷展现在你的面前。

何不前来一睹这里的水世界呢？这里的水景千变万化，仿佛是有人在大地上绘制了一幅情感丰富、充满爱意的画卷，让人对水这一神奇元素有了全新的认识。

这里的水资源颇为丰富！地表水系包括大板水、小板水、新土沟等，它们常年流淌，四季清澈，令人感到心旷神怡。在深沟峡谷中，水流湍急，奔腾不息，与深潭浅滩相映成趣，景色美不胜收。

大板水地区区域位置别具一格，它坐落在雄伟的大娄山脉之中，四周群山环绕，山势险峻，是大自然的杰作。这里悬崖峭壁林立，奇石遍布，石林、溶洞等自然景观层出不穷，令人目不暇接。山间流水潺潺，四季不息，溪流、瀑布、水潭、泉流、温泉、水库、阴河等水体景观错落有致，宛如一幅幅生动的山水画。

这些水的精灵在此地巧妙布局，展现出柔美、宁静与动态之美，不禁令人赞叹。水，作为自然界中最智慧的元素，虽然看似柔软无力，却蕴含着无限的力量与魅力。它清澈透明，如同明镜，映

林中飞瀑

照出自然界的美丽与和谐。

在这些水景中,最引人注目的是那些勇敢无畏的瀑布。它们从高耸的山崖上倾泻而下,就像那勇敢的战士,无惧地挑战自然的极限。园区内有数十处奔腾的瀑布和跌水,其中三叠水和仙人水最为壮观。夏季时,碧绿的潭水与石头相撞,溅起层层水花,声音如战鼓般雷动;而在冬季则变为清幽细流,泠泠作响,宛若天籁之音。

瀑布前的水雾蒸腾,如梦似幻,令人仿佛置身仙境。空气中负氧离子含量极高,令人感到神清气爽,仿佛身心都被净化。

仙人水瀑布从横山子悬崖与绿林间喷薄而出,那飞流直下的景象壮观无比,仿佛一条白玉带在林中飘荡。阳光照射时,瀑布闪烁着晶莹的光芒,宛如有人在空中挥舞着彩练,美得令人陶醉。

这里的山峰层叠起伏,绿意盎然,沟谷纵横交错,宛如一张精心编织的丝网。大自然的鬼斧神工在这里得到了淋漓尽致的展现,峻岭峭壁、

林间小亭

怪石嶙峋的石林,形态各异的溶洞等景观层出不穷,令人叹为观止。

金鼎山,这里的璀璨明珠,有着高大挺拔、雄浑壮丽的身姿,宛如一位威武的将军,屹立于群山之间。金鼎山的尖端狭窄而陡峭,但能容纳数十人并肩站立。三面悬崖峭壁,直插云霄,令人望而生畏。一条依山势盘旋而上的石梯,更是为这座山峰增添了几分神秘与险峻。

金鼎山常年被云雾环绕,时隐时现,仿佛一位披着轻纱的仙女。偶尔云雾散去,露出其真容,美得令人惊叹。若有幸登上山巅,那将是一次难忘的视觉盛宴。从这里远眺,贵州高原的千山万壑一览无遗,莲花山诸峰众星捧月般拱卫在前,而白云台山岭则似一条巨龙蜿蜒盘旋于后。向东眺望,遵义市区的繁华景象尽收眼底;向西俯瞰,喀斯特锥形峰丛与石林连绵不绝,景色如画,令人流连忘返。

金鼎山景区自20世纪80年代末期便开始了其建设之旅,如今已发展成为拥有九大寺庙建筑的宗教文化旅游胜地。这些寺庙错落有致地坐落于山体之中,宛如壮丽的城堡,层叠而上,宏伟壮观。金鼎山,这座被誉为黔北"小峨眉"的宗教名山,其历史可追溯至唐代。在宋代,播州土司杨选、杨价等人对佛教的大力推崇,使得金鼎山的佛教文化日益繁荣。到了清道光年间,金鼎山更是获得了皇帝的青睐,并被赐封为"小峨眉"。这里以佛教为核心,同时亦包容道教与儒教,三教并行不悖,共同传承并发扬各自的教义,为游客们提供了丰富的宗教文化体验。

《遵义府志·山川》载:"有僧苦行至此……自制金桶,日坐其中,及寂,以桶自覆,命其徒于九年乃开,其徒倦于守,三年即启,致不成佛。人因呼金桶和尚,所建的寺为金桶寺,山为金桶山,语讹,又为金鼎山。"

这段古文的背后,还有一个充满趣味的传说故事。

传说中,佛教的普贤菩萨,在尚未成佛之前,酷爱骑乘白象、遍览壮丽山河。某日,他游历至贵州,被当地的美景深深吸引,赞叹不已。于是,他从白象背上跃下,与弟子们悠然漫步于白云台之巅。

山顶广袤,绿草如茵,杜鹃花遍地,宛如一片仙境。

弟子被山上的杜鹃花所吸引,其香气独特而迷人。他采摘了一大束献给师父,意欲继续采摘。然而,普贤菩萨见状,立即制止了他,并深吸一口气,对弟子说:"孩子,这里的每一片草木,每一朵花,每一块石头,都拥有生命,我们应当珍视它们。"弟子听后,顿时领悟,心中充满悔意。

正当师徒俩沉醉于美景时,一阵悦耳的敲击声传来,宛如铜钟的乐章,悠扬动听。弟子好奇地循声而去,不久便兴奋地跑回,告诉师父:"山下西侧有个溶洞,洞内走廊般的空间挂满了晶莹的钟乳石,微风拂过,便发出叮咚的美妙声响,师父,快去看看吧!"普贤师父听后,也感到欣喜,便骑着白象下山探个究竟。

接近溶洞时,一阵喧闹声从另一洞口传来。普贤师父下象步行,步入洞中。洞内通道起伏不定,曲折回旋,宛若迷宫。洞顶悬挂着形态各异的钟乳石,有的像竹笋般林立,有的玲珑剔透。洞壁上天然形成的图案千变万化,有的似仙女沐浴,有的似八仙聚会,有的似观音坐莲,还有的似大肚罗汉,珍奇壮丽,令人目不暇接。更有一道石瀑飞流直下,令人称绝。

普贤菩萨微微一笑,挥动衣袖,那些化身为石的神仙便恢复原形,面带笑容地向他行礼。他们解释说,原以为是外人闯入,故而化为石。这些神仙常在此聚会,那些编钟也是他们带来的,偶尔饮酒作乐时会奏上几曲。普贤菩萨见状,便与他们共饮,并表达了在该地设立道场、提升修行的愿望。

众仙畅饮至日落,才陆续散去。普贤菩萨骑上白象,带着弟子返回山顶。他们来到了九龙山的峰顶,只见云雾缭绕,宛若仙境。次日清晨,云雾散去,他们发现此处是极佳的观景之地。于是,普贤菩萨挥袖变出一金桶，跳入其中闭关修行，并告诫弟子，九年后方可开桶迎师，其间切勿打开金桶。

然而，弟子生性贪玩懒惰，无法忍受山中的寂寞和修行的艰辛。到了第三年，他终于按捺不住好奇心，偷偷打开了金桶。普贤菩萨见状，意识到自己修行未竟，三年苦修化为泡影。面对如此冥顽不灵、难成大器的弟子，他不禁长叹一声，骑上白象独自离去。后来，他在四川峨眉山找到了新的修行之地，最终成就了菩萨的果位。

当地百姓为了纪念普贤菩萨的修行事迹，将九龙山改名为金桶山，后又称为金鼎山。山顶亦被称为金桶峰，成为当地著名的旅游胜地。故而，民间流传着"先有金鼎，后有峨眉"的说法。

金鼎山上，云海翻滚，如同潮水般汹涌澎湃，气象万千，令人惊叹不已。日出时分，太阳冉冉升起，云海环绕，仿佛拥抱着无尽的温柔，千岩送晓，万壑收冥，彩霞绚丽斑斓，如同大自然的调色盘，将群峰涂抹得光

喀斯特峰林

华四溢；夕阳下，霞光万道，绚烂多彩，旖旎炫丽，仿佛将整个天空点燃。到了冬季，树枝竹尾挂满了晶莹剔透的冰柱，漫山遍野仿佛变成了银装素裹的仙境，原驰蜡象，江山如此多娇，美得让人心醉神迷！

景区内生物种类繁多，植被茂密，森林覆盖率高达90.2%，树木品种多样，包括珍稀的南方红豆杉、银杏等，国家级保护植物多达18种，国家级保护野生动物也有21种。奇花异草随处可见，珍奇异兽满山遍野，使人仿佛置身于一个神奇的动植物王国。

这里名胜古迹众多，不仅有宗教名山金鼎山、庄严肃穆的玉佛寺、历史悠久的踏脚寺等寺庙，还有金瓯古寨遗址、杨氏土司遗迹等人文景观。这里流传着许多动人的民间传说，革命遗址遍布，处处散发着浓郁的民族风情，让人仿佛穿越时空，回到了那个充满传奇色彩的年代。

在长征期间，红军在这片土地转战三个多月，召开了具有伟大历史意义的遵义会议。这些历史的痕迹，赋予了这片土地更深的底蕴和更丰富的内涵。

此地的民族风情浓郁，令人沉醉。唱山歌、对情歌、耍狮子、玩龙灯、跳花灯舞、划龙舟、踩高跷、扭秧歌、抢花炮、踢毽子、唱花鼓、说评书等娱乐活动一应俱全。这些活动充分展现了当地居民对生活的热爱和乐观向上的态度，营造出一种朴素而热烈的生活氛围。

"青山秀水画中来哎，四季如春气候爽，大森林瀑布群，让人痴迷激扬……"悠扬的歌声在耳畔萦绕，仿佛引领我们穿越时空，来到这个如诗如画的多彩世界。这里的美丽与神秘正吸引着世界各地的游客，让我们一起踏上这段探索自然与人文之美的旅程吧！

瀛湖边的织女石

安康市瀛湖水利风景区

　　瀛湖水利风景区，位于陕西省安康市城区西南约16公里处，是西北五省最大的淡水湖，也是国家4A级旅游景区。景区碧水蓝天，水质优良，物种丰富，气候温和，岛屿众多，素有"陕西千岛湖"之称，是独具秦巴汉水自然风光的省级风景名胜区、陕西十大美景之一。景区内有省内外驰名的佛教圣地天柱山、白云寺、牛郎织女石、红娘洞等自然和人文景观。瀛湖物华地丰，生物资源十分丰富，堪称南北荟萃，有"生物基因库"、"生态植物园"和"天然动物园"之称。

　　2010年，安康市瀛湖水利风景区被水利部批准为国家水利风景区。

在20世纪80年代,位于汉江上游的安康城西南火石岩地区,一座水电站横空出世,伴随着夹山筑坝的壮举,一座大坝拔地而起,随之而来的是一片波光粼粼的湖泊——瀛湖,其水域面积达到77平方公里。这片湖泊的诞生,使得西北五省拥有了最大的淡水湖,湖光山色交相辉映,群峰倒映在水中,仿佛山峦在水面漂浮,美不胜收,被誉为"陕西千岛湖"。

亲临瀛湖,你定会被其宁静的氛围所震撼。难以置信,在中国西北地区竟有如此辽阔且清澈的水域。若想欣赏青山,无须仰望,只需凝视湖面,便能见到那如碧螺般清澈透亮的倒影。难怪安康诗人杨礼元在游览瀛湖之后,会被激发如此强烈的诗意,挥毫泼墨创作了《永遇乐·瀛湖颂》,词曰:"极目瀛湖,云横天际,帆鼓江浪。"

在瀛湖鸟岛的北侧,有一处景致美得令人难以置信。那里,两块巨大的黑色岩石巍然矗立,宛如两位老友,隔江相望,用目光无声地传达着彼此内心深处无尽的思念。这两块岩石,便是众所周知的牛郎石和织女石,它们为这片土地增添了一抹神秘而浪漫的色彩。在这两块岩石的背后,还蕴藏着一个极为动人的爱情故事。

在遥远的过去,岚河区玉岚乡平凉山脉的幽深之处,传说有一块绚丽多彩、蕴含着神奇力量的巨石,被人们尊称为七彩石。关于这块石头,流传着一则动人的神话:它原是女娲娘娘补天时遗留的神圣之物。经历千百年的风雨侵蚀和世事变迁,天地间的精粹与仙灵之气逐渐渗透进这块石头,赋予了它类似人类的情感与欲望。随着时间的流逝,七彩石逐渐风

斜阳夕照金螺岛(瀛湖金螺岛)

化，分裂成无数闪耀着光芒的小彩石，它们如同繁星般散布在大地上，为这片土地披上了一件绚丽的外衣。

在某一年，一块不甘寂寞的彩石，化身为一位富商的掌上明珠，人们亲切地称她为明珠。幼时的明珠，机智聪颖，美丽动人，仿佛集天地灵气于一身，成为全家人的宠儿，受到众人的喜爱。

时光荏苒，明珠渐渐长大。她那双清澈如湖水的眼睛，闪烁着智慧与美丽。每当她出现在人群之中，就如同一道耀眼的风景，吸引着众人驻足欣赏。当地居民对她宠爱至极，她宛如一颗璀璨的明珠，照亮了整个村庄。

汉江白鹭

尽管明珠拥有非凡的美貌，她却从不因宠爱而变得傲慢。她的心灵纯洁如水，对财富和珠宝毫无兴趣，更不贪恋万贯家财。父亲平日里赠予她的珍贵礼物，她并不看重，反而时常悄悄地将它们送给需要帮助的穷人，助他们渡过难关。尽管明珠对世俗事务似乎不太关心，但她却有一项爱好——在家织锦。那些平凡的丝线一旦经过她的巧手，便仿佛被施了魔法，化作绚丽夺目的美锦。更为神奇的是，这些美锦似乎还带有好运，谁家若得到她的织锦，仿佛获得了幸运符，不幸和忧愁都会随之消散。

因此，周围的居民都对她怀有特别的喜爱，一提到明珠姑娘，无不竖起大拇指，称赞她是名副其实的织女。正是由于她那织布的绝技，明珠姑娘赢得了"织女"的美誉。

在一个阳光灿烂的日子里，明珠姑娘兴高采烈地带着新染的五彩丝

瀛湖边的织女石 • 143

线来到江边,打算进行漂洗。突然,一阵狂风骤起,如同顽皮的孩童,将她卷入波涛汹涌的江水之中。明珠姑娘奋力挣扎,眼看就要被江心的巨浪吞噬,这时,一位渔夫如同天降神兵,乘着渔船劈波斩浪,突破重重障碍,迅速驶向明珠姑娘挣扎的地方。

渔夫动作敏捷,靠近后迅速将明珠姑娘拉上船。他对明珠姑娘满是担忧,亲自护送她安全回家。明珠的父母得知女儿在河中遇险,幸得渔夫救助,感激之情溢于言表。他们提出要将一半家产赠予这位救命恩人,以示谢意。

渔夫轻轻摆手,婉拒了这份慷慨的馈赠。他面带微笑,轻声说道:"我只希望得到明珠姑娘亲手编织的一条丝巾,作为纪念。"收到明珠亲手织的丝巾后,他便急匆匆地离开了,只留下明珠一家三口充满感激的眼神。

这个故事很快在村中传为美谈,人们纷纷赞扬渔夫的高尚情操和明珠姑娘的幸运。从此,每当提及这段往事,大家总是带着微笑摇头,感慨命运的变幻无常以及人与人之间的善良与美好。

原来,这位渔夫也是那块碎裂的七彩石之一。他和明珠姑娘一样,偷偷降临人间,成了一名船工,并给自己取名为牛郎。他终日泛舟江上,以捕鱼为生,并将捕获的鱼儿分发给需要帮助的村民,救助那些在江上遇险的船只。当地的居民也常常赞扬牛郎的善举。

自从牛郎在江中救起织女之后,他们因拥有七彩石的神秘联系而彼此产生了深厚的情感,暗中相爱。织女每日清晨都会前往江边梳洗打扮,期待与牛郎的相会。他们的感情日益深厚,两人如胶似漆。当地居民对这对恋人充满了喜爱,乐于见到他们幸福地在一起。牛郎和织女享受了一段宁静而快乐的时光。

然而,幸福的时光总是短暂的。不久之后,女娲娘娘——那位锻造

烟波翠屏

七彩石的女神——发现了他们之间的秘密恋情。她感到非常愤怒,因为这两块石头竟然敢破坏天界与人间的自然法则。女娲娘娘怒火中烧,立即采取行动,收回了两块石头的灵气。牛郎和织女立刻变回了两块冰冷的石头,真是令人同情。

为了惩戒他们,女娲娘娘将牛郎抛至南方,而将明珠投向北方,使他们被一条浩瀚的江隔开,永远无法相见。但当地居民为了缅怀这对恋人,依旧将他们的名字用作地名,这一传统流传至今。

这段凄美的传说同样触动了历史上的文人墨客。清代康熙年间,安康的著名儒士刘应秋有感于此,创作了七律《织女石》。诗云:"宝鬟森森立水旁,临岸翘首望牛郎。秋霖暗接当时泪,春草羞添向晓妆。千里月华舒倦眼,九回汉水浣柔肠。绮罗丛织人间妇,谁似渠心一片钢。"

随着时间的流逝,牛郎石由于历史上的自然灾害和人为破坏,神秘地从人们的视野中消失了,只留下织女石孤独地伫立在湖北,面对着浩瀚的天空和波光粼粼的湖面,默默诉说着无尽的期盼和淡淡的忧伤。这一幕为过往的旅人留下了无限的遐想空间。

为了回应人们对这个美丽传说的热爱以及当地居民的殷切期望,1997年,安康市政府慷慨资助,投入了1 300万元资金,用于金螺岛的开

瀛湖边的织女石 · 145

瀛湖牛郎石

发和建设。在这一过程中，特意重塑了牛郎石的形象，并竖立了一块纪念碑，上面刻有清代名儒刘应秋的诗词，以此纪念这一传说，并向世人展示。

如今的瀛湖，已经晋升为国家级水利风景区！它位于安康市区西南方向约16公里处的天柱山脚下，是安康水电站竣工后，在西北地区形成的绿色淡水人工湖。湖区内，碧波荡漾，水天一色，四周环绕的山水风光和名胜古迹，以及精心打造的翠屏岛、金螺岛、鸟岛和瀛湖动物园等景点，都令人观之愉悦，玩得畅快，流连忘返，仿佛置身于梦幻仙境。

瀛湖不仅风光旖旎，还盛产银鱼和其他多种特产，同时，它也是丹江口水库的重要水源地。瀛湖的水质清澈，富含多种对人体有益的微量元素，是我国南水北调中线工程的关键水源地之一。该湖的湖岸线达到540公里，水域面积为77.8平方公里。瀛湖宛如一个天然的宝库，湖中生活着一百多种具有较高开发价值的鱼类，其中包括晶莹透明的银鱼，年产量高达数十万斤。湖畔的茶叶品种繁多，风味独特，特别是"安康银峰"毛尖茶，以其"茶香味真"而闻名。此外，湖岸还盛产柑橘、沙田柚、杨梅和瀛湖大枇杷等各类水果，它们以美味和无污染的品质而享誉四方。

"汉江清哟，汉江美，最美最清汉江水。一江清水送北京哟，南水北调浪花飞……"一曲《南水北调歌》赞颂了陕西在南水北调中线工程中的关键作用。这条长达一千多公里的中线工程，自丹江口水库引水北上，穿越巴山秦岭，直至京津地区，为河南、河北、天津、北京四省市带来直接的福祉。南水北调中线工程的水源地是丹江口水库，而其中70%的入库水量来自陕西的丹江和汉江。

丹江口水库的水并非天赐,其水源地正是被誉为"陕西千岛湖"的瀛湖。瀛湖无疑是南水北调中线工程陕西段上的一颗璀璨明珠。

在瀛湖的怀抱中,绿树成荫,花果飘香,枇杷、大樱桃、五月桃、金钱橘、纸皮核桃等各色瓜果应有尽有,且果实丰硕。当夕阳映照,水鸟翱翔,便可见一片鹭鸟飞舞,霞光荡漾。

然而,就在几年前,瀛湖的水尚未清澈如镜,湖面上布满了网箱,到处可见渔民忙碌地捕鱼。秋季,渔民在湖岸的浅水中拖捞瀛湖银鱼。晴朗的日子里,银鱼出水犹如一网网的碎银,且瀛湖银鱼珍贵如银,故当地居民将拖捞银鱼比作"收银子"。由于其丰厚的经济价值,瀛湖的居民家家户户都从事农渔活动,但这对生态环境产生了影响。

那时,游客们常抱怨,瀛湖虽美,但网箱却大煞风景。自然之美因人为活动而受损。瀛湖区的网箱养殖需要投喂饵料和药物、大量囤养鱼苗,以及处理排泄物,这些都对瀛湖区的总磷总氮含量产生负面影响,导致水体富营养化,对瀛湖的水质生态造成了严重破坏。

瀛湖水质由浊变清的过程,乃是一段佳话。为了控制网箱养殖带来的污染,当地市县乡三级政府联合行动,引导农渔业的转型,实施退渔还湖工程,拆除网箱。在37处湖湾,经过五个月的努力,拆除了31533个网箱,换来了瀛湖的一片清澈。湖水清澈,山清水秀,放眼望去,尽是壮丽的山河美景。

尽管放弃了传统的网箱养鱼方式,瀛湖的居民们依然找到了致富的新途径。他们从农民和渔民转型成为果农和乡村民宿的经营者,整个瀛湖地区实现了产业的转型和升级,库区渔业开始发展渔家乐,同时启动了旅游建设项目,恢复了水体的洁净,为居民提供了安居的保障。

瀛湖告别了网箱密布的过去,焕发出新的活力!在这片碧波荡漾的水域中,那些著名的河鲜依然欢快地生长,人们期待着收获的季节。政府每年都会在美丽的湖泊中举办增殖放流活动,让鱼儿们自由地在湖中成长。到了秋季,瀛湖的大鱼如期而至,满载着大自然的馈赠。

那些自然生长的瀛湖鱼,无论是两年生的鲟鱼、三年生的鲢鱼,还是鲜美的鲫鱼和鳜鱼,都不负瀛湖"河鲜宴"的盛名。瀛湖的居民可以自豪地宣称,来到安康旅游,如果不品尝一顿瀛湖鱼宴,那只能算是走马观花地路过安康。

绿映水村酒旗风(瀛湖杜坝)

"年年揽胜人如蚁,波隐瀛湖小蓬莱。"瀛湖畔,农户转型的乡村旅游示范村依水而立,一座座栈桥宛如纽带,连接着各家各户与这片宁静的湖泊。谁说柔情只属于江南水乡,瀛湖的农舍里,同样藏着让人怀念的乡土情愫。入住其间,你可以亲自上山采摘果实,收获院中的绿色蔬菜,品尝农家窖藏的"瀛湖米酒",大快朵颐鲜嫩可口的瀛湖鱼,这样的生活,令人恍若步入了陶渊明笔下的世外桃源。

瀛湖之水,甘甜如饴,它孕育了肉质细嫩的银鱼与鲜嫩多汁的蔬果。正是这清澈甘冽的水源,以及得天独厚的生态环境,让南水北调沿线的居民,在饮用瀛湖水时,都能感受到那份源自心底的幸福与满足。

漫步湖畔,品味瀛湖鱼之鲜美,享用瀛湖独有的特产,聆听牛郎织女那跨越星河的真爱传说,或许,这便是瀛湖给予每一位旅人最珍贵的礼物——一份简单而纯粹的幸福。

划山引水的神剑

太白县黄柏塬水利风景区

　　黄柏塬水利风景区位于陕西省宝鸡市太白县秦岭南麓腹地，是秦岭之中最具原始生态的地区之一，被誉为"天然氧吧"和"秦岭中的九寨沟"。景区位于汉江二级支流湑水河，为河湖型水利风景区。黄柏塬被划为太白山和大熊猫自然保护区，是原生态地区之一，气候湿润，凉爽宜人，被誉为"天然空调"，适合避暑，还享有"第四季冰川地质公园""生物基因库""天然药物库""关中后花园"等美誉。已建成大箭沟、原始森林、万花山、湑水河漂流、特色养殖等旅游项目和景点。

　　2012年，太白县黄柏塬水利风景区被水利部批准为国家水利风景区。

当春日的阳光洒落在黄柏塬的山水间，大自然便毫无保留地向我们展示了黄柏塬的神奇之美。此时，阳光和煦，树木重新焕发出耀眼的绿色。嫩绿的叶片温柔地凝视着你，仿佛要将你拥入怀中，唤起内心的希望与欢乐。山涧的溪水似乎也变得活泼，欢唱着清亮的旋律，潺潺流淌。形态多变的石头似乎在故意阻挠流水，与它玩起了捉迷藏。流水蜿蜒曲折，沿着峡谷缓缓前行，浓密的树影倒映在清澈的水面上，与那些可爱的石头共同构成了一幅生动的画面，宛如童话世界般迷人。

到了六月，黄柏塬更显幽深与宁静。山峦染上了成熟的绿色，显得格外厚重。幽谷中的水也呈现出更为深邃的绿色，仿佛蕴藏着无数缱绻的梦。最令人陶醉的是那些沿着岩石落下的小瀑布，它们在飞溅中拉扯出一缕缕晶莹的水丝，这些水丝闪烁着光芒，宛如拥有纯洁无瑕心灵的流水在向游人歌唱。远眺之下，天蓝云白，山绿水绿，山涧中栖息着五彩斑斓的怪石，构成了一幅绝美的水墨画。近观时，树木错落有致，石头形态各异，水流清澈见底，山花绚烂夺目，又仿佛是一幅精致的工笔画。

黄柏塬国家水利风景区，其魅力令人沉醉。它坐落在宝鸡市太白县秦岭南麓的深处，依托汉江支流湑水河的自然美景，展现出一幅河湖交织的壮丽画卷。景区北接秦岭之巅的太白山，海拔落差之大，达2000

江南风情

湑水朝日

黄柏塬湑水人家

米之巨,山高水远,碧波荡漾,穿峡而过,美不胜收。这里生态系统完好,生物多样性丰富,野生动植物种类两千余种,珍稀动物数十种,包括大熊猫、羚羊、朱鹮、金丝猴等四大国宝级动物。自然景观层次分明,人文景观丰富多彩,既有北方山川的雄浑,又兼具江南水乡的温婉,被誉为"天然氧吧""秦岭小九寨"。此外,古道"傥骆"也在此留下足迹,贵妃潭等历史遗迹见证了岁月的流转。景区秉持"自然美景,原始生态"的发展理念,以高标准、新思维、原生态为指引,充分利用资源,深耕山水文化,积极推进景区规划与建设,现已成就斐然,设施完备,未来可期。

　　黄柏塬的美远不止这些,更深层的美则深藏在那些神秘的传说之中。在黄柏塬湑水河流域,流传和散落着许多关于杨泗将军的传说和遗迹。传说在西汉时期,汉江流域的军民遭受了严重的干旱,人们四处寻找水源却徒劳无功,生活陷入了极度困境。

在汉军中,有个名叫杨泗的伙夫,他非同凡响。某日,杨泗兴奋地向长官报告,在汉江上游发现了一处清澈的水源地。汉军都督听闻后,立刻燃起了希望,迅速派遣他逆流而上,寻找那传说中的水源。

杨泗勇敢无畏,历尽艰辛,最终在太白山脚下发现了那个神奇的泉眼。他激动地挥舞佩剑,在太白山下划了几下,奇迹般地,清澈的泉水喷涌而出。

从此,湑水河被人们亲切地称为"浠水河"(细水河),这个名称既生动又有趣。这一切都归功于杨泗伙夫的智慧和勇气,他为汉军找到了珍贵的水源。

杨泗心中充满了喜悦。他急切地想要把这个好消息带回给都督,希望能够为汉江流域带来新的生机和希望。然而,当他满怀激情地回到都督府,向都督汇报这一喜讯时,却遭遇了出乎意料的质疑。都督站在干涸的河岸边,面露不信与困惑,质问杨泗:"你所说的水源在哪里?为何我眼前只有一片荒芜?"杨泗急忙解释:"都督,请您相信我,我真的找到了水源。只是水流入汉江需要一段时间,现在可能还看不出明显的变化。"他竭力想让都督相信自己的话,但都督已经失去了耐心。都督认为杨泗在欺骗他,或是在为未找到水源而编造谎言。愤怒之下,他下令在黄柏塬将杨泗斩首,以示警戒。

实际上,杨泗发现的水源确实存在。只是由于地理和气候因素,水流入汉江需要一定的时间。

当杨泗被斩首的瞬间,湑水河与红水河突然波涛汹涌,如怒吼的巨兽般直冲黄柏塬,似乎要将其淹没。都督惊恐失色,经过深思熟虑,他意识到自己错杀了功臣,心中充满了悔恨。都督随即亲自率领部下前往太白山的神像前,跪下焚香祈祷,并追封杨泗。洪水随之平息,怒涛退去,恢复了平静。显然,天上的神灵在看到杨泗冤死后,愤怒地降下洪水作为对都督的惩罚和警示。为了纪念杨泗将军，当地人民在塬下的大水潭旁建立了庙宇进行祭祀。在湑水河上游北侧的山坡上，也建有一座"杨泗将军庙"，专门用来供奉杨泗将军。至今，在汉江流域的陕南、四川、湖北等地，人们仍然保留着纪念和祭祀水神将军杨泗的传统习俗。

距离黄柏塬不远的大箭沟口，有一处天然形成的悬崖，其景象颇为奇险。古树环绕，高耸入云，难以攀登。悬崖底部延伸至汹涌澎湃的湑水河中，显得神秘莫测，是大自然的杰作。

尽管悬崖险峻陡峭，其顶端却有一片平坦的台地，自古以来被称为"月亮坪"。关于月亮坪，还流传着一个与杨泗将军的妻子秀姑的传说。

据传，杨泗将军受命前往太白山湑水河上游探寻那神秘的源头。不幸的是，命运弄人，他在黄柏塬遭遇了都督屈斩的悲剧。与此同时，杨泗的妻子秀姑，作为押粮官，正满怀喜悦地带领大军的粮草行进在月亮坪上。她满心期待着与久别重逢的丈夫相见，喜悦之情溢于言表。

然而，正当她满怀期待之时，一个突如其来的噩耗如晴天霹雳般击中了她——她的丈夫竟然被都督屈斩了！顿时，天空乌云密布，雷声隆隆，仿佛是天神在愤怒地咆哮。湑水河与红水河波涛汹涌，洪水如猛兽般奔腾而下，河水甚至被染成了刺眼的红色。

群山拱峙

大箭沟彩石

划山引水的神剑 · 153

"钢刀难断湑水河,月亮坪上纵风波;秀姑不负将军义,千年湑水泪滔滔"。月影之下,山影绰绰,秀姑仿佛还站在月亮坪悬崖边上遥望湑水河。

置身于黄柏塬风景区的绝美景致之中,聆听那动人的传说,不禁让人对这片土地怀揣更加神秘的向往。山与水的相互映衬,使得这里的自然风光变幻莫测,宛如诗人的佳句,充满浪漫的韵律。

黄柏塬,这座巍峨的山脉,静卧于太白山与鳌山之间,连绵起伏,葱郁的绿意覆盖其上,宛如一位高大的绿色巨人,矗立于蓝天之下,展现出一种沉稳的气质,并静候着有识之士去解读它的深邃。

这里的水域变化多端,时而温婉动人,时而柔情似水,时而活泼跳跃,时而决绝奔放。水借助山势而显得柔美,借助岩石而显得灵动,借助险峻的悬崖而显得磅礴。曲折蜿蜒的水流,沿着形态各异的山脉,缓缓流淌。品味这里的水,仿佛在领悟人生的智慧。人生若水,需顺应时势,随环境而变,于妩媚中不失力量,于阴柔中不失坚定。以无形之态,展现唯美的灵魂。这一路的蜿蜒流淌,就如同人生旅途中的心灵修行,达到一定境界后,你或许会明白,那善变的水,恰似得道之人。

这里的岩石,同样奇美无比。它们似乎专为这灵秀的水域而生。石头与水相互嬉戏,宛如一对对恋人,既相互矛盾又相互愉悦。最终,石头依旧是石头,水依旧是水,但经过与水的嬉戏,石头似乎获得了更加清澈的智慧,而水,也似乎在与石头的互动中,增添了通透与圆润。这难道不是人生修行的一种体现吗?

黄柏塬水利风景区因其山水之美而令人陶醉,同时,它的人文故事也为其增添了浓厚的文化底蕴。该风景区位于大秦岭南麓腹地,以湑水河——汉江水系的二级支流——贯穿整个景区,沿途汇入东太白河、海棠河、红水河、大箭沟、观音峡、牛尾河等六条支流。风景区巧妙地将江河等自然水体与地形地貌相结合,形成了多样化的水利景观,展现了独特的民俗风情和现代科技成就。

景区内林木繁茂,森林覆盖率高达98%,气候湿润,夏季凉爽宜人,生态环境优越,物种丰富多样,被誉为"第四季冰川地质公园"、"生物基因库"、"天然药物库"、"天然氧吧"以及"关中后花园"。

在大箭沟的"中国花鱼溪峡谷"观鱼台下,游弋着许多珍稀鱼类,包括中国特有的秦岭细鳞鲑。这种鱼能适应冷水高氧环境,喜欢在浪花中生活。细鳞鲑体型虽小但结实,无肌间刺,食用后对人体有多种保健效果,被誉为"脑黄金"。目前,人工养殖的细鳞鲑和娃娃鱼已成为黄柏塬居民致富的新途径。

黄柏塬景区内的大箭沟,以神秘和奇幻而闻名遐迩。景区入口处的铜墙铁壁、太白泼墨、三壁锁关,让人不禁感叹仿佛置身于陶渊明笔下的"山重水复疑无路"的意境中;而当你步入沟内,却会发现"柳暗花明又一村"的景象,仿佛人生隐逸的"渔樵耕读"在这里得到了浓缩和再现。

冰川遗迹

继续深入探索，你会见到《西游记》中太上老君的"仙壶口"和"水帘洞"，以及大唐杨贵妃省亲沐浴的"贵妃潭"和"金玉坠"，还有原生态的陕南风格农家茅舍，以及美妙的人文景观，让人思绪万千。此外，"中国花鱼溪峡谷"及其上的观鱼台、世界闻名的大熊猫"白雪"故里的熊猫谷，以及荒草坪和万亩人工林海草原等自然景观，定会让你觉得不虚此行。

水利工程是民众共享的宝贵资源，其多重效益——水利、社会与经济——在黄柏塬水利风景区的建设中得到了显著体现。为了最大化利用自然赋予的优越条件，地方政府加大了水利工程的投入，显著提升了景区的基础设施质量。

景区内一系列精心构建的水利设施，如大坝、水库、水渠等，不仅有效调控了湑水河的水流，还促进了水资源的合理调配。景区还为游客提供了丰富多彩的水上娱乐活动。与此同时，景区高度重视生态修复与环境保护，通过实施植树造林、水土保持等项目，显著改善了周边生态环境，有效保护了珍稀动植物资源。

此外，水利工程建设与景观设计紧密结合，创造了一系列独具特色的景点，如大箭沟旅游风景区、原始森林景区等，这些景点不仅提升了景区的观赏价值，也为游客带来了难忘的旅游体验。通过精心规划与科学设计，景区始终坚持绿色发展理念，注重生态平衡与环境保护，实现了水利工程与生态环境的和谐共存。

黄柏塬景区还隐藏着许多令人心驰神往的秘境。我们有理由相信，未来的黄柏塬将变得更加美丽迷人。它将成为你心中梦寐以求的世外桃源、灵魂的栖息地。朋友，当你有空的时候，不妨带上憧憬与梦想，来这里寻找属于你的那份宁静与美好！

晚霞湖边的巧女

西和县晚霞湖水利风景区

晚霞湖水利风景区,位于甘肃省陇南市西和县县城以西5公里的姜席镇境内,属于水库型水利风景区,是陇南市十大重点旅游景点之一。景区原系具防洪蓄水、灌溉养鱼功能的综合性水库,现已发展成为集防汛、养鱼、旅游等功能于一体的综合性风景区。景区所在的西和县人文氛围浓厚,流传着古老的乞巧文化习俗,被誉为"中国乞巧文化之乡"。当地于七夕之日在晚霞湖举办传统特色文化活动,文化积淀深厚。乞巧、山歌、春倌说春、社火等民俗活动乡土气息浓,地方特色鲜明,传承多年。

2008年,陇南市西和县晚霞湖水利风景区被水利部批准为国家水利风景区。

夕阳缓缓沉落，晚霞如烈焰般绚烂。那片红艳艳的光辉洒落在湖面，湖水顿时波光粼粼，犹如点点金屑在闪烁。这无垠的金色水面，美得如同梦境，宛如日出时那片浩瀚的金色云海。然而，这片云海缺少了翻滚的磅礴，却平添了一份宁静、和谐与壮丽。这便是夕阳余晖映照下的晚霞湖。

晚霞在天际绽放，将它那迷人的倒影投射在湖面。湖水因晚霞的映照而显得分外妖娆，光彩熠熠，宛如在举行一场盛大的夕阳告别庆典。此刻，一段悠扬的钢琴旋律在湖面上轻轻飘荡，向着遥远的天际线飘去。你站在湖畔，凝视着暮色中的晚霞湖，看见一叶小舟缓缓驶向远方，最终隐没在淡淡的暮霭之中。

太阳已经沉入西山，金色的光辉悄然消逝。晚霞湖的绚丽色彩也逐渐褪去。随后，浓郁的淡蓝色水雾笼罩了湖面，四周深黛色的群山变得模糊，渐渐隐没在夜色之中。夜幕降临，晚霞湖仿佛沉入了梦乡，波光粼粼的水面也沉入了暮色。

傍晚，漫步至晚霞湖畔，观赏它那迷人的黄昏景致，聆听它那深邃的梦境之音，你将与它一同沉醉。晚霞湖位于甘肃省西和县晚霞湖水利风景区内，这是一个宁静的湖泊。在这里，你会感受到无尽的美。每当人们提起西和这个地方，总会自然而然地想到它"中国乞巧文化之乡"的称号。这片位于陇南的迷人之地，不仅孕育了人文始祖伏羲的传奇故事，还承载着仇池国悠久的历史。

在这片充满故事的土地上，七千多年的岁月流转，孕育了深厚且独特的文化。乞巧节的热闹、山歌的悠扬、春倌说春的喜庆、社火的狂欢……这些丰富多彩的民俗活动，宛如华丽的绸缎，装点着西和县人民的生活，赋予这片土地无尽的生机与活力。

西和县的居民以质朴的语言诉说着家乡的往事，以勤劳的双手编织着对未来的憧憬。他们对生活的热情和对美好事物的追求，都融入了这些民间活动中，让人们在欢声笑语中体会到浓郁的乡土风情和深邃的文化底蕴。

在这片充满希望的土地上，西和县的人民正凭借他们的智慧和勇气，开创着更加辉煌的未来。晚霞湖目睹了他们的辛勤与拼搏，也必将见证他们更加灿烂的明天。

每年农历六月三十日的夜晚，西和县的女儿们会静静地仰望星空，凝视着点点繁星，默默地祈愿"巧娘娘"能够显灵，赐予她们智慧、幸福和美满的爱情。恰逢此时，为期七天八夜的乞巧节活动缓缓拉开序幕。

姑娘们身着节日的盛装，装扮得光彩照人，开始了充满乐趣的"乞巧"游乐活动。活动的第一阶段被称为"坐巧"。她们集体跪在一个巨大的桌子前，桌上摆放着"巧娘娘"的塑像，塑像前摆放着水果和精致的菜肴。摇曳的蜡烛发出朦胧的黄光，映照着姑娘们的脸庞，使她们看起来更加迷人。姑娘们静默地跪着，双手合成一个空心的形状，象征着她们在等待"巧娘娘"的神灵赐予她们智慧、灵巧和幸福。她们齐声唱起"乞巧歌"，默默地祈祷，虔诚地等待。

那么，"巧娘娘"究竟是哪位神灵，她又承载着怎样的历史渊源和文化内涵呢？据古籍记载，"巧娘娘"的原型可以追溯到秦人的先祖女修。女修不仅是一位尊贵的女性，更因她在纺织领域的非凡才华而被后人铭记。正是由于她在纺织方面的专长，人们逐渐将她演绎成天上那位擅长织造云锦霞衣的织女。

在中国古代的神话传说里,织女是位天界的仙女,她不仅拥有惊人的美貌,还精通纺织之术。她年复一年勤勉地操作着织布机,织造出如彩虹般绚烂、似云霞般绮丽的云锦天衣。这些云锦天衣不仅美丽动人,更寄托了人们对理想生活的渴望与追求。因此,人们尊敬地称她为"巧娘娘",以此表达对她的敬仰和感激之情。

巧娘娘雕像

据古代文献记载,七夕乞巧的习俗起源于汉代。东晋葛洪的《西京杂记》中有"汉彩女常以七月七日穿七孔针于开襟楼,人俱习之"的记载。在唐宋诗词中,妇女乞巧也多有记述。唐朝王建"阑珊星斗缀珠光,七夕宫娥乞巧忙"的诗句就是一例。唐代诗人林杰在诗中写道:"七夕今宵看碧霄,牵牛织女渡河桥。家家乞巧望秋月,穿尽红丝几万条。"据《开元天宝遗事》载:唐太宗与妃子每逢七夕就在宫庭夜宴,宫女们各自乞巧。到了宋元之际,七夕乞巧无论是在官方还是民间都受到空前的重视,仪式隆重、场面宏大。

"乞巧"一词蕴含着向神灵祈求智慧与幸福的深意。西和的女儿们,出于对劳动的热爱与敬仰,将"巧娘娘"奉为神圣,她们怀着虔诚之心和对未来美好生活的憧憬与期待,在这一年度的特殊时刻,细心筹备,以真挚的心意邀请"巧娘娘"降临,赐予她们智慧与灵巧。

女儿们对"巧娘娘"的崇拜之情溢于言表,她们不仅敬仰她的聪明才智，更渴望拥有如她一般的灵巧双手和敏锐思维。因此，每逢乞巧节，她们都会提前准备，身着华美衣裳，佩戴精致头饰，以最佳状态迎接这个意义非凡的节日。

乞巧节当天，整个村庄洋溢着欢乐与喜庆。女儿们聚集一堂，手捧香烛，默念祷词，祈求"巧娘娘"赋予她们智慧与灵巧。她们的脸上洋溢着幸福的笑容，眼中闪烁着对未来的希望与梦想。

乞巧节，这个传统节日不仅是女儿们祈求智慧与灵巧的时刻，它更是一场展示年轻女性青春活力与美丽风采的庆典。由于参与乞巧活动的主要是未婚的年轻女子，历代的文人墨客们经常用浪漫的语言来描绘这个节日。他们将乞巧节誉为"女儿节"，这不仅是因为参与者的特殊身份，更是因为这个节日所散发出的青春气息和独特魅力。

在"坐巧"环节中，女子们通常以静坐祈祷为主。而"唱巧"（娱巧）环节则热闹非凡，它是一系列精心策划的文艺活动。一群充满活力的年轻女子，在白天至夜晚的时段内，按照既定的顺序，在巧娘娘的雕像前，通过歌声和舞蹈来尽情展示她们的才华与情感。这一活动不仅抒发了她们内心深处的长久期盼，更是情感表达与艺术表现的完美融合。

夜色阑珊，屋子里飘起了女子们动听的乞巧歌声："七月初一天门开，我把巧娘娘请下凡；巧娘娘，下凡来，给我教针教线来……"

这悠扬的歌声穿透窗户，飘向缀满星辰的夜空。或许，"巧娘娘"正站在夜幕之中，用她那超凡脱俗的目光凝视着虔诚的女子们，默

湖中曲桥

默地点头微笑,轻轻挥手,将智慧的灵气和美好的爱情无形地洒入她们心中。

多年来,"乞巧歌"在乞巧节的庆典中不断被传唱,西和县的女性们不断对其进行创作,通过优美的歌词和旋律向"巧娘娘"展示她们的才华,以取悦这位神女,希望得到她的青睐。"乞巧歌"分为传统和新编两个版本,而曲调则分为正歌和副歌两种。关于演唱,除节前的排练外,"乞巧歌"主要在乞巧节期间演唱,其他时间则难得一闻。乞巧节是专属于年轻女性的节日,而"乞巧歌"则是她们的颂歌。从民歌的风格来看,它并非"山野之曲",而是更贴近我们日常生活的"里巷之曲",可说是历代女子共同创造的宝贵财富。

在"迎巧"仪式中,身着节日盛装的女性们集体行动,她们排成整齐的队伍,抬着"巧娘娘"的塑像,穿梭于村庄之间,将"巧娘娘"迎到每个家庭,进行集体的朝拜和歌唱,载歌载舞,献上她们的虔诚祝福。

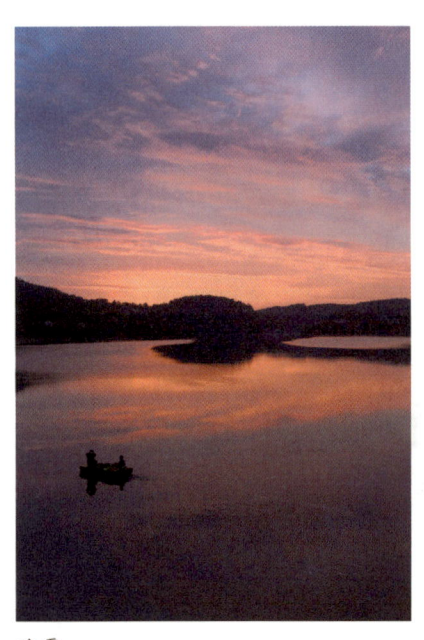

晚霞

在精心策划的乞巧节庆活动中,除个人进行的"针线卜巧"之外,更在农历七月初七之夜,隆重举行集体参与的"照瓣卜巧"仪式。这一传统习俗,通过观察巧芽在水中投射出的图案来占卜个人技艺的高低以及未来的吉凶祸福,民间通常称之为"照花瓣"。这一活动不仅丰富了乞巧节的文化内涵,也展现了人们对智慧与美好生活的热切向往。

一系列"照瓣卜巧"活动的结束,标志着人们即将告别这一年的乞巧盛

会。在这一时期,姑娘们怀揣着难以割舍的情感,珍惜着"送巧"前的每一分每一秒,尽情地吟唱那些充满巧思的歌曲。她们一首接一首地反复吟唱,直至心满意足。

大约在深夜12点,乞巧活动的组织者会高声宣布"送巧"仪式的正式开始。此时,所有女子会自觉地站在神桌两侧,共同唱起那首熟悉而感人的《送巧歌》。随着歌声的落幕,西和地区这一盛大的传统乞巧活动便圆满地画上了句号。

历史的车轮滚滚向前,乞巧活动在西和县代代相传。作为中国辉煌文化宝库中的一颗耀眼明珠,它起源于甘肃陇南的西汉水流域,承载着秦人的传统遗风。其悠久的传承历史、自然纯朴的唱词、绚丽多彩的歌舞、真挚热烈的情感以及严谨完整的程式,都使其在国内独树一帜、无与伦比。乞巧活动仿佛是中国古代乞巧民俗的活生生的再现,它不仅是名副其实的"中国女儿节",而且展现了中国传统文化的独特魅力和深厚底蕴。

夕阳中,余晖晚照。凝视晚霞湖,只见"一道残阳铺水中,半江瑟瑟半江红"。在瑰丽的水光里,波光粼粼,浮光跃金,清风拂水,丝丝金色涟漪漾起。湖岸边郁郁葱葱的芦苇,连成一片,在橘红的光里,闪烁摇曳,充满了诗意。远远望去,可以看见一尊"巧娘娘"的塑像,那简直就像个亭亭玉立的仙子,洁白无瑕,站在那里,像是在静静地眺望湖面的美景。这一幕不禁让人想起了那句诗:"蒹葭苍苍,白露为霜。所谓伊人,在水一方。"多有意境啊！

湖中央蜿蜒着一条长廊，宛如一条丝带，巧妙地将各个亭台楼阁相连。湖面上，朵朵睡莲静谧地绽放，它们洁白的花瓣在阳光的照耀下格外耀眼，仿佛是"出淤泥而不染，濯清涟而不妖"的仙子。湖岸边，五彩缤纷的鲜花竞相开放，红的、紫的，交织成一片绚烂的景象，令人目不暇接。这里美得如同一幅栩栩如生的画卷，令人流连忘返。

湖中，快艇疾驰而过，溅起层层水花。当游人疲惫时，可以邀请几位好友，坐在湖边的小饭厅里，享受农家美食，同时欣赏湖光山色。如果你想体验垂钓的乐趣，可以在宁静的时光里，静静地钓一湖风月，品味时光的静美。

岁月流转，晚霞湖始终保持着它的静谧之美。旭日东升时，霞光万丈，晚霞湖灿烂而明媚，充满了生机与活力。夕阳西下，金色的光辉洒在湖面上，晚霞湖显得瑰丽而神秘，被一片朦胧的梦幻所笼罩。月光如水，

金光洒落湖面

洒在湖面上，晚霞湖静谧如梦，天上的月亮与水中的倒影遥相呼应，湖水清澈宁静，沉浸在一片寂静之中。春夏秋冬，晚霞湖各有其韵味。湖水从淡绿变为浅绿，再转深绿，直至冬季的清冽冷绿。芦苇从初春的娇嫩，到秋天化作洁白的芦花，在秋风中摇曳，为晚霞湖增添了无限风情。

随着时间的流逝，湖边的女子们逐渐长大，那洁白的"巧娘娘"站在岸边，是西和女儿们永久的文化象征。她永远守护着这里的女性，赋予她们心灵手巧的天赋，给予她们追求幸福的信心与勇气。每当女子们欢快地走过湖边，用她们那甜蜜的目光凝视碧波荡漾的湖水时，那如诗如画的场景仿佛是天上的"巧娘娘"真的赐予了湖边女子们满满的幸福。

亲爱的朋友，来吧！在这里，你可以采撷一缕晚霞湖的微风，打捞湖中的一轮明月，乞求"巧娘娘"赐予智慧与幸福。让我们在生活的画布上，用心灵描绘出绚烂的锦绣前程吧！

中游
ZHONG YOU

长江中游自湖北宜昌至江西湖口，途经湖北、湖南、江西、河南、广西、广东等省区市。精选卷收录长江中游水利风景区故事17篇。

长江中游地区，作为荆楚大地的核心区域，承载着八千年悠久历史的厚重底蕴，积淀了丰富而深厚的文化遗产。该区域凭借得天独厚的地理位置和交通优势，孕育了众多商贸重镇，不仅为当地经济注入了强劲的增长动力，还促进了长江中游地区与其他地域之间的文化交流与深度融合，形成了独具地域特色的文化风貌，展现出无穷的魅力与活力。

长江中游地区，湖泊星罗棋布，与长江干流交织成一幅错综复杂的自然画卷。在这片水域丰饶的区域，水利风景区大多以湖泊为灵魂，巧妙地将蜿蜒曲折的河流与广袤无垠的湿地融为一体，共同构筑了一个独具特色的湿地生态系统。历经无数次与洪水的英勇抗争，中游地区孕育了丰富多彩的水文化，这些文化在水利风景区中得到了充分而生动的展现。这里不仅彰显了古代水利工程的卓越智慧，还巧妙地融入了现代水利科技的最新成果与管理理念，实现了传统与现代的完美融合。

广西壮族自治区

湖南省

湖北省

广东省

河南省

江西省

一个神话的诞生

丹江口大坝水利风景区

　　丹江口大坝水利风景区位于湖北省丹江口市，依托丹江口水利枢纽工程而建，属水库型水利风景区。景区拥有"全国爱国主义教育示范基地""全国中小学生研学实践教育基地""国家水情教育基地"等荣誉称号。其中初期工程是新中国成立初期我国自行勘测、设计、施工，被周恩来总理誉为全国唯一"五利俱全"的大型水利工程，在新中国水利建设史上具有不可替代的地位。大坝加高工程完建后，丹江口水利枢纽作为南水北调中线水源工程"国之重器"，彰显了千秋伟业和时代价值。

　　2013年，丹江口大坝水利风景区被水利部批准为国家水利风景区。

不是每一座城市都能被眷顾，可丹江口偏偏是个例外。因为被眷顾，诞生了一个"神话"，这就是南水北调中线工程，这历经三代人近70年的铺垫。

丹江口是一个"神话"。

丹江口，位于湖北省的西北部、汉江的中上游，人口不足50万，面积只有3120平方公里左右，在中国2800多个县级行政区中，可谓是一座小城，别看城小人少，可这里的山水乾坤大。

丹江口大坝正好位于汉江与丹江的汇合口。

在新中国成立前，人们并不知道丹江口，只知道临江而立的均州古城。这是一座有着2000多年历史的古城，与道教圣地武当山遥相呼应，同生共长。

均州古城的核心包括武当山九宫之首净乐宫。四周殿宇重重，红墙环绕；院落层层，曲径幽深。位于汉江边的槐荫古渡，商贾云集，南来北往的盐茶粮油都要经过这条"黄金水道"，其繁华景象宛如清明上河图！

20世纪50年代初，百废待兴的中国，面临着水涝干旱两大威胁。一个是南方水多，汉江"三年两灾"，水涝频繁；一个是北方水少，干旱严重，时空分布不均。为此，新中国的开国领袖毛泽东主席提出了南水北调的伟大构想。

1952年，毛泽东主席视察黄河时说："南方水多，北方水少，如有可能，借点水来也是可以的。"

汉江全长1577公里，汉江支流丹江，其水质更是名扬天下，在丹江口筑坝蓄水，不仅能防洪、发电、灌溉、养殖，还能为南水北调中线工程提供可靠的水源，解决华北平原水资源短缺的燃眉之急。

从那时开始，中原腹地便有了"亚洲天池"的愿景，有了一个"神话"的梦想!

丹江口是一座"地标"。

一个"神话",诞生了一座"地标"。

1958年,丹江口水利枢纽工程开工建设。凤凰山岭响起了隆隆的炮声,那声音传递着一个伟大的梦想,响彻云霄、振奋人心。从此,这片宁静的荒野不再平静。来自湖北、河南、安徽等地的10万"大军",举洪荒之力,"让高山低头,叫河水让路""敢教日月换新天"。他们面对荒山秃岭、丛生荆棘,没有畏惧,住在油毡草棚,吃着腌菜杂粮,依靠一条扁担,两个箩筐,采取"土法上马,以土为主,土洋并举"的办法,把雄心壮志和豪言壮语化作了一股伟大的力量。

一座"地标",拔地而起,南水北调中线水源工程初具规模,1974年,丹江口工程下闸蓄水。2010年3月31日,随着最后一罐混凝土入仓并振捣完毕,丹江口大坝加高工程混凝土坝段最后一个坝段加高到176.6米

大坝泄洪

建设者筑围堰

设计高程,至此,丹江口大坝需要加高的54个坝段全部加高到顶。这标志着南水北调中线源头工程——丹江口大坝加高工程取得重大阶段性胜利。

丹江口是一库清水。

丹江水,因水质清澈而闻名。

据记载:"天下名水二十种,以武关西水为第十五种,即丹水也。"这里说的丹水,就是丹江。丹江汇入汉江以后,水体依然保持着她那翠玉般的绿色。

汉江是长江中下游最大支流,《尚书·禹贡》曾有"嶓冢导漾,东流为汉,又东为沧浪之水"的记载。

丹江口工程未兴建之前,汉水和丹水就曾被历代文人所传诵,他们身临其境,见水生情,无不为一江碧水流连忘返。唐代诗人李白曾写下"遥看汉水鸭头绿,恰似葡萄初酸醅"的诗句,宋代文豪苏轼曾有过"襄阳逢汉水,偶似蜀江清"的感慨,清代诗人沈冠看着一江碧水,更是心生感慨:"清绝沧浪水,传名自禹经。澄潭浮鸭绿,映壁妒鸦青。"

在距离引水渠首不远处，有一片位于河南李官桥的水域，被人们形象的比喻为"人造海洋"，被誉为"小太平洋"。人在船上，犹如行驶在一望无边的海上，柔和的湖面静卧在蓝天白云之下，充满着纯净与温柔，给人梦幻般的遐想。

丹江口是一座水都。

行走于环库公路（被誉为"中国最美环库公路"），呈现在眼前的是流动的风景、跳动的山水画廊，仿佛走进了天然氧吧。站在碧水连天的观光平台，天蓝水清，绿树成荫，湖中小岛宛如水中盆景，形态各异，让人想象，随着枯水期和丰水期水位线的升降而变化；登上千岛画廊，岛屿星罗棋布，库汊纵横交错，风景美不胜收，更重要的是人们可以近距离地与水接触，有了亲水、护水、惜水的亲身体验。

今天的丹江口水库，生态环境持续改善，人与自然更加和谐。

有关科研机构在丹江口水库，发现了大量桃花水母活体，监测人员在现场成功采集到了多个活体标本。

桃花水母享有"水中大熊猫"美誉。在地球上生活了数亿年，它对水环境的要求极高，适宜生存在无毒无害的洁净水域。

它的圆形周边呈锯齿状，中间有4叶近似三角形的叶瓣，在水中一张一合，上下飘荡，姿态优美，就像空中缓缓升降的降落伞。

专家表示，此次活体桃花水母的现身，与加大生态环境治理和水源保护直接相关，洁净优良的水质，为桃花水母提供了绝佳的生长环境。

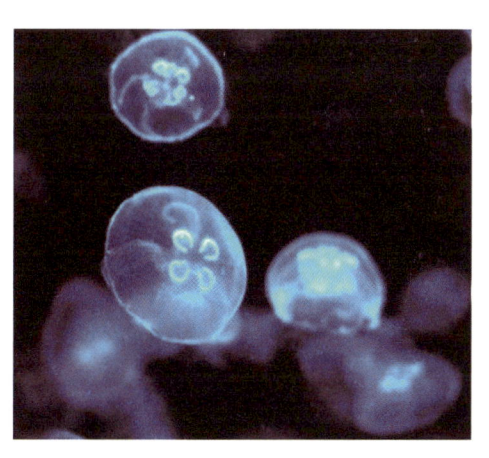

丹江口水库惊现桃花水母

巍峨耸立的丹江口大坝好像一条天然的分界线，将丹江口一分为二，形成了两道不同的风景。坝上叫丹江口水库，像一座恬静的山水画廊，让人心旷神怡；坝下是丹江口市区，仿若长发及腰临江浣纱的女子，更显妩媚妖娆。

这不得不让人感叹，丹江口市从诞生的那一天起，就是一座与水结缘的城市。水不仅改变了小城的坐标，也改变了小城的姓氏，并且将与均州古城一起，进入人类的编年史。

2013年，丹江口大坝风景区被水利部批准为国家水利风景区。

"水润中国心，做客丹江口。"今天，丹江口正以崭新的姿态追逐中国梦想，让天更蓝，山更绿，水更清，景更美！

科学试验的赞歌

陆水湖水利风景区

陆水湖水利风景区位于湖北省赤壁市城郊,因三国东吴名将陆逊在此驻军而得名,依托陆水水利枢纽而建,包括三峡试验坝景区和水源保护景区,总面积69.05平方公里。景区以山幽、林绿、水清、岛秀而闻名遐迩,被誉为"楚天明珠"。景区水面开阔,群山环抱,湖水澄澈,碧波荡漾,树木葱郁,翠竹挺拔。水面岛屿星罗棋布,形态迥异,构成一幅集坝、水、山、林于一体的立体画卷。陆水湖水利风景区是避暑消闲、旅游度假、康复疗养及水上运动的理想之地。

2017年,陆水湖水利风景区被水利部批准为国家水利风景区。

作为长江的一条主要支流,陆水清澈的水流滋养着这片富饶的土壤,孕育着世代居住在这里的人民。

陆水蜿蜒穿过麦田、原野、山川,它流经的地方,草木茂盛,稻田金黄,麦苗青翠,瓜果飘香,山色苍翠,谷深林密,都呈现出一派生机勃勃、风光无限的景象。

陆水的故事,是一部充满生命力的传奇,它见证了这片土地上的变迁与繁荣,也将继续承载着人们的希望与梦想,流淌不息。

为加快建设长江三峡工程,国家在赤壁兴建陆水水利枢纽,作为长江三峡工程的试验坝。踏入陆水水利枢纽,你定会被眼前的壮观景象所震撼,你将有机会近距离体验预制块筑坝实体的坚实与"亚洲最长"黏土均质坝模型的壮观,追溯筑坝时期石碾子的历史印记。

此外,这里还珍藏着党和国家领导人对陆水水利枢纽工程建设的批示文件等宝贵历史文献,它们见证了工程建设的艰难与辉煌。

预制块筑坝

通过图片等影像资料,你还可以深入了解陆水水库建坝过程的细节以及所取得的科研成果,从而更加深刻地认识到这一伟大工程对于国家水利事业发展的重要意义。

当你凝视这些留存的模型、旧址以及建坝图片时,它们或许会激起对那些充满挑战的奋斗岁月和众多建设故事的深刻回忆。

自古以来,治国者必先治水。为了实现三峡工程的宏伟目标,中央领导层与水利部专家团队进行了深入且反复的讨论,精心制定了详尽的建设规划。回溯至1953年2月,毛泽东主席在长江舰上听取了长江委主任林一山关于长江流域水资源开发利用规划情况的汇报,并从战略的高度对治江建设中的两

第一台干运式垂直升船机

大核心工程——三峡工程及南水北调工程给予了高度评价与肯定。自此,三峡工程的建设正式被纳入中央的重要议事日程,国家水利建设的新篇章开启了。

1958年,面对三峡工程在科研、设计和施工上遇到的关键技术挑战,林一山向周恩来总理提交了一份报告,建议在湖北省蒲圻(现赤壁市)地区建设陆水水利枢纽。这一提议的目的是通过实施混凝土预制块安装筑坝试验,为三峡工程的建设提供宝贵的经验参考。

在1958年8月的北戴河会议上,周恩来总理亲自领导并召开了长江工作会议。会议正式批准了三峡试验坝——陆水试验枢纽工程的建设。

为了确保三峡试验坝建设的顺利进行,林一山主任投入了巨大的努力。他致力于这项宏伟事业,将辛勤的汗水洒向了这片充满希望的土地。提及他的贡献和事迹,总是令人感动。

在工程建设的初期阶段,林一山主任经过深思熟虑和详尽研究,勇敢地提出了采用大体积混凝土预制安装的方法来构建大坝。这一创新举措在当时的世界水利史上是前所未有的。该方案的核心在于,考虑到大坝建设过程中,现场浇筑的混凝土因水泥水化热升温的限制,导致坝

科学试验的赞歌 • 177

体上升速度难以提升,进而影响了主体工程的施工进度。通过采用预制安装筑坝的方式,将传统的现场浇筑混凝土施工转变为预制和安装两个步骤,使得大部分水化热在块体预制和存放过程中得以提前释放,从而简化了温度控制工艺,显著提升了坝体的上升速度。

林一山、苏联专家来陆水工地

然而,当时预制安装筑坝技术既缺乏理论支撑又无实践基础,因此,采用这一技术必须进行大胆的探索与反复的实践验证。为此,长办的科研设计团队与施工人员以严谨的科学态度和不屈不挠的创新精神,进行了多次大胆的尝试与反复的实践。自1958年起,历经长达九年的不懈努力,经过数以千计的设计研究、现场实验,最终在理论和实践层面均取得了关于混凝土预制安装工艺的丰富研究成果。这一技术最终在陆水工程主坝和三号副坝中得到全面应用。

陆水工程建设的历程充满了挑战与艰辛,期间遭遇了无数的困难和阻碍。在工程启动之初,面对铁路运力紧张、工程物资短缺以及施工力量不足等重重挑战,林一山主任亲自向国务院及相关部门发出紧急呼吁,请求援助以解决这些问题。得益于周总理的亲自协调和大力支持,这些问题都得到了有效的解决。林一山主任在后来回忆这段历史时,满怀感慨地指出,没有周总理的亲自关注和帮助,这一成就的实现是难以想象的。

在三年困难时期,国家遭遇了空前的挑战。1961年7月,迫于形势,陆水工程不得不暂时停工,大量人员被安排遣返回乡。为了确保研究试验的连续性,防止功亏一篑,并为未来的施工打下坚实基础,林一山主任积极争取地方政府的支持,组织并动员留在陆水工地的干部职工开展自力更生,进行生产自救。他们通过创办农场、开采矿山等措施,有效保障了技术和施工力量的稳定,使得1964年工程恢复施工后,陆水工程的试验与施工工作能够顺利推进。

林一山晚年在回顾陆水工程试验过程时写道：广义而言,陆水工程对于20世纪50年代长办的规划、设计、科研以至施工组织、工程管理等各项工作,不妨说是一次最全面的试验,从此这支队伍才走向更为广阔的水利天地。

直到今天,那些曾经亲身参与工地建设的老工人们,每当回忆起那段难忘的岁月,总是心潮澎湃,激动得难以用言语表达。那种澎湃的情感、坚韧不拔的奋斗精神和无私的奉献情怀,如同一首激昂的交响乐,在

水库今朝

他们记忆的深处回响。他们通过分享当年的点点滴滴,阐释了青春岁月的深刻内涵,展现了那一代建设者的风采和责任感。

陆水水利枢纽是一项杰出且意义重大的工程,彰显了我国人民的智慧与勤劳,它是汇聚了各方力量和众多人才共同努力与辛勤汗水的成果。这一工程圆满成功,归功于中央领导远见卓识和明智决策,也归功于顶尖水利专家深入研究和创新探索。

在众多水利建设者共同努力和不懈奋斗下,陆水水利枢纽最终成功建成,为三峡工程建设提供了有力的支持和关键作用。

如今,当人们踏上这片土地,亲临陆水水利枢纽工程时,无疑会被当年建设者所展现的艰苦奋斗和无私奉献精神深深打动。他们炽热的情怀如同熊熊火焰,感染着每一位来访者。

岁月流转,山水依旧保持着静谧与美丽。一库清澈的碧水,一方苍翠的青山,宛如一幅动人的画卷,永恒地展现在赤壁这片神奇的土地上,如同一颗颗璀璨的明珠,既点亮了历史的夜空,也照亮了未来的道路。

两江四岸文化园
武汉江滩水利风景区

　　武汉江滩水利风景区位于武汉城区段长江、汉江"两江四岸"，全长26公里，总面积约334万平方米，由汉口江滩、汉阳江滩、武昌江滩和汉江江滩核心区组成，属于河湖型水利风景区。汉口江滩雄伟开敞、大气磅礴。武昌江滩简洁朴实、俊逸自然。汉阳江滩曲径通幽、豁然开朗。汉江江滩自然朴素，简洁宁静。两江四岸江滩集防洪、景观、旅游、休闲、健身功能于一体，是武汉市的亲水岸线和文化名片，年均游客超3000万人次。

　　武汉两江四岸江滩突显防洪屏障、绿色生态、景观游憩、娱乐休闲的四大功能，实现了"防洪效益、生态效益、经济效益、环境效益、综合效益"的有机统一。2008年武汉江滩被水利部授予"国家水利风景区"；2022年武汉江滩荣获国家水利风景区高质量发展标杆景区称号并入选水利部"红色基因水利风景区名"录；2023年武汉江滩入选水利部第四届水工程与水文化有机融合案例。

生态江滩·城市绿肺

大江奔流,江堤伟岸。英雄武汉,壮美江滩!

武汉新江滩建设在1998年特大洪水后,伴随长江干堤整险加固工程而拉开序幕。昔日的长江沿线码头林立,船厂、仓库挤占岸线,武汉人有"临江不见江"的尴尬历史,人与水争地的现象十分突出,严重影响了防洪安全,也破坏了城市环境和经济环境。经过清障行洪、岸线整治、绿化洁化一系列工程,三级亲水平台让江滩在大汛时让路于水,退水时还滩于民,呈现出人水两亲、人水两利的双赢格局。每到夏季,众多市民闻"汛"而来、观江戏水,成为江城一道独特的风景。

生态江滩

汉口新江滩建成后,在三镇人民的共同期盼下,武汉市政府顺应民意,将汉口江滩模式"延伸复制"至市域三环内的两江四岸,先后建成了武昌江滩、汉阳江滩、汉江江滩等,并在这一历史过程中不断创新,更加注重以人为本,营造人文气息,全面融入生态理念。20多年间,两江四岸展露新颜,江滩滨水空间华丽转身,如今已蝶变为集防洪屏障、绿色生态、景观游憩、娱乐休闲为一体的气势恢宏的"城市绿色客厅",成为武汉这座滨江城市中一道美丽壮阔的风景线。

一江春水东流,两岸绿意盎然。武汉江滩,是英雄城市的绿肺,是一座美不胜收的巨大滨江公园,是网红们争相打卡的热门景点。这里芳草萋萋,绿树成荫。临水处,2万余棵柔韧的金丝垂柳排成6列纵队,组成一片风姿绰约的防浪林。人间四月天，占地6.5万平方米的七色花海姹紫嫣红；秋风徐来时，延绵6公里的原生态芦苇荡荻花摇曳。这里如诗如画，有数不清的花圃、花坛和独具特色的樱园、桂园、梅园、海棠园等生态园林景观。市民游客漫步江滩，览春芳秋华，观江城雄姿，无不赞叹武汉沿江风貌之美。

目前，江滩绿化覆盖率约70%，部分区域达90%。还建有两型社会集中展示区、太阳能发电站、中水回用站、节水科技馆等"两型"社会示范项目。武汉江滩先后获得"全国人居环境奖""开发建设项目水土保持示范工程""国家级公共机构能效领跑者"等荣誉。武汉市正以建设百里长江生态廊道为契机，建设世界滨水生态名城，打造万里长江"最美岸线"。

文化江滩·魅力无限

武汉城市文化因长江孕育，受长江滋养，与长江共存。武汉江滩是武汉城市文化和水情教育的高地，通过"水文化+"为景区高质量发展赋予了新能量。江滩堤防在改造工程中，加大了长江文化、治水文化建设的策划与投入，给冰冷的钢筋水泥赋予了热血和灵魂。

横渡长江博物馆是全国首座以横渡长江为主题的博物馆，展厅基本陈列分为三个单元："击水中流"讲述毛主席10年畅游长江的故事，展现了一代伟人的个人魅力与领袖风采；"情系长江"展现毛主席对长江保护、湖北发展所作的努力；"大江弄潮"展示了武汉群众性渡江的悠久历史与活动盛况。横渡长江和历经49届的"7.16武汉

横渡长江博物馆

国际渡江节",深深融入江城人民的生活,体现和诠释着"敢为人先,追求卓越"的武汉城市精神。

横渡长江博物馆旁,陈列着一艘特别的舰艇,它就是66-7·16艇。1966年7月16日,毛主席以73岁高龄检阅武汉第十一届横渡长江游泳大军时乘坐此艇。当天,毛主席检阅完游泳大军,从此艇下水,完成了他一生中最后一次畅游长江。为纪念这个难忘的时刻,特将这艘"W506"艇改名为"66-7·16艇"。2017年,武汉江滩将这艘退役的舰艇由武昌平湖门迁至汉口江滩,与横渡长江博物馆融为一体。

长江水生物浮雕,还原了生命之河的演化过程,提醒人类保护渐危或濒危水生物种。

码头文化广场,再现旧时市井生活,武汉从此开始了从寂寞沙洲到国际商埠的漫长道路。

万里茶道文化园重新矗立起的茶栈码头牌坊,向市民呈现出了脉络分明、形式多样的万里茶道历史图景。

长江诗廊以圆雕、浮雕、壁画等方式全景式传播长江诗词文化,生动展现诗人的形象及诗词的联想意境。

粤汉铁路遗址,锈迹斑驳的铁轨沿着坡岸延伸至江中,向每个来往的人诉说着武汉铁路交通发展的历史。

武汉防汛纪念碑是为纪念武汉人民战胜1954年特大洪水,于1969年9月建成。碑身为黄色花岗石,上面有毛主席头像和毛泽东题词"庆贺武汉人民战胜了一九五四年的洪水,还

武汉防汛纪念碑

汉口江滩

要准备战胜今后可能发生的同样严重的洪水"。基座有毛泽东词《水调歌头·游泳》。碑座两侧是体现军民与洪水搏斗和人堤抢险动人场面的汉白玉浮雕。这座纪念碑是解放后武汉人民战胜洪水的见证,也是一座不断激励我们团结一心、克服困难、勇往直前的历史丰碑。

"大江东去——武汉防汛陈列展"位于汉口江滩防汛纪念碑下,于2021年9月26日开展。展厅是以武汉防汛为主题,集文化展示、科普教育等功能为一体的专题场馆。由序厅、展示厅等组成。基本陈列分别是"1931:武汉陆沉""1954:众志成城""1998:决战决胜""新世纪:续写新篇"四个章节。展陈与大江一起作证:武汉人民力挽狂澜的英雄壮举永载史册,战胜洪水的巍峨丰碑千秋屹立。

"大禹神话园"是纪念我国上古名人大禹治水的神话文化园。位于汉阳江滩,长江大桥汉阳桥头堡之东,北为汉阳长江大堤,南面长江,与武昌江滩隔江相望,面积约为2.4万平方米。园区以"原始、粗犷、神秘、浪漫、美好"的大禹治水神话雕塑为主体,用园路形式贯通,以大面积绿化为衬托,用艳丽的鲜花带烘托气氛,音响、旱喷池等点缀其中,打造

"曲径通幽,豁然开朗""生态性和文化内涵与园区相协调"的整体效果,成为游人的观赏休闲胜地。

漫步江滩百里画廊,各式文化艺术雕塑和建筑成为两江四岸的点睛之笔。

武汉江滩不断强化文化活动载体功能,实现大型文化活动形式多样化、活动经常化、层次高雅化。独创了"低碳婚礼""芦花文化节""地书大赛""七夕文化节""江滩大讲堂"等一系列品牌文化活动,联合宣传、文化部门举办"武汉之夏""中法音乐节"等系列文化演出,开展群众文化艺术"周周演"、常年播放露天电影,还积极引进国际旅游节等系列社会活动,年均举办各类活动200场次以上,为江城人民奉献了丰盛的文化大餐。

江滩旧貌

水工程与水文化有机融合的武汉江滩,不负传承长江文化、弘扬治水精神的使命,已成为弘扬优秀文化、展示人水和谐、讲好新时代长江故事的典范。武汉江滩坚持"引进来、走出去"的宣传形式,立足横渡长江博物馆和武汉防汛陈列展开展"抗洪精神""渡江精神"进校园、进社区宣讲活动,先后获得"湖北省爱国主义教育基地""湖北省水情教育基地"等荣誉,成为名副其实的长江文化宣传和展示阵地。

创新江滩·前程似锦

始终致力于发展、创新的武汉江滩与时俱进,把握新发展阶段、贯彻新发展理念、构建新发展格局，正迈上国家水利风景区高质量发展的快车道。

武汉江滩水利风景区的建设经历了三次大的更新迭代，创造了版本升级的新模式。从90年代末关注堤防整险加固的1.0，到21世纪初致力防洪与景观融合的3.0，再到目前以生态、智慧、互动、安全系统理念为引领的5.0，体现了江、滩、堤、城、人融合的更新理念。江滩堤防历经传统防水墙、拼装式防水墙、缓坡式生态堤防三次提档升级。过去，武汉是百年水患之地。现在，江滩堤防不仅能够抵御百年一遇的特大洪水，还华丽转身为百里长江画廊。

江滩新颜

在加大基础设施投入的同时，武汉江滩坚持人民至上理念，努力创新服务形式、优化服务质量、拓展服务领域。武汉江滩景区创新服务举措，急人民之所急、乐人民之所乐，开辟"英语角""手语角"，为英语爱好者和聋哑残障人士提供互相交流的特殊园地；设立便民医疗点、紧急求助报警系统，为生病和有临时困难的游客提供帮助；开办"蒹葭书店"、流动图书室，为游客提供直饮水、冲凉亭、挂物架等；开放水面栈道，方便爱鸟人士观鸟和游客赏花拍花；建设智慧跑道、增添太阳能座椅，满足人民群众的个性要求。景区活动载体不断丰富，各种大型文化活动轮番开展，江滩不再仅仅是市民亲近长江、放松身心的休闲处所，更是一处充满时尚元素的活力秀场。

武汉江滩热情搭建社会志愿服务队伍平台，构建起以江滩党员为核心、社会志愿者广泛参与的志愿服务新格局。江滩党员干部倾情打造"爱在江滩"志愿服务品牌，"爱在江滩·阳光志愿服务队"登记在册志愿者超过300人，常年组织开展"长江大保护"、关爱残疾人、应急救援技能培训等志愿服务活动，年均参与志愿服务活动人数超过5000人次。长江志愿救援队、"爱我百湖"、江汉大学、一元路小学等30多个志愿团队常驻江滩，成为高水平创建全国文明城市、努力打造国际化大都市的生力军。

武汉江滩的建设筑牢了武汉防洪保安防线，有力保障了城市安全，还与武汉山水园林城市发展战略相结合，与城区改造、城市景观建设相统一，最大限度地提升堤防工程的综合功能和综合效益，既为市民提供了公共生态绿地和游憩活动空间，也为周边经济持续注入不竭动力，促进沿江商业和商务区的飞速发展。武汉江滩已成为驱动长江经济带生态保护示范区建设的安全廊、生态廊、交通廊、文化廊、发展廊。

亲亲漳水润荆楚

荆门市漳河水利风景区

　　荆门市漳河水利风景区位于湖北省,依托漳河水库而建,景色秀美,旅游资源丰富。漳河水库为湖北省最大,水域面积约104平方公里,库容约20.35亿立方米。土石方总量为红旗渠2.7倍,有四座大坝、一座副坝、三段明槽,观音寺大坝被誉为"亚洲第一人工土坝"。景区含水利、岛屿、湖泊、生物及古迹等景观。景区水域广、景色美、神韵独特,水质清澈,达国二级饮用水标准,为桃花水母栖息地。生态环境优,植物1786种,淡水鱼87种,特产漳河绿茶、蜜桔等。

　　2002年,荆门市漳河水利风景区被水利部批准为国家水利风景区。

《左传》有云："江汉沮漳，楚之望也。"漳河从荆山山脉走来，奔向浩瀚长江。她引领过先楚开疆拓土的繁荣，领略过关羽祭天盟誓的悲壮，孕育了两岸薪火相传的生命，见证了百姓流离失所的凄凉。

在1958年以前，漳河宛如一匹脱缰的野马，肆无忌惮地奔腾，其汹涌的水势让沿岸居民深感忧虑。那时，漳河沿岸流传着这样一首歌谣："水在河中奔流，人在岸上忧愁。旱季土地冒烟，十年九次歉收。"这首歌谣生动地描绘了漳河相关的水患和旱灾给当地带来的巨大压力。每当雨季来临，漳河便易发生洪水，使得沿岸地区哀声载道，长江带来的洪水压力也随之大幅增加，对荆江大堤的安全构成了严峻的挑战。

根据史料记载，在新中国成立前的一百年里，漳河地区遭受了多达50次洪水侵袭，而干旱灾害也频繁发生。为了有效应对漳河东岸包括荆门、荆州、宜昌等在内的广大丘陵地带长期面临的干旱缺水问题，同时为了有效控制沮漳河的山洪灾害，减轻洪水对荆江大堤造成的防洪压力，并实现对漳河水资源的全面开发与利用，湖北省在1957年11月做出了建设漳河水库的重大决策。

1958年7月1日，这一天将被永远载入史册。在观音寺导流隧洞的施工现场，一声巨响划破长空，这标志着漳河水利工程的建设正式启动。这一宏伟工程不仅是国家水利建设史上矗立的一座丰碑，也体现了当地人民对美好生活的热切向往和坚定追求。

在漳河水利工程启动之初，工程团队遭遇了重重困难与挑战。但是，勤劳勇敢的中国人民从未向逆境屈服。67.5万名劳动者，他们中不乏身强力壮的青年、经验丰富的老农，以及满怀热情的妇女和儿童。他们不畏艰辛，肩挑背扛，手挖车运，夜以继日地奋斗，凭借自己的汗水和智慧，一砖一瓦、一土一石地筑就了这个水利工程。

在长达八年的施工期间，劳动者们遭遇了无数的困难和挑战。他们

灵秀漳河

不畏风雨，不惧严寒酷暑，始终坚守在工地一线，用辛勤的汗水诠释着对美好生活的向往和追求。他们的身影，成了漳河水利工程建设中最动人的风景。

在历史的长河中，有一个值得铭记的篇章。为了国家的水库建设，1.58万移民毫不犹豫地献出了他们祖祖辈辈的土地和家园。他们将水库建设视为己任，顾全大局，识大体，积极回应党和政府的号召，无怨无悔地投身于这项伟大的事业。

这些移民来自荆门、武汉、江陵、当阳、潜江等多个地区，他们中既有技术人员也有普通民工，他们汇聚于漳河库区，共同为这片土地注入了新的生机与活力。漳河水库的建设绝非易事，面对恶劣的自然环境，建设者们并未退缩。他们发扬了艰苦奋斗、自力更生的革命精神，克服了重重困难。在没有住处的情况下，他们自带被褥，睡在简陋的牛棚中；在食物匮乏时，他们自备干粮，就地搭灶煮食野菜。正是凭借这股不屈不挠的热血，他们战胜了无数艰难困苦，将漳河的荒山野岭改造成了一个崭新的世界。

在漳河水库的建设历程中，建设者们展现了非凡的毅力与决心。他们不分昼夜地工作，不畏艰辛，凭借智慧与力量，筑起了人工长城，架起了桥梁和涵闸。他们坚定的誓言"不达目的，誓不罢休，水库不建成，绝不离开"，激发了每个人投身这项伟大事业的热情。

在这一过程中，他们的激情与期待也得到了充分的体现。他们用充满诗意的语言表达了对漳河建设的热爱与期待："月落星稀，电灯亮起，大坝工地热火朝天。问为何如此努力？为了两百万亩土地，亿万担粮食。"这是他们对漳河建设的激情献礼。"今日挥汗如雨修大坝，来年灌溉自流到家园"，这表达了他们对漳河建设的美好憧憬。这些饱含力量的话语，不断鼓舞着每一位建设者更加勤奋地工作。

在漳河水库的建设历程中，建设者们用汗水与智慧铸就了一段传奇。他们的奉献与牺牲，为后世留下了宝贵的遗产。如今，漳河水库已发展成为一项关键的水利工程，为周边地区的发展提供了坚实的支持。这段历史，不仅记录了水库建设的历程，更是人民团结奋斗、自强不息的壮丽篇章。

经过八年的不懈奋斗，漳河水利工程终于宣告完工。曾经的洪水泛滥之地，如今已化作肥沃的农田，昔日的干旱地带变成了"荆楚粮仓"。这片土地上，五谷丰登、瓜果飘香，人民生活安定、幸福洋溢。所有这些变化，都归功于那些默默付出的劳动者们。

漳河水库于1966年10月1日基本落成。整个项目国家投资9140万元，投入劳动力5226万人，最高峰时有13万民工同时作业。共计完成了6800万立方米的土石方工程，建造了五座大坝，开挖了三段明槽，总干、支干、分干、分支渠道共计13990条，总长度达到7167.6公里，包括渡槽、隧洞、倒虹吸、暗涵、泄洪闸、节制闸、桥梁、小型涵闸等各类建筑物17547

座。它是一个跨荆门、襄阳、宜昌三地市的大型水利枢纽工程，集灌溉、防洪、供水、发电、养殖、航运、旅游等功能于一体。

在漳河水库的建设过程中，观音寺大坝工程尤为艰巨，它是漳河水库中最大的拦河坝。1959年春汛比往年提前到来，导致导流隧洞被淹，进口洞口发生塌方，原本设计导流每秒169立方米的隧洞，塌方后连一个立方米的流量都无法通过。春雨连绵、河水猛涨，而坝高仅88.6米，随时面临垮坝的危险。然而，总部党委及广大技术干部并未被困难所吓倒，而是迎难而上，以大无畏的革命精神，与洪峰展开了激烈的斗争。干部和民工们与洪水赛跑，水涨则坝高，誓死保卫大坝的安全。他们深知，只要人在，大坝就在，绝不允许洪水冲垮我们坚守的阵地。

将主坝的施工方法由全面回填改为按照经济断面施工。原计划堆石坝的高程从95米降低至81米，并保留沙石料平台，集中所有力量重点建设迎水面的粘土斜墙，力争达到109米的脱险高程。为了增援，劳动力被调集，总数达到六万人。由于工棚搭建不及，民工们甚至在车辆下过夜。同时，荆州行署从汉江和长江调来6—15吨的木船，通过水上运输输运材料。坝后铺设了木板路，使用双轮木板车运输土壤。每人每天需从一公里外用一辆车拖运一方土。当时，这一系列的运输方式被戏称为"海、陆、空"大战观音寺（海指水上运输土，陆指人力拉车运输，空指用钢丝绳从空中运输土）。实行日夜三班制，仅用四天时间在左岸迅速抢挖出一个支洞，进口

观音寺大坝

高程为76米,断面为3×3米,洞长21米,与原导流隧洞的0+065桩号汇合,为大坝脱险赢得了宝贵时间。

观音寺大坝是我国当时较为先进的坝型之一,以其施工所需劳动力少、结构坚固耐用而著称。该工程完全依赖于当地材料,将繁重的工程简化,将依赖外地材料转变为利用本地资源,并采用了以土建为主、结合现代技术的施工方法,成功实现了一项技术创新。通过这项创新,节省了5.9万立方米的钢筋混凝土、8.9万立方米的块石、180吨炸药以及大量其他建筑材料,总计为国家节约了1222万元的投资。这一成就在湖北省乃至全国均属首创,并被纳入大学教科书。因此,观音寺大坝被誉为"亚洲第一人工土坝"。即使经过了60来年,它依然巍然屹立,默默守护着一方的安宁。

这项宏伟的工程,归功于一群人的无私奉献和他们坚持不懈的奋斗精神。他们共同创造了水利史上的辉煌篇章,并继续书写着这一历史。

总指挥长饶民太,一位备受尊敬的领导者,在漳河水库建设的八年期间,以他坚韧不拔的毅力和无私奉献的精神,谱写了一段感人至深的奋斗历程。在这八年中,他如同一颗耀眼的明星,照亮了漳河水库建设的每一个阶段。

除夕之夜,本应是家人团聚、共享节日欢愉的时刻,然而饶民太却将这份团圆的温情深藏于心,坚定地选择在工地度过。连续六个除夕,他都与工人们肩并肩,共同解决一个又一个技术难题,确保了工程建设的顺利推进。

在漳河水库建设的八年期间,饶民太始终坚守在施工一线,面对任何困难和挑战,他都未曾退缩。每当遇到难题,他总是第一时间出现在现场,运用自己的智慧和经验为工人们排忧解难;每当出现险情,他总是勇敢地站出来,以坚定的勇气和决心为工程保驾护航。

在这八年的时间里，饶民太几乎未曾享受过一个完整的周末。他牺牲了与家人团聚的宝贵时光，将全部的精力都倾注于漳河水库的建设之中。他深知，每一项工程的成功都离不开无数个日夜的辛勤劳动和无私奉献。因此，他始终坚守在工地，用自己的实际行动诠释着对党和人民事业的忠诚与担当。

饶民太不仅在工作中展现出无私的奉献精神，还特别重视与工人的沟通与交流。他深知，一个团结和谐的团队对于工程的成功至关重要。因此，他经常深入一线，与工人进行心贴心的交流，倾听他们的需求和面临的困难，并尽其所能提供必要的帮助和支持。

在饶民太的领导下，漳河水库建设项目取得了显著成就。该水库不仅成功解决了周边地区的水资源短缺问题，还为当地经济发展提供了坚实的支撑。这些成就的背后，是饶民太那忘我工作、为党和人民的事业

水库副坝

不懈奋斗的精神。

特等劳模吕明英,在与男工们的比武拉车、运土上坝的劳动竞赛中不甘落后,创造了"崩土法"和"囤土法"。她每天在比武中都名列前茅,因此荣获特等劳模称号,并三次受邀参加北京群英会,受到毛主席及其他党和国家领导人的接见,还获得了半自动步枪和100发子弹的奖励。

女工胡玉珍,与男工们并肩作战。她不畏艰难,亲自参与打眼、放炮、除渣、推斗车等工作,敢于与男工们一较高下。她提出的口号"洞不穿,心不甘"激励着自己和团队成员,直至隧洞顺利打通。

在工地上,一股学习和技能竞赛的热潮正在兴起,每个人都勤奋学习,刻苦训练,争做"万能人"。彭文德,学习了打炮眼、放炮、操作和维修凿岩机等技能,并在荆州水利工程队中学习了驾驶拖拉机压坝,因此被赞誉为"万能人"。能工巧匠巴炳辉,即使路过家门也选择不入,专注于工具的改革。在他的领导下,成功改良了62件工具,为工地建设做出了巨大贡献。肖家德,被誉为"滚珠"英雄,他打破了传统的装车顺序,提倡"车不等人、人不等车"的高效作业方式。在工地上,流传着这样的顺口溜:"学习小滚珠,超越小滚珠,征服自然逗英雄,崇山俯首建奇功。群策群

滨水栈道

力干劲大,猛攻土石不放松,开山炸石成隧洞,漳河由我定西东。"

漳河工程的成功也得益于国家领导人的重视。1958年6月,新被任命的漳河水利工程总指挥长饶民太带领来自地、县、区、乡、村的五级干部代表十余人前往北京寻求援助。他们找到了曾在洪湖打过游击的贺龙副总理。贺龙副总理亲切地接见了他们,并亲自写信给冶金部、水电部等多个部门,恳请他们给予大力支持。

在施工期间,国家副主席董必武和国务院副总理李先念也亲自到工地视察,关心工程建设的进展。

1959年,国务院副总理李先念亲临漳河水库建设现场,细致考察了观音寺和鸡公尖两座大坝。他对工程的建设速度和质量表示了高度赞赏,并展望了水库竣工后,通过众多渠道形成的综合水利网络,将为农业灌溉、发电和交通运输带来便利。他预言,荆门、江陵等县若能充分利用漳河水库的资源,将有望转变为富饶的花果之乡,从而彻底改变整个荆门地区的经济格局。

1965年5月,国家副主席董必武莅临漳河水库视察,并挥毫留下了壮丽的诗篇。在离开漳河后,他在致张体学的信中表达了对漳河工程的无限赞叹,称其宏伟壮丽,成绩斐然,除此之外,他无更多话语可表。

除了党和国家领导人,一些将军也对漳河水库的建设给予了极大关注。例如,工程兵司令员陈士榘上将,得知家乡将建设大型水库,立即承诺提供人力和物资支持。

邓家泰将军于1993年对漳河进行了视察。在游船上,他一边品尝着漳河蜜橘,一边听取了关于当时水库建设情况的汇报,深有感触,并欣然挥毫题词:"充分发挥漳河的综合效益,为社会主义现代化贡献力量。"

漳河沿岸坐落着两座陵园,鸡公尖陵园和李家洲陵园,那里长眠着187名在建设漳河水库过程中英勇牺牲的民工。在漳河库区内，还有一座双墓山，安息着总指挥长饶民太以及曾担任荆州地委第一书记、湖北省委组织部部长、湖北省委副书记、中共中央纪律检查委员会委员的薛坦。

他们长眠于漳河之畔，这片土地凝聚了他们的心血。每当旭日东升，金色的阳光洒在浩瀚的湖面上，他们仿佛在守望着漳河，让"艰苦奋斗、开拓创新、担当善为、求实奉献"的漳河精神代代相传。

漳河水利工程自建成以来已约六十年，成功抵御了52次流量超过每秒1000立方米的洪峰，其防洪减灾效益累计超过130亿元。漳河灌区亦成为荆楚地区知名的粮食生产基地。

如今，漳河被誉为荆楚人民的生命之河。她汇聚众多支流，静默成长，胸怀愈发宽广，以甘甜的乳汁哺育着山林花木，滋润着农田果蔬。

诗意太和梅花香

十堰太和梅花谷水利风景区

十堰太和梅花谷水利风景区位于湖北省十堰市竹山县文峰乡，是具自然风光、人文景观可供休闲度假的综合景区。规划面积43.19平方公里，含太和美丽乡村画廊、梅花谷两大组团，为国家AAAA级景区。太和梅花谷因千年太和观与华中最大野生腊梅园闻名。太和美丽乡村画廊集观光、休闲、度假、康养功能于一体。景区古迹丰富，山水秀美，以万亩野生腊梅群著称。名胜有太和观、探花坟、北山书院等，人文景观有梅花山、梅香溪、梅花湖等。景区秉持四季有花、月月有景理念，发展乡村民俗体验活动、美食产业、旅游电商、自驾游、康养游等业态，为游客提供多元化的旅游体验。

2018年，十堰太和梅花谷水利风景区被水利部批准为国家水利风景区。

8000株腊梅与红梅将梅花谷装点成一片暗香幽微的世外香雪海。除了狗蝇梅、素心梅这两个腊梅品种，还有宫粉、朱砂、照水、绿萼、美人等红梅品类。倘若在深冬雪天，你前往太和梅花谷，置身于那淡粉色、酒红色、嫩黄色、绿白色的梅花之中，深吸一口沁人心脾的梅花香气，你定会情不自禁地吟诵出那句"山家除夕无他事，插了梅花便过年"的诗句。那种恬静、古朴、悠闲、淡雅，以及远离尘嚣的田园诗意，会在你心中油然而生。

十堰太和梅花谷水利风景区，作为一处专注于水土保持的国家水利风景区，自2014年起便由十堰太和梅花谷生态旅游发展有限公司负责开发和建设。该风景区位于堵河支流化峪河流域，规划总面积达到43.19平方公里，以林地资源为主体。

自2018年以来，该景区接连荣获国家3A级旅游景区和国家水利风景区的双重荣誉。到了2022年，它又成功跻身国家4A级旅游景区的行列。2019年，凭借在生态、休闲和教育等领域的杰出贡献，该景区被评为"国家森林康养基地"和"中国森林氧吧"，同时被认定为"十堰市中小学生研学旅行实践教育基地"。此外，凭借其独特的乡村旅游魅力，该景区内的太和村还荣获了"全国（首批）乡村旅游重点村""中国美丽休闲乡村""湖北旅游名村"等多项荣誉称号。

太和梅花谷水利风景区以梅花谷和太和美丽乡村画廊为核心，致力于传承"梅"文化与道教养生文化的精髓，是"堵河生态文化旅游带"上一个关键的节点。遵循"景村共建"的理念，该景区成立了太和旅游专业合作社，积极发展了一系列特色旅游产业，包括果蔬采摘基地、生态畜禽养殖基地、高山蔬菜种植基地和园林花卉产业基地。此外，还建设了旅游商品购物中心和乡村旅游"后备箱"基地，挖掘了乡村民俗体验和农家乐等新型旅游业态，全面展示了旅游扶贫和景区带动乡村发展的新动力。

十堰太和梅花谷水利风景区的名字源于一个富有诗意的美丽传说。

在遥远的古代，一对勇敢的年轻男女，为了追寻真爱，不惧世俗的枷锁，毅然决然地私奔至太和梅花山的僻静草庐，开始了他们与世隔绝的隐居生活。但是，随着时间的流逝，妻子怀孕长达十一个月，宝宝却始终未有出生的迹象，这让夫妻俩焦急万分。

就在一个宁静的夜晚，妻子做了一个奇特的梦。在梦中，紫元真君降临，为她揭示了未来的道路。真君面带微笑地告诉她："瞧，草庐前的那棵梅花树下，埋藏着一块神奇的石头。石头下，藏着一道神秘的符咒。你只需寻得它，并依照符咒的指示行动，定能顺利迎接宝宝的到来。"

妻子意犹未尽，还想与紫元真君继续交谈，但他已乘风而去，消失在远方。清晨，她醒来后，急切地向夫君叙述了前一晚的奇异经历。夫妻俩兴奋地赶往梅花树下，果不其然，在石头下发现了一道符咒，上面刻着："请摘下梅树上最大、最妖艳的梅花，再和梅花岭顶峰积聚的无根水一同饮下。"

终于，岁寒三友之一梅花盛开的季节来临，妻子遵循指示，饮下了那神奇的梅花圣泉。不久之后，她顺利生下了一个可爱的女儿，孩子清秀伶俐，宛如下凡的仙子。更令人惊奇的是，她的眉间天生有一颗梅花形状的痣，仿佛是大自然赋予的独特印记。父母满心欢喜，给她取了一个美丽的名字——梅仙子。

山谷飞瀑

自那以后,夫妻二人在山谷中广植梅树,每到寒冬腊月,漫山遍野的梅花竞相绽放,香气四溢,飘香百里。梅仙子天赋异禀,文韬武略无所不精,仿佛无师自通。十六岁那年,她怀揣对江湖的向往,独自云游四方,最终来到昆仑山,拜紫元真君为师,学习了精妙的七星梅花剑术。

　　学成后,梅仙子回到了梅花谷,与父母共享世外桃源般的隐逸生活。她常常抚琴读书,弈棋赋诗,研习七星梅花剑术,享受那份宁静与和谐。

　　在百岁之际,梅翁梅娘在深谷中打坐修炼,竟在观音大士的神奇点化下,化身为一对紧紧相拥的石头,历经千年风霜雨雪,依旧不离不弃。如今,在美丽的梅花谷中,那对石头便是梅翁梅娘永恒的化身,诉说着他们坚贞不渝的爱情。

红梅花开

　　梅仙子在太和梅花谷中潜心修炼,而远在十堰境内的武当山榔梅祠,也有三位君子在乱世红尘中寻得一片净土。他们是飘逸如兰的君子、坚韧如竹的君子和清雅如菊的君子。梅仙子特地修书一封,邀请他们前来梅花谷一聚。而那兰、竹、菊三位君子,早已听闻堵河太和村有一处山谷名为黄金湾,那里的梅花如雪般洁白,香气四溢,飘散数里之外。更令他们心动的是,梅仙子不仅天资聪慧,貌美如花,更有着侠骨柔肠的性情,名扬四海。

　　三位君子抵达了风景如画的黄金湾,却意外地发现梅仙洞府的大门紧闭,仿佛在默默诉说着一段尘封的往事。昔日,梅仙子在此潜心修炼,那时,一位村民因家境贫困,正为儿子的婚事忧心忡忡,连宴席的餐具都难以凑齐。他怀着焦虑的心情来到梅仙洞府前，泪眼婆娑地倾诉自己的困境。就在那个夜晚，梅仙子托梦于他，慷慨地表示："我将借给你金盘银碗，明晨来此取用，用毕务必归还。"到了第二天，这位村民竟然真的找到了那些珍贵的餐具，使得儿子的婚礼得以隆重举行。随后，其他村民得知此事，纷纷前来请求借用金盘银碗。然而，不幸的是，有一天，一位借走餐具的村民未能遵守承诺归还。自那以后，梅仙洞府的大门便永远紧闭，不再借出任何物品。这个故事流传至今，不仅告诫世人要守信用，更提醒人们要成为正直的君子。

三位君子抵达门前，报出自己的名字后，梅仙子缓缓开启了洞府的大门。他们四人一见如故，立即跪拜，结为盟友。从此，他们共同研读诗书，弹奏琴曲，对弈棋局，舞剑吹笙，还在山谷中增植了梅兰竹菊，赏花吟诗。后人因此将这个地方称为君子谷。

无论是梅花谷还是君子谷，它们的名声都源于一条名为太和的小溪。太河是一条清澈的溪流，落叶飘入水中，激起层层涟漪。这条溪流曾是古盐道，也是庐陵王李显被贬至房陵时的通道。千年之后，它被开发成了一处赏梅的胜地。中华腊梅园内数万株野生蜡梅，被精心栽种在溪谷的空地上，这些野生梅树全部从山上移植而来，且每株树龄均超过百年，构成了华中地区占地面积最大、最集中的野生腊梅树群。

走过太河上的木质吊桥，前方一架古代水车正缓缓转动，从溪流中汲取的清冽溪水在山野间循环，更增添了一份古老的神韵。"北山草堂"就坐落在青山绿水之间，向世人传递着数百年的文化。

据传，这座清末文人刘北山创建的民间书院，教育了一代又一代的乡邻，孕育出一位又一位杰出人才。它教化了山民，使当地书香流传，生生不息。万世山水与百年文化在此相遇，释放出浓浓的草堂文化气息。

在峡谷的幽深之处，地貌呈现出一种奇异而险峻的美，峭壁和飞岩高达千尺，其形态耸立而突兀，构成了一幅蔚为壮观的景象。泉水奔腾而下，汇聚成潭，潭水清澈而秀丽，景色独特。据传，古代的梅仙子曾在此潭边净手洗面，她的绝美容貌使得鱼儿惊惧而沉入潭底，因此，这个潭被命名为"沉鱼潭"。

太和梅花谷不仅拥有独一无二的山水景观，还蕴含着丰富的道教文化内涵。天明观、太和观和财神庙等道教建筑群矗立于山间，见证了这里悠久的历史和文化传承。

天明观的历史可追溯至数百年前的明朝永乐年间。那时，道教的信众们聚集在太和村，共同兴建了天明观。随后，随着历史的发展，到了清朝时期，为了避开对"明"字的忌讳，该观更名为真武殿。然而，在近代的修复过程中，人们又将观名恢复为天明观，以保留其历史记忆。

在清嘉庆年间，这里曾发生了一场大规模的民变。朝廷派遣兵部侍郎谭为前来镇压。然而，谭为在抵达后，深入探究民意，体察民情，最终决定将镇压改为安抚，并制定了乡规民约，刻碑以作纪念。至今，这两块

乡间民舍

碑文仍然保存在原地,成为历史的见证。

在民变被平息之后,风水师观察到天明观山下的河流向西流动,这被视为不祥之兆,象征着逆流而上。因此,他们决定截断山脉,并建造了太和观。这一举措旨在祈求国家的安宁,并与天明观形成相互支持的格局。

谭公在镇压民变之后,向朝廷上奏请求继续留任地方官职。在任职期间,他致力于减轻百姓的税负,关心民众的疾苦,并为太和地区的发展做出了突出贡献。他去世后,按照他的遗愿,民众将他简朴地安葬在太和仙山对面的山顶。由于谭公在嘉庆年间科举考试中荣获探花,他安息的地方因此被称为探花坟。

经过数年的建设,太和梅花谷已经完成了景点的打造,驿外春光片区精心规划了报春园、梅林别苑和梅花湖三大景点。

报春园以红梅为特色,园内种植了来自武汉梅园的多种红梅,总数近两千株。每年3月,梅花盛开,形成一片壮观的花海,花期持续大约二十天,为游客提供了一场视觉上的盛宴。

梅林别苑,这座景区初创时的简易四合院,见证了太和梅花谷旅游区从荒凉到繁荣的转变。如今,它已华丽升级,成为一处洋溢着休闲气息的民宿,为游客提供舒适的休憩之地。

梅花湖,作为景区内部的拦砂坝,不仅有效地防止了沙土流失,在此地还开展了一系列丰富多彩的水上娱乐活动,为游客带来了独特的娱乐体验。这三大景点各具特色,共同构成了驿外春光片区独特的风景线。

梅仙谷片区中,望友桥、练剑台、幽谷卧楠以及三友亭等众多景点被巧妙地布局。望友桥承载了梅仙子对与兰竹菊结义的深切期盼,桥身横跨深谷,承载着千古流传的佳话传说;练剑台是梅仙修炼剑法的场所,坐落在花谷深涧的幽峡之中,石台平整如坪,被古树老藤所环抱,壁立的巨石更增添了几分神秘感；幽谷卧楠，一株巨大的楠木横卧于涧峡之间，尽管倾斜却未倒下，其枝干繁茂，葱郁的绿意成为峡谷中的一道绝美风景，吸引着游客驻足欣赏，让其赞叹不已；三友亭则是梅仙子与友人欢聚的场所，抚琴、弈棋、品茗、吹笙，展现了古人高雅的生活情趣。

太和梅花谷在完善了旅游基础设施建设之后，成功吸引了来自十堰及周边地区，乃至西安、武汉、北京的游客。这个集户外运动、观光旅游、休闲养生和度假康养于一体的乡村乐园已初具规模。

景区内的新河，全长8.5公里，是一条景观河。通过建设8座生态涵管桥、6座拦砂坝和8公里的生态河堤，有效地保护了景区内的河道。此外，还完成了5公里的防汛通道建设，确保游客在突发恶劣天气时能够安全撤离景区。景区内还建成了总容量为30000立方米的拦水坝，有效调节了河流水流量，保障了景区河道的景观价值。为了进一步保护河道，景区周边补植了超过3000株各类树木和10000多平方米的林草，显著降低了河道周边林地遭受洪水侵蚀的风险。

"特访梅花信，漫行春谷中。"这是明人的梅花诗。"诗意盎然、梅香四溢"，若您身处上庸古国的这片土地，沿着堵河溯流而上，您将目睹水色碧绿如天空，青山连绵起伏似龙脉的景色。您对这里的感受定会比诗人更为深刻。

太和梅花谷不仅拥有如画的风景，其地方美食如酸辣子炒土鸡、酸豇豆回锅肉、干烧堵河野鱼，以及农家的臭豆腐乳和土酱豆，都是中国美食文化中让人难以忘怀的佳肴。

来到太和梅花谷，体验大自然的绝美风光，品尝这些美味佳肴，您定会被深深吸引。这浓郁的烟火气息与清新的自然之美，无疑是旅途中最好的馈赠。

悠悠长渠伴水镜

襄阳市三道河水镜湖水利风景区

三道河水镜湖水利风景区，位于湖北省襄阳市南漳县城西2公里处，主要由三道河水库及白起渠（长渠）构成。景区以三道河水库为核心，因其毗邻司马徽隐居地——水镜庄，故被誉称为"水镜湖"。"三岛四峡一瀑"为景区名胜，山水人文皆佳。白起渠为灌区重要组成部分，始建于公元前279年左右，是中国最古老灌溉工程之一，有"华夏第一渠"之称。景区地处荆楚文明发源地，与"和氏璧""司马水镜荐诸葛"等历史故事有关，文化底蕴深厚。

2005年，三道河水镜湖水利风景区被水利部批准为国家水利风景区。

在辽阔的江汉平原上,水镜湖宁静地躺在大地的怀抱中,其透明而纯净的身躯悠然地伸展,用清澈的双眼凝视着蔚蓝的天空。天空浩瀚无垠,洁白的云朵宛如柔软的诗句,在天空中抒发着情感。那自由的气息弥漫开来,轻柔地拂过水镜湖的心田。水镜湖沉醉地接纳那一片片云影,用轻柔的波纹轻抚着蜿蜒曲折的湖岸。湖岸线悠长地延伸至远方,宛如画家轻盈勾勒的一抹褐色,飘向天际的尽头。

凝望着眼前的水镜湖,只见它水天一色,波光粼粼,宛如梦境般缥缈,又似画卷般芬芳。它似乎蕴含着穿越时空的美感,以及一种超凡脱俗的清幽之美。水镜湖,仿佛是天空的镜像,是大地孕育的水之女儿。若你靠近她,定会被她的美丽深深吸引。

水镜湖之恋

水镜湖,这座由人类建造的水库,亦称三道河水库,得名于其核心区内司马徽的隐居地——水镜庄。它坐落于南漳城西2公里处,湖面宛如

水镜庄

一面巨大的明镜，镶嵌在荆山峡谷之中。湖水烟波浩渺，清澈洁净，四周群山环抱，树木葱郁，阳光下，树木的影子摇曳生辉，生机勃勃。

水镜湖并不单调，它拥有三座美丽的岛屿。泛舟湖上，首先映入眼帘的便是湖中的三岛。

湖面东部，有一座圆形小岛，面积达2.6万平方米。岛上地势平坦，周围湖汊形似花瓣，从空中俯瞰，宛如一朵梅花漂浮在水面上，栩栩如生。岛上有果园，每当花开时节，桃红柳绿，繁花似锦，蜂蝶飞舞，美不胜收。游客漫步岛上，仿佛置身于画中，赏心悦目，流连忘返。到了秋天，岛上硕果累累，松林成为鸟类的天堂，珍稀鸟类如蜂鸟、红嘴相思鸟常与游客不期而遇，给游客带来意外的喜悦。岛边的两个池塘，蒲草丛生，其穗如烛，插入水中，别有一番情趣。松林中乔木枫树和木子树杂生，灌木黄栌点缀其间，红绿相映，秋色宜人。在这里极目远眺，水中有山，山中有水，景中有景，景外有景，令人陶醉。

继续驾舟前行，便来到湖南岸，只见水中一岛突兀，形似春笋，高出湖面十多米，四周陡峭，难以攀登。岛上虽少平地，但灌木丛生，野花藤蔓遍布，几棵苍松翠柏点缀其间，亭亭玉立，使小岛显得格外俊秀。

乘船向西北方向行进7.5公里，在三道河之一的白洛河入湖处，有一长方形小岛，岛的两端翘起，稍窄，中部扁平宽敞，形似一叶扁舟，静泊于碧绿的湖水之中。

湖的左右两岸分布着数十个天然半岛，它们形态各异，各具特色。有的山峰相对而立，仿佛海狮在天空中咆哮；有的长岗横卧水面，宛如蛟龙潜入水底；有的则像顽皮的猴子，在湖中捞取月亮……

水镜湖的四峡同样独具魅力。乘坐小舟穿越湖心四峡，必须向西北方向航行。四峡将水库北部切割成几个小湖。峡口两侧，峭壁紧闭。当船只在小湖中穿行，驶入山峡后，似乎前方无路、出口难觅。山回水转之后，又是一片湖泊。小湖两岸，空旷的山间回荡着鸟鸣，草地上莺歌燕舞。离开第四湖，湖面突然变得开阔，此时距离大坝已有十余公里。湖面宽广，面积达到三平方公里。湖的西岸有六七顷农田，田间小路纵横交错。田埂上油桐和桑树排列成行，桃树、李树、杏树点缀其间，每逢花季，到处是繁花似锦。几处古老的农舍散布在田野之中，这番景象让游客不禁惊叹"人间仙境""世外桃源"。

湖的北岸，一座宏伟的石拱桥——庄庙大桥横跨在两座山崖之间，将湖光山色、大桥和农舍巧妙地融为一体，宛如一幅美丽的山水画，展现在人们眼前。

水镜湖畔还有许多著名的景观，如"黄龙洞水帘"、"大桥观瀑"和"高楼远眺"等。

"黄龙洞水帘"位于水库西北角，距离大坝20公里处。那里有一座猴儿岭山，山腰有一个巨大的泉眼，泉下有洞，洞深不可测，洞内钟乳石形态各异，琳琅满目。特别是在春秋汛期，泉水汹涌如潮，从石缝中喷涌而出，落在溶洞顶的巨石上，形成飞瀑。瀑布铺天盖地，气势磅礴。而在枯水季节，泉水化作细流，滴落在石头上，银花四溅，如同断线的珍珠洒入湖中，在阳光的照射下，五彩缤纷，令人目不暇接，心旷神怡。

水镜湖中特别引人注目的景观是"大桥观瀑"。这是雄伟的三道河水镜湖溢洪道的杰作。溢洪道位于珍珠泉西北的石灰岩山顶上，高40米，宽72米，设有6扇弧形闸门。夏季泄洪时，只见洪水倾斜而下，宛如一条巨龙从天而降，在峡谷中奔腾咆哮，声震山谷。瀑布跌落时，浪花飞溅，在阳光照射下晶莹闪烁，仿佛银河倒挂，真有"疑是银河落九天"的壮阔。站在珍珠泉大桥上观赏瀑布，气势磅礴，雄伟壮观。

得益于三道河水利人多年的精心经营，需要绿化的区域已经绿化，需要美化的已经美化，需要治理的已经全面治理。无论是查漏补缺，还

轻舟唱晚

是锦上添花，景区内外处处是景，"明月松间照，清泉石上流""水清鱼读月，山静鸟谈天"的美景随处可见。

　　三道河水镜湖风景区不仅以自然景观著称，更以丰富的人文景观而闻名。在风景区西北部20公里处，矗立着一座海拔超过1400米的山峰，历史上名为睢山，因"睢"与"主"音近而得名主山，它是南条荆山的主峰之一。荆山是楚国的发源地，正如《左传·昭公十二年》所载："昔我先王熊绎，辟在荆山，筚路蓝缕"。楚国八百年的历史中，早期的三百年在这里拓展疆土，留下了众多古遗址，如主山寨等，仅湖区就有20多座，其中最大的遗址面积达到五百万平方米，它们是用石头铸就的历史史诗。楚国早期都城遗址——熊绎丹阳遗址，就位于库区内，这里还曾建有祭祀楚庄王的庄王庙，庙宇金碧辉煌，两进建筑气势磅礴，至今遗址尚存。

　　此外，风景区内还流传着民间音乐《沮漳巫音》和民间舞蹈《端公舞》，它们被誉为"楚文化的活化石"，分别被国务院和湖北省人民政府列入非物质文化遗产名录。

在风景区的核心区内，分布着多处规模宏大的古建筑群，其中包括两处世人景仰的三国名人纪念地——水镜庄和徐庶庙，它们是湖北省人民政府公布的文物保护单位。

"山怀和氏璧，水抱荐贤庄。"水镜庄位于有着1400多年历史的南漳古城西南角，紧邻河岸，距离水镜湖仅一公里。这里古色古香，杨柳依依，占地面积近一平方公里。它是纪念水镜荐贤的地点，现存有水镜祠、荐贤堂、草庐、古碑亭等建筑。水镜祠建于白马洞内，下有门楼，门楼横额两侧壁柱上刻有嵌字联："彝水环绕，明镜高悬。"洞中的水镜祠为两层阁楼，飞檐凌空，曾设有司马徽塑像，供人瞻仰凭吊。穿过水镜祠进入石洞前厅，可见"洞天福地"四字壁刻，字迹苍劲有力。相传水镜先生在东汉末年应荆州牧刘表之邀，担任荆州大学堂教授，讲授古文经学，培养了诸葛亮、庞统等杰出学生。后因政见不合，辞职隐居于此，在洞内会客、收徒讲学，传授知识。特别是他向刘备推荐贤才的故事，卧龙凤雏得其一，必安天下，成为历史上识才荐贤的佳话。这一故事随着《三国演义》的流传而家喻户晓。水镜庄东侧500米处，矗立着精巧的文笔峰塔，它呈六角形六层六檐，层高四米，飞檐翘角，下悬风铃，青石奠基，青砖砌墙，配有青石浮雕，雄伟壮观。文笔峰塔建于清道光年间，现存建筑为1988年重建。

在距水镜湖风景区大坝两公里的南漳古城中心地带，有一座飞檐翘角、青砖黛瓦的清朝古建筑，那就是徐庶庙，另一处三国名人纪念地。徐庶原籍北方，出身富豪家庭，因行侠仗义，为朋友劫狱而被朝廷通缉，遂逃离家乡，来到南漳求学、练武。他大器晚成，到新野自荐，成为刘备的高参，协助刘备转败为胜，指挥关张赵三虎将先后战新野、斩曹将，巧破八门金锁阵。后又出奇制胜，巧取樊城，大败曹仁，使曹操震惊。后得知徐庶至孝，其母在堂，便派人将其母胁迫至许昌，伪造其母书信，诱骗徐庶入曹营。徐庶与刘备挥泪辞别，并"走马荐诸葛"。徐庶在曹营官至中郎将、御史中丞，但他"身在曹营心在汉"，终身不设一谋。为了纪念这位名人，明朝前这里已有祠祀，现存建筑为清朝风格，清嘉庆元年（1796年）清军翼长富廉重建徐庶庙，嘉庆十七年（1812年），南漳守备任海立"汉徐庶故里碑"。

正是因为隐居于南漳的两位高士——徐庶和水镜先生的极力推荐，刘备才三次拜访茅庐，成功请出诸葛亮，从而奠定了三分天下、三国鼎立的宏伟基业。他们的故事不仅加深了风景区的文化底蕴，也使得三道河水镜湖风景区更添传奇色彩和文化吸引力，同时确立了南漳这座千年古城作为"三国故事源头"的重要地位。

在三道河水镜湖水利风景区泄洪闸的右侧山林中，有一座三层楼房，它依山傍水，被繁花似锦的景色所环绕。这里游人络绎不绝，车流如织。走近一探究竟，便会发现这是近年来新建的长渠（白起渠）展览馆。众多大中小学的学生前往这里进行研学旅行。这座展览馆是水镜湖水利风景区在2017年被评为"湖北省水情教育基地"后，特别是2018年白起渠被列入世界灌溉工程遗产名录以来，为了满足众多学子和水文化爱好者的需求而斥资兴建的。整个展览馆占地两千平方米，展室建筑面积超过一千平方米，共分为三层。

一层展厅的主题为"悠悠古渠"，主要讲述了长渠（白起渠）从兴建到新中国成立前的两千多年的发展

长渠（白起渠）展览馆

历史。二层展厅的主题为"传世遗产",主要展示了新中国成立后70余年长渠(白起渠)的复兴、管理、效益及经验。第三层展厅的主题是"万物之源",主要介绍襄阳、湖北、中国乃至世界的水情知识。该馆利用语音、文字、图片、模型和实物,结合现代声光电技术,全面展示了长渠(白起渠)文化和水情文化的博大精深。该馆的建立不仅填补了湖北省县市级水情馆的空白,让慕名而来的参观者满载而归,文化自信倍增,而且为风景区增添了新的人文景观,进一步丰富了其文化内涵。

水镜湖是大地的眼睛,是无数水音符的汇聚,是人类文明的摇篮,是水的旋律之歌。在这里,观山悟水,思考人生,感悟天地之道,领悟人生的大智慧,无疑是最佳的心灵与身体完美融合的修行之旅。

当清澈的水面和雄伟的山峦都融入你的灵魂与骨髓时,你便站在了人生的巅峰。此时,你即是山水,山水亦是你。

千年长渠情

"武安南伐勒秦兵,疏凿功将夏禹并。谁谓长渠千载后,水流犹入故宜城。"这是唐朝诗人胡曾写的《吟长渠》。

长渠枢纽工程雄伟壮观。夏风温热,透亮的阳光照着大地,清澈的水流从渠道中缓缓流出,水儿唱着欢快的歌,急于奔赴远方的田野。

长渠的枢纽工程渠首位于湖北省襄阳市南漳县武安镇谢家台村。这里是楚国古夷屯所在地,随着清华简的问世,吸引了众多楚史专家的目光。它不仅有楚国最早的都城记载,有拦截古夷水的武安堰遗址,和旧貌换新颜的长渠枢纽工程,还建有襄阳市长渠(白起渠)水情教育基地,其中有精美形象的图片文字、饱经沧桑的碑刻文物,它们都在向人们诉说着悠悠长渠的前世今生和一支支传奇故事。

长渠又名白起渠,始建于公元前279年。秦将白起伐楚时,久攻不下,于是在鄢城(今属湖北宜城)西山的夷水(今蛮河)上游,拦河筑坝,利用楚国已有的水利工程木渠等,水淹楚国鄢城。战事结束后,鄢城划入秦国,秦以鄢为县。秦昭王以白起筑堰之旁的"武安镇"之名,封白起为"武安君"(能抚养军士,战必克,得百姓安集,故号武安),所筑之堰命名"武安灵溪堰"(一说先封武安君,后有武安镇)。

此后,沿线百姓为发展农业生产,将这一水攻战渠改造成引水灌田之渠。后来经过历朝历代的修治改造,渠道与附近一系列陂塘被串连起来,灌溉面积扩大,形成了早期的"长藤结瓜"式的蓄水引水灌溉工程。所灌之处,皆成"膏良肥美"之地。百姓从中获益,故将白起所筑之渠称为"白起渠"。其创建时间,比四川都江堰早23年,比关中地区的郑国渠早33年,迄今已有逾2300年,是中国现存历史最悠久的水利工程之一。

长渠西起湖北省南漳县谢家台村,东至宜城市郑集镇赤湖村,蜿蜒近50公里,号称"百里长渠",至今仍灌溉着南、宜两地30多万亩良田。长渠在2018年8月14日召开的国际灌排委员会第69届国际执行理事会

长渠安乐堰段

上,成功申报入选了"世界灌溉工程遗产"名录。此举不仅填补了襄阳市世界灌溉遗产的空白,而且填补了湖北省世界灌溉工程遗产的空白,同时也使长渠成为一张向国内外展示"文化襄阳"乃至"灵秀湖北"的亮丽名片。

回味长渠风云变幻的历史故事,感慨它曾在历史的烟云中发挥着不可磨灭的作用,又发自内心地被人类在漫长的岁月中为了生存和发展所生发的智慧所惊叹。

游人行至渠首文化园,会看见一座雄伟的白起汉白玉雕像站立在眼前。天空碧蓝如洗,白起将军神情庄重,他那高大的身躯屹立于蓝天之下,坚毅而执着,一副凛然之貌。

白起与王翦(秦国)、廉颇(赵国)、李牧(赵国)并称为战国四大名将。白起在秦昭王时征战六国,为秦国统一六国作出了巨大的贡献。其中就包含鄢郢之战,公元前279年,秦昭王采纳司马错(司马迁八世祖)"得蜀则得楚,楚亡则天下并矣"的战略主张,派白起率军伐楚,白起于公元278年攻下楚国首都郢都,火烧夷陵,迫使楚国迁都至陈郢,楚国从此江河日下。屈原听此噩耗,觉得报国无望,以死明志,自投汨罗江,如今端午节吃粽子的习俗便是为了纪念屈原。

白起雕像

从白起雕像西行50米进入到白起文化园亲水平台,它的下方就是渠首进水闸了。站在此处,俯瞰长渠渠首,只见蛮河水滚滚而来,在此处被一条拦水长坝从中截断,它使滔滔蛮河水在此汇集,闲时从此处流走,灌溉期间合上闸门,水流由此流入长渠,这就是白起渠的渠首工程——

拦河坝。

此工程运用了古代先进的筑坝技术。这一不朽的水利工程,运用了"竹笼工程",就是以小竹笼包石,以土填补缝隙而垒成拦河坝。通过这个方法秦将白起运用楚国原有渠网工程,修建了以水代兵、水淹楚国鄢城(为今宜城市郑集镇楚皇城遗址)的战渠。

民国28年(公元1939年),爱国将领张自忠将军驻防宜城县,电请当时的湖北省政府复修长渠。民国31年(公元1942年),长渠复修工程破土动工。为了纪念张自忠,长渠曾更名为荩忱渠(张将军字"荩忱")。施工跨时5年,终因时局动荡未能修成。

亲水平台的对面就是张将军当时兴修长渠时留下来的原坝址。穿闸室而过,便到了"长藤结瓜"的瓜根部位。与一般沟渠不同的是,长渠流经之处,沿线还串起了大量的水库和陂塘。如果说长渠是一条藤,这里就是瓜根,沿渠与之串通的水库、陂塘,就是一个个"瓜"。这些"瓜"包括15座中小型水库,2671口陂塘。长"藤"结"瓜"的灵感也来自楚人的经验。

自1953年灌区修复以来,长渠累计向灌区提供农业和工业用水140余亿立方米。随着政府不断对其进行改造和整治,灌区范围也逐步扩大至包括南漳县城关、武安镇和宜城小河、鄢城、雷河、郑集6个乡镇以及襄阳市清河农场、南漳县林场、宜城市农科所、宜城市原种场4个农林牧场,面积共计30.3万亩。主灌区宜城市是襄阳市粮棉油的重要生产基地,被称为农业"小胖子"县市,是全国第一批"吨粮田"县、优质粮工程县(市),为襄阳市成为长江流域第一个粮食总产过百亿斤的粮食大市作出了突出贡献。

在白起碑阁亭处,有许多展示与长渠修造历史沿革相关的文物,有碑刻祭祀老物件,以及汉唐以来吟诵长渠的诗词歌赋经典作品。文物中尤以元大德年间的《重修武安灵溪二堰记》碑与清朝道光年间的"涨水碑"最为珍贵。前者记载了长渠至元朝的几次大修经过；后者详细记载了长渠灌区在道光六年（公元1826年）的一次洪水中6天内的涨水情况。此碑是江汉平原目前发现的唯一涨水碑，与长江涪陵江心的消水碑有异曲同工之妙。

这里还展示了唐宋八大家中的欧阳修和曾巩专为长渠撰写的诗文，还有张自忠将军电请时任省政府主席严立三复修长渠的电文原件，以及新中国成立后湖北首任省委书记李先念发给国家时任水利部长傅作义的电文稿。这些诗文和珍贵文物再现了长渠这一不朽水利工程沧桑之变和传奇经历。

在这里可以了解到，唐、宋、元时期，朝廷有识之士高度重视白起渠灌溉效益，曾组织民众对长渠进行过五次大修、七次局部修治，有力地促进了当时的粮食生产、改善了农民生计，促进了沿线农村的繁荣发展。

第一次大修是唐大历四年（公元769年）己酉，节度使梁崇义初修白起渠。元朝何文渊《重修武安灵溪二堰记》载："唐大历四年己酉，节度使梁崇义尚修之，乃建祠宇"。唐安史之乱后，藩镇割据之时，山南东道节度使梁崇义驻防襄阳，为发展农业生产，筹措军饷，复修白起渠，并在渠旁的武安镇修建纪念性建筑——白马庙。白马庙前，供奉白起塑像。复修后，诗人胡曾赋诗："武安南伐勒秦兵，疏凿功将夏禹并，谁谓长渠千载后，水流犹入故宜城。"

第二次大修是在北宋咸平二年（公元999年），由京西转运使耿望主持。《宋会要辑稿·食货》载：是年五月，"京西转运使耿望言'襄州襄阳县有淳河，旧作堤，截水入官渠，溉民田三千顷。宜城县有蛮河，溉田七百顷，又有屯田三百余顷。请以农隙调夫五百筑堤堰，仍于荆湖市牛七百头'，从之。"此次耿望主持修治白起渠，《宋史》进一步记载："雍熙二年(公元985年),……襄阳县淳河,旧作堤截水入官渠,溉民田三千顷。宜城县蛮河,溉田七百顷,又有屯田三百余顷。知襄州耿望请于旧地,兼括荒田,置营田上、中、下三务,调夫五百筑堤堰,仍集邻州兵每务二百人,荆湖市牛七百分给之。是岁,种稻三百余顷"。

第三次大修是在宋朝经济文化发展的高峰时期,北宋至和二年(公元1055年)。《元丰类稿》载:"长渠至宋至和二年,久隳不治,而田数苦旱联,饮者无所取,令孙永曼叔率民田渠下者,理渠之坏塞,而去其浅隘,遂完故揭,使还渠中。自二月丙午始作,至三月癸未而毕,田之受渠水者,皆复其旧。曼叔又与民为约束,时其蓄泄而止其侵争,民皆以宜也……郦道元以谓'溉田三千余顷',至今千有余年,而曼叔又举众力而复之,使并渠之民,足食而甘饮,其余粟散于四方。"此次孙永主持修治白起渠,比咸平年间耿望主持修治要认真完善,他不仅修堤堰,且清理了渠中的淤塞物,疏竣了整个长渠,使长渠恢复到三千顷的灌溉效益。尤其是孙永主持修治之后,还制定了一套蓄水、放水以及用水管理制度,受到百姓拥护。宋神宗熙宁六年(公元1073年),王安石变法,曾巩任襄州州官,巡视长、木灌区之后,为孙永主持修白起渠一事补写了《襄州宜城县长渠记》。

第四次大修是"靖康之乱"之后。北宋绍兴三年(公元1133年),伪齐刘豫勾结金军占据襄阳、随州等六州,长、木灌区受到严重破坏,二渠同时湮废。岳飞收复六州后,襄阳成为国防重镇,为筹集军饷,参知政事督视湖北京西路军马汪澈奏请朝廷准予修治白起渠。《宋史·汪澈传》记有"孝宗即位,锐意恢复……澈以参豫督军荆襄……襄汉沃壤,荆棘弥望,澈请因古长渠筑堰,募闲民,汰冗卒杂耕,为度三十八屯,给种与牛,授庐舍,岁可登谷七十余万斛"。《宋会要辑稿》载:"(绍兴)三十二年(公元1162年)十一月二十九日,参知政事督视湖北京西路军马汪澈言,

悠悠长渠伴水镜

相视襄阳有二渠,一曰长渠,一曰木渠,此皆古来水利播殖去处。大约长渠溉田七千顷,木渠溉田三千顷。其间陂池灌浸,脉络交通,土皆膏腴。自兵火后悉已湮废。当差委湖北运判吕擢、京西运判姚岳亲至其地计度。今且先治长渠,凡筑堰开渠可用二万工,合要牛具种粮等,就委两路运司措置,不令丝毫扰民。长渠终成,或募民之在边者,或取军中之老弱者杂耕其中,来秋谷熟,量度收租以充军储,既省馈运,又可安集流亡。"

《宋史》载:"绍兴三十二年(公元1162年),督视湖北京西军马汪澈言,'荆、湖两军屯守襄汉,粮饷浩瀚。襄阳古有二渠,长渠溉田七千顷,木渠溉田三千顷,兵后湮废。今先筑堰开渠,募边民或兵之老弱耕之。其耕牛、耒耜、种粮,令湖北京西转运司措置,即省馈运,又可安集流亡'"。隆兴元年(公元1163年),汪澈即派人复修长渠。汪澈此次主持修复长渠,是为进行军事屯田,解决屯守襄汉的荆、湖两军的浩瀚军饷,以减轻从外地长途馈运军粮的重大负担。

三道河水库与南漳县城

经过宋代的几次大修,长渠灌溉之利长达百年。至1267年,蒙古名将阿术攻掠襄阳以南地方,俘人口五万,长渠(包括木渠)灌区又受到破坏。

元朝时,长渠于至元十年(公元1273年)、大德六年(公元1302年),因大水冲决,又补修过两次。元朝对白起渠的大修(长渠第五次大修),时在元大德六年(公元1302年)。1267年,元世祖忽必烈派阿术攻襄阳,元军围攻襄阳五年,又在宜城境内击溃南宋援军。这段时间长渠(包括木渠)虽受兵燹破坏,灌溉之利尚未完全丧失。后来,屯田官刘汉英等呈报了长、木二渠的情况。元朝廷把灌区划属大护国寺的固定产业,租课作为大护国寺的经费。再后来,李英奉旨用国库款项招募民工重修武安、灵溪二堰,二渠亦开工治理,不数月大功告成。元何文渊《重修武安灵溪二堰记》对此次长渠(包括木渠)的修治记载较详:"……我朝至元十年癸酉平襄汉,又六年(戊寅),屯田官刘汉英及其属丁思明、刘兴、黄汉臣等建议,图而上之/,东抵汉江,北亦如之,南际安陆、荆门界,西划南漳白罗清溪也。有命作恒业于大护国仁王寺,以为隆福宫焚修之资,官以提领岁课所入之租。大德三年己亥,改营提举司。逮六年(壬寅),中政院同佥李英奉旨出内府金,募民修筑……心计手授,略无宁暇,是以不数月而告成,若神明有以阴相之者。所谓播云渠雨之谣,亦无愧德于郑国也……"此次大修后,二渠灌溉之利又延续多年。

长渠渠首所在地武安,明朝中期后,逐渐繁荣,成为重要的物资集散地,这里的粮棉油等,需要从水路运往汉口,为了利用蛮河航运赚钱,富商们买通官府,阻挠长渠的维修。他们以河水入渠会导致河水流量锐减,航运受阻,武镇商业受损,山水陡发,坝渠溃决,淹没武镇与谢家台等为由,频频阻挠修渠,白起渠的复修因地域间的利益冲突终未能实现。

直到新中国成立后,长渠才赢得了新生。

长渠曾继承发展了楚国的蓄、引、提水技术，开创发明了"陂渠串联"（即"长藤结瓜"）和"分时轮灌"的先进科学技术。

渠首附近有安乐堰。安乐堰据古书记载，是长渠最古老的结瓜工程。千万别小看了这些"瓜"的作用，在非灌溉季节，拦河坝使河水入渠，渠水入库、塘；农田需水时，库塘水入渠，确保随时输水灌溉。做到常流水、地表水全面运用，常年蓄水，不让水源白白流走浪费，扩大了水源，有效节约了水资源。这样一来，工程整体实现了以多补少、互通有无，大大增加了长渠的辐射范围。

今天的南漳、宜城人仍在沿用这一技术。长渠重修后，更让人叫绝的是，源自古时的"分时轮灌"技术得到了继承和发展。游人沿着长渠古堤一路前行，途经宜城县的高康紫薇园和宜城城区的鲤鱼湖，可欣赏到"绿满长渠"的美丽景象。

如今，这里春天繁花似锦，夏季荷叶田田，秋季桂果飘香，而到了冬天，依旧绿草茵茵。高康紫薇园里树木密集，紫薇花盛开季节，烂漫如画，令人如痴如醉。鲤鱼湖水色迷人，欢快的鱼群在其中畅游不息。鸟儿们云集在鲤鱼湖边，欢腾不已，时而戏水，时而飞翔，仿佛一群自由的精灵。这一派生机勃勃的景象吸引着全国各地的游人慕名而来，使这里成为研学旅行、科考观光和休闲度假的绝佳胜地。

远去了金戈铁马，黯淡了鼓角争鸣，当年的水攻鄢城已经成为历史，昔日古战场的废墟如今已变成阡陌纵横的良田村庄。田野上，金色的麦浪涌动不息，麦香浸润心扉，使人嗅到自然的芬芳，草木们蓬勃旺盛地生长，一处处村庄安安静静坐落在金色的田野中。这丰茂美好的画面，正是长渠千古功勋的最好见证。

中国水利风景区故事
长江篇·精选卷

ZHONG GUO SHUI LI FENG JING QU GU SHI
CHANG JIANG PIAN · JING XUAN JUAN

大江传奇

下册

水利部综合事业局　长江水利委员会　河海大学　◎编

河海大学出版社
HOHAI UNIVERSITY PRESS
·南京·

图书在版编目（CIP）数据

大江传奇：中国水利风景区故事. 长江篇. 精选卷 / 水利部综合事业局，水利部长江水利委员会，河海大学编. 南京：河海大学出版社，2024. 12. -- ISBN 978-7 -5630-9564-3

Ⅰ. I277.3

中国国家版本馆 CIP 数据核字第 2024UG5467 号

书　　名	大江传奇：中国水利风景区故事. 长江篇. 精选卷
书　　号	ISBN 978-7-5630-9564-3
责任编辑	汤思语　朱梦楠　夏无双
特约校对	杨　荻
装帧设计	吴礼军　段　伟
出版发行	河海大学出版社
地　　址	南京市西康路1号（邮编：210098）
电　　话	（025）83737852（总编室）　（025）83787602（编辑室） （025）83722833（营销部）
经　　销	江苏省新华发行集团有限公司
排　　版	南京布克文化发展有限公司
印　　刷	南京迅驰彩色印刷有限公司
开　　本	787毫米×1092毫米　1/16
印　　张	32.5
插　　页	2
字　　数	438千字
版　　次	2024年12月第1版
印　　次	2024年12月第1次印刷
定　　价	300.00元（全二册）

"要保护传承弘扬长江文化。长江造就了从巴山蜀水到江南水乡的千年文脉,是中华民族的代表性符号和中华文明的标志性象征,是涵养社会主义核心价值观的重要源泉。要把长江文化保护好、传承好、弘扬好,延续历史文脉,坚定文化自信。要保护好长江文物和文化遗产,深入研究长江文化内涵,推动优秀传统文化创造性转化、创新性发展。要将长江的历史文化、山水文化与城乡发展相融合,突出地方特色,更多采用'微改造'的'绣花'功夫,对历史文化街区进行修复。"

——习近平

大江传奇
中国水利风景区故事·长江篇·精选卷
编委会

主编单位：水利部综合事业局
　　　　　水利部长江水利委员会
　　　　　河海大学
参编单位：青海省水利厅　　西藏自治区水利厅
　　　　　四川省水利厅　　云南省水利厅
　　　　　贵州省水利厅　　陕西省水利厅
　　　　　甘肃省水利厅　　湖北省水利厅
　　　　　湖南省水利厅　　江西省水利厅
　　　　　河南省水利厅　　广西壮族自治区水利厅
　　　　　江苏省水利厅　　安徽省水利厅
　　　　　上海市水务局　　浙江省水利厅

主　　　任：吴文庆
副 主 任：陈东明　刘祥峰　杨桂山　王　威　阮仁良
　　　　　徐维国　蔡　勇　焦泰文　葛国华　谭德伦
　　　　　刘　锐　杨　勇　高　嵩　赵　辉　党德才
　　　　　程江芬　星连文　陆国宾

总 主 编：郑大俊
执行主编：王如高　董　青
副 主 编：蔡荣治　李灵军　韩凌杰　顾永明　王永忠
　　　　　张添烨　郭俊杰
顾　　　问：姜开鹏　牛志奇　凌先有　王　凯　陈梦晖

参与编审人员

（以姓氏笔画为序）

于小迪	万云江	马生录	王　凡	王欣苗
孔莉莉	石　佳	史志刚	吉　庆	朱绪乾
刘苏南	刘林松	刘晓峰	严智猛	李云飞
李恒东	李朝军	李堃瑞	杨　柳	杨颖刚
邱远波	肜海平	沈中原	宋建锋	张　舜
张元曦	张细兵	张福胜	陈吉虎	陈昱霖
周　波	胡早萍	赵　杰	秦　烨	钱邦永
徐　娇	徐小松	顾云蓉	曹　言	曹龙辉
喻涵雨	曾晓春	谢松斌	窦亦然	廖　炜
谭佩君	潘春茹

前言

水为世间万物生存之基,维系生命,孕育文明。细流汇河,河流汇江海,构筑大地血脉。河流,大地的动脉,千百年来滋养着土地,承载着人类厚重历史与辉煌。无数璀璨的文明遗产,皆与大河的滋养息息相关。长江是中华民族的母亲河,也是中华民族发展的重要支撑。

万里长江,奔腾不息,润泽流域生灵万物,见证中华文化起源传承。浩荡东流泽被中华大地,多元一体的中华民族、辉煌璀璨的中华文明在江水的涤濯下生生不息。习近平总书记指出:"长江、黄河都是中华民族的发源地,都是中华民族的摇篮。"长江,作为居亚洲之首、世界前列的巨川,在中华民族的发展史中拥有举足轻重的地位。从巴山蜀水到江南水乡,长江流域的山山水水孕育了不同的文化形态,这些文化形态在历史的长河中相互交流、碰撞、融合,共同书写了中华文明的辉煌篇章。巫山龙骨坡遗址实证中华民族约二百万年人类史,被誉为"东亚人类摇篮";澧县的城头山出现了中国最早的城,是长江文明源头之一;浦江上山文化遗址成为以南方稻作文明和北方粟作文明为基础的中华文明形成过程的重要起点。正是在这长江之水的润泽下,中华民族多元一体的精神得以传承,辉煌璀璨的中华文明得以生生不息、历久弥新。

在长江中涌动的,是滋养万物、润泽四方的生命之水。习近平总书记指出:"长江拥有独特的生态系统,是我国重要的生态宝库。"长江流域鱼类资源丰富,有400余种,占全国鱼类总数10%以上,其中纯淡水鱼类约占全国淡水鱼类总数的1/4。特有物种超150种,如中华鲟、白鲟。中下游湖泊众多,为珍稀水生哺乳动物白鳍豚和江豚的栖息地,全球独有。长江不仅是水生生物的摇篮,也滋养陆生生物,对维护生态平衡、促进生物多样性、保障人类福祉意义重大。长江之水交错纵横,在携沙裹浪中垒砌着文明演进的生态基石。

在长江中飞泻的,是绵延不断、经久不衰的文化之水。习近平总书记指出:"长江造就了从巴山蜀水到江南水乡的千年文脉,是中华民族的代表性符号和中华文明的标志性象征,是涵养社会主义核心价值观的重要源泉。"回溯历史,长江流域先民驯化野生稻为稻秧,由此迈向的农耕时代,与两河平原的人们共同开启人类文明新篇章。在满足基本生活需求的同时,长江流域先民们也开始了对宇宙天地的深邃思考。无论是"道生一,一生二,二生三,三生万物"的老庄之道,还是"理生万物,理主动静"的程朱理学,亦或是"宇宙便是吾心,吾心即是宇宙"的陆王心学,都深刻体现了中华民族对宇宙和人生的独特理解与思考。这些思想的光芒,不仅照亮了长江流域的文化天空,也为整个中华民族的文明进程注入了不竭的动力。

在长江中激扬的,是兼收并蓄、包容万象的开放之水。习近平总书记指出:"开放是人类文明进步的重要动力,是世界繁荣发展的必由之路。"自古以来,长江流域凭借地理优势,一直是文化交流的前沿与高地。数千年前,越人便探索太平洋。汉代,西南地区已建立与印度、东南亚的陆路交通网络"蜀身毒道",蜀地丝绸流向缅甸、印度,印度洋的珍贵物品也传入巴蜀。中唐后,海上丝绸之路成为中外交流的主要通道。长江沿线多地成为中国对外贸易的重要港口,长江流域的地位愈发显著,在波澜起伏间输送着民族发展的精神力量。

长江"优"于水,也"忧"于水。长江之水滋养文明,也常成洪水猛兽。自古以来,长江水患就是中华民族的心腹之患,长江两岸人民与洪水的斗争持续了数千年。长江流域的水灾记录散布于文献史料之中,"夏水增盛,坏散颠没,死者无数""田稼尽没""(大水)漂溺居人",无数生民之命泯灭于洪水中。面对千年滔滔洪水,中华儿女不屈服于命运。古蜀王杜宇凿巫峡,战国李冰修都江堰,东汉杜诗整修陂池制水排,东晋桓温筑江陵金堤。隋唐后,江南农田水利快速发展,长江治理持续进行。

中华人民共和国成立后,党中央、国务院把除害兴利、治水安邦放在十分重要的地位,领导人民治江事业取得了举世瞩目的辉煌成就。先后建成了荆江分洪工程、三峡工程、南水北调工程等一批"世纪工程",开展了堤防建设、河道治理、山洪灾害防治等水利建设,长江流域防洪减灾、水资源综合利用、水能开发、生态环境建设、流域水资源管理等能力明显增强,为流域经济社会发展和人民生活幸福安康提供了有力的水利支撑与保障。

党的十八大以来,习近平总书记提出了"节水优先、空间均衡、系统治理、两手发力"治水思路,作出了推进长江经济带发展的战略部署。习近平总书记多次深入长江沿线考察调研,先后四次主持召开长江经济带发展座谈会并发表重要讲话,为长江经济带高质量发展掌舵领航、谋篇布局。水利部党组认真贯彻落实习近平总书记的重要指示精神，统筹发展与安全，推进安澜、绿色、美丽、和谐长江建设，有力提升了水利支撑和保障能力，为长江大保护和长江经济带高质量发展提供了水安全保障。

中华人民共和国成立70多年来，我国水利工程建设取得显著成就，形成了丰富的水利风景资源。水利部积极推动水利风景区的建设与管理，成效显著。如今，数千个水利风景区，遍布神州大地，成为美丽中国的水利标识。这些水利风景区在维护水工程安全、保障水资源利用、改善水环境、修复水生态及发展绿色水经济等方面发挥重要作用，成为推动生态文明和美丽中国建设的重要力量，成为传承水历史、普及水知识、传播水文化的重要平台。

长江流域自然景观壮丽秀美，自上游的"金沙水拍云崖暖"与"岷山千里雪"之景，至中游的"山随平野尽，江入大荒流"之貌，再至下游的"烟花三月下扬州"与"夜泊秦淮近酒家"之韵，数千公里的水道沿途风光各异，独具魅力。都江堰、灵渠、丹江口等水利工程为世界级杰作，调节水势，防御洪灾，保障供水，蕴含科技智慧与人文精神。长江流域沿线分布的数百个水利风景区，如生态绿叶和文化珍珠般镶嵌在长江之畔，向世人展示了长江流域的自然之美、人文之韵和科技之智。

长江文化，如同一部厚重的历史长卷，记录着中华民族从远古走向现代的辉煌历程。上游的巴蜀文化，神秘而古朴，如同长江源头那终年不化的雪山，见证了古代巴蜀人民的智慧和勇气。中游的荆楚文化，浪漫而豪放，如同长江中游那波涛汹涌的江水，诉说着楚国儿女的英勇与传奇。下游的吴越文化，精巧而雅致，如同长江下游那烟雨蒙蒙的江南水乡，展现了吴越人民的细腻与智慧。长江流域孕育了众多独具特色的文化形态。这些文化形态不仅体现在物质文化遗产如古建筑、古遗址上，更体现在非物质文化遗产如民间习俗、艺术表演中。长江文化以其独特的魅力和深厚的底蕴，成为中华民族文化的重要组成部分。

习近平总书记提出："深入发掘长江文化的时代价值，推出更多体现新时代长江文化的文艺精品。"《大江传奇》挖掘并传承长江的丰富水文化，旨在保护、传承、弘扬长江文化，坚定文化自信。本书从雄伟的水利工程、瑰丽的河湖风光、丰富的沿江风土人情以及治水人物英勇事迹等角度，讲述长江流域水利风景区的精彩故事，展现长江的悠久历史、优秀文化及优美风景，呈现生动的历史画卷，让读者穿越时空，与古人对话，看长江风景之美，品长江文化之韵。捧读此书，读者将深刻理解习近平总书记对长江文化保护与发展的殷切嘱托，感悟中华儿女在治水实践中所展现出的锐意进取的创造精神、不畏艰难的奋斗精神、同心同德的团结精神以及孜孜以求的梦想精神，这些精神将激励我们为传承与弘扬长江文化不懈努力。

《大江传奇》不仅仅是对长江流域水利风景区的一次全面而深入的探寻，更是对中国主要水系之魅力与故事的又一次精彩呈现。本书进行了大胆的体例创新，通过更加丰富的细节描绘、更加生动的语言叙述以及更加深入的内涵挖掘，全方位、多角度地展现了长江流域水利风景区的壮丽景色、深厚文化以及独特魅力。本书不仅详细记录了长江沿线各个水利风景区的自然风光、人文景观和历史遗迹，还通过引人入胜的故事情节，将读者带入一个个神奇与美丽的世界。同时，本书还深入挖掘了长江流域水利风景区背后的文化内涵，将历史与现实相结合，展现了长江水利事业的发展与变迁。《大江传奇》兼具艺术性、知识性和趣味性，不仅为读者提供了了解长江流域水利风景区的珍贵资料，更打开了一扇通往自然与人文之美的大门。

《大江传奇》集中展示了长江的精髓与亮点，汇聚众多关于长江流域水利风景区的精彩故事，体现了深刻内涵，旨在为广大读者呈现一幅全面、深入的长江流域水利风景区画卷。这些故事由水利部长江水利委员会与长江流域遍布各省（区、市）的水利（水务）厅（局）水利风景区主管部门，经过慎重考虑和精心挑选后所推荐。在经过水利部景区办严格而细致的挑选后，这些故事凭借其深厚的文化内涵、独特的故事情节和生动的描写，荣幸地被收录进精选卷。精选卷不仅是对长江流域水利风景区文化的一次集中展示，更是对水利工作者辛勤付出和传承文化成果的肯定与褒奖。相信精选卷的出版，将进一步推动长江流域水利风景区文化的传播和发展，让更多人领略到长江流域的独特魅力和文化底蕴。同时，也将激励更多的水利工作者和文化传承者，继续为保护和弘扬长江流域的水利文化贡献自己的力量。

水利万物，长江之水浩浩汤汤东流入海，滋养千家万户，生生不息。水载千秋，长江文化通贯古今，照亮中华儿女同心之志，砥砺前行。愿《大江传奇》抛砖引玉，润物无声，滋养民众心田，为弘扬长江文化贡献力量，共谱长江文明壮丽华章。

本书编委会
2025 年 5 月

厚植文化底蕴　促进融合发展
打造长江流域水利风景区靓丽名片

长江是中华民族的母亲河，流域内名川大湖云集，蕴藏着丰富的水利风景资源。长江保护治理70多年来，尤其是党的十八大以来，长江流域各地深入践行习近平生态文明思想，大力推进水利风景区建设，已建成近400处国家级水利风景区。景区建设与长江历史文化、山水文化、城乡发展相融合，运行管理更加规范、综合效益不断拓展、文化品位持续提升，在为沿江百姓提供亲水爱水平台的同时，成为展示长江保护治理成就、传承弘扬长江文化的重要窗口。

习近平总书记强调，要把长江文化保护好、传承好、弘扬好，延续历史文脉，坚定文化自信。水利风景区除了水域（水体）及水利工程兴利除害功能，还兼具观赏、文化、旅游等价值，是传承弘扬长江文化的重要载体。深入发掘景区蕴含的文化价值，大力拓展水利社会服务功能，是水利风景区承载的重要时代使命。要推动新阶段水利风景区高质量发展，可在水文化保护、传承、弘扬方面更下功夫，不断厚植文化底蕴，展现中华历史之美、山河之美、文化之美。

一、突出挖掘保护,发挥水文化资源禀赋优势

水利风景区具有公益属性突出、与水利工程融合密切、水文化特征鲜明等特点。长江水利委员会作为流域管理机构,有3个国家级直管水利风景区,分别为丹江口大坝、丹江口松涛和陆水水库水利风景区,均为水库型水利风景区。近年来,长江水利委员会将挖掘景区水文化资源作为一项重要的基础工作,持续推进水文化资源调查、保护等工作。2020年起,长江委指导相关单位、部门在汉江流域开展了水文化遗产调查,出版《汉江流域水文化遗产》《丹江口治水精神》系列图书,深入挖掘丹江口大坝、松涛等景区蕴含的治水文化;在陆水水库打造"长江三峡试验坝"文化特色,对石碾、混凝土预制块等水文化资源进行系统性保护,并在三峡试验坝展览馆展陈,持续将资源优势转化为发展优势。

"水"是水利风景区的核心资源,孕育着博大精深的水文化,是水利风景区的灵魂。新形势下,长江流域各级景区管理单位注重挖掘自身特有的水文化资源,适时开展水文化资源调查梳理,掌握其分布、种类、开发与保护现状,从每一个景区入手,从展示每一个河段入手,找到景区发展变迁的历史脉络,发掘其中蕴含的历史文化、民族文化、红色文化等,并因地制宜对水利风景资源进行有效的水文化融入,开展水文化科普实践,拓展水文化利用空间,使一个个风光旖旎的水利风景区弥漫着文化芳香。

二、突出传承弘扬,讲好水利风景区故事

在持续拓展宣传平台,讲好长江故事,营造景区发展良好氛围

方面,应做到以下两点:一是积极开展品牌创建。经过多年建设,丹江口水利枢纽工程被中宣部命名为"全国爱国主义教育示范基地";三峡试验坝陆水水利枢纽工程、丹江口水利枢纽工程被评为"国家水情教育基地";丹江口大坝景区打造汉江水文化示范工程,入选"国家水利风景区高质量发展典型案例名单";丹江口大坝景区、陆水水库景区积极开展红色文化保护与传承,入选《红色基因水利风景区名录》。二是开展水文化特色活动。依托景区现有资源,做好"世界水日""中国水周""关爱山川河流·守护国之重器"等活动,让水知识、水法规、水文化"流淌"入家家户户。通过组织现场观摩、交流讲座等方式向公众开展水情教育,引导公众增进了解"三峡试验坝""丹江口水利枢纽"建设历程,感悟水利工程文化底蕴。

美丽的风景带给人们赏心悦目的感受,而厚重的文化则能彰显治水历史、增强社会认同。长江流域各级景区管理单位一方面以现有的景区资源为基础,探索搭建包括科普馆、展览馆、工程纪念馆、文化长廊、3D沉浸式体验设施等多种形式的水文化宣教展示平台,持续开展水文化传播活动。另一方面充分运用新媒体平台,打造数字化水文化产品,以人们喜闻乐见的方式丰富水文化传播渠道,拓展大众体验方式,提升景区知名度。同时进一步加强景区品牌宣传、推广及应用,充分挖掘品牌价值,进一步提升品牌集聚效应。

三、突出融合发展,持续释放景区综合效益

近年来,长江水利委员会直管的水利风景区,主动融入国家重大战

略、服务地方经济社会发展，激发景区发展内生动力。丹江口大坝水利风景区以南水北调中线水源地为纽带，积极融入长江经济带高质量发展、南水北调后续工程高质量发展等国家重大战略，打造具有鲜明水源特色的水利风景区；深挖红色资源，积极拓展文旅新业务新业态，并将景区景观与水利文化元素融合，打造以"水利+"教育、红色、科普为主要内容的文旅产品，充分彰显"汉江文旅"品牌价值。

水利风景区生态资源富集，是绿水青山的典型区域，也是促进文旅融合、推动水文化事业和产业发展的重要抓手。做好水利风景区建设与管理工作需在创新发展、融合发展方面协同发力。一是强化顶层设计，完善规章制度、标准体系，推动景区在文化发展方面标准化规范化管理，将水利风景区建设纳入幸福河湖建设，促进景区建设与幸福河湖建设深度融合发展。二是推动"水利+文化"建设，以江河湖库为纽带，以水利风景区为载体，以水利、生态、文化等特色要素为切入口，规划大国重器、红色故事、水文化科普等主题的特色旅游路线，更好发挥水利风景区生态旅游和文化弘扬功能。三是积极推进智慧景区建设，鼓励基础条件较好的景区，充分利用云计算、大数据、人工智能等信息技术打造智慧景区，逐步实现长江流域水利风景区文旅要素聚合，不断提升体验感、吸引力和竞争力，推动水利风景区高质量发展。

水利部长江水利委员会

2025年5月

长江

CHANG JIANG

长江，这条横贯中华大地的母亲河，以6300多公里的磅礴气势串联起多元文化与壮美河山。本书精选52篇水利风景区故事，分溯上、中、下游，展现大江大河与人类智慧的共生交响。

上游段自青藏高原奔涌至宜昌，穿越九省险峻峡谷，19篇故事镌刻着巴蜀文化基因与多民族文明密码。这里的水利工程不仅是驯服怒江的智慧结晶，更是守护高原生态的绿色屏障，在湍急江流中见证着天人合一的古老智慧。中游段横贯荆楚大地，至鄱阳湖口，17篇故事在星罗棋布的湖泊群中展开。洞庭云梦间，千年治水史诗与现代科技在此交融，荆楚文化根脉与商贸文明基因孕育出独具张力的水文化，青铜编钟的余韵仍在现代闸坝间回响。下游段自湖口奔流入海，16篇故事浸润着江南烟雨。运河古镇与摩登都市隔水相望，吴越文化应和着泵站轰鸣，水利工程在此化作织就水网的诗意笔触，将水乡文明精髓奏成现代田园交响。

从雪域圣湖到东海碧波，这部江河长卷不仅记录着水利工程的沧桑巨变，更承载着中华民族治水兴邦的集体记忆。每处闸坝枢纽都是一首凝固的史诗，每片水域都倒映着文明的年轮。阅读本书，与我们共溯这条承载中华文明基因的精神长河。

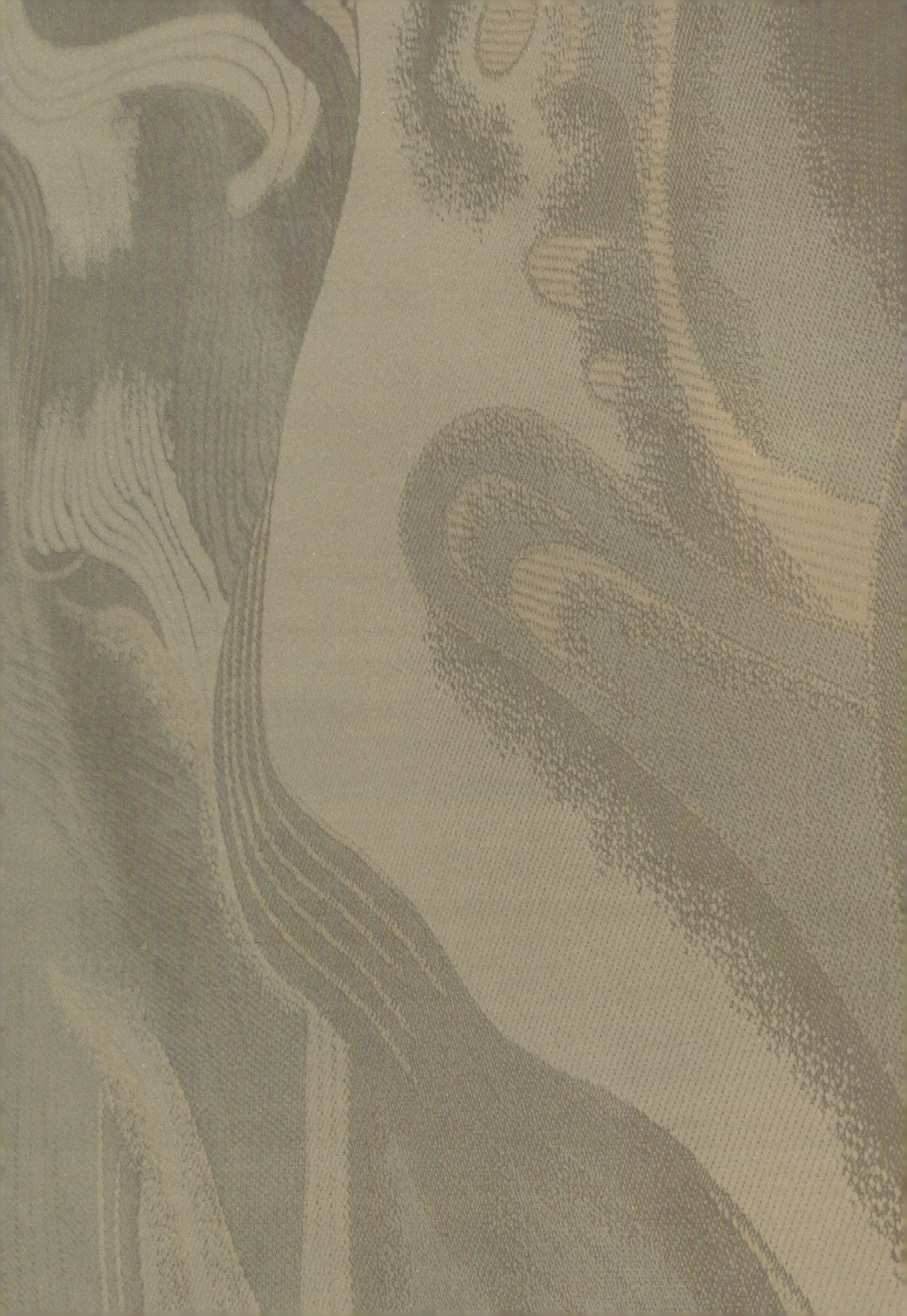

中国水利风景区故事——长江篇·精选卷
景区分布图

目录

上游 SHANGYOU

神奇奥秘通天河 —————————— 003

雪山神的一滴水 —————————— 013

天下独有白牦牛 —————————— 021

清澈双眼赏冰湖 —————————— 029

月出邛池多诗意 —————————— 037

酒香飘溢山水间 —————————— 045

天上池水落人间 —————————— 053

勇冠三遗都江堰 —————————— 061

一江巴水绕柳津 —————————— 071

候鸟天堂海成滩 —————————— 079

火舞奢香彝乡情 —————————— 085

凉都明湖巧变美 —————————— 095

酒香四溢茅台渡 —————————— 103

峡谷闭门藏仙景 —————————— 113

高原上鸟类王国	123
群仙聚会金鼎山	133
瀛湖边的织女石	141
划山引水的神剑	149
晚霞湖边的巧女	157

中游 ZHONGYOU

一个神话的诞生	169
科学试验的赞歌	175
两江四岸文化园	181
亲亲漳水润荆楚	189
诗意太和梅花香	199
悠悠长渠伴水镜	207
千龙造福在人间	223
刘海砍樵西洞庭	233
青山龙潭的明珠	241
边城彩笔沈从文	251
山水武宁桥中桥	259
大觉山水冠武夷	269
渔舟唱晚鱼米乡	277
赣东南城千岛湖	285

倚剑长歌武功湖-------------------------- 293

有龙则灵帝王乡-------------------------- 301

渠引湘漓两千年-------------------------- 311

下游

一江清水向北流-------------------------- 323

大别山中第一湖-------------------------- 335

十里桃花千尺情-------------------------- 345

牧童遥指杏花村-------------------------- 355

金陵明珠玄武湖-------------------------- 365

中华第一情侣园-------------------------- 375

水上城楼观江流-------------------------- 383

姑苏台枕胥江水-------------------------- 391

杉青水秀别样情-------------------------- 401

春申治水芙蓉湖-------------------------- 409

运河三塔映三湾-------------------------- 417

上海人的蓝色梦-------------------------- 425

古城处处皆水景-------------------------- 435

唱不完的太湖美-------------------------- 445

千年海塘赏鱼鳞-------------------------- 455

水乡古韵运河园-------------------------- 463

千龙造福在人间

长沙市千龙湖水利风景区

长沙市千龙湖水利风景区位于湘江下游与洞庭湖交接处,总面积1.75平方公里。景区以千龙湖为核心,湖面辽阔,生物多样,植被丰富。金岛、银岛点缀其中,丛林茂密,景色宜人。景区内景点丰富,含星座岛、薰衣草园等,提供多样休闲体验。星座岛以十二星座文化为主题,适合浪漫求婚;薰衣草园种植多种夏日香花,让游客享受视觉与嗅觉双重盛宴。景区风光秀美、花卉繁茂,文化气息浓厚,常举办乡村休闲旅游节、国际龙舟赛等活动,是集自然风光、现代文化及文化活动于一体的旅游胜地。

2005年,长沙市千龙湖水利风景区被水利部批准为国家水利风景区。

铜官窑的千年窑火熊熊燃烧，讲述着海上丝绸之路的波澜壮阔；湘江古镇群的古朴与宁静，蕴藏着江南水乡的独有风情；黑麋峰的层峦叠翠，千龙湖的碧波荡漾，净化着纯净的心灵；湖南雷锋纪念馆、湖南省委旧址等红色圣地，庄重而肃穆，缅怀着那些峥嵘岁月；而那风光旖旎的乡村大地，则自由地描绘出诗酒田园的逍遥自在。这里，就是长沙市望城区。

随着悠扬的旋律，我们走近千龙湖，水的旋律在天地间回荡，营造出辽阔、宁静的氛围。在这清澈透明的气息中，那些深藏于唐诗宋词中的唯美诗意，悄然间弥漫开来。

"春光和煦，景致明朗，波澜不惊，天光与水面相接，一片碧绿无垠。"眼前的景象正是这般。虽然千龙湖不及洞庭湖的浩瀚、苍茫，也没有青海湖的深邃蓝调，但她作为湖泊，是一个独特存在，从一个小型水库成长起来，在长沙人民的共同努力下，迅速发展成为一个柔美、清新、充满现代化气息的水利风景区。

漫步于千龙湖景区，任目光自由游走，独特的景观接连涌现。这些景观在某种程度上，已经超越了物质的界限，以实体的形式向人们展示着人类的审美艺术、创造力、文明程度以及与自然和谐共处的态度。令人欣

千龙湖度假区内全景

慰的是，在这里我们能感受到人类的反省之心。人类从最初试图完全征服自然、唯我独尊的态度有所转变，开始顺应自然的意愿去改造自然，使其在保持本质的同时，展现出美与艺术，服务于人类的生活。或许，这正是"天人合一"理念在千龙湖建设和发展中的具体体现。

千龙湖，一片辽阔水域，湖面波光粼粼，烟波浩渺。舟船点缀其间，晨光或黄昏时分，湖面波光闪烁，宛如点点碎金，美得如梦如幻，令人沉醉。河堤两旁，树木成荫，花木繁茂，枝影摇曳。春日里，它们娇嫩鲜亮；夏日里，郁郁葱葱，绚烂夺目；秋日里，金黄一片；冬日里，宁静而庄严。四季更迭，它们以各自独特的美，向人们展示着自然规律和生命的意义。沿着河堤漫步，远眺千龙湖，总能捕捉到"碧水长天一色，落霞孤鹜齐飞"的绝美画面。

用一湖的美景来装点内心，弥补心灵的空缺，这或许是最有意义的事情。要实现这一目标，只需心灵足够宽广、宁静，拥有足够的想象力和思考力。

乘坐一叶扁舟，轻哼一曲南方小调，缓缓向湖中心驶去，金岛和银岛正静候您的探访。金岛和银岛宛若两只巨鸟栖息在湖面，它们静静地停泊，展开那巨大的绿色翅膀。无论您踏上哪座岛屿，都将获得一份意外的惊喜。岛上丛林密布，五彩缤纷的花卉随处可见，绿树掩映之中，一座座风格迥异的小楼脱颖而出。

来到岛上，沉浸在湖光水色的美景之中，您会发现小住几日是最佳选择。一些人偏爱在白日里漫步于林间，聆听林中鸟儿此起彼伏的歌唱，体验大自然那喧嚣而充满生机的活力；而另一些人则喜欢邀约三两知己，挑选一间面朝湖泊的房间，品茶闲聊，欣赏波光粼粼的湖面，聆听波涛声声。还有一些人，他们情感丰富、思想深邃，会选择在月光下将自己交付给湖水。他们坐在湖边，目睹月光轻柔地抚摸着湖面，湖水在月色中荡漾，发出如梦似幻的温柔细语。此刻，正是灵感和思绪涌现的时刻。自古以来，水一直是激发灵感、汇聚智慧的源泉。凝视着月光下的湖水，一瞬间，您或许能领悟到"上善若水"的至高境界，或许能感受到贝多芬的《月光奏鸣曲》中所蕴含的痛苦与喜悦。那些关于生命细微感受的点滴，都在这一刻涌上心头。这一切，都归功于这满湖的月光。

沉浸在满湖的月光之中，心灵似乎在刹那间变得辽阔，足以吸纳天地间的水与光辉。日常的琐碎烦恼，此刻化作细小的星光，在您心灵的湖泊上轻轻闪烁。您正体验着千龙湖的慷慨赠予，她宛如一位天使，将天地间的精华通过月光这个媒介传递给您。在您接收到这灵光的瞬间，时间与空间的门户似乎为您敞开，您目睹众多先哲站在月色深处，缓缓叙述着那些深藏于时光深处的事情。

在这满湖月光的映照下，您深深地沉醉其中，仿佛置身于一个充满神秘与梦幻的仙境。此刻，心灵似乎变得无比宽广，宽广到能够拥抱整个宇宙，吸纳天地间的水与光辉。那些平日里困扰您的细碎烦恼，在这无边的月光中逐渐消融，化作细小的星光，在您心灵的湖泊上轻盈地跳跃闪烁。

静谧地沐浴在千龙湖的恩泽之中，她宛如一位仁慈的天使，借助月光之手，将天地间的精华轻柔地传递。在那灵光触碰的瞬间，游客似乎穿越了时空的藩篱，步入了一个崭新的境界。在这个境界中，可以目睹众多先哲的身影，他们伫立于月色的深处，缓缓向我们走来，诉说着那些深藏于岁月的故事。

他们的故事多姿多彩，有的叙述着勇气与坚持的传奇，有的则透露着智慧与哲思。每一段故事都如同一颗耀眼的珍珠，这许多故事则串联成一条光芒四射的智慧之链。沉醉于这些故事之中，感受着先哲们的智慧与力量，仿佛他们的精神力量也在悄然渗入我们的灵魂深处。

在月光的映照下,湖面变得愈发宁静。往昔的困扰与疑虑,在这银色的光辉中慢慢消融。这让人逐渐领悟到,生活中的烦恼和挑战不过是暂时的,只要我们保持内心的平静,勇敢地面对,就一定能够克服它们。

在千龙湖的月色中,生命的美好与神奇触手可及。这里不只是一个美丽的湖泊,它更是一个能够启迪心灵、净化灵魂的圣地。

或许,这正是金岛和银岛的魅力所在。它们引领人们进入一种虚静的状态,让人神游万里、穿越时空,同时促使人们内省,洞悉生命的真谛。然而,大多数人对小岛的欣赏仅停留在表面之美和游玩的乐趣上。这深层之美,只有那些灵魂丰富、思想深邃的人才能真正领悟。

千龙湖不仅有金岛、银岛,还有一座个性鲜明的星座岛。岛上弥漫着愉悦的氛围,星座文化无处不在,它们通过一系列别致的景观向游客展示,这正符合现代年轻人的审美和文化追求。时尚的年轻人漫步在星座构成的景致中,尽情展现青春的浪漫与热情。他们选择与自己的星座景观合影,留下欢声笑语。穿着婚纱的情侣也在这些独特的星座景观前留影,脸上洋溢着幸福的笑容,沉浸在爱情的甜蜜之中。实际上,从远处看,星座岛宛如一艘载满奇花异草的魔法船,站在其甲板上,可以全方位欣赏湖光山色。魔法巨轮之上,还有欧式风格的罗马亭和现代化的观星台。

千龙湖沙滩

夜幕降临,站在观星台上仰望繁星点点,等待流星划过,许下心愿,这是年轻人热衷的乐事。黄昏时分,金色沙地上常可见到靓丽的身影,他们或转动风车,或与身后巨大的风车合影,或欢快地对着湖面歌唱。这些生动的场景,总让人想到幸福的模样:清风拂面,梦想相伴,美景醉人,爱情与希望之光在流淌。

沿着一条蜿蜒曲折的石板小径轻盈漫步,便能感受到千龙湖度假山庄情人林的幽静与美好。如果您渴望一次浪漫的恋爱,不妨带着心爱的人来这里。在由各种树木构成的绿色殿堂里,鸟儿的歌声编织成一曲爱情交响乐,树木对大地的忠诚让人深受感动。牵着爱人的手,漫步在林荫小道上,静静地走,淡淡地笑,体验爱的浪漫与甜蜜。这样的时光,若在多年后细细回味,会像陈年佳酿般甘甜醇厚,令人难以忘怀。

在千龙湖度假山庄,还有一座迷人的薰衣草庄园。这里每年都会种植不同的花卉,包括薰衣草、向日葵、马鞭草和波斯菊等。四季更迭,这里始终可见花草繁盛的景象,那铺天盖地的花海绚烂而明媚,如同一片片热烈的希望在绽放,吸引着游人如蝴蝶般纷至沓来。

千龙湖,顾名思义,似乎蕴含着悠久的历史,仿佛与千条龙有着不解之缘。然而,它的风貌却是现代的。在领略了其现代魅力之后,探寻其背后的传奇故事,或许能感受到一种别样的古典韵味。

相传东海龙王有一位杰出的王子,名为敖广,备受宠爱。这位王子,风度翩翩,英俊非凡,不仅文武双全,而且智谋过人,才貌双全。龙王为他遍寻天下美女,却无一人能入其眼。

终于,一次天赐良机,王子在湖畔邂逅了一位温婉的女子。她明眸皓齿,身姿曼妙,乌黑的长发如瀑布般垂落,宛如一朵清丽的花。王子被她深深吸引,目光无法移开。女子羞涩地微笑,默不作声,那含蓄的神态更添几分魅力。王子急忙上前,彬彬有礼地询问:"姑娘,能否告知我您的芳名?"

女子轻轻一笑,审视着英俊的王子,心中也生出几分好感,便含羞答道:"姑娘家的芳名怎可轻易透露给外人,我出个谜语,若你能猜出我的姓氏,那便是你我有缘。"

她轻抚着袖子,缓缓道出:"一只鸟乘风而起,啄食一条长虫,金笼也关不住它,它渴望成为鸟中之王。"

王子沉思片刻,心中已有答案,便说:"我已大致猜到了,姑娘能否再告诉我您的芳名?"女子听后,心中暗喜,回答说:"我的名字只有一个字,这也是一个谜语,请公子猜猜看——下山可种稻,上山可采兰。若伸出手,甚至能移动百丈高山。"

此时,王子凝视着眼前这位姑娘的绝美容颜,心中暗想:"她不仅天生丽质,还聪明伶俐。我此生非她不娶。"于是,他们开始以谜语的形式相互交流,探询彼此的背景。

随着时间的推移,两人之间萌生了爱意。王子决定将此事告知父亲,并请求他帮忙寻找媒人。不久,王子便计划选个吉日迎娶她。然而,姑娘对故乡的美景依依不舍,坚持要求王子入赘到她的家乡格塘。王子也被那里的山水之美、风土人情所吸引,于是欣然同意了她的要求。

在婚礼当天,四海龙族的后裔们纷纷兴高采烈地前来参加这场盛大的庆典。出乎意料的是,竟然有九百九十九条活泼的蛟龙齐聚于此,小小的格塘几乎无法承受这突如其来的热闹。老龙王见状,不禁开怀大笑,随即挥洒法术,轻轻向格塘吹了一口气。池塘仿佛被赋予了神奇的力量,迅速向四周扩展,转瞬间扩大了十几里,眨眼间,眼前出现了一片波光粼粼、浩瀚无边的大湖。

千龙湖内湖荷仙亭

湖面上,鼓乐声此起彼伏,热闹非凡,宛如一场盛大的狂欢。九百多条蛟龙,在水中欢快地翻腾跳跃,齐声向老龙王和王子献上了最真挚的祝福,欢声笑语直冲云霄,整个格塘都弥漫着喜庆与欢乐的氛围。

自那以后,这片湖泊便被命名为"千龙湖"。王子与他的心上人定居湖畔,勤勉耕作,种植花卉与竹子,与清风明月相伴,传播着人间的芬芳。他们享受着甜蜜的爱情生活。原来,千龙湖的由来与人世间最美丽的爱情紧密相连,这对龙凤情侣的完美结合,演绎着一段不朽的爱情传说。

千龙湖水利风景区,依托格塘水库的建设而诞生。格塘水库坐落于长沙市望城区靖港镇,作为湘江一级支流沩水河的关键平原型调蓄水库,它对靖港镇7个村、社区的灌溉至关重要。水库的最大库容达到

1083.4万立方米，水域面积2480亩，灌溉面积超过3.6万亩，是当地农业生产不可或缺的支撑。

格塘水库的历史可追溯至1957年，当时政府为解决农业灌溉问题，组织人力挖掘建设了该水库。随着水产养殖和畜禽养殖基地的兴起，水库逐渐遭受污染，变得黑臭。一位居住在格塘村的村民回忆道："过去，水库的水又脏又臭，家家户户不得不打井取水。"

自2003年起，为了更有效地利用格塘水库的自然资源，并结合社会主义新农村建设以及乡村旅游的快速发展，政府投入了1.6亿元人民币进行了一系列开发和建设。主要项目包括水库的整修、陆洲的美化以及农村基础设施的完善，这些措施让曾经荒废的水库焕发出新的生机。为了确保千龙湖水质稳定达标，望城区坚持实施"治、用、保"的治理理念，从加强治理保护和全面优化水生态两方面着手，全面恢复水环境。在治理保护方面，实施水域和岸线等水环境空间的管控，统筹水上和岸上的污染治理，排查入库污染源，优化库区入水口布局。此外，还全面优化水生态，合理规划水生动植物的生存区域，设置鸟类栖息小岛、浮游植物生存区等，致力于丰富水内物种的多样性，维护生态系统的平衡。因此，水库水质得到了全面净化，地表水质提升至Ⅲ类。

格塘水库不仅在农业生产中扮演着关键角色，还推动了当地旅游业的发展。依托格塘水库丰富的水资源和周边的自然美景，当地发展了以"水旅"为特色的旅游项目。千龙湖生态

"格塘水库"变身"农旅"融合发展的美丽河湖

旅游度假区应运而生，它集水上娱乐、康体游憩、综合服务等六大功能区于一体。多样的水上活动吸引了众多游客前来体验。该度假区是国家AAAA级景区、国家湿地公园核心区，也是湖南省最大的户外婚纱摄影基地。千龙湖生态旅游度假区的成功建设，不仅促进了当地经济的增长，也为居民就业提供了有力支持，为增强"湖南粮仓"的实力提供了坚实基础。

如今，千龙湖水利风景区在坚持生态保护的前提下，全面升级为一个现代化的水利风景区。在这里，宁静与活力并存，现代文明与自然之美和谐交融。风景区内设有现代化的生态旅游度假区，游客可以体验田园生活的乐趣，亲自种植蔬菜，或驾驶快艇在湖面上尽情驰骋，感受速度与激情的完美融合；此外，还可以在风筝节上放飞自己制作的风筝，若运气好，还能观赏到小丑魔术师的精彩表演，或在"冰雪奇缘"打卡点体验童话世界的奇妙。

这里既是人间烟火，也是诗和远方；既是水的浪漫之城，也是林木的华美殿堂；既是现代文化的乐园，也是自然之美的栖居地。它是一曲别致的交响乐，奏响了现代与自然之美的和谐乐章！

刘海砍樵西洞庭

常德市柳叶湖水利风景区

　　常德市柳叶湖水利风景区，位于湖南省常德市中心城区的东北面，总面积118.09平方公里，属于河湖型水利风景区。柳叶湖是一个因湖面形似柳叶而得名的天然湖泊，也是西洞庭湖的重要组成部分。柳叶湖水利风景区位于湖南省常德市武陵区东北角，东临洞庭湖，南临沅水，西依武陵山脉，北枕太阳山。已建成柳湖沙月、司马楼等人文景观，并配备环湖风光带、亲水游道等旅游设施。这里流传着刘海砍樵的美丽传说，为之增添了一抹神秘色彩。同时，风景区内的常德河街等景点，也展现了常德的历史文化和民俗风情。

　　2013年，常德市柳叶湖水利风景区被水利部批准为国家水利风景区。

在清澈的蓝天映衬下，一片巨大的、透明的柳叶在空中飘荡。柳叶的核心由水构成，柔软而清澈，闪烁着明亮的光泽。微风吹拂，柳叶的脉络随之波动，宛如仙人挥动画笔，轻盈地描绘出一缕缕生动的水纹；夕阳西沉，水制的柳叶沐浴在金色的光辉中，静静地摇曳出斑斓的诗意。明月升起，月光柔和。柳叶中映出一轮皎洁的明月，宛如一位温婉的女子在倾吐着相思之情。

这片由水构成的柳叶漂浮于大地之上，它的柔美、迷人以及诗情画意，无不令人陶醉。她，就是常德市著名的柳叶湖。提及柳叶湖，人们心中会涌现出无数美好的画面：柔软的柳枝、波光粼粼的水面、轻轻摇晃的小船、湖畔沉思的女子、湖底沉睡的明月……无论你如何遐想，柳叶湖总是一幅令人沉醉的画卷。

踏入柳叶湖水利风景区，仿佛梦想成真。柳叶湖这个名字本身就充满了诗意，而当你亲临湖畔，会发现它的美丽远超你的想象。

柳叶湖，坐落于常德市城区的东北角，是一个将城市与乡村完美融合的胜地。它背倚雄伟的太阳山，面向蜿蜒的沅水，并与浩瀚的洞庭湖相接，地理位置得天独厚。最令人赞叹的是湖面的形状，宛若一片巨大的柳叶，让人不禁对大自然的神奇造化发出由衷的赞叹。湖水清澈透明，仿佛能一望到底。湖面辽阔，似乎与天际相接，给人以无限宽广的遐想。湖畔的柳树随风轻摆，松树挺拔，共同构成了一幅迷人的风景画。微风轻拂，渔歌悠扬，宛如一幅生动的画卷，令人沉醉不已。

作为全国最大的城市湖泊之一，柳叶湖的水利工程建设一直受到广泛关注。目前，该景区已经实施了多项水利工程项目，旨在确保水资源的高效利用和水域环境的有效保护。

经过加固的柳叶湖沿湖大堤，其堤面宽度从原先的4米拓宽至现在的40米，这极大地提升了防洪能力。同时，城区排水管网系统的升级完

摩天轮

善,有效减轻了雨水对湖水的冲击力,从而保障了水质的稳定性。景区方面,实施了一系列严格的水质保护措施,如生态养殖和水体环境保护的一票否决制度,这些措施确保了水质的清洁。此外,景区还特别重视水利设施的维护与管理,配备了安全广播系统和水上浮标等安全设施,确保了游客的安全。目前,景区的水利工程建设已经取得了显著的成效,未来,我们将继续强化水利设施的建设和管理,以推动水利事业的高质量发展。

柳叶湖是洞庭湖的一部分,坐落在其西北部,亦称西洞庭。这片水域面积达21.8平方公里,大约是杭州西湖的三倍大。湖畔矗立着一座名为太阳山的山峰。太阳山山势雄伟,巍峨耸立,默默守护着柳叶湖。山上树木繁茂,松柏和竹子郁郁葱葱,清澈的溪流绕过玲珑的岩石,发出悦耳的叮咚声,宛如天籁之音。

在柳叶湖的西南侧,坐落着一座名为花山的山峰。花山虽然不高,却风景如画,引人入胜。春天来临时,山上各种花卉竞相绽放,放眼望去,满山彩云缭绕,宛如一幅绚丽的画卷,色彩斑斓。特别是盛开的杜鹃花和山茶花,它们或聚或散,犹如一团团燃烧的红色火焰。

柳叶湖的北端,矗立着一座名为白鹤山的神奇山峰,这里是白鹤的栖息地。很久以前,这里常有成千上万只白鹤栖息,它们在这里繁衍生息,嬉戏玩耍，享受着柳叶湖的清澈湖水和白鹤山宜人的气候。如今，每年的5月至9月，成群的白鹤、野鸭和白鹭会在这里举行盛大的聚会。它们挥动着洁白的翅膀，在湖面上优雅地起舞，时而拨动水面，时而立于湖边，发出欢快的鸣叫。白鹤群集的景象，成了柳叶湖一道独特而迷人的风景。

  鸟儿们在水面上嬉戏觅食，展现出一派悠闲自得的景象。成千上万的鱼儿在水中自由穿梭，灵动而快乐。柳叶湖水质清澈，孕育了丰富的淡水鱼类资源，共计54种。柳叶鲫因其肥硕鲜美的特点而闻名，含有丰富的微量元素，钙含量高出其他品种鲫鱼80倍，硒高出4倍。其在常德地方志中有记载，清代作为贡品上贡。2019年成功获批国家地理标志证明商标。

  漫步于柳叶湖畔，眺望那波光粼粼的水面，不禁让人想起这里曾经发生过的故事。这宁静的湖水、这柔美的景色，不仅让现代人沉醉，古时也吸引了无数名人贤士驻足流连。

刘禹锡雕像

爱国诗人屈原曾在这片波光粼粼的柳叶湖畔泛舟吟诗,其歌声与湖水共鸣,谱写出美妙的旋律。朗州司马刘禹锡亦在此地送别友人,赋诗留念,他的田园诗篇"晴空一鹤排云上,便引诗情到碧霄"至今仍被传诵。这里曾是东汉武将梁松平定"蛮夷"的地方,也是宋代农民起义领袖钟相、杨幺威震洞庭湖的战场。明代进士柳拱辰在此归隐。明代朝庭首辅杨嗣昌"修桥七里,修街半边,加城三尺"的故事在这里流传,如今的穿紫河边七里桥上,溢光流彩,水生态修复助力文旅产业发展,打造出柳叶湖的文化地标。

清代大画家髡残、武昌首义智囊刘复基也都在柳叶湖畔留下了他们的足迹。——中国明清四大画僧髡残生于柳叶湖,深受故乡的自然风光和文化底蕴影响。柳叶湖人刘复基是武昌起义的重要策划者和领导者之一,被誉为武昌首义的"智囊"。这些贤士们曾走过柳叶湖湖边的路,感受过柳叶湖湖边的风,他们的心情或许喜悦,或许忧伤,但内心深处都充满了忧国忧民的情怀,书写着深沉的爱民之情。

在柳叶湖畔,流传着一段刘海与狐仙相恋的美丽传说,为这片土地增添了神秘与浪漫的色彩。

相传,在古时的常德城武陵区丝瓜井旁,刘海与他的母亲相依为命。刘海的父亲早逝,刘母每日沉浸在对亡夫的思念中,泪水不断,最终导致双目失明。刘海,这位孝顺而体贴的青年,目睹母亲的痛苦,心如刀绞。为了减轻母亲的生活负担,他不畏艰辛,每日上山砍柴、下田劳作,无论多么艰难困苦,都尽力不让母亲操劳。他就是这样,不惧风雨,始终如一地照顾着年迈的母亲。

在刘海常去砍柴的大高山、小高山附近,居住着一只修炼多年的狐狸精。这只狐狸精非同寻常,她修炼出了一颗神奇的宝珠。只需将宝珠含于口中,她便能瞬间化为人形,在人间自由行走。

赛龙舟

她已修炼至半仙之境，再过数百年，或许即将飞升至仙界。刘海的勤劳与孝心，如同阳光般温暖了她的心房，让她在心底默默地对刘海萌生了深深的爱慕之情。

她给自己取了个充满人间烟火气的名字——胡秀英，一心想要靠近刘海，甚至梦想着成为他的新娘。有一天，她在山间的小径上，像只灵动的小鹿一样拦住了刘海的去路，她双手捧着一双精美的鞋子，笑眯眯地递给他："嗨，我叫胡秀英，就住在那边的村子里。我看你天天上山砍柴，鞋子都磨破了，好心疼呢。这双鞋子是我亲手为你做的，你如果不嫌弃的话，就收下吧。我希望能天天陪在你身边，为你洗衣做饭，你愿意吗？"

刘海心中一喜又一惊，他猛地抬头望去，只见胡秀英那双明亮的眸子如同清澈的湖水，皮肤白皙如雪，眼神中透露出满满的柔情与羞涩。他的心瞬间像是被点燃的鞭炮，咚咚咚地跳个不停，脸上也不由自主地泛起了一片红晕。

刘海暗自琢磨，若是有幸娶得如此佳人，那可真算是上辈子修来的福气啊！可念头一转，他又开始犯愁，自己家境贫寒，还有个瞎眼的老母亲，日子本就过得紧巴巴的，若是娶了这么年轻貌美的胡秀英，岂不是让她也跟着受苦受累?

一想到这,刘海突然变得有些紧张,他结结巴巴地开口道:"我家境贫寒,还有个眼睛看不见的老母亲,真的怕会拖累了你,姑娘。"这时,胡秀英却毫不犹豫地表示:"我一点都不怕吃苦,只要能够跟你一起生活,对我来说,那简直是天大的福气!"

刘海被秀英的真诚深深打动,尽管多次婉拒,最终还是决定与她携手,步入婚姻的殿堂。他满怀喜悦地回到家中,将这个好消息告诉了母亲。母亲听后同样笑容满面,欣然接受了他们的婚事。于是,刘海兴高采烈地前往城中心的鸡鹅巷,准备采购所有结婚必需品,憧憬着与秀英共同开启幸福的生活旅程。

在鸡鹅巷附近,有一座小巧的庙宇,庙中竟然供奉着十八罗汉。其中十位罗汉正带领着一群金蟾弟子,在暗处秘密修炼。他们炼制出一串光芒四射的金钱,几乎一只脚已经踏入了仙界。然而,十罗汉心中仍惦记着胡秀英的宝珠,认为若能拥有那件宝物,便能立即飞升成仙。

"刘海砍樵"雕塑

恰逢胡秀英与刘海即将举行婚礼,十罗汉见状,心生贪念,萌生了不良之计。他率领着弟子们,一拥而上,将胡秀英的宝珠抢夺而去。

失去宝珠的胡秀英立刻恢复了本来面目,化作一只雪白的狐狸。面对困境,秀英别无选择,只得向刘海坦白真相。刘海听后,震惊得几乎下巴脱臼,但他并未责怪秀英,反而拿起家中砍柴的斧头,怒气冲冲地去找十罗汉讨个说法。

刘海砍樵西洞庭 · 239

令人意想不到的是，那把斧头中竟然封印着一位斧头神！斧头神一现身，立刻挺身而出协助刘海。胡秀英的狐狸姐妹们也不愿落后，纷纷加入战斗。经过一场激烈的战斗，刘海终于战胜了十罗汉，夺回了宝珠。从此，刘海和秀英过上了男耕女织、幸福美满的生活。这正应验了那句古老的谚语：善有善报，恶有恶报。

这个故事经过无数次改编和演绎，已经成为湖南花鼓戏中的经典剧目——《刘海砍樵》。每当夜幕降临，湖南的街头巷尾便回荡着那欢快的旋律，仿佛刘海与狐仙的爱情故事在人们心中重新上演，让每个听众都沉醉于那份生机与浪漫之中。

2006年，刘海砍樵的传说光荣地被纳入湖南省首批非物质文化遗产名录。随后，湖南花鼓戏《刘海砍樵》经过众人共同努力再创作，焕发出新的活力，成为一部生动的文化宝藏，其文学价值与历史文化价值极高。

以《刘海砍樵》传说为蓝本，融入本土文化，柳叶湖旅游度假区与湖南省演艺集团共同在柳叶湖渔歌艺术营地推出大型奇幻光影水秀《柳叶船说》，打造出美轮美奂的视觉盛宴让观众仿若置身幻境。

青山龙潭的明珠

永兴青山垅—龙潭水利风景区

永兴青山垅—龙潭水利风景区，位于湖南省郴州市永兴县东部山区龙形市乡和柏林镇境内，以青山垅水库和龙潭中型水库为核心，景区总面积200平方公里。自然风光秀美，山水相依，景色天成。丹霞地貌与库塘风光相映，原始次森林与人工林共生。水利工程壮观独特。景区有"青山明珠""天然氧吧"之称的青山垅水库，被誉为"大坝博物馆"的龙潭水库，展现出南国水利风光。景区还有人文景观，如雷公山、盐坦、辖神庙等，与雷万春历史相关。自然景观与人文景观相映，形成"丹霞美景长廊"等独特景观。

2015年，永兴青山垅—龙潭水利风景区被水利部批准为国家水利风景区。

在华中地区的辽阔土地上,耸立着一座令人肃然起敬的建筑——青山垅水库大坝。这座大坝不仅是人类智慧的杰出体现,更是当时亚洲自主设计和建造的最大土坝,其宏伟壮观的景象,令人叹为观止。

青山垅水库大坝以其独特的魅力,成为这片土地上的标志性建筑。在蓝天白云的映衬下,大坝显得更加巍峨耸立,宛如一道坚不可摧的屏障,守护着这片水域的宁静与和谐。站在大坝之上,放眼望去,碧波荡漾的水面尽收眼底,岛屿星罗棋布,仿佛一颗颗璀璨的明珠镶嵌在湖面之上,美不胜收。

作为景区的核心水利工程,青山垅水库不仅为周边地区提供了宝贵的水资源保障,还因其独特的地理位置和丰富的功能,成为该地区的标志性建筑。

青山垅水库的建设始于1966年,但由于历史原因,建设过程曾一度中断。经过不懈努力,1968年重新启动了建设工作。1971年春天,大坝建设终于完成。该水库是一座以灌溉为主,同时具备防洪、发电、供水、航运、渔业等多种功能的大 II 型水利工程。灌溉永兴、资兴、安仁3县(市)25个乡镇39.8万亩农田,并担负下游永兴、安仁、攸县、衡东4县40多万人口和40多万亩农田的防洪保安全的责任。青山垅水库的总库容达到1.14亿立方米,是郴州市唯一的大型水库。其枢纽工程包括水库大坝、溢洪道、泄洪洞闸门、灌溉洞闸门等,结构复杂而功能完备。大坝的建成不仅为当地农业生产提供了稳定的灌溉水源,还为城乡居民生活用水提供了坚实的保障。

随着时间的流逝,水库设施逐渐老化,大坝渗水、闸墩开裂等安全隐患逐渐显现。为了消除这些隐患,确保水库的安全运行,青山垅水库于2022年9月至2023年10月期间进行了除险加固工程。该工程总投资7635万元,涵盖了大坝挡水工程、溢洪道工程、防汛公路工程、泄洪洞

青山垅水库

工程、河道治理工程以及信息化项目等多个方面。通过采用先进的信息化技术,建立了青山垅水库运行管理系统,实现了对水库大坝安全、雨水情、水质等的全面监测,使得大坝运行状况实现了自动化、智能化、集成化管理,水库枢纽工程焕然一新。

若想深入体验人类智慧的奥妙,龙潭水库枢纽工程无疑是一处难得的宝地。作为青山垅水库的结瓜水库,龙潭水库与青山垅水库相隔20公里。其总库容6068万立方米,主要功能为灌溉,同时兼顾防洪、供水、改善水生态环境等多重用途,是一座中型综合性水库。

龙潭水库工程汇集了多种坝型的精华,每一座大坝都像是精心雕琢的艺术品,既精致又独特。例如,粘土斜墙堆石坝以其坚固耐用而闻名,浆砌石重力坝则以其独特的结构设计彰显了人类对力学原理的深入理解。而薄壳结构砼拱坝则以其优雅轻盈的姿态,体现了人类对建筑美学的不懈追求。在这些大坝的映衬下,龙潭水库枢纽工程宛如一部水库大坝建设技艺的百科全书,不仅让人们欣赏到大坝的壮观景象,更深刻体会到人类智慧与自然之美的和谐统一。每一个细节都凝聚了设计师们的匠心独运,每一座大坝都象征着人类对自然的尊重与征服。

青山垅水库与龙潭水库的建设,不仅为永兴县及其周边地区提供了关键的水资源支持,还将成为促进该区域经济社会发展的强大动力。展望未来,随着这两项工程的全面竣工和启用,它们在防洪抗旱、供水灌溉、发电以及旅游等多方面的作用将得到充分展现,为当地居民带来切实的利益。

青山垅水库示意图

当你抵达这片高地,俯瞰这片由众多岛屿构成的乐园和湖泊的世界时,你无疑会被眼前的壮丽景象所震撼。轻柔的风拂过湖面,仿佛透明的双手在水面上轻抚,弹奏出一曲纯净而美妙的天籁之音。看那苍穹,以它深邃的目光俯瞰着大地上的湖泊;而大地,又怎会有如此众多的眼睛?千万颗大小不一的绿宝石镶嵌在湖中,熠熠生辉。

阳光下,这些绿岛散布在湖中,形态各异:有的似巨大的海螺,有的像庞大的犀牛,有的宛如一颗璀璨的星星,还有形似海龟、花盆的。它们定是神灵挥洒魔法,将一颗颗绿宝石轻巧地施法,抛洒到了人间的湖泊之中。

一瞬间,无数的绿宝石如珍珠般洒落,点缀在湖面上。大地之湖仿佛拥有了无数深邃的眼睛,它们镶嵌在湖中,凝视着苍穹宇宙,静静地观察着人间,编织出一幅神秘而美丽的梦境之画。这幅梦境之画,正是永兴青山垅—龙潭水利风景区的独特景观。

这些岛屿在湖水中漂浮，宛如娴静的处子，神态安详，身形灵动。它们沉默不语，身上长满了密密麻麻的绿树，这些绿树仿佛是岛屿的秀发，而那些深邃的绿眼睛在阳光下闪烁着光芒。在岛屿的周围，青山垅水库和龙潭水库共同构成了一片浩瀚的湖的世界。

湖水的灵动令人惊叹，无论岛屿如何试图将它们隔开，它们依旧相互连接，环绕着岛屿，以波光粼粼的温柔，营造出大地之湖的梦幻意境。

在晴朗的日子里，湖水呈现出幽蓝色，清澈透明，岛屿的静谧倒影在其中摇曳生姿，像童话世界一样宁静与美好。岛屿们仿佛一群小动物，在湖中悠游，葱郁的身姿，绿意盎然的眼睛，似乎在凝视着天空与湖水。

若你从高处俯瞰，绵延的青山垅水库与龙潭水库宛如一条腾空的巨龙与振翅的凤凰，在大地上翱翔。龙凤呈祥，象征着吉祥如意，这无疑是一片人杰地灵的宝地。或许，天龙与天凤降临此地，他们之间演绎了一段刻骨铭心的爱情故事后，便化作了人间最深沉的山水，永远地相依相偎。

故事的起源要追溯到远古时代。那时，天地苍茫，陆地上的水域与植被稀少，鸟类与动物也不多见。地球显得异常寂寞。远古的人们身着树叶与兽皮制成的衣物，栖息在窑洞之中，用火烤食，相互取暖。

在那个时代，天空中居住着一条名叫云焰的天龙，还有一只名为星雨的天凤。云焰性格勇猛，喜欢在云端翱翔，播撒云雨。有时，他会化身为一位英俊

船行青山垅

青山龙潭的明珠 · 245

的白衣青年,在云端舞剑。云焰的剑术高超,常常吸引天凤仙子们前来观看。

星雨对云焰默默怀有爱慕之情。她常常站在天庭的花园中,等待云焰出现练剑。每当云焰现身,天空便云雾缭绕,剑光闪烁,令人目不暇接。白衣飘飘的云焰在云端挥舞神剑,动作灵活,英姿飒爽。当他练剑许久后,才注意到星雨一直含情脉脉地凝望着他。

当星雨那迷恋的眼神定格在云焰的面庞上时,云焰不由自主地脸颊泛红,心脏猛地跳动了一下,手也不自觉地颤抖起来,结果不慎让手中的神剑滑落。神剑穿透了天庭的云层,直坠向大地。那一刻,天地间电闪雷鸣,大雨如注。随着一声巨响,神剑插在了大地上,化作了一座银光熠熠的石山。

星雨被这一幕吓坏了。她意识到自己闯下了大祸。她哭泣着说:"都怪我给你添麻烦了,这下玉帝肯定不会放过你。"云焰紧握着星雨的手,安慰道:"别怕,我们共同面对,我不畏惧玉帝。"

从那一刻起,云焰心中萌生了一个坚定的念头:"无论如何,我都要守护好星雨。"他深知,在所有天凤仙子中,星雨对他的爱最为深沉,她的本性也最为善良。

云焰牵着星雨的手,驾云飞向人间。紧随其后的,是玉帝派来的天兵,他们穷追不舍。云焰心里明白,他不仅丢失了神剑,还给人间带来了巨大的灾难。如果被玉帝捉回,他将被囚禁,不仅无法成为天龙,甚至可能被剥夺龙骨,更别提与星雨长相厮守了。

云焰和星雨抵达人间。他目睹了大地上的洪水泛滥,多个地区被淹没。云焰对星雨说:"我们不再返回天庭了,就在这里永生永世守护着这片土地吧!"

在大地上,人们目睹了黑云密布的天空中,一条银色巨龙与一只五彩凤凰的幻象。它们张开巨口，吸纳了倾泻至人间的暴雨。不久，一轮红日穿透云层，金色的阳光普照大地。饱含雨水的云焰与星雨，化作波光粼粼的湖泊，从高处俯瞰，宛如银龙与凤凰。

龙潭水库

云焰与星雨化作湖泊，它们的呼吸化为无数水中闪烁的岛屿。岛屿上覆盖着茂密的林木和葱郁的野草，同时，众多动物与鸟类在此栖息。天上的玉帝目睹这一切，满意地微笑，天龙与天凤的功绩昭示着人间新气象的开启。

大地生机勃勃，洞穴中的居民走出家园，惊喜地发现湖中游弋着肥美的鱼群。他们捕鱼为食，满足了日常所需。

时光荏苒，天龙与天凤的传说至今仍广为流传，激发着人们的无限想象。若您有幸莅临此地并从高空俯瞰青山坳水库与龙潭水库，会发现它们宛若一条巨龙腾空而起、一只凤凰展翅欲飞，生动逼真，令人叹为观止。

如今，这片土地已华丽转身，成为全国备受瞩目的水利风景区！在景区内，葱郁的树林如同绿色的海洋，宁静而优雅，让人感觉仿佛步入了仙境。鸟儿的歌声和笑语，弥漫的花香，让人心旷神怡。丹霞地貌与水库风光交相辉映，宛如大自然精心绘制的壮丽画卷。原始次森林与经过精心改造的人工林和谐共存，彰显了大自然的神奇造化。山与水相依，水与山相映，水光山色相互映衬，美得令人沉醉。这里被誉为"青山明珠"和"天然氧吧"，确实名副其实！

青山垅水库航拍图

    在柔和的光影下审视这些宏伟的大坝，你定会感受到对人类这一物种的深深敬仰。随着时光的流转，人类不懈努力，持续地探索与创新，与自然界的水元素斗智斗勇，寻找着最适合人类的生存之道。眼前这些形态各异的水利工程，既巧夺天工又各具特色，它们见证了人类文明的持续进步。

    在这片辽阔的土地上，风景千变万化，每一处都宛如大自然的匠心独运之作，请你放慢脚步，静心欣赏，细致品味。踏入这片景区，仿佛步入了一幅幅栩栩如生的画卷，令人沉醉其中，不愿离去。

    首先映入眼帘的是神龟出洞的奇景。只见一只巨大的石龟，仿佛从山洞中缓缓爬出，神态安详，栩栩如生。在阳光的照射下，石龟的龟壳熠熠生辉，仿佛披上了一层金色的外衣，更显得庄重而神秘。

    沿着山路前行，便来到了来仙岭。这里山势险峻，云雾缭绕，仿佛仙境。站在岭上，俯瞰四周，只见群山连绵，层峦叠嶂，令人心旷神怡。据说,这里曾是神仙们聚会的场所,因此得名来仙岭。

在来仙岭附近,还有一块形状奇特的石头,被当地人称为"猴面石"。这块石头形似一只猴子的脸庞,栩栩如生,仿佛是大自然的鬼斧神工之作。每当夕阳西下,阳光照射在猴面石上,更显得生动逼真,令人叹为观止。

除了壮丽的自然风光,该景区还蕴藏着丰富的文化遗产,值得游客深入探索。例如,营坪老屋便是一座历史悠久的建筑,它见证了这片土地的沧桑巨变。踏入老屋,宛如穿梭时空,让人沉浸于那份古朴与宁静之中。

此外,诸如雷公山和盐坦等景点,各具特色,魅力无穷。雷公山以其雄伟的山势和缭绕的云雾,成为登山爱好者的理想去处。而盐坦则是一处保存完好的盐田遗址,它见证了当地盐业的悠久历史。

在景区的幽深之处,还隐藏着众多宗教文化遗迹。诸如"辖神庙""汇龙寺""国陵寺"等寺庙,它们不仅拥有独特的建筑风格,而且香火旺盛,吸引了无数信徒前来朝圣。在这里,游客不仅能深刻感受到浓厚的宗教气息,还能领略到古代建筑艺术的独特韵味。

最终,我们不得不提及景区内令人瞩目的十里生态长廊。这是一条充满生机的绿色走廊,沿途树木繁茂,鸟鸣花香,仿佛将人引入一个天然的氧气天堂。漫步于此,不仅能深刻体验到大自然的活力与生机,还能让疲惫的身心得到充分的放松与舒缓。

这片景区巧妙地融合了自然景观与人文景观,构筑了壮观独特的"丹霞美景长廊"、"宗教文化长廊"以及"十里生态长廊"。在这里,游客可以尽情欣赏大自然的神奇造化和人文历史的丰富内涵,同时让自己的心灵得到净化与提升。何不放慢脚步,静心品味这片土地的美丽呢?

每一处景点,都诉说着一个故事。每一个故事,都令人陶醉。如果你是摄影家，千万别错过那些如丹霞般绚烂的群山。它们光彩夺目，山上的美景仿佛是伟大艺术家挥洒的画作。

看那流动的色彩，它们在石头的表皮上流淌，似乎在倾诉、低吟、歌唱。它们的声音柔和而神秘，唯有山石能够理解。

倾听，湖水的呢喃。湖水的声音温柔如母亲的梦呓，星光、月光和阳光洒落其中，编织出岁月中最美的画卷。若不静心捕捉，错过的风景将难以计数。大自然的美是无尽的，它正等待着你的探索。

大地之湖沉醉于梦境之中！旅行中的你，切勿忘记与大地之湖一同沉入梦境，体验那如梦似幻的美与智慧。

边城彩笔沈从文

花垣县花垣边城水利风景区

花垣边城水利风景区位于湖南省湘西苗族自治州花垣县边城镇，依托花垣河清水江段防洪综合整治工程而建，属河湖型水利风景区，总面积4.46平方公里，其中水域面积1.75平方公里。花垣边城水利风景区地处湘、黔、渝三省（市）交界处，拥有得天独厚的地理位置。著名文学大师沈从文以边城茶峒为原型的著作名篇《边城》，将边城茶峒推向了世界。花垣边城水利风景区有沿河民居、翠翠岛、百家书法园、古渡等景点，展示了自然风光和边城人民的美好追求。游客可在拉拉渡乘坐小船，体验清水江的宁静。

2010年，花垣县花垣边城水利风景区被水利部批准为国家水利风景区。

"国家级水利风景区——中国边城茶峒",这是一块约2米高的石碑,矗立在清水江畔的茶峒岸边。石碑的竖立来之不易,它是三省合作的成果,是清水江的滋养所促成的。

　　花垣河,发源于贵州省,蜿蜒流经贵州松桃县、重庆市秀山县、湖南省花垣县。其中,三省市交界处的清水江流域长达73.5公里。

　　清水江流域曾是我国锰矿资源最为集中的地区,但因过去锰矿的粗放式开采,河流遭受了严重的污染。当地居民回忆起那段时期,形容河水是黑色的,让人不敢下河游泳或洗澡。

　　为了可持续发展,治理污染成为了当务之急。国家、省(直辖市)、州(市)、县各级相关部门积极行动,共同推进"锰三角"地区的整治和修复工作。无序的矿山开采被禁止,矿业生产得到了规范管理,清水江的生态环境因此得到了显著改善。

　　然而,生活污水的直接排放和漂浮物的四处飘散问题依然存在;界河治理中"上下游不同步、左右岸不同行"的问题也十分突出。

"一脚踏三省"界碑

　　为了还给三地一江清水,湖南、重庆、贵州三省市共同制定了突发环境事件应急预案,并共同推进清水江流域的生态修复。三地根据自身情况,建设了污水处理厂,实施了河道清淤工作,修建了护岸,治理了水土流失……清水江逐渐恢复了清澈。

2021年3月26日，花垣县、秀山县、松桃县共同签署了《湘渝黔省际界河治理合作意见书》。按照"五同三通"的共治思路——同机制、同巡河、同保护、同治理、同发展，以及信息互通、规划互通、建设互通——三县共同守护边城茶峒的"河畅、水清、堤固、岸绿、景美"。

在边城镇政府，可以看到三地数十名政协委员的联动活动公示。2021年5月，边城政协委员工作室成立，这是按照部门联合、生态联保、文化联谊、矛盾联处、景区联建、党政联动的"六联"机制运作的。

《边城共识》以"突出地域特色、文化特色"等为主要内容而出台；"改善生态环境，守护一江碧水，助推三镇生态景观、人文景观、自然景观的完美融合""围绕世界边城风情小镇定位，共享世界边城文旅品牌，共创边城5A级景区，共建边城世界旅游目的地"……一系列富有成效的工作陆续展开，使得边城再次呈现出世界文学巨匠沈从文在其小说《边城》中所描绘的茶峒小镇的宁静与美丽。

从四川延伸至湖南，官道蜿蜒进入湘西的茶峒。在这座山城的小溪边，一座白塔巍然耸立，一户人家相依为命：一位老船夫、他的孙女翠翠以及一只黄狗。在端午节的庆典中，翠翠邂逅了青年水手傩送，心中萌生了爱慕之情。傩送的哥哥天保也对翠翠产生了深情，兄弟俩通过山歌来表达对她的追求。傩送的歌声悠扬动人，天保自知无法匹敌，于是选择外出经商。不幸的是，天保在一次意外中溺水身亡，他的父亲顺顺悲痛欲绝，对老船夫的态度变得冷淡，并坚决反对傩送与翠翠的婚事。一场突如其来的暴雨之夜，船只毁坏，白塔倒塌，老船夫离世，翠翠面临绝境。幸运的是，杨马兵的陪伴给了她力量，两人依靠渡船维持生计，期待着傩送的归来，为他们的生活带来希望与温暖。

这便是《边城》中所描绘的那段凄美动人的故事。故事中提及的湘西小城，那个宛如世外桃源般的所在，便是茶峒。茶，在苗语中意为汉；

峒，则指山中之小块平地。茶峒之名，顾名思义，即为汉人聚居的小块平地。

据传，茶峒往昔仅有两户汉人居住，他们或因战乱纷扰而迁徙至此。然而，历经数个世纪的发展，茶峒已然蜕变为颇具规模的集镇。自《边城》一书问世以来，茶峒之名便远播海内外，成为世界范围内的知名之地。

现今的边城茶峒，坐落于湘西花垣县西北边境地带，距离县城25公里，地处湖南、贵州、重庆三地交界处。该镇建镇历史可追溯至嘉庆八年（公元1803年），因其独特的地理位置而享有"一脚踏三省"的美誉，更是湘西地区四大名镇之一。边城古镇以其古朴典雅、浓厚的民族风情而著称，吸引了无数游客的目光。同时，这里还是享有盛名的花垣县花垣边城水利风景区所在地。

沈从文的笔是彩笔，他笔下的边城如一幅淡淡的写意画。走进他创造的故事里，就像走进了边城茶峒，得以亲身观摩那一幕幕如电影般的故事画面。

清秀的小翠翠站在黄昏时分的白塔下，眺望着远方，等待着爷爷归来。年老的爷爷沐浴在夕阳的金光下，终于放下手中的活计，拖着疲惫的身体一脚一脚地穿过青石小道，慢慢地走了回来。他看见了小翠翠，疲倦的脸上出现了笑容。

来这儿旅游的朋友们，一边尽情欣赏着边城的绝美风光，一边回味着翠翠那动人的故事。他们时而被眼前的景色迷得如痴如醉，仿佛置身于仙境之中；时而又被翠翠的经历触动心弦，感叹不已。大多数游客都怀揣着沈从文的小说《边城》作为寻宝图，追寻着那静静伫立的白塔、古老的石碾和船夫的安息之地。他们欢快地踏上青石古道，登上水边的吊脚楼，聆听月光下传来的悠扬渔歌，完全沉浸在翠翠的故事中。他们时

边城民居

而笑容满面,仿佛品尝着甜蜜的幸福;时而又眉头紧锁,感受着那淡淡的忧伤。

也许,是因为小说《边城》,来茶峒旅行的人在这里的旅行体验丰富又深刻。游人们踩着窄窄的、整洁风雅的青石道慢慢地走,站在古色古香的吊脚楼上聆听悠扬的歌声,凝望着耸立在斜阳中的白塔浮想联翩,看着河里的古渡摆舟默默地沉思,那种感觉似乎是在梦里,又似在现实里,一种故事里的悲壮之美和现实里的情景之美交融在一起,使游人们如痴如醉。

《边城》中的茶峒,以其独特的美丽给人留下深刻印象。小说细致入微地叙述了主人公翠翠凄美的爱情故事,背景设定在20世纪30年代川湘交界的边城小镇茶峒。作者运用兼具抒情诗和小品文的笔触,细腻描绘出湘西边地特有的风土人情,展现了地域文化的独特魅力。通过船家少女翠翠的爱情悲剧,作品深刻揭示出人性的善良美好与人们心灵的澄澈纯净。这部小说以其独特的艺术魅力和生动的乡土风情,吸引了众

沈从文旅居地

多国内外读者,进而在中国现代文学史上确立了其特殊地位。

《边城》一书不仅让茶峒的美景深入人心,更使文学巨匠沈从文的名字永载史册。这部作品以现实中的茶峒为参考,精心构筑而成,而现实中的茶峒,同样不失其魅力。2005年7月,经湖南省人民政府正式批准,茶峒镇更名为花垣县边城镇。

如今的花垣边城水利风景区,作为河湖型水利风景区,占地面积达4.46平方公里,其中水域面积占据1.75平方公里。该景区自然风光旖旎,历史文化底蕴深厚,景点丰富多样,民风淳朴。景区内森林、河流、岛屿等自然景观特色鲜明,资源组合度较高,生态环境优良。

值得一提的是,沈从文先生的经典之作《边城》以及独特的苗族民族文化风情,为这片景区增添了浓厚的人文色彩,使其更具吸引力。

在烟雨蒙蒙的春日,常看到三三两两的游人来到这里,他们中有的穿着青布衣,撑着油纸伞,打扮成诗意女子和多情男子的形象,静静地踏上这片土地。他们寻找沈从文的故居,在寂静的上午,一直就那么静静地站着,偶尔和同伴交流一阵子,然后就撑着油纸伞沉默地走了。

这些"古怪"又充满好奇的青年男女们,他们似乎正怀揣着一颗热忱的心,在寻找着心中那个独特的意象、那个如梦如幻的情景,又或者是为了表达对沈从文的那份深厚的敬仰之情。而有些游客则被湘西那别具一格的建筑深深吸引,仿佛被一股魔力牵引着。

他们流连于那一排排古老的店铺之间，看着这些店铺密密麻麻地相连在一起，仿佛在诉说着历史的沧桑。当他们选中一家店铺走进去时，仿佛能够穿越时空，窥见当年的繁华盛景。

因为这里盛产杉木和桐油，所以这里的房屋除了屋顶外，四壁几乎都是木制的。门窗、柜台都不需要涂抹油漆，而是涂上了一层黄亮的桐油，给人一种古朴而自然的感觉。有些老店铺的桐油已经变成了深茶色，更增添了几分岁月的痕迹。

而那些独具特色的民居房舍更是让人叹为观止。两侧的山墙外挂着偏房，就像裙裾一般摇曳生姿，这是独特的湘西建筑风格。游客们看着这些房屋，纷纷发出赞叹，仿佛被这片神奇的土地所征服。

这儿有条茶峒河，它是酉水的一条小支流，河水清得像镜子一样。游客们来到这里，都惊喜地发现了《边城》里写的那个渡口，这渡口还是三省交界的地方呢！

渡口还是老样子，不过小说里的尖头渡船现在变成方头的了。那个摆渡的还是个老人家，就是再也看不到翠翠和黄狗了。但就算这样，这儿的风景还是美得让人心里痒痒的，好像一下子就能把你带进那个故事里似的！

游客们在渡口岸坡意外发现了一块坪地，当地人亲切地告诉游客们，这里就是传说中的"碧溪嘴"。这块坪地真是美极了，上面长满了绿油油的小草，周围则被各种灌木紧紧包围，显得生机勃勃。靠近坪地边缘的地方，还有几丛翠绿的竹子在微风中轻轻摇曳，更增添了几分雅致。不远处，两株大枫树像守护神一样屹立在那里，仿佛在守护着这片土地。

听当地人说，当年那个美丽的女孩翠翠和她的爷爷就住在这里的一间小木屋里。游客们顿时来了兴趣，纷纷前往寻找。经过一番搜寻，他们终于在竹丛后面找到了几间小屋。可是，让大家有些失望的是，这些屋子并不是传说中的木屋子,而是用砖瓦建造的。

站在砖瓦屋前,游客们一时间有些不知所措。他们开始想象,如果眼前的这些屋子是木屋子的话,那该有多好啊!就在这时,仿佛是从他们的想象中走出来一般,一个小女孩——小翠翠,从屋子里走了出来。她甜甜地一笑,让游客们瞬间忘记了刚才的失落。

就这样,虽然游客们没有找到传说中的木屋子,但他们却在碧溪嘴这片美丽的土地上感受到了浓厚的乡土气息和那份独特的宁静与美好。

这里真是个让人大开眼界的好地方!瞧,那古镇城墙保存得多好啊,简直就像是历史的见证者,静静诉说着过往的故事。而且,这里还有太平军西征将士的牌位,每一块都散发着庄严和神圣的气息。此外,刘、邓大军进军大西南时的宿营指挥所也在这里,让人不禁感叹历史的波澜壮阔。

除了这些,清政府在边城设的协台和练兵校场也都在这儿,好像可以听见当年士兵们训练的呼喝声和马蹄声。品上一口茶,仿佛就能品味到这片土地的历史和文化。

当然,还有那些美不胜收的自然景观,"龙凤呈祥""酉水回澜""水帘百尺""银泉涌翠""仙人石室""龟蛇献瑞""虹桥月影""石炉飘烟",每一个都像是大自然的杰作,让人流连忘返。这里真是值得一游的好地方啊!

在淡淡的烟雨中,踩着青石古道,唱着南方小调,一步一步地走进这山水如画的茶峒,一个个水灵灵的"翠翠"笑意盈盈,她们走到你的面前,露出洁白的牙齿和清纯的笑容向你表示欢迎。你也许会欣慰地一笑,从心底送上真诚的祝福,祝福她们一定会等到自己心爱的郎君,一起书写一生的爱情故事。

山水武宁桥中桥

武宁西海湾水利风景区

西海湾水利风景区，位于江西省九江市武宁县，是一处集湖泊景观、城市景观、湿地景观于一体的典型河湖型水利风景区。景区依托沙田河，建设了长水堰、西海堰两座水利堤堰工程，围合出朝阳湖、沙田河湖两大湖面，沿湖岸打造出朝阳湖公园、八音公园观光带和沙田河湿地公园观光带。沙田河湿地公园观光带是湿地景观的集中展示区。景区内建有各具特色的桥梁8座，这些桥梁不仅方便了游客的出行，更成为风景区内的一道亮丽风景线。桥梁的设计独特，与周围的自然环境融为一体，相得益彰。

2015年，武宁西海湾水利风景区被批准为国家水利风景区。

"春日初出水,晨雾蒸云涛,水天润西海,袅袅烟梦遥。"这是一幅描绘庐山西海之美的生动画卷。

亲临武宁,观赏庐山西海,你将感受到一种独特的魅力。翻滚的云海、浩瀚的水域、茂密的林木、绚烂的山花以及山涧中清澈的泉水,所有这一切都显得生机勃勃,洋溢着明媚、清新与活泼的气息。湖水轻柔地流淌,云雾轻盈地飘散。静下心来,凝神观察,深呼吸,你是否能感受到人与自然和谐相融的那份宁静与平和呢?

您可乘坐画舫,悠然游览,自东向西航行,将与朝阳湖不期而遇。朝阳湖与浩瀚的西海迥异,这里更多地洋溢着人间烟火的喧嚣与繁华。湖水清澈,朝阳湖畔以"武宁人家"为主题,精心布置了乡土风情雕塑群、名人文化墙、桥洞壁画等富有地方特色的游览景点。若运气眷顾,您还有机会在现场观赏到一段武宁打鼓歌的表演,领略这座山水之城独特的民俗文化魅力。

如果说朝阳湖是民俗学者的乐园,那么景区中部的八音公园便是艺术家们的圣地。公园以"山水有清音"的音乐文化为核心,构筑了"竹、金、匏、丝、土、木、革、石"八大主题景观区。园内建有八音楼、竹音亭、丝音阁等仿古建筑。

踏入公园,乐声悠扬,宛若天籁。旋律时而低沉,时而激昂,时而哀怨,时而柔美,引领您步入梦幻般的境界。此刻,不妨静心聆听,细细品味那些飘逸的旋律,寻找与您心灵的共鸣。无论是欢快还是忧伤的音符,都将触动您内心的喜怒哀乐,让您领悟到人生恰似一首跌宕起伏的乐章,无人能逃避忧伤,但总能在忧伤之后,寻得心灵的宁静与平和。

随着悠扬的旋律,您可再次欣赏园中景致。只见"岸回惊水急,山浅见天多",碧波荡漾,晴空下万物和谐。沙田河湿地公园的景色如画,风光宜人。漫步于滩涂栈桥、荷塘月色、桃花涧等景点,春日里玉兰绽

"武宁之眼"——沙田廊桥

放,冬日里梅花竞艳,而夏日则让香樟与栾树的翠绿装点您的视野。这番美景,不禁让人对这座千年古城浮想联翩。不妨驻足湖边,聆听渔夫讲述古城的故事……

武宁,这座承载着千年历史文化的古县,自古以来便以其独特的山水风光和深厚的文化底蕴吸引着世人的目光。在宋朝时期,道教南宗五祖之一的白玉蟾在《涌翠亭记》中盛赞武宁为"江南山水窟,江西风月窝",这一赞誉不仅彰显了武宁山水之美,更凸显了其独特的地理位置和文化底蕴。

经过近千年的传承与演进,庐山西海及其周边城市的迅速发展,为武宁县城注入了新的活力与生机。今日的武宁县城,群山翠绿,碧水环抱,城市与自然环境和谐交融,构成了一幅"山嵌城中,城映水里,水润绿意,绿拥人境,人游画中"的迷人景象。这幅美景不仅赢得了民众的广泛赞誉,也吸引了众多游客前来游览,让武宁被誉为"中国最美小城"。

此外,武宁城以其壮丽的自然景观和舒适的居住条件而闻名。环山抱水的武宁城被评为4A级旅游景区,这不仅是对其自然美景的肯定,也是对其生态保护和旅游开发成就的认可。同时,武宁还荣获了"国家卫生县城""国家园林县城""全国平安县"等多项荣誉,这些成就充分展示了武宁在城市规划、环境保护和社会治理等方面的杰出表现。

2007年4月,时任国务院总理温家宝同志视察武宁,欣然题词"山水武宁",这不仅是对武宁壮丽景色的颂扬,也寄托了对武宁未来发展的美好愿景。

历经千年,武宁积累了丰富的神话传说和民俗文化,为这片景区增添了一抹神秘的色彩。关于山的故事,您可以欣赏伊山,这颗镶嵌在幕阜山脉深处的绿色宝石,它古老而充满历史感,传奇且非常神秘。伊山的历史可追溯至公元前210年,民间流传着许多美丽的神话故事,如伊叟驯养小龙、牺牲自己以求雨救民的传说,樊哙移石挖尽山头的奇迹……

伊叟,这位长者,无疑是伊山最早的定居者,亦可称得上是伊山人的始祖。他那"以织鞋换取米粮,与世隔绝"的隐居生活,宛如伊山人心中所向往的桃花源。

接下来,让我们谈谈天子屋场与樊哙撬石的传说,这个故事确实引人深思。相传樊哙在伊山避难期间,每日忙于挑水、砍柴、耕种,同时还要照顾年迈的母亲,生活忙碌至极,连片刻的休息都难以拥有。

某夜,樊哙做了一个奇异的梦,在梦中,他清晰地听到玉帝的指示:"向东行,见到一块巨石,务必在破晓前将其撬回,并置于伊山口的河中。如此一来,伊山将形成'百重山峦,百道流水'的龙脉,助天子屋场诞生天子!"樊哙听后,立刻精神起来,连夜启程,疾行近百里。

果不其然,在东行的途中,樊哙见到了一块巨大的岩石。他心中暗想:"我力大如牛,这等小事岂能难倒我!"随即,他便用伞把作为杠杆,撬起了巨石,开始往回赶路。当接近伊山口时,樊哙认为时间尚早,便决定稍作休息。然而,他这一休息竟过了头,一觉醒来,天色已微亮。

樊哙急忙起身,却发现已经错过了预定的时间,他已无力再次背起那块巨石。正是由于一时的疏忽,他未能完成自己的功业,天子的命运也因此而被改变。樊哙心中充满了愧疚,感到对不起山中的父老乡亲,于是他离开了这里,向西行去。

在修水地区有众多樊姓后裔,或许正是为了纪念樊哙这位传奇英雄。至于那块被遗弃的巨石,它如今依然屹立在与伊山仅隔一山的横路泥山村旁。这块石头既奇特又巍峨,后人称之为"墩石"。如今,它依旧矗立在路边,行人经过,都会为之惊叹,纷纷停下脚步欣赏。

西海地区的人文底蕴深厚,诸多佳话至今仍广为流传。相传,唐朝著名宰相柳浑曾筑精舍读书于此,其旁有读书台,后人遂以其姓名"柳山"。宋绍兴年间里人陈功显立祠祀柳浑,辟斋舍以接待学者。如今仅存山门。

西海湾夜景

在西海的顶峰,矗立着一座历史悠久的建筑——西海楼。追溯至千年前的北宋时期,三朝贤相韩琦,在同榜进士、武宁人叶顾言的陪同下,曾到访此地,并留下了千古流传的佳话。他们登高远望,芙蓉峰的层峦叠嶂、云树的掩映，以及那千层万叠的壮丽景色，令人心旷神怡，胸怀激荡。因此，韩琦决定在此兴建四望亭，并以诗赋志，记录下这壮丽的景象。

韩琦无论是在相位上还是在地方任职，都致力于使朝政清明，让天下百姓得以安居乐业。岁月流转，到了南宋时期，抗金名相李纲在担任江西安抚制置大使、知洪州时，也沿着修水溯流而上，登临艾城，再至四望山。他看到韩琦所建的四望亭已经破败，心生不忍，于是下令修复，使其焕然一新。从此，便流传着"山头四面望无涯，先后凭栏双宰相"的佳话，四望山成为后世传颂不衰的胜迹。

曾经，一位诗人面对这片壮丽的山水，发出深情的感叹："艾国长如此，桃花几度春；稽留山水钥，寂寞古今人。灯芯延深壁，鸡声及远津；遥怜千载后，风雨与谁亲。"这首诗不仅赞美了山水的美丽，也流露出对时光流逝和历史变迁的深深感慨。西海四望山和西海楼，凭借其丰富的历史文化和迷人的自然景观，吸引着众多游客前来探索，体验那份超越时空的宁静与美好。

在夕阳的余晖中，船只缓缓沿着河岸前行。岸边，有悠闲垂钓的老人，欢声笑语的孩童，还有嗑着瓜子的妇女。在山水的映衬下，武宁人带着对古城的美好记忆，泰然自若地面对着世事的变迁。

水系环绕城郭，桥梁连接两岸，夜幕降临西海，游览此地时，西海的桥梁是不容错过的美景。从宏伟的大桥到精致的小桥，从历史悠久的老桥到新颖别致的新桥，从平坦的平桥到优雅的拱桥，再到独特的栈桥和廊桥，各种风格的桥梁各具特色，每一段桥都承载着独特的风情，每一座桥背后都蕴含着丰富的人文历史。

古艾桥，作为跨越朝阳湖的标志性桥梁，其设计巧妙地融合了三个桥拱。最引人注目的是，位于中央的主桥拱上精心绘制了一幅《八百里修江图》，此图不仅展示了桥梁的艺术美感，也赋予了它深厚的文化底蕴。古艾桥之所以得名，是为了纪念这座城市悠久的历史。在遥远的商代，武宁曾是艾侯的领地，承载着丰富的历史记忆。秦始皇统一六国后，推行郡县制，武宁划归九江郡下的艾县，延续了千年的行政传统。直到半个多世纪前，武宁的老县城还被人们亲切地称为古艾镇，这里见证了时光的变迁和历史的沉淀。因此，这座桥被命名为古艾桥，既是对过往历史的致敬，也是对传统文化的传承。

　　伫立于朝阳湖心的看鹤桥，以其巍峨之姿横跨湖面。这座桥的主体由汉白玉精心雕琢而成，线条流畅、形态优雅。看鹤桥的建造，是为了纪念一位汉代神话人物，他的名声穿越时空，至今仍为人所传颂。据《搜神后记》，丁令威是武宁辽山东侧的杰出人物，因未得朝廷批准私自开仓救济百姓被定罪。然而，在行刑之际，一只仙鹤翩翩降临，将他从危难中救出。千年之后，丁令威化作仙鹤回到故乡，寻找旧地。他曾经振翅高飞的地方，位于县城西郊，至今仍被称为白鹤坪，以纪念这段传奇。每当仙鹤飞过县城上空，民众便会聚集在桥上，共同欣赏仙鹤的英姿。因此，这座桥被命名为"看鹤桥"，以铭记这段历史佳话。

看鹤桥

　　建昌桥上承载着武宁的国家级非物质文化遗产——打鼓歌，也被称为锄山鼓。打鼓歌流传于武宁县。它是武宁山区民众在集体劳作，如锄茶、耕作时，用以击鼓催工、以歌助兴、以乐解乏的一种古典民间艺术,享有"一鼓催三工"的美誉。打鼓歌使用的乐器类似腰鼓,蒙以黄牛皮,声音洪亮,能传至七八里之外。以武宁打鼓歌为题材的电影《山鼓声声》在全国公映,而《我们山歌牛毛多》更是远渡重洋,在欧洲舞台上被唱响。武宁打鼓歌名扬四海,享誉全球。此外,多首打鼓歌作品被联合国科教文组织收录进《中国民歌集》一书,彰显了其深厚的文化内涵和艺术价值。如今,打鼓歌已被列为国家级非物质文化遗产,成为中华优秀传统文化的璀璨瑰宝。

碎花桥

碎花桥,同样采用优质汉白玉精心砌成,其建造旨在缅怀宋代杰出的江湖派诗人戴复古及其妻子。戴复古,陆游的杰出弟子,其文学成就卓越,诗作备受推崇。在个人经历中,一段凄美的爱情故事特别引人注目,这段故事与他的导师陆游及其前妻唐婉的遭遇惊人地相似。戴复古才华出众,诗名远扬。当他游历至江西武宁县城时,受到了当地一位乡绅的赏识。乡绅对他的才华颇为欣赏,便将自己的女儿,一位才貌双全、精通琴棋书画的女子,许配给了他。戴复古在武宁度过了一段时光,但思乡之情和未完成的抱负驱使他决定返回浙江老家。这时,他的妻子才得知戴复古在故乡已有妻室。得知此事后,岳父极为愤怒,打算将戴复古送交官府治罪。然而,妻子却为他多方辩护,并将自己的嫁妆赠予他作为返程的费用,还留下了一首深情的诀别词。词中流露出她对戴复古的深情眷恋和无奈,最终她选择投水自尽，以身殉情。多年后，戴复古重返武宁，故人已逝，唯有杨柳依旧。他怀着无尽的哀思，写下了《木兰花慢·莺啼啼不尽》一词，以悼念逝去的爱妻。戴复古妻子的作品得到了后世很高的评价，她的坚贞与才华也得到了后世的广泛赞誉。为了纪念这段凄美的爱情故事和戴复古妻子坚贞不渝的精神，武宁人民修建了碎花桥，作为永恒的纪念。

武宁县城的桥中桥，作为展望美好未来的"窗口"，以其独特的结构和丰富的文化内涵，成为展示"山水武宁"的梦幻时空隧道。这座桥拥有18个坚固的桥墩，桥墩上绘制了132幅精美的壁画，共同构成了一座令人陶醉的艺术长廊。

"桥中桥"这一富有创意的命名，生动地描绘了桥下藏桥的非凡景观。它以武宁的山水文化为底蕴，通过精心绘制的画面，栩栩如生地展示了武宁深厚的历史底蕴和现代城市的风貌。在变幻莫测的灯光映照下，这些壁画以生态大县、旅游名县、文化之乡等多种主题为脉络，将武宁的历史文化、现代景观以及丰富的山水旅游资源展现得淋漓尽致。

壁画巧妙地融合了草龙舞、打鼓歌、傩舞、采茶戏等国家级、省级、市级非物质文化遗产，以及农耕文化、宗教文化、珍稀动植物、移民文化等多元旅游资源。同时，顶部绘制的天空背景和水云等吉祥图案，使得整个桥中桥在空间上实现了山、水、城、桥的和谐统一。

这座独一无二的山水文化时空隧道和旅游文化长廊，不仅为市民提供了一个休闲放松的绝佳场

桥中桥

所,也成为了吸引游客的观光胜地。在这里,游客可以尽情欣赏武宁的山水之美,感受其深厚的历史文化底蕴,得到一次难忘的旅游体验。

　　桥跨越时空,承载着前世今生的记忆,默默守护着这座山水之城。桥的故事暂告一段落。看那夜色斑斓,水、船、桥、灯光交织成一幅美丽的夜景图。船只缓缓靠岸,岸边广场上,一场盛大的舞台表演即将拉开帷幕。大型山水实景演出《遇见武宁》以山水实景为舞台,以水上特技表演为特色,分为"溯源武宁""桃源武宁""律动武宁""大美武宁"四幕,以武宁悠久的历史文化为核心,结合武宁打鼓歌、草龙舞等民俗元素,通过声音、光线、水雾等多种高科技手段,全面展现了武宁从古至今的悠久历史文化和新时代武宁的发展风貌。

　　随着音乐响起,武宁人带着对历史的追忆和对未来的美好憧憬,在月光和灯光的映衬下,唱响了一曲动人的歌——"武宁是个好地方,好呀么好地方,山清水秀好风光,最美西海在武宁,丁仙化鹤最神奇,柳山仙境,不寻常,不寻常,武宁是个好地方,好呀么好地方,修河山水甲天下,武宁茶戏美名扬,桃源绝景世无双,世无双……"

大觉山水冠武夷

抚州大觉山水利风景区

　　大觉山水利风景区位于江西省抚州市资溪县境内，占地面积204平方公里，属于水库型水利风景区。景区分为东、西两大片区，东区以30万亩原始森林为依托，汇集了各类植物达1498种，并有近40种国家一、二级保护动植物，被誉为"天然氧吧""动植物基因库"。西区景点以高山湖泊、峡谷漂流、古刹为主，包括瀑布观景台、大峡谷漂流、索道、大觉寺等。灵隐寺大觉禅师曾在此修行，建大觉寺。此后，大觉山成为三教合一的圣地，留下了丰富的历史遗迹。

　　2018年，抚州大觉山水利风景区被水利部批准为国家水利风景区。

"一花一世界,一叶一菩提",这句源自佛经的至理名言,若你渴望探究其深意,不妨选择一座风景如画的佛山,静坐参禅,细心体悟。如此,你或许能领悟到生命的奥秘,体验到超脱尘世的境界。

在江西大觉山水利风景区,坐落着一座神奇的大觉山,这里不仅有静心参禅的修行者,还有着浓郁的大觉文化氛围。若你对此感兴趣,不妨亲临此地,感受大觉山的清风,阅读参禅者的故事,沉浸到大觉文化的熏陶之中。相信你将满载而归,精神世界将更加丰富。

大觉山中,有一座名为大觉寺的古刹,它背后流传着一则神奇的传说。据说,在资溪县,曾有九只游荡的狮子在此定居,它们沉醉于这里的自由与辽阔。然而,自然有它的法则,这个宁静的桃花源因捕食者的过度掠夺而变得不宜居住。于是,狮子们决定只留下一只在此安家,其余的继续迁徙。但谁留下变成了一个问题——原本的天堂转瞬化为地狱,兄弟间发生了血腥的争斗。经过四十九天的激战,仅存的母狮在吐出最后一口气后,缓缓闭上了眼睛。她的身躯逐渐僵硬,化作了一座大山,浓密的毛发变成了覆盖山体的翠绿森林,张大的嘴巴变成了岩洞(即后人所称的狮子岩),长长的尾巴垂至前方,化作了岩旁巨大的石笋。这些狮子是大觉山的前世,而大觉寺则是它们今生的归宿。

山不在高,有仙则名。水不在深,有龙则灵。千年前,灵隐寺大觉禅师手持禅杖,从杭州灵隐寺出发,四处诵经,希望通过云游来修身养性。然而,他被一座无名的山峰所吸引,认为这里远离尘嚣,宁静而壮丽。因此,他决定在此长住,不仅诵经传道,还融合了佛教、道教和儒家的教义。最终,他得道升仙,也使得这座山成了一处名胜——大觉山。

大觉岩洞是这里的奇观之一,位于江西省资溪县泸阳乡朱岩村,坐落在武夷山脉西部莲花山之巅,海拔超过1300米,距离县城仅16公里。目前,一条公路直达山脚,交通十分便利。大觉岩洞是天然形成的石室,其独特的形态仿佛有屋檐覆盖，下方开有一扇门，平整如刀削。岩洞前高后低，深约30米，宽约60米，垂直高度约9米，内部空间宽敞明亮，足以容纳两千多人。

大觉岩寺始建于东晋咸和元年（公元326年），经过一千多年的变迁，积累了深厚的历史和文化底蕴。该寺巧妙地利用了大觉岩洞的自然形态，精心布局了大雄宝殿、观音殿、地藏王殿、祖师殿等殿堂，错落有致，和谐共存。总建筑面积超过1600平方米，内有四十尊佛像，栩栩如生。

大觉岩寺

寺内环境整洁，坐垫排列有序，佛像庄严肃穆，偶尔飘落的佛尘更增添了一份神秘与宁静。这里不仅是信徒们虔诚礼佛的圣地，也是游客们寻求心灵宁静的绝佳场所。

每逢观音菩萨的三个重要节日——农历二月十九日的观音圣诞日、六月十九日的观音成道日以及九月十九日的观音出家日，众多信众纷纷前来，进行祭祀供奉，虔诚礼佛。届时，寺内香烟缭绕，梵音回荡，祥和而宁静。作为观音菩萨的主道场，大觉岩寺享有佛门圣地的美誉，其声名远播，享誉海内外。

岁月流转，千年文化沉淀之后，"宫阙万间都作了土"，大觉岩寺在上个世纪遭受了一次破坏。直至1985年，应佛教信徒的请求，资溪县政府批准了该寺的重建工作。重建工程包括了禅台、客厅、厨房的建造，以及三座佛像的塑造，这使得大觉寺成为资溪县最早对外开放的寺庙之一。

清晨，踏入这座拥有悠久历史的古寺，初升的太阳投射出温暖的光

大觉山水库

辉,照亮了直插云霄的林木。站在岩壁前,连绵的山峰似乎触手可及,与天际相接,仅在咫尺之间。几棵瘦削的松树倒挂在峭壁之上,彰显了大自然的神奇造化。眼前展开的是一片浩瀚无垠的云海,翠绿的山脉连绵不断,构成了一幅宏伟的自然画卷。

大觉岩寺的东侧耸立着一座高达3.2米的三层石塔,名为"石缘宝塔"。它静静地伫立,见证了历史的变迁。远处的望夫石已伫立千年,承载着无尽的思念与期盼。夕阳的余晖洒在石上,染红了她的面容,也映照出她额头上层层叠叠的心事。她依旧坚守在那里,期待着与爱人重逢。

此外,寺内还有戒贪欲、明身心的聪明泉,泉水清澈见底,寓意深远;雄伟的将军石屹立山间,宛如一位忠诚的守护者;而含情脉脉的神女石则诉说着一段段动人的传说。这些奇观异景共同构成了大觉岩寺的独特魅力。

狮子岩雄伟壮观,民间传说美妙神奇;清晨聆听鸟语钟鼓,傍晚观赏日落朝佛;日出阳光照耀岩洞,满寺香气沁人心脾;群山环抱春意盎然,奇石异景险峻壮美。

大觉山风光旖旎,云雾缭绕,四季更迭间无处不展现出如仙境般的美景。在这里修行悟道,无疑是最佳选择。它以宁静和庄严,吸引了无数修行者前来静坐冥想,洞察生命真谛。

在浩瀚无边的宇宙间,大觉者展露其深邃博大的胸怀,包容了世间万物的精粹。《三国演义》里的诸葛孔明以他的智慧之音,发出了觉醒的呼唤:"大梦谁先觉?平生我自知。草堂春睡足,窗外日迟迟。"所谓大觉,实指人们内心深处的觉醒与洞察;而"者"则指代众生。因此,大觉者即是大地的宠儿,代表着至高无上的精神境界。

观音菩萨,作为一位大觉者,从九天之上降临凡间,致力于普渡众生,使他们得以脱离苦海;八仙之一的吕洞宾,同样是一位大觉者,骑着神马,从仙境翩然而至,以其超凡脱俗之姿,慷慨解囊,拯救黎民百姓于水深火热之中……他们大多具有一种觉者的洒脱与超然,有的觉者心系天下,如同仙人;有的觉者普渡众生,如同佛祖;还有的觉者,在尘世中觉醒,出淤泥而不染,铅华不沾,在临川留下了浓墨重彩的一笔(资溪曾属临川郡)。

初唐四杰之一的王勃曾写道:"邺水朱华,光照临川之笔。"这彰显了才子之乡深厚的文化底蕴。北宋的思想家、文学家、教育家李觏自幼便已颇为有名,据说他与友人游览大觉岩寺时,常常手不释卷,沉迷于书本之中,以至于坐在大觉岩寺旁的洞穴里,竟不愿离去。或许正是他的勤奋好学感动了上苍,一块平滑的岩石竟奇迹般地卷起四角,千百条褶皱勾勒出书卷的形状,形成了所谓的千页岩,亦称李觏读书石。后来,临川先生王安石拜访李觏的侄子李山甫时,一阵山风吹过,唤醒了坐在石头上的王安石,他顿时领悟到这块石头的不凡,于是留下了一段佳话:"石涧迤逦声漕漕,碧峭崒崿云巅高。深山大泽龙蛇出,谁知间气产英豪。金陵老子硬铁脊,驰车寻隐来凿石。古来贤圣皆自出,男儿健在更努力。"

大觉者的足迹遍布大觉山,使得这片土地上弥漫着觉悟的气息。当地人依托大觉山的自然风光,借助建筑的形态和文化的灵魂,匠心独运地营造了一个宋朝风格的古镇,将山水之美与人文精神巧妙融合。

漫步于宋朝古镇,脚下是坚实的石砖,头顶是广阔的蓝天。沿着街道前行,你会看到庄严的官府、熙熙攘攘的商铺、热气腾腾的包子铺、清雅的茶楼、喧闹的集市以及古色古香

小桥流水

的客栈,它们共同勾勒出一幅《清明上河图》中宋代繁华景象的生动画面。此地也成了影视作品的取景地之一。

无论是在古镇的街头还是巷尾,当你向东南方眺望,总会有一座奇特的山峰吸引你的目光,那便是传说中的董永盼仙。天庭将这对恋人拆散后,只允许他们在每年的七月七日通过鹊桥相会。然而,深情的夫妻怎能忍受长久的分离之苦?每天傍晚,董永都会独自登山,希望在月光下寻觅到妻子的踪影。日复一日,年复一年,他在山顶上突兀地站立,渐渐老去。后人寻找他的时候,只发现他曾经站立的地方化出了一座山峰。这"心诚所至金石开,痴男情女此相会"的凄美爱情故事,在口耳相传中更添了几分神秘色彩。或许董永最终与妻子团聚,又或许他孤独地离世,但无论是哪种结局,他们以微薄之力对抗天命,勇敢挑战封建礼

教,以及数十年如一日的坚守,都令人赞叹不已。他们虽非传统意义上的大觉者,却以自己的方式启迪了那些被束缚的灵魂,他们的行为亦可称得上是"大觉"。

俗谚有云:"大觉山水冠武夷,武夷山水大觉奇。"大觉山以它那令人赞叹的奇景而闻名于世,其中天湖、天路、天桥、天岩、天泉、天门、天台、天街、天界九大景观相互映衬,共同绘制出一幅宏伟的"九天"画卷。此外,莲花峰、神龟峰、笔架峰、翠屏峰、将军峰、文曲峰、叠罗峰、金刚峰八座山峰巍峨耸立,形成了别具一格的"八地"风光。这两者相辅相成,宛如一位修行深厚的高僧静坐参禅,悠然自得地体验着"静坐观众妙,浩然媚幽独"的禅意。

对于登山探险爱好者以及慕名而来的游客来说,一处绝对不容错过的景点便是那令人望而生畏的空中栈道。横亘着的一条长达百米的太空步廊,被誉为"天廊",这条步廊以全透明的古栈道形式呈现,宛如一条巨龙蜿蜒盘旋于悬崖峭壁之上,破云踏雨,勇往直前。站在天廊之上,云雾缭绕间,武夷山脉的逶迤山峰若隐若现,而脚下则是深不见底的万丈深渊,令人在惊险刺激中深刻感受到大自然的鬼斧神工与奇美绝伦。

胆大的游客在这里找到了乐趣,全方位的景观一览无余。从后方看去,仿佛得道升仙,畅游于天地之间。偶尔有几个胆子较小的游客,总要找个人抱着才敢上去,真正站在上面时,又"两股战战,几欲先走",这又是一种别样的乐趣。游客一旦踏入这里,自然不能错过这场奇妙旅行,先是乘坐索道,俯瞰铺满浓墨的原始森林、古朴典雅的小桥流水和轻纱千丈的云海、飞流直泻的银河瀑布,大饱眼福。随后的行程才是真正的"跋山涉水",游客拾级而上,经过1365个石阶到达南天门。

前1000阶台阶,象征着攀登者不惧艰难险阻,追求天下第一签的坚定意志;而最后的365阶,则代表着一年365天,持之以恒的决心。在这条道路上,挑战重重,风景变幻莫测。当人们蓦然回首,便能体会到"会当凌绝顶,一览众山小"的壮阔,明白过往的云烟转瞬即逝。

同样享誉盛名的,是被誉为"天界"的大佛山。它经受了千万年的风霜侵蚀,悬崖峭壁被勾勒出佛的身姿,森林环绕如同袈裟,飘渺的云雾仿佛圣洁的光环。每一处景致,都似乎在诉说着前世今生的佛理与道义。这座山高达1338米,面向大觉寺,仿佛一切皆是天意所定,神佛共存,其宏伟的气势令无数僧侣和游客为之惊叹。

大觉古镇依山傍水,其仿宋式的雕栏画栋、亭台楼阁为"高僧"披上了外衣。古朴的禅意与市井的烟火气息相拥,融合成一种最令人感到舒适的氛围。漫步其间,仿佛穿越时空,回到了宋朝。

相传,饮用聪明泉的清水,能使人变得更加清明。或许是为了寻求好运,慕名而来的游客总会取一瓢水来品尝。然而,真正能够获得清明心境的人是谁,这或许是一个无法明确回答的问题。马钰祖师有一首词作《满庭芳·舍家学道》,其上阙写道:"舍家学道,怎奈心魔。心中憎爱尤多。心意如猿如马,如走如梭。心生尘情竞起,纵顽心、不肯消磨。"清静道境,求仙者众。

您是希望在这儿追随大觉禅师的足迹,寻求超凡脱俗之道,还是因厌倦都市的喧嚣而选择隐居于此?如果您难以抉择,不妨探索大觉山的奇石与幽洞。作为凡人,我们有幸踏足这片仙境,理应抛开世俗杂务,祈求好运与良缘。在这片每一花、每一叶、每一草、每一木都渗透着禅意的觉者圣地,您的境界越高远,心灵之灯便越能高高挂起。大觉山中的神灵与精灵,与佛堂的经文为伍,与天上的仙人共游。当您心绪不宁时,它们将拥抱您,为您驱散那些纷扰。

在这山山水水之间,您将发现自我;在花花草草之间,您将洞察世界;在林木之间,您将遇见佛性。

渔舟唱晚鱼米乡

赣抚平原灌区水利风景区

赣抚平原灌区水利风景区坐落于江西省南昌市及其周边地区,在美丽富饶的赣抚平原上。景区位于赣抚平原水利工程内,以佼石半岛为中心,依山傍水,物产丰富。景区地域广阔,覆盖三市。焦石拦河闸仿都江堰引水法,创江西五大河流"锁江"先河。赣抚平原水利工程1958年5月动工,1960年建成。主要建筑含焦石闸坝、王家洲节制闸等15座大中型枢纽工程及3600多座取泄水建筑物,是江西重大水利工程之一。

2010年,赣抚平原灌区水利风景区被水利部批准为国家水利风景区。

凝望着鄱阳湖，目光随着湖水逆流而上，能看到"落霞与孤鹜齐飞，秋水共长天一色"的壮丽景象，晨曦中湖面泛起金色光泽，一望无际的水色显得浩瀚而宁静。此外，还能听到溪流潺潺，它们低吟浅唱，悄然汇入湖水的怀抱……这片水域世界，美得如此温柔、宁静，无边的湖水与奔腾的江河无不使人们得到美的体验。

看！赣江与抚河的圣洁之水，在山峰与谷地的狭窄处蜿蜒流淌，它们缠绵地交融，创造出水天一色的美景，孕育出渔舟唱晚的宁静画面。在激情喷薄之后，温柔的两岸被晨光所照耀，映照出临川才子的魂魄，而在这之下，便是辽阔的赣抚平原。涓涓细流轻柔地抚摸着赣抚平原的河岸，湖边的微风轻拂着岸边的稻谷。流水的淙淙声与风过稻田的沙沙声，似乎在诉说着这里早已成为"江南粮仓"和"鱼米之乡"。

赣抚平原被誉为"鱼米之乡"，这无疑归功于其灌区的杰出规划与建设。该灌区坐落于江西省中部偏北，是一片广袤且肥沃的平原，位于赣江与抚河下游的汇合处。四周环境宜人，西北面被波光粼粼的赣江环抱，宛如一条蜿蜒的巨龙；东南侧则紧邻烟波浩渺的鄱阳湖，湖光山色相映成趣，景色迷人。

灌区的建设始于1958年5月，当时的建设者们怀揣着对美好生活的憧憬，立志在这片土地上创建一个惠及子孙的灌溉系统。经过两年的不懈努力，至1960年，灌区的基础建设任务已初步完成。此时的灌区已初具规模，为赣抚平原的农业发展打下了坚实的基础。

然而，建设者们并未就此止步。他们深知，灌区的完善与提升是一项长期且艰巨的任务。因此，在接下来的岁月里，他们持续不断地投入到灌

1958年工程开工

区的建设中,经过不懈的努力,灌区的功能得到了进一步的提升和完善。如今的赣抚平原灌区已经发展成一个集灌溉、排涝、发电、养殖等多种功能于一体的综合性水利工程,为赣抚平原的农业生产和经济发展提供了有力的支持。

如果能够展翅高飞,飞越这片辽阔的原野,去俯瞰,就会发现这里已不再是荒芜之地,河水不再泛滥,水汽中显现出一道道彩虹。曾经喜怒无常的"小白龙"如今已变得温顺。焦石拦河闸宛如水上琴键,与细白的波浪共同演奏出壮丽的交响曲;箭江分洪闸在汛期将汹涌的洪水处理得井井有条;岗前渡槽的巨大拱梁雄跨河流之上;天王渡船闸在烟雨朦胧中确保渡船通行无阻。

赣抚平原灌区

赣抚平原灌区的建设规模宏大,目前已完成焦石拦河闸、箭江分洪闸、岗前渡槽、天王渡船闸等15座主要建筑物的建设,并辅以近四千座其他辅助建筑。为了有效执行行洪与灌溉功能,灌区内精心规划并实施了干渠开挖工程,完成多条干渠的开挖。此外,还进行了斗渠以上渠道的开挖工作,共计543条,总长度达到1690公里。同时,为了排渍防洪,灌区内还开挖了多条排渍渠道。

终于,在"秋水共长天一色"的壮丽背景下,得益于水利工程的建设,赣抚平原灌区于2010年被批准为国家水利风景区。该景区的核心区域位于我国著名的"才子之乡"——临川,这无疑为景区增添了一层"人杰地灵"的文化底蕴。赣抚平原灌区素有"江南粮仓"的美誉,加之引入了一泓清澈的活水,滋润了百万城乡居民,成就了赣抚平原"鱼米之乡"的辉煌。

在灌区建设之前,抚河流域的农民生活依赖于自然的恩赐,当地流传着这样的民谣:"昔日抚河多灾祸,哀嚎遍野盖抚河,洪水吞噬田与地,干旱夺走手中禾,家家户户流离失所,无数生灵沉没于抚河。"暴雨的反复侵袭,年复一年的江水泛滥,圩堤的决口,房屋的倒塌……广大农民急切地呼唤着水利建设,以确保农业生产的稳定。1957年,江西省水利厅向水利部汇报《赣抚平原水利开发工程意见》并得到批复。

1958年5月1日,随着工人们破土动工,标志着赣抚平原水利工程的正式开工。赣抚平原上,人潮涌动,水利设施如雨后春笋般迅速建造起来,工人们的辛勤劳动取得了显著成效。

1959年7月1日,工程迎来了试运行的时刻。清澈的抚河水缓缓流入灌区,洁白的浪花轻拍着灌渠,温柔地抚慰着灌区人民的心灵。那甘甜的水流滋润了农田,也滋润了民工和农民的心田。农民们奔向渠边,捧起一捧捧清甜的幸福之水……

实际上,早在唐朝时期赣抚平原上就已建立了重要的水利设施。千金陂便是其中之一,它拥有1200年左右的悠久历史。它坐落于现今的抚州市临川区,是抚州历史上规模宏大、历史悠久、影响深远的综合性水利工程。除了临川区,抚州的各县市也分布着众多其他杰出的水利工程。

据民间传说,千金陂背后隐藏着一段古老的传奇故事。在昔日的临川之地,有一位名叫吴八伪的村民。某日,他意外地发现了一块形状奇特、类似盆状的蛇骨。这块蛇骨拥有神奇的力量,能够幻化出无穷的财富。因此,吴八伪迅速崛起,成了当地声名显赫的大富翁。

然而,随着岁月的流逝,抚河地区遭遇了严重的洪水灾害,民众们深受其害。吴八伪深感同情,他决然地放弃了那块能带来财富的蛇骨,将其投入河中，用以建造一座坚固的堤坝。这道堤坝便是如今闻名的千金陂，它不仅成功地抵御了洪水的侵袭，更成了当地民众心中的守护神。

依据历史记载，唐代时期，一段长达数里的河堤发生了严重的决口，导致支流泛滥，主流河道淤积堵塞。这场自然灾害使得广袤的肥沃田地被洪水淹没，民众流离失所，无家可归，生活在极端困苦和煎熬之中，他们痛苦的呼喊响彻四方。与此同时，统治阶级也深感焦虑，急切地寻找治理洪水的方法，以减轻民众的痛苦。

经过历代统治者的修复与改进，千金陂逐渐趋于完善，并开始发挥其关键的防洪功能。最终，千金陂演变成当地一处关键的水利工程，为民众的生活和农业的繁荣提供了坚实的支撑。

千金陂的建设显著提升了当地居民的农业生产条件和生活质量，当地居民无不以歌声表达他们的感激之情。同时，许多文人墨客也挥笔赞美，清代文学家李来泰所作的《千金陂》诗篇："土塍已续华陂绩，渤海平原次第寻。冉冉溪光抱城珥，畇畇原野地流金。五峰云色频来往，万壑秋声自浅深。木叶桃花无恙否？灵山风雨亦潮音。"

千金陂

尤为著名，该诗歌颂了抚州人民修筑千金陂的壮举，对千金陂的贡献给予了高度评价。

如今，随着水利风景区的兴起，越来越多的游客慕名而来，流连忘返。有人曾言："我本无意造访临川，然而这里的夕阳之美，令人不忍离去。"临川，作为赣抚平原灌区水利风景区的核心地带，其美宛如画卷，美得让人难以言表。当你亲临临川，寻觅一处小桥站立，看着小船穿梭于渡口之间，待到黄昏时分，放空心灵，凝望那如画般的景致，感受水乡独有的气息。孤鸿翩翩起舞，鱼儿在水中潜跃。一瞬间，所有的世俗感慨似乎都已烟消云散，但转瞬间又涌上心头。当夕阳消逝，回顾这一切，沉浸于如此心境，心中竟无一丝遗憾。

众多的水渠自然伴随着众多的桥梁。只需轻轻抬起凝视水中倒影的眼，便能瞥见一座桥，它散发着独特的韵味。这是这些桥梁中最为著名的文昌桥。文昌桥横跨抚河两岸，始建于南宋乾道元年，是抚河上第一座桥梁，至今已有逾八百年的历史。文昌桥的每个桥墩都雕刻着十二生肖之一，栩栩如生，令人喜爱。此外，文昌桥还流传着关于四大才子的美谈。据传，在明朝万历年间，抚州府临川县诞生了陈际泰、罗万藻、章世纯、艾南英这四位才子。

在某一年，一位即将上任的知府在前往抚州赴任的途中，经过文昌桥时，意外地遇到了四位赤裸上身、横卧在桥上的男子。他们身边放着一个破旧的箩筐，里面装着几株艾草。知府一眼就认出，这四位正是以"陈、罗、章、艾"为姓的四位才子，他们正以这种独特的方式，试图给新任知府一个下马威。知府也想借此机会展示自己的才华，于是命令随

赣抚平原灌区西总干渠渠首工程

从:"立刻让他们报上对联来!"四位才子听到命令后,立刻翻身坐起,随口吟出:"上文章下文章,文章桥上晒文章。"这句上联中,"上文章"表达了他们自认为才华横溢,而"下文章"则巧妙地利用了抚州方言中"文章"与"文昌"发音相似的特点,暗指他们身下所躺的文昌桥,以此来展示他们的才智和机敏。四位才子仰卧于天际,腹部享受着阳光的沐浴,这一幕恰巧构成了"文章桥上晒文章"的奇妙寓意。知府听闻此上联,苦思冥想良久,却始终未能想出合适的下联,最终面露惊愕,无言以对。于是,他命令衙役抬轿原路返回。当黄昏降临时,他们抵达一个渡口,只见旁边石碑上刻着"黄昏渡"三个字。知府向摆渡人询问其含义,摆渡人指向前面的两个村庄,解释分别为"前黄昏"和"后黄昏",因此渡口得名"黄昏渡"。知府听后,灵感顿生,下联随即脱口而出,他立刻命令轿夫加快速度进城,以便与四位才子相聚。然而,当轿子到达文昌桥时,只见一名书童静立桥头,手持纸条等待。见到知府到来,书童便将纸条递交给知府,并告知:"四大才子派我在此恭候大人,请您仔细阅读此联。"知府急忙展开纸条,只见上面写着:"前黄昏后黄昏,黄昏渡前渡黄昏。"至此,知府才真正领略到临川四大才子的非凡才华。从此,在临川任职期间,知府行事变得更加谨慎,丝毫不敢懈怠。

在赣江与抚河的滋养下,赣抚平原无疑成了"俊采星驰"的璀璨之地。据不完全统计,从宋代到清代,仅临川一地就有两千余名进士及第者,此地孕育出了一批举世瞩目的才子群体。其中,汤显祖、王安石、晏几道、曾巩、晏殊等杰出人才,更是临川古代才子群体中的璀璨星辰。

历代文人墨客对临川这片土地情有独钟,他们笔下描绘的临川美景引人入胜。唐代诗人崔橹在《临川见新柳》中深情吟咏:"不见江头三四日,桥边杨柳老金丝。岸南岸北往来渡,带雨带烟深浅枝。何处故乡牵梦想,两回他国见荣衰。汀洲草色亦如此,愁杀远人人不知。"他以细腻的笔触描绘了临川河畔柳树的婀娜多姿,抒发了对故乡的深深眷恋。

而元代诗人揭傒斯则在《自盱之临川早发》中赞美道:"扁舟催早发,隔浦遥相语。鱼色暗连山,江波乱飞雾。初辞梁安峡,稍见石门树。杳杳一声钟,如朝复如暮。"他以生动的笔触描绘了清晨临川河畔的宁静与美丽,展现了一番如诗如画的景致。

如此河畔美景,才子辈出,实在令人陶醉,谁又能不为之倾心呢?

视线缓缓模糊,思绪游离至何方?是被孤鹜牵引至历史的长廊,还是与夕阳余晖一同消散在天际?置身于赣抚平原的广袤之中,感受着被包围、被升华、被净化的过程;在思索中寻得平静,在平静中学会放下……让沉睡的灵魂在时空的长河中自由流淌,流向那未知的远方……

赣东南城千岛湖

南城醉仙湖水利风景区

醉仙湖水利风景区,素有赣东"千岛湖"之称,位于江西省南城县东部约16公里处,依托洪门水库而建,属于水库型水利风景区。景区水域广阔,岛屿众多,达千余个,湖畔有近万亩丹霞地貌。水库库内曾是西汉南城县治建昌古城所在地,又有方圆20公里明代益藩王七世八代近千名王子王孙的墓葬群淹入此地水底。近年有考证研究认为洪门镇为洪门策源地,附近有洪门古老过桥仪式中的万年桥、太平桥、望柱和石像。醉仙湖名源于湖畔神秘岩洞"醉仙岩",洞深庙存,传古仙人曾醉于此。

2015年,南城醉仙湖水利风景区被水利部批准为国家水利风景区。

"天上一幅画,麻姑山边挂,碧水展长卷,秀峰舞轻纱,日月为神笔,颜料抹丹霞,空谷鸣百鸟,云水泼墨洒……"

在这悠扬婉转的歌声中,融合了万亩湿地的芬芳,一幅壮丽的丹霞画卷缓缓展现在眼前。歌声飘扬,那动人的旋律仿佛化作迁徙的候鸟,飞向遥远的天际,继而折返,最终栖息在人们心灵的港湾。这歌声赞颂的,正是被誉为赣东"千岛湖"的江西省南城醉仙湖水利风景区。

这片坐落于赣东中心的山水仙境,是壮丽的丹霞地貌与浩瀚湖泊的绝妙融合。踏入此地,仿佛步入了一幅神奇的画卷。远眺,数万亩的水上峰峦呈现出如丹砂般的艳丽色彩,灿烂如同朝霞,山峰连绵不断;近观,低矮的山峰静默地矗立,宛如一位端庄的少女,为来访者指引着前行的道路。

群峰耸立,丹霞地貌如火般绚烂,水面波光粼粼,树影摇曳生姿,奇石嶙峋,溪流潺潺,这番景象令人陶醉,诗情画意,让人仿佛置身于仙境之中。该景区由三个部分组成:仙府洞天——醉仙岩景区、人间瑶池——步仙都景区,以及风云都会——大红河景区。水域开阔,湖中分布着形态多样的岛屿,总数超过1000个。

此地岛屿众多,宛若无数星辰坠入湖中,化作碧绿的珍珠,守护着一池清澈的湖水。正是这些突出的绿岛,赋予了湖泊别样的生机与活力,不再显得单调和孤寂。远眺而去,那一座座岛屿仿佛是漂浮在水面上的星辰,又似一颗颗翠绿的眼睛,散发出神秘的光辉。乘坐小船,选择一座小岛登陆,深入其中,你将欣喜若狂。只见那里的林木郁郁葱葱,鲜花五彩缤纷,到处回荡着鸟儿的歌声,弥漫着花儿的芬芳。沿着任意一条小径漫步,都会感到心旷神怡。

醉仙湖景区,这颗镶嵌在赣鄱大地上的璀璨明珠,深深扎根于洪门水库这一宏伟工程之中。洪门水库,一个承载着无数期许与梦想的庞大水体，以其12亿立方米的巨大容量，傲然屹立于江西省的水利版图上，稳居全省第三大水库的宝座。这不仅仅是一个数字的堆砌，更是自然与人类智慧和谐共生的见证。

作为多功能型水库的典范，洪门水库不仅肩负着防洪保安的千钧重担，还是电力生产与农业灌溉的重要源泉。每当雨季来临，它如一位沉稳的守护者，默默地将肆虐的洪水收归麾下，确保下游百姓的安宁；而当干旱肆虐，它又如甘霖般滋润着广袤的田野，为农作物的茁壮成长提供不竭的动力。在电力的供应上，它更是带来了光明与温暖，照亮了千家万户的生活。

然而，洪门水库的魅力远不止于此。得益于其得天独厚的地理位置与广阔的湖区湿地面积，这里逐渐成为迁徙候鸟心中的理想栖息地。它们或翱翔于蓝天之上，或嬉戏于碧波之间，为这片宁静的水域增添了几分生机与活力。据最新的科学调查数据显示，醉仙湖湖区内已发现的水鸟种类多达42种，它们分属于9目13科，构成了一个复杂而又精妙的生态系统。

这些水鸟中，不乏一些珍稀与濒危物种。它们或身披华丽的羽毛，在阳光下闪耀着耀眼的光芒；或拥有独特的鸣叫声，为这片水域编织出一曲曲动听的乐章。它们的到来，不仅丰富了醉仙湖的生态多样性，也吸引了众多鸟类爱好者和摄影师的关注。他们纷纷来到这里，用镜头记录下这些美丽而灵动的瞬间，让更多的人感受到大自然的神奇与魅力。

此外，醉仙湖景区还注重生态环境的保护与修复工作。近年来，随着生态文明建设理念深入人心，景区管理部门采取了一系列有效措施，加强了对水质的监测与治理，加大了对非法捕捞与狩猎行为的打击力度，为候鸟等野生动物营造了一个更加安全、舒适的生存环境。

来到这里观赏鸟类，你将被它们的世界深深震撼。在晨光的映照下，湖面波光粼粼，水面上泛起金色的光芒，成群的鸟儿在水面上欢快地嬉戏，仿佛正在举行一场盛大的鸟类聚会。它们竞相展示着飞翔的技艺，在空中翩翩起舞，宛如一群舞蹈家，在湖面这个天然舞台上尽情展示自己的风采。有的鸟儿跳着优雅的华尔兹，有的则演绎着轻盈的芭蕾舞，有的独立特行、自成一体，还有的跳着奇特的怪步舞蹈。观赏这些鸟儿的舞蹈，你会不由自主地被它们的灵性和自由自在的生活方式所吸引。

特别是在冬天到来之际，成千上万的鸬鹚、白鹭回归。它们轻盈的翅膀划过如同蓝宝石般的天空，不留下丝毫痕迹。它们缓缓下降，低空飞行，掠过湖面激起层层涟漪，湖面宛如绿缎被轻轻揉皱。当清脆的鸣叫声渐渐远去，倒映在湖面上的身影也逐渐变小，湖面再次恢复了宁静。

"雾开丹崖仙踪现，一道石径上云巅。渔舟回旋沧浪亭，钟鸣断续醉仙岩。山色浓淡画图里，人家隐约白云边。觉外青山天外天，自在江湖云水间。"每当云雾散去，湖水之瑰丽色彩逐渐展现，其中蓝色与绿色交相辉映，美不胜收。此刻，若乘坐一叶扁舟，则可尽情领略白居易在《江南好》中所描绘的"春来江水绿如蓝"的绝美景色，令人心旷神怡。

不时落下的几朵嫩白小花，为这碧水丹山做着点缀，远山之间还萦绕着残留的雾丝，慢慢荡舟靠近，竟有种撩开醉仙湖神秘面纱的感觉。弃舟登山，一条条蜿蜒曲折的分汊，引人步步通往深幽处，蔚蓝的天宇在苍茫的层林中若隐若现，掩尽

醉仙岩

人间。

萦绕在耳边的觉海寺钟声渐渐清晰起来,细碎的阳光从禅房的瓦檐边铺洒下来,投射出斑驳光影,让人被笼罩在善净的气与光之中。虔诚一拜,清心梵音悠扬飘荡。

天色逐晚,云层渐浓,倦鸟归处,仿佛听得见夕阳的回声。婀娜多姿的霞光云氲,浸润在这缱绻的晚风中,黄昏的温度被送到景区的每一处。一线天、醉仙岩等景点都染上了柔和的余晖。

这片如画般的山水胜地,以其独一无二的自然景观与人文遗产的完美结合,令人神往不已。在醉仙湖的中部,雄伟的丹霞山耸立,山腰隐藏着一个名为醉仙岩的岩洞。这个岩洞不仅景色迷人,还是一处佛教与道教的圣地,过去常有信众在此焚香祈祷,以求得福祉。

关于醉仙岩的由来,有一个传说讲述的是麻姑仙女,她曾三次见证了"沧海桑田"的变迁。她用自己酿制的麻姑酒,将素来不醉的酒仙灌醉,从而留下了醉仙岩的传说。然而,醉仙湖的故事远不止于此。

据传说,吕洞宾的弟子刘海,以他深厚的功力闻名遐迩,热衷于游历四方。他怀揣满腔正义,坚定不移地致力于铲除世间的妖魔,为人间带来福祉。某日,刘海成功降服了长期危害百姓的金蟾妖精。在激烈的斗法中,金蟾不幸受伤,失去了一只脚,从此只余三脚。

此后,金蟾臣服于刘海,为了弥补过错,它施展绝技,吞进金银财宝,协助刘海造福苍生,救贫济寒。世人对此深感惊奇,纷纷称誉金蟾为"招财蟾"。自此,金蟾成为刘海珍视的宝物,亦是仙家之灵物。

因具有口吐金钱之神奇能力,金蟾被视为旺财之神。凡人若得此灵物,便可尽享荣华富贵。民间流传着"刘海戏金蟾,步步钓金钱"的佳话,表达了人们对美好生活的向往与追求。

在明朝的《列仙全传》中,刘海位列八仙之一。然而,在后来的《八仙出处东游记》中,其位置被张果老所替代。刘海,五代时期的人物,曾辅佐燕王为相。后来,他致力于修道成仙,成为传统文化中的"福神"。

说到八仙的分类,民间流传着多种说法。据说,上八仙包括福星、禄星、寿星、张仙、东方朔、陈抟、彭祖和骊山老母;中八仙则由吕洞宾、李铁拐、汉钟离、韩湘子、曹国舅、何仙姑、蓝采和、张果老组成;下八仙则包括王乔、陈戚子、徐神翁、刘伶、陈抟、毕卓、任风子和刘海蟾(即刘海)。这些仙人在传统文化中各具特色,共同构成了丰富多彩的神话传说体系。

某日,中八仙之一的张果老悠然自得地云游至南城的醉仙湖,不料与下八仙之一的刘海不期而遇。两位仙人一碰面,便开始为了争夺上中下的名次,互相较量起来,争斗激烈,使得醉仙湖上空陷入一片混沌,日月黯淡无光。

正当两位仙家激战正酣之际,一朵绚丽多彩的祥云忽然从天而降,缓缓地停在了他们中间。云中传来一个温和的声音:"两位仙人,请暂停争斗,贫道有几句话要说……"两人定睛一看,原来是麻姑翩然而至,他们立刻收起武器,恭敬地行礼:"啊,原来是东道主驾到,失敬失敬!"麻姑面带微笑地望着他们,开口道:"二位仙人莅临仙湖,贫道未能远迎,实在抱歉。"随后,她询问了他们争执的原因。听完之后,她不禁轻声笑了起来:"论资历,你们都是我的晚辈;论容貌,我却似乎显得年轻。那么,我们究竟谁才是晚辈呢?"张、刘二仙被问得哑口无言,面面相觑,不知如何回应。

见此情景,麻姑继续微笑着说:"有功即成神,无欲则成仙。你们为了些许名利之争,搅得天上人间不得安宁,还牵连了无辜的凡人。你们的心里真的能安宁吗?这难道不是让世人嘲笑我们是虚伪之徒吗?"

张、刘二仙听后,羞愧得满脸通红,连忙一同道歉:"是小仙们失礼了,让您见笑了!"言毕,他们各自收起了武器。

麻姑见状,便趁机邀请两位仙人一同前往丹霞山做客。她边走边吟诵道:"云游至我家,仙籍何须分高低,人间尚唱和谐曲,一壶好酒聚丹霞。"三位仙家就这样欢欢喜喜地一同上山,醉仙湖也恢复了往日的宁静。

遥望醉仙湖中巍峨耸立的金蟾峰,它实际上是昔日刘海与张果老争斗时,不慎遗落的三脚蟾蜍所化。这座山峰日夜矗立在荡漾的碧波之中,守护着湖畔的百姓,象征着财源滚滚、福泽绵长。

在这片浩瀚的碧波与连绵的丹山之间,不仅流传着栩栩如生的仙界传说,还蕴藏着丰富的历史遗迹。在陡峭的岩石上,那潇洒飘逸的诗句"朝发飞猿峤,暮宿落峭石"是山水诗的鼻祖谢灵运留下的足迹。刻在麻姑碑上的字,结体端庄大气、章法细密充实,彰显了书法大师颜真卿的遗韵。此外,位于南城县洪门镇洪门岭的明代益王墓,也在静静地诉说着南城的历史故事。南城,宛如一张白纸,任由岁月的画笔在此起笔落笔,逐渐堆积起笔尖的粉墨。历经风雨沧桑,几度辉煌,最终形成了如今深厚的文化底蕴。

当你亲临此地,脚踏着青石板,轻轻抬头远望,近处的山峦如簪,远处的山峦如烟。层层波浪随风起伏,阳光跳跃其间,令人目眩神迷,时间仿佛在此刻停滞。

硝石镇,一座拥有

洪门水库摩崖造像

千年历史的古镇,其起源可追溯至西汉时期。这座古镇不仅是连接江西与福建的重要交通枢纽,而且还是南城、黎川、资溪三县商贸活动的汇聚之地。然而,随着历史变迁,硝石镇曾经的繁荣景象逐渐被河水淹没,消失在历史的长河中。2016年11月,洪门水库的水位显著下降,意外地现出了被淹没若干年的佛像、圣旨牌坊等文物,这一发现引起了国家文物局的重视。随后在2017年1月,国家文物局与江西省文物考古研究院携手,对洪门水库摩崖造像周边水域的古迹进行了为期十天的水下考古调查。到了2018年9月,两方再度合作,展开了为期三十天的水下考古勘探工作,这是对洪门水库进行的第二次详细勘探。据史料记载,硝石镇曾是南城的政治、经济、军事、文化中心,也是江西省通往福建的交通要道,是南城当时最为富庶的地方。

你可以将醉仙湖风景区比作一位温婉的少女,这得益于那一座座羞怯的山头和镶着棕红色裙边的山脚,再搭配上深邃的碧绿色调;或者,你也可以将它比作一个曾经轻狂的少年,因为那沉睡在水库之下的热血未凉,即便如今已步入暮年,依旧怀揣着"归来仍是少年"的梦想,他所期待的曙光已然来临。醉仙湖不仅承载着人们对水的深厚崇敬,也展现了人们对鸟类的友好之情。无论是那缥缈的仙界神话,还是那些沉重的历史事件,醉仙湖都以其独特的魅力,构筑了一部宏伟的史诗。在这片南城的美丽湖畔,世代传承的文明得以延续,而当代的文明也在此地焕发出新的光彩。南城的人民在湖畔的怀抱中,既继承着昨日的辉煌,又不断续写着今日的篇章。

醉仙湖,醉倒的何止是仙,还有你我。我们小心翼翼地踏着松散的山石,在湖边漫步,掬起一捧清凉的湖水,仿佛触摸到凝滑如脂的肌肤,聆听一波细浪轻拍湖岸,宛如听到轻声细语的娇嗔。我们在这里相约,为这一刻烟波浩渺、水天一色的绮丽风光。

倚剑长歌武功湖

安福县武功湖水利风景区

　　武功湖水利风景区在江西省吉安市安福县,因位于武功山下而得名,是武功山国家森林公园的重要组成部分。武功湖原名社上水库,始建于1969年,库容达到1.7亿立方米。景区林木众多,有红豆杉、罗汉松、银杏等十多种国家珍稀树种。这里还是白鹭、野鸭、野猪、短尾猴等动物的栖息地。湖内岛屿星罗棋布,岛上植被茂密,湖中鱼类丰富。最有特色岛屿为桃花岛,占地80余亩。春季桃花灿若朝霞,如红云缭绕,令人心醉。

　　2006年,安福县武功湖水利风景区被水利部批准为国家水利风景区。

在灿烂的阳光照耀下，武功湖波光粼粼，水色明媚，仿佛汇聚了整湖的柔情蜜意，在微风中轻轻荡漾。著名的地理学家徐霞客曾亲临此地，留下了长篇游记，这些珍贵的文字至今仍被世人传颂。"不几谓武功无奇甚哉"！徐霞客对这里的山水流连忘返，对此地充满了感慨与眷恋。

除了徐霞客，还有许多文人墨客也慕名而来，他们在这片土地上留下了自己的佳作。"何日归休无一事，闲身不惜访群仙"，诗句中透露出对武功湖美景的向往与追求；"苍茫海沸金波立，灿烂云收玉宇空"，则描绘出了一幅令人心旷神怡的壮丽画卷。武功文化，犹如璀璨星辰，照亮了历史的长河。

在这片神奇的土地上，东吴罗霄英勇杀敌，其事迹被载入史册，成为后人传颂的佳话；三国冲应真人葛玄筑坛炼丹，终得无上大道，其传奇故事至今仍为人津津乐道；东晋武公西行驻留，修得宾仙之果，更是为这片土地增添了几分仙气。此外，宋文仪求嗣得天祥，明嘉靖求药得长寿，这些历史或传说都增添了武功湖、武功山的神秘气息。

更有无数文人雅士，如袁皓在石洞中吟诗作对，庭坚探秘石乳之奇，守益传承良法，阳明传播大道，他们无不亲临武功湖，览胜抒怀，留下了许多脍炙人口的诗篇与故事。荐绅父老、雅人韵士，皆以能到此一游为幸，他们在这片土地上抒发着自己的情怀与志向，共同见证了武功文化的灿烂与辉煌。

众多文人墨客纷至沓来，在此留下了一串串芬芳的诗句。武功湖的波纹中，洋溢着唯美的诗意，仿佛每一滴水珠都蕴含着诗人的情感。诗人们将武功湖的美景融入诗歌之中，深深嵌入到了审美者的心灵深处。那清澈的湖水、连绵的群山以及湖边的一草一木，因这优美的诗歌而更加生动，仿佛被赋予了灵魂。

武功湖，原名社上水库，作为江西省二十四座大型水库之一，其库容高达1.7亿立方米。这片水域下辖"两库一渠"及三座电站，总装机容量达到1.5万千瓦，因坐落于江西省第一高峰——武功山——下而得名，是武功山国家森林公园不可或缺的精彩篇章。

武功秋色

武功湖，这片辽阔的水域，曾一度因鲴鱼网箱养殖而陷入污染之困。对此，社上水库管理局展现出了坚定的决心与行动力，毅然决然地投身于水质保护的伟大事业之中。2005年，随着国家水利风景区建设战略的全面启动，管理局敏锐地捕捉到了这一历史性的机遇，以此为契机，明确了"生态优先、风景区并进"的宏伟发展蓝图。在各级领导的大力支持与关怀下，经过不懈努力，武功湖风景区终于在2006年成功获得了水利部的权威认证，正式跻身国家水利风景区的行列。风景区始终秉持着维护工程安全、促进湖库健康、优化人居环境、带动库区发展的崇高使命，精心规划蓝图并设计具体实施策略。依托社上水库工程的坚实基础，风景区巧妙地将景区开发与水利建设融为一体，通过库区改造、水土保持、水环境治理等一系列有力措施，不断提升景区的整体品质与形象，努力构建人与自然和谐共生的美好环境。

此地自然文化资源极为丰富，堪称一绝。森林覆盖率极高，目之所及，皆是苍翠欲滴的绿意，让人仿佛置身于一片生机勃勃的绿色海洋之中。漫步其间，每一步都踏在盎然绿意之上，令人心旷神怡。在这片广袤的绿色世界中，红豆杉、罗汉松、银杏等十余种国家珍稀树种点缀其间，它们如同璀璨的明珠，为这片绿色海洋增添了无限光彩。

得益于多年来持续有效的保护措施，这里已成为众多珍稀动物的理想栖息地。白鹭翩翩起舞,野鸭悠然自得,野猪在林间穿梭,短尾猴在枝头嬉戏,构成了一幅和谐共生的生态画卷。湖泊内岛屿星罗棋布,宛如散落在碧波荡漾的湖面之上的点点繁星。岛屿之上,树木葱茏茂密,枝叶翠绿鲜活,虽历经风雨洗礼,却依然展现出勃勃生机,仿佛在诉说着生命的坚韧与不屈。

踏上岛屿,探寻那古树之美,无疑是一种极致的享受。你或许难以揣测这些古树究竟历经了多少岁月的洗礼,不清楚它们如何承受了风雨的洗礼与时光的雕琢。然而,那层层叠加的年轮,无疑见证了它们的沧桑与古老;而它们那高耸入云的树冠,则彰显着它们的强健与生命力。它们的枝叶仿佛张开的翅膀,奋力向上,只为更接近那片蔚蓝的天际。它们的一生,充满了探索与奋斗,其背后的故事,值得我们去细细品味与研究。

在武功湖星罗棋布的岛屿之中,桃花岛凭借其非凡的声誉与广袤的面积,成了最为耀眼的存在。其占地面积多达80余亩,无疑是这片水域中最大且最为人熟知的一座岛屿。当春回大地,阳光普照,万物复苏之时,桃花岛上的桃花也悄然绽放,将整个岛屿装扮成一个绚烂的粉色世界。游客乘船缓缓驶近,尚未登岛,便已能远远望见那片粉红的海洋,桃花的娇艳与绿叶的翠绿交织在一起,构成了一幅令人心旷神怡的画卷。

桃花盛开之时,岛屿被美景环绕,宛如画卷,令人久久不愿离去。游客们停泊船只,踏上岛屿,瞬间被清新的花香

水库泄洪

所包围,心旷神怡,仿佛心灵得到了净化。举目四望,只见花瓣随风轻舞,如同仙女翩翩起舞,道路两旁更是落英缤纷,美不胜收,令人陶醉。

人间四月天,最是美好时节,武功湖的桃花岛恰在此刻迎来了桃花的盛放期。步入这片绚烂的桃花海洋,仿佛踏入了一个与世隔绝的仙境,让人忘却尘嚣,沉醉其中。

乘船游弋于武功湖,清晨可观赏壮丽的日出,只见天边泛起淡淡的鱼肚白,随后太阳逐渐上升,将万丈光芒洒满湖面,波光粼粼,美不胜收。午后时分,在湖上悠然乘凉,品尝美酒佳肴,与鱼虾为伴,与麋鹿为友,感受大自然的和谐与宁静,让人不禁感叹自身的渺小与世界的浩瀚。

傍晚时分,武功湖的景色更是壮观无比。落日与彩霞交相辉映,流云簇拥着落日缓缓沉入湖面,金光闪闪,美不胜收。此情此景,恰如古人所言:"落霞与孤鹜齐飞,秋水共长天一色"。夜幕降临,武功湖则呈现出另一番景象,满天星辰倒映在水中,如同银河落入凡间,令人心旷神怡。

武功湖的景色因时而异,在四季更迭中各有千秋。春夏之交,草原翠绿欲滴,万亩草甸如诗如画,展现出大自然的勃勃生机。而秋季,则是一片金黄,日出时分更是金光闪闪,美不胜收。冬季时,银装素裹的武功湖更是宛如仙境,纯净而妖娆,让人流连忘返。

其中最令人心驰神往的莫过于武功山上的云海奇观。夏秋之际,雨后初晴,充沛的水汽与武功山周边的冷空气相遇,凝结成波澜壮阔、犹如大海般翻涌的云海景象。夕阳西下,站在峰顶俯瞰远处的武功湖,夕阳的余晖照在湖面上,散射出五彩斑斓的光芒,形成一幅绚烂夺目的"彩色云海"画卷,其壮丽程度令人叹为观止。

武功湖的下游,则是蜿蜒曲折的九曲十八弯,其景"绵延十余里,山环水绕,清幽深邃,美不胜收"。漫步湖畔,恍若步入仙境,抬头仰望,蓝天白云,令人心旷神怡。沿途可见飞鸟振翅高飞,家禽悠然自得,湖面上的船只轻轻摇曳,荡起层层涟漪,向四周缓缓扩散,展现出一幅静谧而又生动的画面。

此间景致,动静相宜,美不胜收,宛若世外桃源,令人流连忘返。游客置身于此山水之间,不仅能够忘却尘世的烦恼,更能让思绪飘向远方,享受片刻的宁静与自由。

武功山北部的金顶,亦称白鹤峰,是由葛仙坛、冲应坛、汪仙坛与白鹤峰寺等共同构成的拥有逾1700年悠久历史的"江南祭坛群"。此地不仅是江西之巅,更被誉为"天宝物华,靡曼美色"的仙境,是羽化登仙的理想之地。登上金顶,极目远眺,大美山水尽收眼底,视野开阔,芳草萋萋,仿佛置身于仙境之中,令人心旷神怡。

正如老子所言,"道法自然",若你厌倦了尘世的喧嚣与纷扰,不妨登临白鹤峰,泛舟武功湖上,欣赏那绝美的自然风光,感受抱朴归真的宁静与和谐。在这里,你可以乘舟赏山,登高望水,尽情领略山水之美,感受大自然的鬼斧神工。

武功景区,作为中国道教的圣地,历史上武功山亦以"泸潇山"之名闻名遐迩。其名称源于泸水与潇水在此交汇的壮丽景象,蕴含着深厚的历史文化底蕴。自东汉以来,道教宗师葛玄、东晋高道葛洪等先贤纷纷莅临此地,潜心炼丹,修行道法,留下了不朽的传奇。他们也因此被道教界尊称为太极仙翁与小仙翁,其影响力跨越时空,历久弥新。

明朝刘鉴于《武功记》一书中,对武功景区赞誉有加,他写道:"东南天柱有三,盖衡庐与武功。衡首庐尾武功中,跨袁吉间,屹立最高……乃乾坤之胜景,神仙之福地也。"由此可见,武功景区在道教文化及自然风光方面均有着举足轻重的地位。

据史书记载,赤乌元年,三国时期著名的道教高人葛玄,曾隐居在武功金顶,潜心炼丹长达六年之久。葛玄本就精通仙术,而选择武功山作为修行圣地,更是因其认为此地灵气充盈,为修炼之绝佳所在。

　　武功山不仅风光旖旎,还孕育着众多奇花异草。据传,当时正值乱世,几场大战之后,无辜百姓惨遭屠戮,怨气积聚,妖风邪气弥漫,瘟疫肆虐。葛玄下山后,一路向南,沿途斩妖除魔,为民除害。

　　一日,葛玄追踪一只大蛇至罗霄山,即武功山。此蛇原为天界神龙之子,因触犯天条被贬凡间。心怀不甘的它,吞噬了在云梦泽修炼的神兽白泽,获得了雷电之力,并能与人交流。自此,它肆虐人间,百姓苦不堪言。

　　葛玄游历至此,听闻百姓诉苦。云梦泽曾有神兽庇佑,五谷丰登,百姓安康。然而,大蛇降临后,天灾频发,百姓生活陷入困境。葛玄闻讯,深知此蛇来历不凡,乃祸害之源,遂决心除之。

　　天空乌云密布,雷电交加,大蛇吞吐云雾,吸收天地精华。葛玄闭目凝神,衣袂随风飘扬。他猛然睁眼,抽出宝剑,怒喝一声,向大蛇劈去。剑光如电,斩向大蛇。然而,大蛇皮糙肉厚,一剑未能将其斩断。

武功湖

村民们见状惊呼,以为末日降临。大蛇虽受重创,却未死绝,再次腾空而起,怒视葛玄。葛玄面不改色,心念坚定:"斩妖除魔,乃道者天职。"他深吸一口气,再次挥剑斩向大蛇。

双方激战数日,葛玄深知常规手段难以取胜,遂施展毕生所学——"五味真火"。火焰熊熊燃烧,照亮天际。大蛇痛苦挣扎,却仍不死心。葛玄见状大惊,急忙收回真火,以防误伤无辜。

大蛇趁机逃脱,葛玄紧随其后。他来到一处山洞前,只听得洞内传来阵阵咆哮。葛玄持剑而入,只见大蛇身受重伤,却仍在修炼。大蛇见葛玄到来,怒目圆睁,口吐咒语化为乌龙。葛玄临危不乱,抽出镇兽符贴于乌龙额头。乌龙身躯一震,失去意识倒地不起。

为防止乌龙魂魄作祟,再次为祸人间,葛玄又在山头贴了一道符摄取其魂魄。自此武功山恢复了往日的宁静与祥和。

葛玄因斩杀大蛇有功深受百姓爱戴。他见武功山风景秀丽便决定在此继续修行。他或炼制仙丹或打坐参悟或下山采药或与百姓交流道法。岁月流转,葛玄在武功山修行日久,终得悟人世造化与万物因果之真谛。而百姓们也因葛玄的庇护得以安居乐业,便在山上修建庙堂供奉葛玄,祈求福祉。

"窈窕泸潇峰,泼眼丹青画。平林万叠云,一笔千金价。抱树青猿吟,悬空白鸟下。仙人手可招,肯我茅龙借。"自古以来,武功便被誉为圣地,其地位不可撼动。

当你穿梭于高楼大厦的缝隙中,被红尘琐事所困扰时,何不来武功一游?这里定能让你心灵得到净化,参透许多人生哲理。

在这片天地间,万物皆有归属,一切皆有本源,万事皆有因果。正如古人云:"惟江上之清风,与山间之明月,耳得之而为声,目遇之而成色,取之无禁,用之不竭。"这里的风景如画,美不胜收,让你的思绪随风飘扬,飘向远方,飘向那未知的彼岸……

有龙则灵帝王乡

南阳市龙王沟水利风景区

南阳市龙王沟水利风景区，位于河南省南阳市卧龙区北部，距南阳中心城区约15公里，总面积达21平方公里。该景区以风景秀丽的龙王沟水库为核心，由一湖一岗十二岛构成。这里自然景观丰富，河库鸟瞰呈天然卧龙图腾。万鸟林，蓝天碧水，为休闲胜地。景区亦有深厚的历史文化底蕴，古迹遍布，民俗文化多样。

2009年，南阳市龙王沟水利风景区被水利部批准为国家水利风景区。

提及历史悠久的南阳城,诸如"南都帝乡"、"五圣故里"、"千年玉都"及"卧龙之地"等美誉,无不淋漓尽致地展现出其深邃的文化积淀与非凡的独特韵味。而今,在这片文化底蕴深厚、自然风光秀丽的土地上,又涌现出一处恍若仙境的绝美胜地——龙王沟水利风景区。

龙王沟水库,这方被乡民们亲昵地冠以麒麟湖之名的璀璨明珠,其宏大的规模与多功能特性令人惊叹。它是自然美景与人文底蕴的完美结合,在南阳市乃至长江流域中如一颗璀璨的宝石,闪烁着耀眼的光芒。水库的构造堪称巧夺天工,主坝巍峨挺拔,副坝稳固如磐,泄洪道设计精妙绝伦,共同构筑起这座中型水利综合枢纽的铜墙铁壁。在防洪减灾、灌溉供水方面,它扮演着不可或缺的角色,同时,其丰富的水产资源与独特的旅游价值,也为地方经济的腾飞注入了强劲动力。

坐落于蒲山镇龙王沟村北的大坝,选址之精妙,地理位置之优越,令人赞叹不已。此地位于南阳市以北约十五公里处的泗水河西支流域,乃长江流域白河水系的关键一环。水库总面积大,总库容量更是达到了5270万立方米。如此浩瀚的水体,不仅为周边地区提供了丰沛的水资源,还成为调节区域气候、维护生态平衡的坚实后盾。

步入龙王沟水利风景区,恍若步入了一个超凡脱俗的仙境。这里的自然景观美不胜收。万鸟林中,群鸟翱翔,鸣声悠扬;森林氧吧内,动植物多样,绿意葱茏,空气清新,是都市人逃离尘嚣、亲近自然的理想之地。此地有崇山峻岭、茂林修竹,又有清流激湍、映带左右。而"游龙戏水""灵龟探海"等自然景观,更是以其独特的寓意,引得无数文人墨客驻足观赏,他们沉醉其中,流连忘返。

此外,龙王沟水库水利风景区的人文景观同样令人叹为观止。康王庙、皇堂庙等古建筑群,历经沧桑,见证了历史的变迁,承载着厚重的历史和文化底蕴。这些庙宇建筑风格独特,文化内涵丰富,是研究地方历史、文化的珍贵实物资料,让人在游览中感受到历史的厚重与文化的魅力。

常言道:"山不在高,有仙则名;水不在深,有龙则灵。"此言诚不我欺,龙王沟正是这样一个洋溢着灵性的仙境,其独特的山水风貌,宛如一幅绝美的画卷,吸引着众多游客前来,领略那份超然物外的宁静与美好。

南阳人杰地灵。这里历史悠久,人才济济。昔日,姜子牙背井离乡,辅佐周武王开创霸业;百里奚远赴秦国,助秦国日益昌盛;范蠡与文种并肩作战,共助越国灭吴;诸葛亮蒙受刘备三顾之恩,出南阳而使三国鼎立;刘秀竖旗招兵,开创东汉的辉煌基业……《王莽撵刘秀》等传说,能够彰显此地深厚的人文底蕴。今者,更是名人辈出,彭雪枫(军事家)、冯友兰(哲学家)、二月河(作家)、王永民(发明家)、王光谦(第十四届全国政协副主席,中科院院士)、申长雨(中科院院士)等皆出于斯。其文化底蕴何其厚重哉!

为了传承文化精髓,颂扬先贤智慧,该景区特别将二月河、周同宾等文学巨匠笔下描绘龙王沟的佳作,精心装裱于壁间,以供世人品鉴与学习。同时,我们还将名家与当地贤达之士的肖像,以精湛的喷绘技艺,展现在交通要道之上,让过往的行人都能一睹其风采,感受其精神魅力。

今日的龙王沟水利风景区,已荣获"龙腾之地"的美誉,其景致既质朴又不失韵味,它凭借其独特的自然景观与深邃的人文底蕴,正吸引着四面八方的游客前来探寻。该风景区坐落于南阳市北郊的幽静之地,东临碧波荡漾的白河,背靠五朵山,地理位置之

文化长廊

优越，恰似镶嵌于"南阳盆地"的一颗璀璨明珠。

其核心景区包括紫山、龙王沟水库、冢岗庙水库等，共计有二十余处令人流连忘返的景点。其中，紫山的秀丽与龙王沟水库的壮阔更是景区的点睛之笔，它们以各自独特的魅力，共同诠释着龙王沟水利风景区的无限风光与深厚文化。

此地气候宜人，温暖湿润，雨水丰沛，四季更迭井然有序，山川景色秀丽迷人，林木郁郁葱葱，鸟语花香环绕，生物极具多样性。风景区以观光游览为主要特色，同时巧妙融合了休闲娱乐、健身疗养、现代农业体验等多重功能，实为民众假日休闲的绝佳选择。

湖光山色

论及紫山，此山之所以得名，乃因其山体之秀美、石质之紫以及盛产珍稀中药材"紫柴胡"，实为南阳境内九座孤山中的一颗璀璨明珠。其地理位置得天独厚，自然风貌亦颇为独特，令人叹为观止。

紫山由熬山、横山、黄潞山等十几座巍峨挺拔的山峰共同组合而成，主峰玉皇顶，亦称紫灵峰，上面青松翠柏郁郁葱葱，奇石嶙峋错落有致，犹如一幅精美的画卷展现在世人面前。作为南阳市区中轴线之北端，紫山的重要性不言而喻，它不仅是自然的杰作，更是南阳人民心中的圣地。

紫山山势险峻，沟壑纵横，悬崖峭壁之上植被茂密，绿意盎然，素有"紫灵耸翠"之美誉。漫步山间，仿佛置身于一幅生动的山水画卷之中，令人心旷神怡，流连忘返。

除了旖旎的自然风光之外，紫山还因其流传久远的动人传说与历经风霜的名胜古迹而声名远扬。据史书记载,西汉末年,刘秀在躲避王莽追杀之际,曾在此地一块大石板上暂避风雨。其后,刘秀登基为帝,此石板便被誉为"刘秀床"。

翔凤岗与紫灵峰之巅,百鸟齐鸣,并鸟、白头翁、黄鹂、八哥、画眉、斑鸠等鸟类的叫声声声悦耳,为紫山平添了几分生机与活力。尤为值得一提的是,每年4月至9月间,晨曦初露与夕阳西下之时,万鸟出巢与归林的壮观景象令人心潮澎湃、叹为观止。

此外,紫山景区内还精心打造了"三文化"长廊、三理亭、三星楼等人文景观,使游客在欣赏自然美景的同时,也能深入领略独特的"三文化"韵味。漫步于环岛小径之上,四周美景尽收眼底,让人仿佛置身于世外桃源之中,流连忘返。

此外,紫山北侧赫然横卧着一条深邃的大沟,沟内碧波荡漾,形成了一片辽阔无垠的湖区。湖岸线蜿蜒曲折,形态万千,犹如数条巨龙悠然饮水于湖畔,龙爪沿岸伸展,栩栩如生,令人叹为观止。从空中俯瞰,山光与水色交织成一幅绚丽多彩的画面,龙凤龟麟等自然形态跃然于眼前,构成了一幅令人心旷神怡的山水画卷。

在紫山这片神奇的土地上,游客不仅能够沉浸于自然之美,更能深入探寻历史的足迹,感受文化的韵味,这里无疑是一处不可多得的旅游胜地。

此地域内,山川水泽的命名多蕴含深意,除却少数以人名及瑞兽为记外,绝大多数皆以龙为尊。诸如龙王沟、龙王潭、龙王湖、龙王景区、龙王公园,以及大龙窝、

五彩大地

小龙窝、神龙岛等，无一不彰显着龙的神韵与威严。而与宗教信仰紧密相连的建筑及遗迹，如龙王庙、玉皇庙、康王庙、观音寺、麒麟寺、元明寺等，更是承载着深厚的文化底蕴，让人在游览中感受到浓厚的文化氛围。

龙王沟，这处集天地之精华、山水之灵秀、林木之葱郁、鸟鸣之悦耳于一体的绝美之地，其地名、村名、地形、石体遗迹，与流传千古的龙王沟传说故事相互映衬，共同编织着一段段动人心弦的故事。这些故事经由代代口耳相传，已成为后世子孙宝贵的精神财富和文化遗产。

龙王沟的传说在当地早已深入人心，家喻户晓。据传，东海龙王敖广于青春年少之时，酷爱游历天下名山大川，一方面为巡视水旱灾情，另一方面则为了深切体察民间疾苦。某日，敖广化身为一名温文尔雅的书生，独自探访龙王沟，欲寻那传说中的延年益寿之奇药——紫柴胡。步入密林深处，忽闻一阵哀婉缠绵的歌声自远方传来，歌声中充满了无尽的忧愁与无奈，如泣如诉，令人闻之动容。歌词哀怨道："受魔欺，遭天算，昔日王女陷困境。空山孤影无人怜，闲云野鹤为伴行。何日再唤清风至，展翅高飞作云燕。"

此歌声哀婉凄切，敖广闻声探寻，只见不远处，一位正值青春年华的女子正在山间采集草药。出于好奇，敖广上前询问，方知此女竟是自己的表妹小龙女，不幸遭旱魃陷害并被逼婚至此。在这荒郊野外，偶遇至亲，小龙女心中五味杂陈，悲喜交加，猛然间投入敖广怀抱，泪水如泉涌般落下。

此时，远处一道璀璨白光骤然旋转，转瞬之间，一青面獠牙、面目狰狞的妖魔赫然出现在二人面前。此妖魔正是旱魃，眼见东海龙君与小龙女重逢，心生嫉妒与怨恨，意图凭借自身法力驱逐敖广。然而，敖广身为佛祖门徒、玉帝驾前真龙，亦是东海之主，岂是区区妖魔所能驱逐的？敖广当即腾空而起,化回真身,龙口一张,一股磅礴洪流犹如天河倾泻,猛然冲向旱魃,势不可挡。旱魃虽有蒸云吸水之能,但在东海龙王面前却力不从心,最终只得狼狈逃窜。

经历此番劫难,他们表兄妹二人心生爱慕。然而,鉴于小龙女尚为待罪之身,他们决定在泗水河上游之三聚口重建龙潭,作为栖身之所。为防止旱魃再度肆虐,敖广特辟一暗道,自龙潭直抵东海,使二海相连,如此则潭水不竭,任何力量都无法使之枯竭。

麒麟雕像

其后,玉皇大帝应敖广之请,并念及佛祖之情,特命天宫彻查敖广与旱魃争斗之真相。最终,旱魃被擒获并被锁于邻近之丰山,小龙女之罪亦得赦免,并被赐婚于敖广。二人于东海龙宫共结连理,玉皇大帝更将整个龙潭赐予他们作为居所。至此,有情人终成眷属。

自此以后,这条蜿蜒曲折的深沟便被人们称为龙王沟,而敖广所遗留的深潭,则被民众尊称为龙王潭。每当天旱之时,周边百里之内的民众,无论男女老少,皆纷纷前来此地祈求甘霖。往往祈愿未毕,大雨已至,人尚未归,雨已倾盆而下。

龙王沟,以其独特的美丽与神秘,成为众多作家灵感的源泉与创作的沃土。作家殷德杰更是以其深邃的笔触,将龙王沟的种种传奇故事娓娓道来,诸如苍狼偷猪、怪屯记异、狗报母仇、狗还主恩等,情节曲折离奇,形象刻画栩栩如生,深刻描绘了这片土地上的地域特色与人文风情,令人读来动容。这些故事中,无论是狼还是狗,虽形态各异,却无不透露出人性的本真与光辉。

在殷德杰的叙述中,龙王沟的原生态风貌被赋予了浓厚的古意,犹如陈忠实笔下的白鹿原、莫言所描绘的高密乡，为读者呈现了一幅幅生动的历史画卷。通过阅读这些作品，读者不仅能够领略到乡土文学的独特魅力，更能深刻感受到龙王沟独特的风土民俗，进而被激发出对文学的热爱与追求。

龙王沟的魅力，不仅源自文学作品中那令人遐想连篇的奇幻描绘，更在于它现实中那令人叹为观止的天象奇观。龙王沟水库，便是这一独特魅力的绝佳例证。据资料记载，在修建水库的宏伟工程中，工人们意外地在库区深处挖掘出大量古代车马遗骸与锈迹斑斑的兵器，这些珍贵的发现无疑为这片土地披上了一层厚重的历史外衣。

而更为神奇的是，据说，20世纪50年代水库竣工之后，夏季雷雨交加天，水面上会奇迹般地浮现出海市蜃楼般的壮丽景象：一群身着汉代服饰、手持锋利兵刃的士兵，在虚幻的战场上奋勇冲杀，战车纵横驰骋，战马嘶鸣震天，刀枪剑戟交相辉映，其战斗场景之惨烈、细节之逼真，无不令人瞠目结舌，叹为观止。

对于这一神秘莫测的天象奇观，相关领域的专家给出了科学合理的解释：这并非幻觉或迷信的臆想，而是物理学原理在特定自然条件下所展现出的独特现象。同时，天象中士兵的装束与兵器的制式，也进一步印证了这一地区作为三国时期古战场的悠久历史。这一重大发现，不仅极大地丰富了龙王沟的文化内涵，更为人们探索自然与历史的奥秘提供了宝贵的线索与启示。

在水库的边缘，地形错综复杂，展现出一幅天然的迷宫画卷。凤凰岛周边的河流、湖泊与港汊纵横交错，与众多半岛相互缠绕，共同孕育了六十余处瑰丽景观，诸如神龙岛、凤凰岛、驼峰岛、金龟岛、灵象岛、仙翁岛等，每一处都如诗如画，引人入胜。其中，卧龙吸水、灵龟探海、大象腾奔、仙鹤飞舞、骆驼漫步、佛祖仰卧、菩萨拈花、仙翁挂杖等景致，更是令人叹为观止。

随着季节的更迭、天气的变化以及观赏角度与时间的不同，这里的景色更是变幻莫测，各具风情，仿佛每一刻都在诉说着不同的故事，让人流连忘返。此外，该区域森林资源极为丰富，吸引了众多鸟类前来栖息，形成了一幅人与自然和谐共生的绝美画卷，让人恍若置身于世外桃源之中。

龙王沟水利风景区推出了登山访古、楚汉文化体验等丰富多彩的旅游项目，为游客提供了全方位的山水文化体验。而景区内广为流传的"龙"之传说，更是家喻户晓，吸引着无数游客前来探寻，想要亲身感受那份独特而神秘的魅力。

青山碧水交相辉映，展现出令人陶醉的迷人风光；楚风汉韵则在这里得到了淋漓尽致的体现，深刻彰显出帝王乡的独特神采。龙王沟水利

水库霞光

风景区,凭借其得天独厚的生态环境、深邃神奇的文化底蕴以及优越的地理位置,正日益成为吸引众多游客的热门目的地。

这里的山水林岛,犹如一部沉甸甸的历史文化巨著,满载着斑斓多彩、发人深省的故事与传说。它们静静地伫立,期待着有心之士的探寻与解读,期望有人能够掀开其神秘的面纱,让世人一睹其中蕴藏的悠久历史与深厚文化底蕴。

渠引湘漓两千年

桂林灵渠水利风景区

灵渠水利风景区位于广西壮族自治区桂林市兴安县。灵渠也被称为湘桂运河、陡河，全长近37公里。灵渠，建成于秦始皇三十三年（公元前214年），距今已有2200余年历史，是古老的水利工程。它连接湘江与漓江，沟通长江与珠江水系，是中原与岭南经济文化交流的重要通道。它与都江堰、郑国渠被并称为"秦统一中国进程中的三大水利工程"。灵渠分枢纽和渠系两大部分，为古代水利建筑瑰宝。灵渠获多项荣誉,包括全国重点文物保护单位、世界灌溉工程遗产、国家水情教育基地等称号。

2017年，桂林灵渠水利风景区被水利部批准为国家水利风景区。

"北有长城,南有灵渠",这两个举世瞩目的伟大工程,宛若两颗镶嵌在华夏大地南北两端的璀璨明珠,熠熠生辉,映照着历史的沧桑与辉煌。北国的万里长城,以其雄浑壮丽之姿,气势磅礴地横亘在群山之巅,彰显了中华民族的坚韧与不屈;而南疆的兴安灵渠,则以它清洌甘甜的流水,静静地滋养着两岸的万顷良田,为这片肥沃的土地注入了源源不断的生机与活力。

回溯至那遥远而神秘的两千余年前,灵渠与北国的长城遥相呼应,仿佛是天地间的一对守护者,共同见证了中华民族悠久而灿烂的历史与文化。这两个工程,不仅是中国古代劳动人民智慧与力量的结晶,更是中华民族不屈不挠、勇于开拓精神的象征。诚如著名历史学家郭沫若先生所言,两千余年前有此,诚足与长城南北相呼应,同为世界之奇观。这一赞誉,无疑是对灵渠历史地位与文化价值的最好诠释。

灵渠,这不仅仅是一项灌溉丰饶农田的水利杰作,更是一部承载着深厚历史与文化底蕴的宏伟长卷。她以其独有的文化底蕴,如涓涓细流般滋养着这片土地上的每一寸生灵,催生了桂林城的繁荣与昌盛,成为桂林历史文化不可或缺的源泉与灵魂。在灵渠的悉心哺育下,自然之美、人力之巧与天工之妙相互融合、交相辉映,共同绘制出一幅绚丽多彩、令人心旷神怡的绝美画卷,给予观者以无尽的审美享受、深远的思考与无限的灵感。

千百年来,灵渠之水潺潺流淌,清澈见底,以其独有的温婉与悠扬,向世人娓娓道来那些古老而动人的故事,让人在聆听中感受到岁月的沧桑与历史的厚重。

"秦王扫六合,虎视何雄哉",灭六国,征百越,实现了中原的一统。然而,桂北地区地势复杂,道路崎岖,军需运输面临重重困难,导致秦军粮草匮乏,久攻不下,士兵们甚至长时间身着甲胄,弓弩紧绷。面对此等困境,秦始皇展现出果断的决策力,下令史禄负责开凿灵渠,以打通航道。于是,在桂林兴安这片古老而丰饶的土地上,灵渠的开凿工程拉开了序幕,其成就为后世所传颂。

灵渠映霞

灵渠,全长近37公里,是一条匠心独运的人工运河,它将长江水系的湘江水巧妙地引入珠江水系的漓江。在那个没有现代测量仪器和火药爆破技术的时代,我们的祖先们凭借着敏锐的观察力和卓越的智慧,仅凭肉眼与脑力,以双脚为尺,双手为工,将巨石巧妙地堆砌起来,实现了拦江分流,开凿出南北二渠。这一壮举使得水流一分为二,南流注入漓江,北流汇入湘江,从而成功沟通了珠江与长江两大水系,构建了东、南半部中国的水运网络,为后世的经济发展与文化交流奠定了坚实的基础。

这碧波荡漾的清流,穿越三江,贯通五岭,成就了秦始皇的统一大业,让岭南地区从此正式并入中原王朝的辽阔版图,南疆与北国紧密相连,汉族与南方少数民族在政治、经济、文化等层面的交流日益频繁,共同推动了中华民族的繁荣发展。

灵渠的建成,使湘漓之水滔滔不绝,秦汉之风亦随之翩跹起舞,展现出古代中国文明的辉煌与灿烂。这盈盈碧水,不仅见证了历史的沧桑巨变,更成为连接南北、促进各民族交融的纽带。

在灵渠这一枢纽工程的宏伟篇章中,大小天平以其独特的"人"字形布局设计,占据着举足轻重的地位。左侧,大天平石堤以其精妙的构造,优雅地向东岸延伸,最终与北渠口紧密相拥;而右侧,小天平石堤同样展现着非凡的匠心,向西岸蜿蜒伸展,与南渠口完美衔接。两坝面浑然天成,其顶端更是运用巨石叠砌的精湛技艺,创造出犁铧状的独特造型,因而得名"铧嘴",寓意着其在水利工程中的关键角色。

铧嘴之妙,在于其能巧妙地引导上游奔腾而来的江水,一分为二,三分水量悠然流向漓江,七分水量则气势磅礴地汇入湘江,这一"三七分流"的奇景,不仅令人叹为观止,更成为水利史上的佳话。

灵渠的陡门设计更是巧夺天工,它不仅被视为现代船闸的先驱,更是全球范围内最早的通航设施之一。陡门通过精细调节运河水位,为船舶的顺畅通行提供了有力保障,这一创举充分展现了古代中国人民在水利工程领域的卓越智慧与精湛技艺,令后世为之赞叹。

明代杰出的旅行家徐霞客在其游记中留下了这样的记述:"以箔阻水,俟水稍厚,则去箔放舟焉。""箔"即为陡门所用,以竹编成的闸门。灵渠之上,陡门遗址竟多达36处,这一数据恰与南宋文人周去非在《岭外代答·灵渠》中的描述相吻合:"渠内置陡门三十有六。"

郭沫若《满江红·灵渠》诗云:"北自长城,南来至,灵渠岸上。亲眼见,秦堤牢固,工程精当。闸水陡门三十六,劈湘铧嘴二千丈。有天平小大,溢洪流,调分量。湘漓接,通汉壮;将军墓,三人葬。听民间传说,目空君相。史禄开疆难复忆,猪龙作孽忘其妄。说猪龙,其实即祖龙,能开创。"可谓生动描绘了灵渠的工程设计智慧。

灵渠的渠系工程精妙地划分为南北两大渠道。

南渠,其设计初衷乃是将湘江水流畅引至漓江。它源自小天平尾端的南陡,蜿蜒曲折地穿越至溶江镇,最终汇流至大溶江的灵河口,实现了水资源的巧妙调配。沿途,南渠穿越的地形错综复杂,尽显典型的喀斯特地貌特色,石山嶙峋,孤峰耸立,而渠道则巧妙地穿梭其间,犹如一条灵动的绸带,将自然之美编织成一幅幅壮丽而优雅的画卷。

明代著名诗人俞安期曾在《舟经秦渠即景作》一诗中，以细腻的笔触描绘出南渠及其两岸的迷人景致："秦渠曲曲学三巴，离立千峰插地斜。宛转中间穿水去，孤舟长绕碧莲花。"诗句不仅细腻地描绘了南渠蜿蜒曲折的景致，还借助山峰的峻拔、孤舟的悠游等生动画面，让读者仿佛置身其中，深切体会到南渠所蕴含的丰富文化内涵与自然景观的绝美。

北渠，源自大天平尾部北端，蜿蜒流淌，直至汇入湘江的浩瀚怀抱，其长度虽仅约南渠的十分之一，但在功能性上，却与南渠同样重要。作为运河的瑰宝，北渠与南渠共同编织着水运网络。作为珠江水系与长江水系之间不可或缺的桥梁，北渠在历史的长河中熠熠生辉，其地位不可撼动。明朝的鲁铎，曾乘舟悠悠行经此地，目睹北渠的壮丽景象，不禁由衷地赞叹道："一道原泉却两支，右为湘水左为漓。谁知万里分流去，到海还应有会时。"

灵渠渠首鸟瞰图

南渠与湘江相隔有一段河堤,其因完美保留了古代修渠时期的独特风貌,而被赋予了"秦堤"之名。秦堤两侧,均以巨型条石精心堆砌,内部填充以坚固的砾石,稳固而坚实。远眺而去,秦堤犹如一道雄伟壮观的城墙,其工程之浩大,令人不禁叹为观止。

秦堤之上,古木参天,枝叶茂密,为这长堤披上了一层厚厚的历史外衣。堤岸之上,各类花木繁盛,绿意盎然,生机勃勃,为秦堤平添了几分生机与活力。春日,桃花与李花竞相绽放,争奇斗艳,杨柳枝条随风轻摆,婀娜多姿;夏日,夹竹桃如火如荼地盛开,绚烂夺目,映衬出秦堤的热烈与奔放;秋时,丹桂飘香,芬芳满溢,香气弥漫至数里之外;冬日,雪花纷飞,枝头银装素裹,腊梅凌寒独放,展现出其坚韧不拔与高雅之美。

秦堤四季皆景,景色宜人,难怪明代严震直曾盛赞其"桃花满路落红雨,杨柳夹堤生翠烟"。这一赞誉,既是对秦堤绝美风光的细腻刻画,也是对古代劳动人民智慧与勤劳精神的崇高颂扬。

在此地,一座古亭静静伫立,亭内赫然立有两块古老石碑,分别铭刻着清朝时期的"湘漓分派"与明朝的"伏波遗迹",它们如同沉默的见证者,静静诉说着历史的沧桑巨变。岁月流转,李宗仁先生亦在此地匠心独运,兴建起一座雅致的观赏亭,并亲笔题名为"南陡阁"。他更以非凡的才情,撰写了一副精妙绝伦的对联:"南北关山展,陡流云汉横。"南陡阁之名便巧妙地撷取了对联之首字,寓意深远。

游人若登阁远眺,则可饱览大小天平、铧嘴等自然景观的壮丽全貌,仿佛整个世界的美景都可尽收眼底,令人心旷神怡,流连忘返。

秦堤之上,有一块独特的飞来石,高出地面2.6米多,围径约28米,

秦堤

上平如砥，石隙中植有四季桂一株。此桂宛如自然的遮阳伞，为这块巨石增添了无限的遐思与美感。

宋以降，众多文坛巨匠在此地挥毫泼墨，留下了珍贵的题刻，这些题刻已然化作灵渠上的一道独特风景线，吸引着无数游客驻足观赏。谈及飞来石的渊源，当地民间流传着一则神秘莫测的传说。

据传，在古代，秦人劈山筑渠之时，其锄头与铁锤的轰鸣之声惊动了湘江深处的猪婆精。猪婆精为报复人类的侵扰，施展妖术欲破坏水坝，阻碍修渠工程的顺利进行。因工期一再延误，已有两名修渠工匠惨遭斩首。若再无法按时完成工程，第三名负责修渠的工匠及所有参与劳作的民工都将面临生死存亡的严峻考验。

此时，峨眉山上的白鹤大仙闻讯赶来，他心怀慈悲，誓要拯救百姓于水火之中。于是，他施展神通，将座下的蒲团掷出，将作恶的猪婆精稳稳地镇压在秦堤之上。得益于白鹤大仙的鼎力相助，灵渠工程终于得以顺利完成。而白鹤大仙的蒲团，也在此地幻化为一块巨石，成为今日众人所见的飞来石。

灵渠具有重要的交通战略地位，历朝都不遗余力地予以维护。在历朝历代的贤人才者中，四位对灵渠有杰出贡献的贤者被历史铭记并被后人瞻仰，《灵济庙记》记载："兴安灵渠，有史禄始作以通漕，既而汉伏波将军马援继疏之，唐观察史李渤始为铧堤以固渠，作陡门以蓄水，而防御史鱼孟威复增修之。"后世人建四贤祠，内塑"四贤"像（史禄、马援、李渤、鱼孟威）以供人瞻仰。

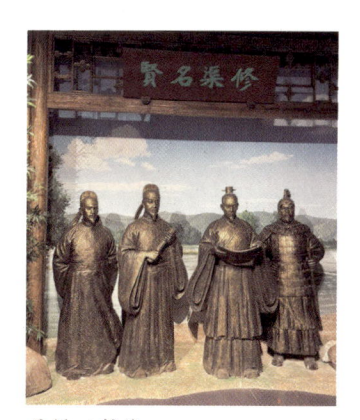

灵渠四贤像

作为世界上最早的人工运河之一，灵渠在古代极大地促进了岭南与内地的交流互通。如今，这条古老的运河已转型为灌溉农田的重要水道，并焕发出新的生机，逐渐演变为备受瞩目的旅游胜地。

当前，在灵渠侧，有一条依据历史风貌精心复建的水街。这条水街不仅深刻传承了秦汉文化的精髓，还巧妙地将中原文化与岭南文化融为一体，展现出别具一格的文化韵味和独特魅力。

水街景区整体布局匠心独运，由五大核心文化元素精心构筑而成，分别是秦汉建筑文化的辉煌、古桥文化的雅致、雕塑文化的艺术、灵渠历史文化的深邃以及岭南市井风俗文化的淳朴。兴安水街汇聚了秦文流觞景区的古典韵味、娘娘桥的传说故事、万里桥与马嘶桥的雄伟壮丽、古戏台的非凡热闹以及湖广会馆的深厚底蕴等。

此外，水街内错落有致的亭台廊榭、百米雕塑长廊的壮丽景观以及精美绝伦的古石雕群，均成为让游客们流连忘返的绝佳去处。在这里，游客们可以亲身感受到历史的厚重与文化的魅力，得到一段难忘的旅行体验。

古树吞碑

每当春夏更迭之际，灵渠之水清澈见底，犹如明镜般映照出五彩斑斓的景象，令人心旷神怡，沉醉不已。游客漫步其间，恍若步入了一幅栩栩如生的画卷之中，如梦似幻，尽情领略"人在画中游"的绝妙意境。

在这片神奇的土地上，孕育了一处举世无双的奇观——古树吞碑。一株历经780余年沧桑岁月的杨树，正以一种不可思议的方式，缓缓吞噬着一块乾隆十二年的古老石碑。更令人惊叹的是,这棵杨树至今仍保持着每三年约一公分的生长速度,继续其对古碑的吞噬之旅。或许在不远的将来,这块承载着乾隆年间历史记忆的古碑,将彻底没于这棵杨树的怀抱之中,成为自然之谜。

随着历史的演进与科技的进步,灵渠昔日辉煌的运输功能已悄然退出历史舞台。与桂林山水间繁华喧嚣的盛景相比,古老的灵渠更显一份沉静与落寞,仿佛已褪去昔日的璀璨光芒。然而,当我们悠然漫步于灵渠之畔,沉浸于那份幽静与秀美之中,细细咀嚼其深厚的历史积淀,便能深刻感受到它那份凝重而脱俗的独特神韵。作为镶嵌在南国锦绣画卷上的一颗璀璨明珠,灵渠无疑是桂林山水历史底蕴的精髓所在。

灵渠之名,恰如其分地诠释了其灵动清秀、温婉含蓄的独特气质,成为其灵魂的象征。历经两千余年风雨的洗礼与岁月的雕琢,现今展现在我们眼前的灵渠,是历代民众智慧与汗水的结晶,历经无数次的改进与完善,方得以呈现出今日之风貌。其发展历程与中国水利工程技术的持续进步息息相关,每一阶段都凝聚着当时技术水平的精华,展现出独特的时代风貌。

灵渠,犹如我国乃至全球水利航运史上的璀璨瑰宝,历经两千年沧桑岁月,始终为世间苍生播撒福泽,其辉煌经久不衰。今日之灵渠,宛若一位历经风雨而心境超然的隐士,隐逸于山野之间,对名利淡然处之,宠辱皆忘。它悠然自得地观赏着庭前花开花落,以平和之姿面对天际云卷云舒,终年与翠绿青山为伴,静静地见证着时光的荏苒,倾听着山涧鸟鸣与幽谷回响,诉说着千年的故事。

下游

XIA YOU

长江下游自江西湖口到上海的出海口，是长江水量最大的河段。途径江西、安徽、江苏、上海、浙江等省。精选卷收录长江下游水利风景区故事16篇。

长江下游文化，作为中华文明辉煌篇章中不可或缺的一页，汇聚了江南水乡的温婉与细腻，同时深刻融合了吴越文化的深厚底蕴与深邃哲思。吴侬软语的温婉细腻，昆曲、评弹、越剧等戏曲艺术的柔美悠扬，以及吴地人民的清雅秀丽、幽然自若，尽显水之灵动与神韵。长江下游地区物产丰富，孕育出了众多独具特色的饮食，丰富的美食文化令人陶醉。

长江下游地区，地势平缓，河流交织如网，密布其间。此地的水利风景区，以广布的平原河网景致为精髓，淋漓尽致地展现了江南水乡那令人心驰神往的独有韵味。古老的运河如京杭大运河，贯穿其中，见证了历史的沧桑变迁，彰显着人类的智慧与力量。下游地区承载着悠久的历史文化积淀，水利风景区常与众多历史名城、古镇古村等人文景观交相辉映，共同编织出一幅集自然美景、文化底蕴与休闲旅游功能于一体的综合景区画卷。

安徽省

江苏省

浙江省

福建省

上海市

一江清水向北流

江都水利枢纽水利风景区

江都水利枢纽工程地处江苏省扬州市江都区，位于京杭大运河、新通扬运河和淮河入江尾闾芒稻河交汇处，是南水北调东线源头，是实践跨流域、远距离调水的发端之作，是河湖型水利风景区的典范。景区资源独特，水利工程与沿河风光、生态环境相融，水文化与现代工程结合，曾获多项荣誉，包括水利部典型案例、江苏最美水地标、国家水情教育基地、江苏最美运河地标、中国质量奖提名奖和全国爱国主义教育示范基地等。

2001年，江都水利枢纽旅游区被水利部批准为首批国家水利风景区；2022年，被授予首批国家水利风景区高质量发展标杆景区。

滚滚长江水，经由江都水利枢纽抽江北上，历经千里跋涉，北送天津，东送山东半岛，成就了北方沃野，滋润了千万家庭，这就是南水北调东线工程。

2020年11月13日下午，正在江苏考察调研的习近平总书记来到扬州江都水利枢纽，了解南水北调东线工程和江都水利枢纽建设运行的情况。"南水北调，我很关心。这是国之大事、世纪工程、民心工程，同三峡工程是等量齐观的。"总书记强调，"我国在水资源分布上是北缺南丰，一定要科学调剂，这件事还要继续做下去，发挥好促进南北方地区均衡发展、可持续发展的作用。"习近平总书记同时指出，北方地区也不能因为有了南水北调这样的调水工程就随意用水，搞大水漫灌，搞不符合地区实际的城市扩张。"要把实施南水北调工程同北方地区节约用水紧密结合起来，以水定城、以水定业，调水和节水这两手要同时抓。"

在江都水利枢纽展览馆内，习近平总书记进行了详尽的参观，沿途他凝神倾听，深入了解了水利枢纽的辉煌发展历程及其多功能性——在调水、排涝、防洪、通航以及生态环境改善等方面所展现出的重要作用。当讲解员展示出一系列记录1931年江淮大水期间江苏高邮遭受重创的珍贵照片时，习近平总书记主动迈步向前，目光紧锁于这些历史性的影像之上，他满怀感慨地谈及江淮地区水患给人民群众造成的深重苦难，表达了对历史的深刻反思和对未来的深切期望。

晓烟绿柳

随后,习近平总书记关切地询问了目前这些地区是否仍然遭受严重的灾害影响,是否还有类似的大规模灾情发生。他的民生情怀深深打动了在场的每一位人员,让大家倍感温暖。

接着,习近平总书记走进了第四抽水站,亲自查看了抽水泵的运行情况。在观测平台上,工作人员向总书记展示了刚刚提取的水样,并详细介绍了当地在加强水源地生态保护方面所采取的积极措施和取得的显著成效。

习近平总书记强调,南水北调东线工程取得的重大成就,离不开数十万建设者长期的辛勤劳动,离不开沿线40万移民的巨大奉献。要依托大型水利枢纽设施和江都水利枢纽展览馆,积极开展国情

"源头"纪念碑——标识南水北调东线工程起点

和水情教育,引导干部群众特别是青少年增强节约水资源、保护水生态的思想意识和行动自觉,加快推动生产生活方式绿色转型。

江都水利枢纽坐落于京杭大运河、新通扬运河与淮河入江水道的交汇地带,其重要地位不仅体现在它作为江苏省"江水北调"工程的龙头,更在于它作为国家"南水北调"东线工程的起始点。该枢纽具备多重功能,包括抽水北送、自流引江、抽排涝水、分泄洪水、余水发电、保障航运以及改善生态环境等。

其中,江都抽水站作为该枢纽的核心组成部分,配置了共计33台套高效机组,其设计流量高达400立方米/秒。目前,该站的装机容量已提升至5.58万千瓦,实际流量更是达到了508立方米/秒,这一卓越性能

使其在我国乃至亚洲地区的电力排灌工程中脱颖而出,被誉为"江淮明珠",在水利建设领域占据重要位置。

工程始于1961年,历经两年的紧张施工,于1963年顺利建成首座抽水站。随后,第二、第三、第四抽水站及其配套设施相继竣工。经过长达16年的持续努力,至1977年3月,一座集灌溉、排水、发电、航运等多种功能于一体的综合水利枢纽在东方大地巍然矗立,成为远东地区排灌能力最强的水利设施之一,充分展现了其多元化和高效能的特点。

从工程的规划布局、设计施工到运行管理,每一个环节无不彰显出高度的专业精神与严谨态度,堪称江苏乃至全国治水工程的典范之作。尤为瞩目的是,该工程乃我国首座完全实现国内自主设计、制造、安装与管理的大型泵站群,这一里程碑式的成就充分展现了我国在水利工程建设领域的自主创新实力与辉煌业绩。

在建设历程中,"站址三迁"的故事至今仍在水利技术人员间传为佳话,老一辈水利人秉持科学治水的坚定信念与责任担当,始终激励着后来者勇于探索未知,持续推动水利事业的创新发展。

20世纪50年代中期,江都抽水站的初步选址落定于邵伯南塘周边,旨在该区域构建邵伯抽水站,其核心功能在于借助淮河归江河道之便利,将水引至该处,并借助抽水装置将水源向北方输送。然而,此方案初定未久,水利部门即在入江水道下游区域启动了万福闸、太平闸等一系列工程的筹备与建设。这一系列的动作使得原本设想的集中控制方案最终被分散控制的工程方案所取代。鉴于上述情况,水利领域的专家们经过深入研讨与慎重权衡,决定对站址进行必要的调整。

时至20世纪50年代末,鉴于万福闸等工程已步入建设正轨,江苏省水利厅经过全面考量与深思熟虑,决定将"江水北调"工程的第二次规划站址选在万福闸下游的西侧,并着手筹建滨江电力抽水站。此决策旨

万福闸

在通过江水北调工程,从根本上解决涝灾问题,为江苏地区的水利事业与灾害防治构筑起坚实的基石。1960年寒冬之际,滨江站站塘的土方工程正式拉开帷幕,标志着这一规划迈入了实质性的建设阶段。

1961年初,扬州专署副专员殷炳山与工程师许洪武,经过详尽的调查与深入研究,共同提出了具有前瞻性的建议:将滨江电力抽水站迁移至芒稻河东的新通扬运河之上。此决策不仅巧妙地利用京杭大运河的北输水源能力,还巧妙地融合了新通扬运河的地理优势,以优化里下河地区的排涝工作,实现了多重效益的显著提升。

基于这一重要建议,江苏省水利勘测设计院迅速响应,组织专家团队进行了全面而深入的科学论证。他们不辞辛劳,紧急加班加点,最终制定出了详尽周密的规划与实施方案。方案中,送水线路的设定与排灌配套建筑物的建设内容均得到了明确而细致的规划。尤为值得一提的是,方案提出了将江都至邵伯河的河道改造为高水河的创新举措,即在原有芒稻河上段河道两侧加筑坚固的堤防,从而显著提升河道的水位,实现与京杭大运河的直接连通,进而将清澈的江水直接输送至淮安地区,极大地缓解了该地区的用水压力。

此外,方案还高度重视利用新通扬运河与里下河地区的自然优势进行排涝工作的重要性。这一举措对于解决里下河广大易涝地区的排水难题,具有至关重要的意义。它不仅能够有效缓解洪涝灾害对当地民众生产生活的影响,还能够促进该地区生态环境的持续改善与提升。

鉴于上述规划与实施方案的重要性和紧迫性,江苏省水利厅经过深思熟虑,决定以电报形式紧急通知滨江站暂停施工,以等待进一步的讨论与决策。

1961年4月,时任水电部副部长的钱正英同志亲临江苏,进行了全面细致的视察工作。经过深入的实地勘察与缜密的分析,她明确提出了苏北引江规划需全面覆盖里下河垦区及高宝湖地区,并统筹考虑灌溉、洗盐、水质改良以及港口冲淤等关键水源问题的要求。为确保规划的科学性和可行性,江苏省水利厅对抽水站的选址进行了更为深入的调研,并广泛听取了各方的意见和建议。经过慎重考虑,决定将滨江站迁移至新通扬运河口北岸,并将该方案上报至省委、省政府。在获得水电部的批准后,"江水北调"工程第三次规划的站址最终尘埃落定,滨江站被迁至江都,并更名为"江都抽水站"。

江都水利枢纽,这座矗立于江都的壮丽工程,历经六十余载的稳健运行,已充分彰显了其选址的精准与合理性。它傲立于水系交织的核心地带,不仅成功实现了各水系间的无缝衔接,更促使四面八方的水流得以顺畅无阻地流淌。这一得天独厚的地理位置,赋予了江都水利枢纽在运行过程中投资经济、水量损耗极低的鲜明特征。具体而言,江都水利枢纽的选址深刻洞察了周边水系分布的独特性,巧妙利用自然水势,最大限度地减少了人工干预，从而有效降低了建设成本。同时，其匠心独运的工程构造也显著降低了水流在传输过程中的损耗，确保了每一滴宝贵的水资源都能得到充分的利用与珍惜。

黄金大道

此外，江都水利枢纽在水利功能的发挥上更是展现出了非凡的综合实力。它既是农田灌溉的坚实后盾，确保了农作物的茁壮成长；又是防洪排涝的英勇卫士，有效抵御了洪水的侵袭；同时，它还肩负着供水保障的重任，为周边地区的居民生活与工业生产提供了源源不断的活水。更为值得一提的是，江都水利枢纽还具备强大的航运能力，为区域经济的蓬勃发展注入了强劲动力。

综上所述，江都水利枢纽所创造的这些综合效益，不仅为当地民众带来了实实在在的利益与福祉，更为整个区域的生态平衡与可持续发展奠定了坚实的基础。因此，江都水利枢纽被载入史册，成为中国水利工程史上的一座丰碑。

"三迁回首，江淮云祥。"三次选址，彰显出科学且严谨的治水理念与态度。若非"站址三迁"的明智决策，万里长江岂能逆流北上，展现非凡气势？若非为"站址三迁"所进行的深入调查与研究，千里淮河又怎能安然汇入长江，实现平安归途？更因"站址三迁"所体现的忠诚与担当，江都水利枢纽才得以璀璨夺目，犹如明珠般闪耀在大地之上！

"江水北调奠基石，南水北调开新篇。"南水北调东线工程，作为江苏省原有"江水北调"工程的深化与拓展，是一项关键性的水利建设项目,其深远影响延伸至北方。该项目精心选址于江都附近的三江营,巧妙利用京杭大运河这一历史悠久的航运要道作为核心输水通道,通过精心设计的湖泊串联与水位逐级提升策略,实现了水资源的高效北送。

此举旨在从根本上缓解苏北地区农业用水的燃眉之急,同时,也为鲁西南、鲁北以及河北东南部等地区的农业灌溉提供了宝贵的补充水源,进一步促进了这些区域的农业发展。此外,该工程还为天津市的城市供水体系注入了强劲动力,确保了城市的持续稳定用水。

尤为值得一提的是,江都水利枢纽作为东线工程的璀璨明珠,其技术之精湛、设计之巧妙,实现了"水往高处流"的壮举,不仅彰显了人类智慧与自然力量的和谐共生,更为整个工程的顺利推进奠定了坚不可摧的基石。

江都水利枢纽,作为南水北调工程的战略要冲,成功地完成了从长江抽水的壮举,并通过精心构筑的13级梯级泵站,逐级向北输送,展现出非凡的工程成就。在这一过程中,清澈的江水被逐级抬高,最终跨越了近40米的高度,顺利抵达东平湖。随后,这些珍贵的水资源被精心规

晴空碧流

划为两路，一路蜿蜒流向山东，为那片土地带去生命的甘霖；另一路则继续北上，穿越千山万水，滋润着京津冀地区的广袤土地，从而圆满地实现南水北调东线的宏伟蓝图。

传统观念根深蒂固，常言道"人往高处走，水往低处流"。然而，江都水利枢纽凭借其卓越的工程技术及前瞻性的创新理念，竟奇迹般地挣脱了这一自然法则的桎梏，引领一江碧波逆流而上，使"水往高处流"这一昔日遥不可及的幻想，今朝化作现实图景。此举不仅彰显了人类智慧的辉煌成就，更为国家水资源的优化配置与区域经济的蓬勃发展注入了强劲动力。

为何水能逆流而上，攀登至高处？从江都水利枢纽的标志性泵站——第四抽水站，我们即可窥见其中奥秘。该站装配了七台高效能的2900ZLQ30-7.8型水泵，每一细节都透露出其卓越性能。其中，"2900"这一数字，精准地标示着水泵叶轮的直径为2.9米，彰显了其庞大的规模与力量；"Z"字母则如同一枚徽章，表明该泵为轴流泵，其设计独特，专为高效水流输送而生；"L"则代表了立式结构，这种结构不仅稳固，而且便于维护；"Q"则如同一个魔法符号，标示着叶片具备全调节功能，能够灵活应对各种水流状况；"30"这一数字，则直观地告诉我们，每台水泵每秒能抽取多达30立方米的水量，其效率之高超乎想象；而"7.8"则揭示了水泵的另一项惊人能力——扬程，即它能将水提升至7.8米的高度，实现水往高处流的奇迹。

每台水泵皆由一台3400千瓦的电机强劲驱动，当七台水泵齐头并进、同步运行时，其抽水效能尤为卓越，仅一秒钟之内，便能将高达210吨的水量提升至7.8米之高度。若以48小时为时间跨度来估算其惊人的抽水量，并以截面积为1平米的水柱为参照，其抽水量之巨，足以环绕地球一周，这充分彰显了江都四站非凡的水利调度实力与卓越效能。

江都四站巧妙运用了独特的肘形流道设计以实现高效进水,同时结合虹吸式流道的精妙构造来完成出水功能。滚滚长江之水,经由引河的自然引导,悠然流入形似人体肘部的肘形流道之中。在肘形流道的精心引导下,水体被顺畅地送入水泵的叶轮室。随着叶轮的高速旋转,依托空气动力学的机翼升力原理,水体被稳稳提升至所需高度。随后,这些被提升的水体通过虹吸式出水流道,被平稳、高效地输送至出水口,从而确保了北送供水作业的持续、稳定与高效。

"让长江水像爬楼梯一样去苏北!"建设者们凭借超凡的想象力和卓越的技术实力,匠心独运地构思出逐级提水的精妙方案,让江水挣脱了自然法则的桎梏,实现了从江淮平原这一平坦之地向北逆流而上的壮举。从扬州江都至徐州铜山,每当指令响起,九级泵站的电机便全速启动,逐级提升水位,展现了人类智慧与自然力量的和谐共生。

更令人瞩目的是,南水北调工程在山东段更是锦上添花,增设了四级泵站,使得整个提水系统蔚为壮观,达到了十三级的宏大规模。这一非凡成就,让浩渺的江水自江都这一"水之源"启程,历经十三级"天梯"的艰难攀登,最终奔腾不息地流向北方,实现了水资源的远距离调配与高效利用,彰显了人类改造自然、利用自然的伟大力量。

江都水利枢纽,宛如一串翠绿明珠镶嵌于广袤大地之上,其内汇聚了四座巍峨泵站与一座玲珑小岛,共同构筑成一幅壮丽画卷。位于枢纽最西端的首座抽水站,自1963年奠基以来,便以我国自主设计、建造并管理的杰出大型电力抽水站之姿,傲然屹立于世。历经六十余载风雨洗礼,其卓越的运行效益充分彰显了我国水利工程的非凡成就与深厚底蕴。

截至2023年底,这座抽水站已累计运行了6397个日夜,其惊人的抽水量高达414.8亿立方米,为区域水资源调配与防灾减灾事业立下了不朽功勋。然而，面对岁月的侵蚀与设备的老化，为确保其持续稳健运行，2023年下半年，一号机组迎来了全面的改造升级。此次改造中，励磁装置与叶片调节机构的精简，不仅使机组结构更加紧凑有序，更为后续的全面除险加固改造提供了宝贵的实践经验与参考范例。

江都水利枢纽的技术革新并未止步于此。其第四抽水站更是迈出了智能化转型的坚实步伐，采用先进的单元一体化设计理念，实现了一键开机的便捷操作，极大地提升了泵站的自动化运行效率与可靠性。智能化管理的深入应用，不仅有效减轻了工作人员的负担，更为水利枢纽的安全、高效运行筑起了坚实的防线。

如今，第四抽水站以其庞大的规模与强大的抽水能力脱颖而出，其抽水效能已超越一站、二站、三站之和。随着整体建设水平的持续提升，江都水利枢纽的总装机容量已达55800千瓦，抽水能力更是高达508立方米每秒，稳居我国乃至亚洲电力排灌工程之冠。据统计，截至2023年底，江都站已累计抽水北送1638亿立方米、自流引江1440亿立方米、泄洪排涝10888亿立方米，同时江都三站还实现了10308万千瓦时的电力生产，仅2023年，邵仙套闸的船舶通过量更是达到了惊人的2376.8万吨。这些辉煌的数字不仅见证了江都水利枢纽的辉煌历史，更预示着其未来无限的发展潜力。

"古有李冰都江堰，今有人民江都站"，自江都水利枢纽工程正式启动以来，历代的建设者们始终怀揣着"使高山低头、河水绕道"的宏伟志向，坚定不移地履行着"人民利益高于一切"的神圣使命，积极传承并发扬勇于进取、持续创新的"源头活水"精神。他们凭借超凡的智慧与不懈的劳作，驯服江水、吞吐淮河，既根除了水患，又兴修了水利设施，成功引导着清澈的江水逆流而上，滋养了广袤的北方大地，使得江淮地区丰富的水资源得以惠及更广泛的区域。

大别山中第一湖

太湖县花亭湖水利风景区

　　花亭湖位于安徽省安庆市太湖县境内,地处大别山南麓、长江北岸。自然景观和人文景观相得益彰,与皖西南其他景区地域相连、资源相补、人文相缘。境内山清水秀,古迹济盛,人文荟萃,物产富饶。花亭湖景区是国家级风景名胜区。湖中岛屿与青松翠柏、奇峰怪石相映成趣。景区人文底蕴深厚,禅宗文化丰富。中国汉传佛教禅宗的二祖慧可在此开设道场,弘扬了华夏的佛教禅宗文化,花亭湖也因此而享有"中国禅宗发祥地之一"和"中国第一禅湖"之美誉。

　　2004年,太湖县花亭湖水利风景区被水利部批准为国家水利风景区。

花亭湖，镶嵌于安徽省太湖县之境，悠然依傍大别山的南麓，其湖面辽阔，延展至100平方公里，犹如一颗璀璨的蓝宝石镶嵌于广袤的大地之上。岛屿星罗棋布，宛如散落的珍珠，点缀其间，岸线蜿蜒曲折，更显幽静雅致。

作为国家级风景名胜区，花亭湖不仅汇聚了丰富的历史文化底蕴，更融合了风景审美、动植物研究及生物多样性保护等多重价值，被誉为"大别山中第一湖"。湖畔之地，物产丰饶，农产品种类繁多，琳琅满目，滋养着这一方水土，也赋予了此地深厚的文化内涵。自然风光与人文景观在此交相辉映，共同绘制出一幅清新脱俗、绚丽多姿的画卷。漫步湖畔，每一处风景都令人陶醉，流连忘返，仿佛置身于一幅动人的山水画卷之中。

花亭湖，这处集观光、度假、疗养、娱乐、休闲于一体的旅游胜地，不仅以其旖旎的风光吸引着八方来客，更以其深厚的历史底蕴和独特的魅力让人沉醉其中。花凉亭水库，坐落于长江流域皖河支流长河上游，是以防洪、灌溉为主，兼其他综合利用的重要水利枢纽。该水库始建于1958年，历经停工、复工的波折，1976年12月，基本完成了大坝等主要建筑物的设计要求。然而，由于历史条件和设备老化等因素，水库在2004年被鉴定为"三类坝"。2009年9月，水库除险加固工程正式开始，2013年12月工程竣工。

如今的花亭湖水库，控制流域面积达到1870平方公里，总库容量更是高达23.66亿立方米。它不仅守护着36个乡镇、9个分场及重要基础设施的安全，还满足了4个县、72万亩

慈忍莲花渡码头

耕地的灌溉需求，受益人口近百万之众。作为安徽省第三、安庆市唯一的大型水库，花亭湖在区域经济发展和社会稳定中发挥着举足轻重的作用。

值得一提的是，在2004年，花亭湖凭借其独特的自然景观和深厚的文化底蕴，荣获了水利部颁发的第四批国家水利风景区殊荣。这一荣誉不仅是对花亭湖美丽风光的认可，更是对其在区域发展中所作出的重要贡献的肯定。

"慈忍莲花渡"赵朴初题词

在中国众多水利风景区中，花亭湖以其独有的禅宗韵味而独树一帜。禅宗之精髓，在于禅定的修行与佛心印鉴的传承，旨在唤醒众生内心深处潜藏的佛性，故亦被尊称为佛心宗。河南嵩山少林寺、安徽岳西二祖寺、天柱山三祖寺、湖北黄梅四祖寺与五祖寺，以及广东韶关南华寺，均为禅宗之圣地，承载着禅宗文化悠久的历史。而坐落于花亭湖之中的二祖禅堂，亦是禅宗文化的重要传承之地。

据传，禅宗鼻祖为菩提达摩，被后世尊称为初祖。其后，禅宗薪火相传，慧可、僧璨、道信、弘忍等大师相继涌现，为禅宗的发展壮大奠定了坚实的基础。自四祖道信时期起，禅宗的影响力开始显著增强。道信大师结束了禅宗信徒早期的流动生活，于黄梅双峰山集结信徒定居，并带领他们开垦荒地，实现了自给自足。五祖弘忍更是得到了朝廷的正式承认，其禅法被誉为"东山法门"，门徒遍布全国，形成了众多传禅的基地，进一步推动了禅宗文化的传播与发展。五祖弘忍的时期，正是禅宗分化为南北两大流派的时期。北宗以神秀大师为领袖，秉持"拂尘看净"的修行哲学，倡导修行者通过静坐冥想，达到"息想"之境，并在日常生活中保持内心的约束，旨在消除尘世的烦恼，净化自我心灵，这一派别被尊称为"渐悟"宗。而南宗则以慧能大师为宗师，得益于慧能弟子神会等人的不懈推动，南宗逐渐获得了从藩镇至皇室等社会各界的广泛认可与推崇。南宗主张心性本自清净，认为觉悟无须向外寻求，故而对戒律不甚重视，不拘泥于坐禅的固定形式，也不依赖文字的经典记载，而是强调"无念""无相"的至高修行境界，主张"即心即佛""见性成佛"的顿悟理念，自称为"顿门"宗派。

此地景致如画，让人沉醉其中，忘却尘嚣。更添一抹亮色的是，花亭湖中岛屿错落有致，宛如点点繁星散落湖面，每一座岛屿都独具风姿，如同颗颗璀璨珍珠，在阳光照耀下熠熠生辉，为景区平添了几分妩媚与灵动。

漫步于此，游客们可尽情领略湖光山色的秀美与宁静，感受大自然那不可言喻的神奇魅力，让心灵得到彻底的放松与净化。

"禅宗圣地，万古长青"，此乃花亭湖人文景观之独步风采。花亭湖，以其深厚的人文底蕴与丰富的文化景观闻名遐迩。在历史的长河中，此地深受荆楚与吴越文化的双重滋养，民风淳朴，文化氛围浓郁，历代人才济济。

花亭湖风景名胜区，总面积257平方公里，其旅游文化资源之丰富，令人叹为观止。其间，二祖禅堂、佛图寺、海会寺、西风禅寺、李时珍药王庙及唐代名相狄公亭等63处名胜古迹，犹如点点繁星，镶嵌于湖光山色之间，熠熠生辉。

尤为值得一提的是，新中国成立后，九华山双溪寺首尊肉身菩萨——大兴和尚，以及著名社会活动家、杰出的爱国宗教领袖、书法家、诗人、作家赵朴初等，均出自花亭湖畔，为这片土地增添了无尽的光彩。因此，花亭湖享有"中国禅宗发祥地之一"和"中国第一禅湖"的美誉，实乃名副其实。

景区内，有一处景致独特的月亮湾，它依山傍水，三面环湖，岸线曲折蜿蜒，宛如一轮皎洁的弯月镶嵌于碧波之中，因而得名。岛内夏坞峰挺拔峻峭，林木葱郁，四季常青。全岛占地面积约180亩，集林场、茶园、栗园等自然景观于一体，同时设有品茗阁、接待厅、民俗风情园等人文设施，让游客在品味自然之美的同时，也能感受到浓厚的人文气息。

风情园内，古朴的茅草房与充满农家田园生活气息的水车、木碓、石磨、风车等传统农具相映成趣。茶座、茶园、茶坊等休闲场所更是为游客提供了品味茶香、享受宁静时光的好去处。游客们可亲自体验踩踏水车、踏木碓、推石磨的乐趣，仿佛穿越时空，回到了那段充满诗意与远方的悠悠岁月。

大别山中第一湖·339

而月亮湾背后，还隐藏着一段美丽的传说，为这片景致增添了几分神秘与浪漫的色彩，让人在游览之余，更添一份遐想与回味。

据闻，昔日此地曾有一户茶农，家境贫寒，生活困顿，衣衫褴褛，食不果腹。某年中秋之夜，月圆之时，茶农家中竟无米下锅，境况凄凉。月宫中的嫦娥目睹此景，心生慈悲，不顾天规，私自下凡，将广寒宫中的乌金盗出，以解茶农燃眉之急。然而，此事终被王母娘娘察觉，她震怒之下，派遣天兵天将下凡捉拿嫦娥，欲将其带回天庭严惩。嫦娥在千钧一发之际，急中生智，将一坨乌金掷向茶农屋旁的稻场之上。自此，茶农家境日渐好转，逐渐殷实起来。这段传奇故事，被后人称为"乌金记"，在当地民间广为流传，至今不衰。

湖边芦苇

花亭湖地区以其丰富的物产而闻名遐迩，湖畔与山岛间，柑橘、板栗、茶叶等农产品琳琅满目，实为开展农业生态游的不二之选。湖中更是鱼类繁多，武昌鱼、螃蟹、银鱼、鲢鱼、鲤鱼等应有尽有，为垂钓、野炊等休闲活动提供了得天独厚的条件。此外，花亭湖湖面宽广，水资源丰富，是开展各类水上体育活动的绝佳场所。尤为值得一提的是，汤湾温泉日出水量高达1500吨，水质纯净透明，既可用于沐浴，又具备保健与科研的双重价值。

景区内，情人岛作为一处独特的景点，坐落于凤凰山麓，由深入湖心的半岛与一座小岛共同组成，总面积达30亩之广。它与月亮湾、博士岛隔湖相望，共同绘制出一幅和谐的自然风光画卷。情人岛不仅是一处令人心旷神怡的旅游胜地，更是一个集观光、娱乐等多功能于一体的休闲度假天堂。岛上昔日遍布野生合欢树，其地形宛如一对深情相拥的恋人，因此得名情人岛，寓意深远，令人沉醉其中。

提及情人岛，背后隐藏着一个感人至深的传说。

昔日，河畔边散落着几户以捕鱼为生的家庭，而凤凰山深处，则隐居着几位勤劳的樵夫。其中，渔民之女水妹，不仅姿色出众，聪慧过人，更拥有天籁之音，歌声清脆悦耳，宛如山间清泉，令人心旷神怡。自幼，水妹与樵夫青年山哥青梅竹马，两小无猜，情深似海，相互倾慕。

及至水妹十八芳华，山哥在媒妁之言下，向水妹家提亲，两家欣然应允，举办了认亲之礼。然而，那年恰逢大旱，长河干涸，秋收无望，水妹家因无力缴纳租税而陷入绝境。地主甄大胖子，年过半百，心怀不轨，用尽手段欲将水妹纳为妾室。他日日亲临水妹家逼债，甚至派遣恶仆强行掳走水妹至甄家大院。

山哥闻讯，心急如焚，誓要救出心上人。夜幕低垂之时，他潜入甄家大院，历经艰险，终将水妹救出。两人重逢，泪眼相对，却难逃现实的重重枷锁。最终，这对恋人选择在这座山上以殉情的方式，诠释了对爱情的忠贞不渝。

据传，几位考古专家曾来此考察，发掘出两具紧紧相依的遗骸。情人岛，这座弥漫着浪漫与梦幻的岛屿，如今成了无数痴情男女追寻爱情真谛、感悟爱情深邃与博大的胜地。

或许正是得益于花亭湖这片土地的钟灵毓秀，即使在风起云涌的历史洪流中，这里的民众依然展现出坚韧不拔的精神，勇敢地守护着众多文化瑰宝。这些瑰宝包括珍贵的二祖木雕像、石刻楹联与匾额，其上镌刻的"佛殿千年永镇，仙山万古长春"所传达的深远寓意，以及二祖庙内的一百支铜签、二祖仙山灵签签板、碑文、香炉等文物，无不彰显着这片土地深厚的文化底蕴。

同时,狮子山上的对弈石、二祖洞、不涸泉、濯锡潭等自然山石,也幸运地免遭劫难,得以保存至今,成为大自然赋予的宝贵财富。

尤为值得一提的是,诞生于此的著名作家、诗人及书法大师赵朴初先生,其凭借卓越的才华和深厚的文化底蕴,不仅在国内享有盛誉,更在国际上声名远播,成为宗教界的杰出领袖。这绝非偶然,而是他一生追求真理、传播文化的必然结果。

在景区的休闲山庄前,一把高达2米、周长2.4米的巨型茶壶巍然屹立,它不仅是一件艺术品,更承载着深厚的文化内涵。茶壶上镌刻着已故中国佛教协会会长赵朴初先生的诗作《咏天华谷尖茶》:"深情细味故乡茶,莫道云踪不忆家。品遍锡兰和宇治,清芬独赏我天华。"字里行间流露出对故乡的深情厚谊和对茶文化的热爱。壶口下方,一个巨大的茶盏静静地摆放着,清泉自壶口滴落,注入茶盏,满溢后缓缓渗入周围的草地,这一景象不仅赏心悦目,更寓意着皖西南地区茶文化的源远流长和赵朴初先生"行愿无尽"精神的传承。

"跃过三湖四泽中,一肩担月上九龙;龛得葫芦可禅定,榻依岩石悟能空。禅衣破处裁云补,冷腹饥时饮露充;物与民胞共寒暑,调和风雨万邦同。"此诗乃二祖慧可于九龙山巅所吟,千载流传,世人传颂,一字未改。

二祖禅堂,历经重修,古刹重焕新颜,成为举世瞩目的禅宗圣地。海会寺,静卧于太湖县新城东北十里,白云山南麓,距105国道三公里之遥。国道与寺道交会处,两列青山间,狭长田畈如二龙戏月,故得月龙畈之名。此地小山连绵,峰峦十八,相传乃十八罗汉修炼之所。

穿越田畈,过桥至隘口,四山环伺,两两相对,宛若双狮双象守关。过此隘口,海会寺豁然开朗,映入眼帘。寺背靠白云山,松柏苍翠,浓荫蔽日；山下清风徐来，云雾缭绕。右侧响水崖瀑布如白练悬空，对面玉带河流水潺潺，明珠散落。琵琶桥横跨其上，桥南摩崖石刻铭记历史沧桑。左侧东山古镜、仙人醉酒等景，美不胜收。

寺前匾额"海会寺"，由赵朴初先生亲笔题写，字迹苍劲飘逸，观之令人心旷神怡，疲惫尽消。海会寺始建于唐代，历史悠久，香火绵延，成为淮西名刹，被誉为"圣众会合之座"，高僧云集，共求佛道。

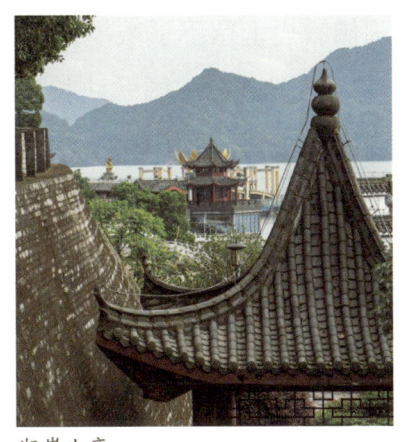

湖岸小亭

寺庙依山而建，呈阶梯状布局，分下、中、上三殿。下殿占地约100平方米，青砖木架，小灰瓦顶，古朴典雅，殿内四根圆木巨柱挺立，鼓形石础雕饰精美，方砖铺地，更显庄重。寺内有千年罗汉松，树干需三人合抱，历经风霜雨雪，枝叶繁茂，宛若铁画银钩，令人叹为观止。上殿两端廊门下，又各自成直角建起相对回廊式房屋。

海会寺，自古便是高僧云集的圣地，吸引着无数文人雅士竞相探访，留下了诸多脍炙人口的诗词佳作与传奇故事。清代诗人毕琪光，曾以《游海会寺》为题，细腻描绘了溪桥畔悠然垂钓、春风中结伴同游、崖畔花朵笑对潭水、涧溪中水石相击的清脆声响等场景。最终，他以醉卧山月之下、倚杖静听钟声的宁静心境作结，深刻展示了海会寺的绝美风光与诗人内心的欢愉。

景区之内，佛图寺巍然矗立，作为太湖县有据可查的首座古刹，它承载着悠久的历史与深厚的文化底蕴。此寺之名，源自十六国后赵时期的高僧佛图澄，他来自西域，毅然投身佛门，成为外籍僧人向民间传教的先驱。佛图澄不仅广开门户，更破例允许汉人出家为僧，其开创之举，在中国佛教史上留下了浓墨重彩的一笔。

佛图澄在中国弘法长达数十年之久，足迹遍布大江南北，所到之处皆建寺立塔，弘扬佛法。据统计，他共建立了893所寺庙，影响深远，不仅吸引了国内僧侣前来求学，更吸引了来自天竺、康居等地的外籍僧侣慕名而至。在安徽地区，他更是亲自指导建设了多座规模宏大的寺庙，包括太湖佛图寺、潜山太平寺，为当地佛教文化的繁荣发展作出了不可磨灭的贡献。

佛图澄在传播佛教教义、推动佛教中国化方面发挥了至关重要的作用。他不仅促进了佛教的广泛传播，更致力于佛教与中华文化的融合，使佛教在中国大地上生根发芽、茁壮成长。公元348年，佛图澄在邺城圆寂，享年116岁。他的一生充满了传奇色彩，为后人留下了宝贵的精神财富和文化遗产。

在这片禅宗圣地之上，还矗立着一座黄瓦红柱、飞檐翘角的狄公亭。此亭乃为纪念唐代杰出宰相狄仁杰而建。狄仁杰生于唐贞观四年（公元630年），凭借卓越的学业成就步入仕途，在高宗朝历任要职，武则天登基后更是得到重用。然而，他也曾不幸遭奸臣陷害入狱，幸得平反，数年后重登相位。狄仁杰为政清廉、执法公正，曾在一年内判决大量积压案件，涉案人数达17000人之多，后无一人冤诉。其卓越政绩与高尚品德令后人敬仰不已。狄公亭的存在不仅是对狄仁杰的纪念，更是对后世的一种鞭策与激励。

赵朴初先生曾对花亭湖赞不绝口，言其"神驰远景无疆，倂尽情领受，千重山色，万顷波光"。此湖深藏于大别山的怀抱之中，自然风光旖旎多姿，景色美不胜收。若能有幸亲临其境，感受那参禅入定的至高境界，定会让人沉醉其中，流连忘返。

十里桃花千尺情

泾县桃花潭水利风景区

　　桃花潭水利风景区位于安徽省泾县桃花潭镇境内,距泾县县城40千米,是一处集自然风光、人文景观和水利工程于一体的综合性水利风景区。青弋江源于太平湖,流经芜湖汇入长江,形成桃花潭,水清透。桃花潭因李白诗《赠汪伦》而闻名。诗中"桃花潭水深千尺,不及汪伦送我情"已成千古绝唱,使桃花潭显名于世。景区内还有东园古渡、踏歌岸阁、垒玉墩、书板石等众多人文景点,这些景点不仅展现了桃花潭深厚的历史文化底蕴,也吸引了无数游客前来观光游览。

　　2008年,泾县桃花潭水利风景区被水利部批准为国家水利风景区。

"李白乘舟将欲行,忽闻岸上踏歌声。桃花潭水深千尺,不及汪伦送我情。"

当青弋江之水浩荡流经桃花潭之时,难以分辨是岸畔那悠扬缠绵的"踏歌声"悄然融入碧波之中,还是片片桃花轻盈飘落,点缀于潭面之上,赋予原本清澈的江水一抹柔和的桃红。桃花潭面宽广无垠,波光粼粼,山光与水色交相辉映,共同在潭水中绘就一幅令人心驰神往的山水画卷。潭畔,树木郁郁葱葱,桃花绚烂绽放,亭台楼阁古朴而典雅,送别的身影在朦胧中若隐若现,历经千百年的沧桑,这里依然承载着永不褪色的深厚的文化底蕴与浓郁情感。

在黎明前夕,天边如同被柔和的轻纱轻抚,缓缓垂下薄雾,温柔地覆盖在碧波荡漾的水面之上,使得这桃花潭宛如被细腻轻纱紧紧拥抱的碧玉,恰似古人云"清泠皎洁,烟波无际"之绝美景象。微风轻拂,乘一叶扁舟,悠然自得地穿梭于浩渺无垠的烟波之中、波光粼粼的水面之上,每一次船篙的轻拨,都似乎在驱散薄雾,划破潭面,引领人缓缓步入这宛如人间仙境般的绝美画卷。

提及桃花潭,人们心中自然浮现出那句传颂千古的佳句:"桃花潭水深千尺,不及汪伦送我情。"岁月悠悠,那份深情厚谊依旧镌刻在历史的长河中,而那东园古渡,作为汪伦为李白踏歌送行的胜地,至今依旧保留着千年前的风貌。渡边芳草秀丽,举目远眺,远山含黛,烟波浩渺,恍若

置身于仙境之中。

据传,天宝三年(公元744年),李白因对当时政治的黑暗深感愤懑,加之仕途不顺,便怀揣一颗惆怅之心,四处游历名山大川,寻觅仙道真谛,时常在江畔间醉歌狂饮。天宝十四年(公元755年)之秋,李白在结束了对宣城敬亭山的游玩之旅后,踏上了前往泾县水西城的旅程。而此时,曾经任泾县县令的汪伦,得知这一消息后,出于对李白的无限仰慕与崇拜,便前往水西拜见这位诗坛的巨擘。

在汪伦的热情款待下,李白与汪伦一同前往水西城边的青弋江边,他们举杯共饮,吟诗作对,相谈甚欢,彼此间默契十足,仿佛久别重逢的老友,倍感亲切。随后,汪伦真诚地邀请李白至其府邸做客,李白爽朗地笑道:"你家在何处?快快说来,我定要前去拜访!"汪伦便指向那波光闪烁的青弋江面,娓娓道来:"我家就坐落在青弋江的上游,那里有一片桃花潭,风景如画,既有十里桃花的绚烂,又有万家酒店的热闹,足以让我们尽情享受欢聚的时光,畅饮美酒,共赏歌舞。"李白听后,满心欢喜,赞叹不已:"灼灼盛开的桃花,清凉甘洌的美酒,这两样都是我所钟爱的。未曾想你的居所竟如此合我心意,我即刻便与你一同前往。"

抵达桃花潭后,只见潭面波光粼粼,一只旧船静静地泊在岸边。岸边仅有一株桃花树傲然挺立,虽独自绽放,却也艳丽非凡,只是与传说中的"十里桃花"之景相去甚远。桃花树旁,一座简陋的茅屋映入眼帘,门

前斜插着一根细长的竹竿,上面挂着一面随风轻轻摆动的黄色酒旗,显然与"万家酒店"的盛况难以相提并论。

李白心怀重重疑虑,而汪伦却笑逐颜开,引领他步入简陋却温馨的茅屋之内。二人向店家点了一壶珍藏多年的陈年老酒与几盘山间美味。李白手执酒杯,内心的不解仍如潮水般汹涌,不禁向汪伦发问:"你提及的'十里桃花,万家酒店',究竟隐匿于何方?"汪伦闻言,顿时朗声大笑,以手指向窗外那株傲然挺立的桃树,笑道:"我们方才经过之处,名曰十里边山,此树便是那'十里桃花'之所在。"李白听后,眉头微蹙,复问:"那么,'万家酒店'又身居何处?"汪伦再次展露笑颜,手轻轻一挥,指向门外随风轻舞的黄色酒旗,其上醒目地书写着一个气势磅礴的"万"字。

李白霎时豁然开朗,放声大笑:"好一个'十里桃花,万家酒店'的盛景!"此后,他在桃花潭畔汪伦的府邸中度过了难忘的十余日,其间受到了汪伦及当地百姓的热情款待,并与他们结下了深厚情谊。

当离别的时刻悄然降临,李白行至东园古渡,准备乘船远行。汪伦深知这一别或许再难相见,于是特地召集了村中的男女老少,一同前往古渡岸边,以最真挚的方式表达对李白的依依不舍之情。当李白踏上船舷,转身回望之际,只见岸边的人们纷纷挽起衣袖,齐声高歌,踏步声与歌声交织成一首动人心弦的离别之歌,情深意切,令人动容。

此情此景深深触动了李白的心弦,他心中涌起万千感慨,随即吟咏出那首流传千古的绝妙诗篇:"李白乘舟将欲行,忽闻岸

踏歌岸阁

上踏歌声。桃花潭水深千尺，不及汪伦送我情。"此诗不仅深情地表达了李白对汪伦及村人的感激与不舍，更成了后世传颂不衰的佳话，让人们在每一次品读时都能感受到那份跨越时空的深情厚谊。

时至今日，桃花潭畔依然矗立着"踏歌岸阁"，它见证着李白与汪伦之间的那份情谊。阁前，桃花潭水波光粼粼，碧绿如翡翠，闪烁着诱人的光泽；阁后，则是古色古香的翟村老街，漫步其间，仿佛穿越了时空，置身于一个宁静幽远的世外桃源。这里的村民们依旧保持着淳朴善良的本性，热情好客，让每一位踏入这片土地的游客都能深切地感受到那份千年前款待诗仙李白的热忱与真挚。

在潭西岸的北端，矗立着一座独特的石墩，名曰"垒玉墩"。此石墩壁面平滑如镜，仿佛经过精心雕琢，大自然的鬼斧神工在其上留下了深刻的印记。在潭水的滋养下，它更显温润儒雅，宛如一块灰白相间的美玉，静静地躺在岸边，散发着柔和而迷人的光芒。石墩之巅被茂密的树藤与青翠的苔藓所覆盖，绿意盎然，生机勃勃，犹如一块翠绿的碧玉镶嵌其上，为这石墩增添了几分生动与活力。远观之，这两块色泽各异的美玉仿佛天然堆叠而成，晶莹剔透，光华四溢，令人叹为观止，这也正是"垒玉墩"之名的由来。

与"垒玉墩"隔溪相对而立的，正是名扬四海的"彩虹岗"。此岗濒临水域之处，尽是峭壁悬崖，崖边的纹理独具特色，既宛如虎皮斑斓，又酷似鹦鹉羽毛绚丽，实为世间罕见之景。而尤为神奇的是，每当雨后初霁，一束温暖的阳光照耀在岗上，便有一道绚烂夺目的彩虹横跨天际，直接延伸至溪对岸的"垒玉墩"之上，形成一幅震撼人心的壮丽画卷。彩虹的七彩光辉与阳光交相辉映，加之雨后初晴时袅袅升起的几缕雾气，让人不禁叹为观止，由衷地发出赞叹："此景只应天上有，人间难得几回观。"

谈及桃花潭的绝美风光,不得不提其中三座楼阁——文昌阁、怀仙阁、万象阁,它们共同构成了这里不可或缺的重要景观。文昌阁,始建于乾隆盛世,彼时翟氏家族在明清两朝的科举考试中屡创佳绩,涌现出众多翰林、进士等杰出人才。为彰显家族荣耀,并祈愿文运长盛不衰,翟氏族人齐心协力,共同建造了这座雄伟壮观的文昌阁。此阁为三层建筑,设计精巧,四面皆可通达,重檐飞角,气宇非凡,充分展现了古代建筑的独特魅力与精髓。阁内供奉着道教星宿"文昌帝君",故而得名"文昌阁",寓意着家族对子孙后代能够继承文化传统,继续发奋图强,考取功名,为国家贡献智慧的深切期盼。

文昌阁,自古以来便是文人墨客汇聚的胜地,吸引无数士子慕名而来,吟诗作画,抒发胸中之志。登临此阁,远眺山川,翠色欲滴,桃花潭水波光粼粼,天边云朵悠然自得,宛如一幅精致绝伦的山水长卷,令人心旷

文昌阁

神怡,沉醉不已。文昌阁不仅铭记着翟氏家族的辉煌历程,更承载着中华民族博大精深的文化精髓与崇高精神。

怀仙阁,因后世为纪念诗仙李白而建,故得此名。它傲然屹立于垒玉墩之巅,犹如一颗璀璨的明珠镶嵌于葱郁的林海之中,分外耀眼。飞檐斗拱,层叠错落,展现出非凡的气势与庄严。阁内分上下两层,顶层檐角翘首,直指苍穹,恰似李白一生傲骨嶙峋、才华横溢的象征。登临二层,桃花潭美景一览无余,轻烟袅袅,碧水悠悠,扁舟荡漾,尽成阁上佳景。尤为珍贵的是,阁内墙壁上悬挂着毛泽东亲笔题写的《赠汪伦》匾额,笔法遒劲,气势磅礴,为怀仙阁平添了几分文化底蕴与艺术魅力。

万象阁,寓意深远,登临其上,桃花潭与青弋江蜿蜒曲折,尽收眼底,更可领略桃花潭景区之千姿百态,尽显世间万象。阁体方正宽广,飞檐反宇,大气磅礴,恰如"包罗万象"之寓意。阁下莲池静谧,夏日荷花盛开,置身阁上俯瞰,犹如一幅"湖风舞菡萏"的绝美画卷,令人叹为观止。

尤为令人动容的是李白与汪伦共饮的石像。李白手举酒杯,昂首向天,眼神中透露出凛然之气与豪放之情,仿佛在与苍天对话,感叹人生之坎坷与命运之多舛。汪伦则端坐石凳之上,举杯向李白致意,目光紧随李白高举之酒

李白汪伦共饮像

杯而仰望天穹,他深知李白那"直上青云"的宏伟志向,故以此举为友人寄托慰藉之情。二人脚边酒坛已空,但那份热忱与豪迈却丝毫未减,反而在酒精的催化下更加炽热。这便是千年前的深情厚谊,纯朴而激荡人心,二人志同道合,情谊长存,流传千古,令人敬仰不已。

有人曾言:"往昔岁月,车马缓行,一生情深,唯系一人心。"此情此

十里桃花千尺情 • 351

景，于友情亦如是。车马之慢，离别之后，往往多年难逢一面，更有甚者，一别竟成永诀。正因如此，古人对离别之情尤为珍视，汪伦以"踏歌"相送，李白则吟诗以别，以此纪念、慰藉那今生恐难见的挚友。时至今日，车马之速已非往昔可比，"相见难，别亦难"的情境已大为减少，然因种种缘由，我们仍难常聚。何不把握当下，邀三两知己，共游桃花潭，重拾那千年前纵情山水的乐趣，再续那千年前对酒当歌的真挚友情？

"先生可好游？此处桃花绵延十里。先生可好饮？此地酒店遍布万家。"时至今日，我们或许无法目睹桃花潭畔那真正的十里桃花林，亦难寻那万家酒店的繁华景象。但正如千年前的李白一般，我们或许本是慕名而来，然而一旦踏入桃花潭的怀抱，便不由自主地为之倾倒。哪怕仅有一树桃花在十里边山之中静静绽放，哪怕仅有桃树旁的一间简陋酒屋，哪怕仅有这一潭碧绿的清水、一只孤舟悠然漂荡……

岸边桃花

那一树桃花，香气四溢，飘洒十里，是直抵心扉的诗意盎然；那一壶清酒，清澈凛冽，香醇可口，是倾诉平生、畅谈未来的豪迈气概；那一潭绿水，深邃莫测，直抵千尺，是历经千年仍不褪色的深厚友情！

泾县桃花潭水利风景区，作为一处汇聚自然美景、人文风情与水利工程精髓的综合性胜地，其水利工程建设始终受到社会各界的广泛关注。在桃花潭上游仅两公里之遥，巍然矗立着安徽省内规模最大的常规水力发电厂——大唐陈村水力发电厂。该发电厂由陈村、纪村两大电站联合组成,不仅承载着发电的重任,还兼具防洪、灌溉等多重功能,是地区经济社会发展的重要支撑。

大唐陈村水力发电厂的历史可追溯至1958年,其建设历程历经波折,曾数度停建复工,直至1970年才正式投产发电。其命名灵感源自附近的一个陈姓小村落,承载着深厚的地域文化情怀。在建设初期,由于青弋江治理工作的不足,陈村水库的建设面临着诸多挑战,设计方案更是经历了多次修改与完善。尤其是在中苏关系恶化的背景下,电站建设曾一度陷入停滞。然而,凭借着当时人们顽强的毅力和不懈的努力,1968年电站再次复工,施工人员采用"土法上马、土洋结合"的创新方法,最终在1970年实现了首台机组的并网发电。

大唐陈村水力发电厂在发电领域的成就斐然,总装机容量高达18.4万千瓦,稳居安徽省水电厂之首。该电厂始终秉承先进的发展理念,致力于资源节约和环境保护工作。自投产以来,已累计供电约163亿千瓦时,相当于节约了522万吨煤炭资源,并成功减排了1301万吨二氧化碳和9.9万吨二氧化硫等有害物质。同时,厂区内环境和谐宜人,为员工提供了良好的工作和生活环境。

在防洪抗旱方面,大唐陈村水力发电厂同样展现出了强大的实力和责任担当。多年来,该电厂在暴雨洪水等自然灾害面前始终坚守岗位、积极应对,成功拦截了大洪峰51次之多。其中在

鸟瞰桃花潭

1996年更是成功拦蓄了历史最高洪峰，为下游地区的安全提供了有力保障，防洪效益高达50亿元。此外在抗旱工作中该电厂也积极贡献自己的力量，克服了种种不利因素，提供了近126亿立方米的抗旱用水，并常年为下游提供生态流量，保障了下游地区的安全和发展。

近年来，为了更好地迎合游客的休闲需求，并进一步提升景区水利设施的品质，桃花潭在水利工程建设方面取得了卓越的成果，已圆满完成了多项关键性水利设施的建设，涵盖农村饮水安全巩固提升工程、污水管网的精心铺设以及污水环保设备的全面建设等。这些设施的逐步完善，不仅极大地改善了当地居民的生活品质，更为游客打造了一个更为安全、惬意的旅游环境。

踏入桃花潭，游客仿佛步入了一幅绚丽多彩的水墨画卷，点点人影，斑驳心事，在淡淡的墨色中缓缓流淌，那浓郁的诗意与飘逸的情怀，仿佛要挣脱束缚，自由翱翔于无垠的时空中。

牧童遥指杏花村

池州杏花村水利风景区

　　杏花村水利风景区位于安徽省池州市贵池区杏花村大道，是一处集自然风光、历史文化、生态保护和休闲旅游于一体的综合性水利风景区。晚唐诗人杜牧任池州刺史时，于杏花村雨中春行，作《清明》诗，使杏花村闻名于世。清康熙年间，杏花村人编《杏花村志》，入选《四库全书》，提升了杏花村的文化地位。景区基于杏花村旧址，规划35平方公里，设陆上八字形与水上十里杏花溪观光线。景点包括北村口红墙照壁、问酒驿、唐茶村落、十里桥、梅洲晓雪、窥园、憩园、百杏园等。

　　2016年，池州杏花村水利风景区被水利部批准为国家水利风景区。

"清明时节雨纷纷,路上行人欲断魂,借问酒家何处有,牧童遥指杏花村。"这首诗,在中国,称得上家喻户晓。

公元845年,晚唐时期杰出的诗人杜牧,时任池州刺史,在春日踏青之际,悠然抵达了杏花村,灵感迸发,创作了那首广为传颂的《清明》诗篇。自此以后,杏花村便因这首诗而声名远扬,成为无数文人墨客向往之地。

杏花村水利风景区,坐落于安徽省池州市贵池区的西郊,地理位置得天独厚。它北依浩渺的长江,南望佛教圣地九华山,西临被誉为"中国鹤湖"的国家级湿地珍禽自然保护区——升金湖。这里自然风光旖旎,四季分明,雨水充沛,阳光充足,位于北纬30度的黄金地带。

景区总规划面积达35平方公里,水利资源丰富,包括秋浦河、杏花联湖、谷潭湖、天生湖等重要水域。景区内,花卉苗木种类繁多,总数超过140万株,绿化面积更是高达60万平方米,为游客营造出一片绿意盎然的生态环境。

杏花村景区依托其独特的河湖风光,精心打造了"二带三区"的旅游格局。其中,"二带"分别指秋浦河原生态湿地休闲观光带和十里杏

"杏花村"照壁

花溪田园游憩带,后者由杏花联湖、谷潭湖和天生湖串联而成,美不胜收。"三区"则涵盖了杏花联湖田园观光体验区、谷潭湖农事民俗体验区以及天生湖山水生态养生区,展现了自然与人文的和谐共生。

景区交通条件极为便利,九华山机场、宁安高铁、铜九铁路、沿江高速以及长江池州港等交通设施一应俱全,共同构建起了一个便捷的水陆空立体交通网络。这使得杏花村景区成为了人们亲近自然、享受休闲、旅游度假的绝佳选择。

再谈贵池,这座古城的名字背后,隐藏着一个引人入胜的传说,它与南梁昭明太子所钓得的大鳜鱼紧密相连。贵池,坐落于皖江南岸,自古以来便是池州府治的所在地,而今更是池州市政府的驻地,承载着深厚的历史文化底蕴。

据史书记载,南朝梁代之时,贵池地区尚被称为石城。在现今城市西南方向约七十里之处,有一古镇名为苍埠,其得名源于东西两侧石山,其相对而立,宛如天然城池之壮观景象。天监元年,即公元502年,萧统被册封为皇太子,后世尊称为昭明太子,而石城也因此成为了他的封邑之地。公元515年,梁武帝在太极殿举行盛大仪式,为昭明太子加冠,并特许其佩戴金博山冠,更恩准其外出游历。自公元515年至529年间,昭明太子在石城居留了长达十余年之久,留下了无数佳话。

昭明太子,实乃山水之痴!踏入石城之境,那山水洞湖、楼台亭榭之美景,恍若潇湘、琅琊、苏扬、秦淮之再现,令他流连忘返,沉醉不已。

一日,太子乘舟顺流而下,至琅山崖畔,坐于牯牛石上,效仿姜太公垂钓之姿,静待鱼儿上钩。然时光荏苒,鱼竿静默无声,仿佛与周遭的宁静融为一体。正当太子欲弃竿而归之际,鱼线突沉,鱼儿终上钩矣!太子屏息凝神,奋力提竿,只见一条肥美的大鳜鱼跃然眼前。

太子喜不自胜,携鱼回府,速令侍从烹煮。不消片刻,一锅香气扑鼻、鲜美无比的鱼汤便呈现在眼前。那鳜鱼肉质细腻如丝，鱼汤醇厚浓郁，令人回味无穷。

太子品尝着这来自贵池之水的美味鱼汤，赞不绝口："此水所养之鱼，果然鲜美异常！此地便应名为贵池！"自此以后，贵池之名便随着这段佳话传遍四方。

"一河秋浦水，十里杏花溪，百家香酒肆，千载诗人地"，道出了景区的特色与风情，李白、杜甫曾在此地停留赋诗。

李白对池州的钟爱，体现在他创作的超过四十首诗歌之中，其中最为脍炙人口的莫过于《秋浦歌十七首》。"白发三千丈，缘愁似个长。不知明镜里，何处得秋霜。"他以歌为伴，五度游历秋浦，笔下流淌出"清溪清我心，水色异诸水"的佳句，深刻描绘了池州水色的独特韵味。

在池州，李白的主要活动为游历与会友，而晚唐的另一位杰出诗人杜牧，则曾在此担任地方长官。唐武宗会昌四年（公元844年）九月，时年四十二岁的杜牧被调任为池州刺史，他在这片土地上勤政爱民，度过了长达两年的时光。其《九日齐山登高》一诗："江涵秋影雁初飞，与客携壶上翠微。尘世难逢开口笑，菊花须插满头归。"深受世人喜爱，流传千古。

杜牧性格刚正不阿，不拘小节，不屑于阿谀奉承。然而，即便是他这样的人物，在杏花村的清明时节，也不免被绵绵细雨勾起几分惆怅与思乡之情。他诗中提到的翠微亭，正是他任池州刺史期间，于齐山之巅所建。

据传，当年岳飞在池州练兵之时，也曾踏足齐山，并留下了《池州翠微亭》一诗："经年尘土满征衣，特特寻芳上翠微。好山好水看不足，马蹄催趁月明归。"此诗不仅表达了岳飞对齐山美景的深深赞叹与留恋，更展现了他作为一位英雄将领的豪情壮志与家国情怀。

王安石、苏轼、朱熹、陆游、李清照、董子修、杜荀鹤,这些名垂青史的文坛巨匠,亦曾在这片土地上挥洒才情,留下脍炙人口的诗篇。秋浦河,它是一条流淌着诗意与韵味的河流,而杏花村的水,则如同激荡着文人墨客深厚情感的清泉。秋浦河,它宛如一条翠绿的玉带,温柔地依偎在杏花村旁,将千年的文脉紧密相连。

　　自唐代以来,古杏花村历经风雨洗礼,见证了岁月的沧桑与兴衰更迭。在其最为辉煌的时期,酒肆林立,香气扑鼻,农庄则是一片宁静恬淡的景象。至清代,杏花村更是蜕变为一处占地十余里、古朴典雅、风景如画的名胜之地,其名声远播,吸引了无数文人墨客前来探访。其中,杏花村的十二景更是被誉为绝美之地,它们分别是:平天春涨、三台夕照、白浦荷风、西湘烟雨、茶田麦浪、栖云松月、昭明书院、铁佛禅林、桑柘丹枫、梅洲晓雪、黄公酒垆以及杜坞渔歌。这些景致各具特色,共同编织了杏花村独有的魅力,引得四方游客络绎不绝。

　　然而,时光荏苒,岁月如梭。杏花村的古十二景中,如今仅有"白浦荷风""西湘烟雨""茶田麦浪""杜坞渔歌""梅洲晓雪"等景观尚存。但即便如此,它们依然以其独特的韵味吸引着游客的目光。阳春三月时节,杏花村更是成为了一片花的海洋。杏花、春梅、樱花、桃花、油菜花等各类花卉竞相绽放,争奇斗艳,构成了一幅绚丽多彩的春日画卷。

　　为了全面展现这片自然风光的绮丽与传承传统文化的精髓,景区匠

白浦荷风

心独运,筹备了一场盛大的文化旅游盛宴。节日活动持续约二十日,自"击鼓开春"的庄重仪式启幕,紧接着便是以"祭神农氏"为核心的春耕大典,正式宣告活动的开始。

在此期间,游客们有幸目睹犁田打耙、鱼鹰捕鱼等蕴含深厚民俗风情的文化展示,并亲身参与植树造林等环保公益活动,深刻体验到大自然与人文的和谐共生。此外,花朝祈福大会的庄重、古装健步走的雅致、乡村趣味运动会的欢乐,无一不让游客在轻松愉悦的氛围中沉醉于乡村文化的独特魅力。

尤为值得一提的是,"吟诵杏花村"的经典诵读与知识竞赛活动,不仅为节日增添了丰富的文化底蕴,更让游客们深入探索杏花村悠久的历史与文化内涵。这一系列精彩绝伦的活动,使得池州杏花村在文化旅游节期间处处洋溢着盎然春意,吸引了无数游客慕名而来,共襄盛举。

杜牧与牧童像

"胜地已复沽酒肆,杏村水韵秀江南。"杏花村景区内,每一处景致都宛如画卷般美不胜收。六朝长廊的古朴庄重、怀杜轩的静谧深远、郎遂故居的典雅古朴、鱼龙桥的碧波横卧、古戏台的文化传承、青莲馆的雅致幽静、民俗村的乡土风情、鱼歌埠的歌声悠扬、望华亭的全景俯瞰、昭明堂的庄严肃穆、醉仙湖的碧波荡漾以及窥园的幽静雅致,共同构成了一幅幅动人心魄的美景。景区内花草繁茂,杏树成林,仿唐建筑错落有致地分布其间,展现出一种古朴典雅而又生机勃勃的风貌。微风轻拂,带来阵阵淡雅的酒香,令人心旷神怡,陶醉不已。

说起杏花村的酒香,背后还隐藏着一段传奇佳话。相传古时候,杏花村的村民们习惯于在村落四周广植杏树。每当春暖花开之际,满树的杏花竞相绽放,远远望去,犹如天边的红云洒落人间,美不胜收。在这样一个充满诗意的村庄里,有一位以打猎为生的年轻小伙子。一日傍晚,他打猎归家途中经过一片杏树林时,忽闻一阵微弱的哭声从林中深处传来。他循声而去,发现一位姑娘正倚树而泣,面容凄楚。小伙子心生怜悯,上前询问缘由。姑娘含泪诉说了家中遭遇的不幸以及自己孤身一人、无依无靠的悲惨境遇。看着姑娘那粉嫩的脸庞上挂满的泪珠,小伙子心中涌起一股莫名的情愫,对她既怜爱又同情。

于是,年轻的小伙子将那位姑娘带回了村子,安排她居住在邻居家中,并慷慨地承担起了她的一切生活开销。在乡亲们的热心撮合下,两人最终喜结连理。婚后,他们夫妻情深意重,生活甜蜜无比,共同劳作,共享欢乐,日子如同蜜糖般甜美。

农谚有云:"麦黄一时,杏黄一宿。"眼见那满树的青杏逐渐泛黄,即将成熟之际,却遭遇了连绵不绝的阴雨天气。待雨过天晴,烈日又当空高悬,将那些被雨水浸泡得肿胀欲裂的黄杏晒得纷纷掉落。转瞬之间,满筐的杏子便开始变质,眼看即将化为乌有,乡亲们无不焦急万分,愁容满面。

一日黄昏,年轻的猎人踏着夕阳的余晖满载而归。就在这时,一股奇异的芬芳弥漫在整个村庄上空。他循着香气来到自家门前,轻轻推开门扉。只见妻子笑靥如花,手中托着一碗晶莹剔透的液体,宛如珍宝般珍贵。饥渴难耐的猎人误以为那是清冽的山泉,便迫不及待地一饮而尽。瞬间,一股甘甜如蜜的滋味在唇齿间绽放,直透心脾。

"这哪里是寻常之水?简直是比天上的甘露还要美妙!"猎人惊叹不已,望向妻子的眼中充满了好奇与惊喜。"这究竟是什么神奇的饮品？"

妻子狡黠一笑，眼中闪烁着得意的光芒："这可不是普通的水哦，而是我用那些即将腐烂的杏子精心酿制的美酒。快来，我们一起邀请乡亲们来共享这份美味吧！"

一时间，众人被那诱人的酒香所吸引，纷纷涌入院中。在女主人的盛情邀请下，他们争相品尝那令人陶醉的美酒，并好奇地询问起酿酒的秘诀。自那以后，杏花坞便多了一座热闹非凡的酒坊，而那清香甘醇的杏花美酒更是名扬四海，吸引了无数食客慕名而来。

原来，这位姑娘竟是王母娘娘瑶池中的杏花仙子。她厌倦了天宫的枯燥生活，便偷偷下凡游玩。见到乡亲们遭遇困境，她便心生妙计，用发酵的杏子酿出了这绝世美酒，解了大家的燃眉之急。这美酒的香气甚至飘到了天庭之上，让王母娘娘也垂涎欲滴。于是，她命雷公电母下凡寻找这位酿酒的仙子，希望她能为上界的神仙们酿造更多的美酒。

然而，当王母娘娘得知杏花仙子的行踪后，却愤怒不已。她端坐于云端之上，以威严之声斥责道："胆敢违反天规的杏花仙子！你擅自偷下凡间已是大不敬之罪！但念你此次在人间酿造美酒，尚算勤勉，本宫限你即刻将所酿美酒带回天庭供众仙享用。若敢违抗，则必将让你化为云

雾,消散于无形!"

面对王母娘娘的怒斥和威胁,杏花仙子却依然保持着镇定的神色。这更加激怒了王母娘娘,使得她怒火中烧!她猛地一挥衣袖,只见天空顿时乌云密布、雷声轰鸣,一道道闪电如利剑般划破天际。然而当这惊天动地的雷声与闪电过后,杏花仙子却已化作一缕青烟,悄无声息地消失在了空气中,仿佛她从未存在过一般,只留下王母娘娘独自在风中凌乱。

从此以后杏花村便流传着关于杏花仙子酿酒的神奇传说。每当杏花盛开的季节,村里总会迎来一场绵绵细雨,人们都说那是天上的仙女们因为思念人间的亲人而流下的温馨而又动人的泪水。

清康熙年间,杏花村的才子郎遂可是个了不起的人物,他手捧一本《杏花村志》,洋洋洒洒地编撰起来,让这本村志荣登《四库全书》,从此早已闻名遐迩的杏花村就更风光无限啦!

走进杏花村,仿佛置身于一幅生动的田园画卷中。小桥流水人家,田埂上犁田打耙的农人忙碌着,水榭亭台边人们觥筹交错,欢声笑语,此起彼伏。把酒言欢,吟诗作对,赏花品茶,好一幅其乐融融的景象!在这里,你能深刻感悟到"仁者乐山,智者乐水"的意境,仿佛与大自然融为一体,享受着无尽的宁静与美好。

杏花村,是诗意的栖息之地,更是绝美的水墨江南。那些原本散落在杏花村的一山一水、一草一木、一桥一亭,早已成为令人流连忘返的景点。石板、杏树、红墙、照壁,荷的清香、蒲的纯白、杏的醉颜,茶的芬芳,看不完的江南景,赏不够的杏花村。

来吧,来杏花村听听黄梅戏、贵池傩戏、青阳腔,感受一下古腔雅韵;来吧,来杏花村品品杏花古井酿造的黄公酒,感受一下诗魅酒魂;来吧,来杏花村踏踏水车、扶犁耕田、体验一下农耕文明。

世外桃源何处寻,牧童遥指杏花村。

金陵明珠玄武湖

南京玄武湖水利风景区

玄武湖水利风景区位于南京市玄武区,被誉为金陵明珠。景区以玄武湖为核心,依托武庙闸等水利设施,总面积5.13平方公里,水域面积3.78平方公里,为河湖型水利风景区。玄武湖汇水面积约27.5平方公里。武庙闸建于明洪武年间,连接玄武湖与城市内河,至今仍发挥作用,防洪排涝,改善城市水环境。玄武湖综合环境整治工程的实施,改善了玄武湖水质,提升了城市防洪排涝能力,形成了"五洲""一园""一路"的基本格局,结合紫金山、明城墙等文化景观,展现了南京"山水城林"的城市特色,为百姓提供了宜居生活空间。

2016年9月,玄武湖被列为国家水利风景区。

玄武湖，其历史深邃悠久，历经时光的雕琢，方展现出今日之壮丽。考古发现，早在六千余年前，玄武湖畔便已有人类活动的痕迹，从出土遗物判断，这一时期的原始居民以农业、畜牧业和渔猎业为主。玄武湖有文字记载的历史最早可追溯到先秦时期，那时它被称为桑泊。在之后的两千多年里，玄武湖的名字如同历史的万花筒，变幻了二十余次，每一次更名都充斥着对过往的告别与对未来的期许。

公元前210年，千古一帝秦始皇第五次巡视天下，他的足迹踏遍了金陵这片土地。受"王气之说"的蛊惑，秦始皇决定斩断金陵的龙脉，以削弱其王气，并随之将金陵改名为秣陵，桑泊也因此更名为秣陵湖，标志着玄武湖历史的新纪元。

秣陵湖之名，在历史的长河中流淌了四百余年。直至三国时期，公元208年，孙权自京口迁都秣陵，并更名为建业。因避讳其祖父之名，孙权将钟山更名为蒋山，同时秣陵湖也被更名为蒋陵湖。又因吴军曾在此湖训练水师，故亦称练湖。东吴定都建业后，于蒋陵湖畔兴建了宏伟的宫城，依据其地理位置，蒋陵湖又被赋予了后湖之名。后湖之名，首见于吴宝鼎二年（公元267年），当时后主孙皓为让宫殿间常映碧波，特开渠引水，将后湖水引入新宫，增添了宫城的灵动与生机。

随后，司马睿在南京庄严登基，正式建立了东晋王朝。他巧妙利用长江天堑的地理优势，同时借助北方豪强势力的支持，以巩固新生的皇权。为确保长江天险的安全无虞，司马睿下令启动了玄武湖的疏浚工程，旨在加深湖底、拓宽水面，将其打造成训练水军的核心基地。随后，玄武湖被赋予了新的名字——北湖，以凸显其在东晋王朝中的核心地位。

而玄武湖这一名称的正式确立，则是在南朝刘宋时期。自古以来，中国便流传着四神兽的古老传说，它们分别是东方的青龙、西方的白虎、南方的朱雀以及北方的玄武，各自代表着四个方向。当时的都城建设，严格遵循"法天象地"的原则,已经构建了东有钟山龙蟠、西有石城虎踞、南有朱雀桥横跨的宏伟景象,唯独北方尚缺相应的神兽象征。因此,北湖更名为玄武湖,以完善四方神兽的布局。为了增添这一更名的文化色彩,还特意编造了一则"黑龙湖中现身"的神话故事,为玄武湖增添了更多的历史与文化内涵。

据史书记载,南朝时期,宋文帝曾精心构筑了一座规模宏大、壮丽非凡的皇家园林——华林园,其后又匠心独运,在玄武湖中仿造传说中的三座神山,分别命名为蓬莱、方丈、瀛洲,意在引仙居、祈长生,以彰显其对永生福祉的深切追

翠洲秋浓

求。然而,玄武湖实则并无天然之山,仅有五座小岛,名曰五洲,即梁洲、环洲、樱洲、菱洲、翠洲,各具风情。

至于宋文帝缘何未将三神山真正塑造成巍峨耸立的山峦,实则源于工程规划浩大,加之建造华林园已几乎将国库之财力耗尽。待至后来,宋文帝虽心念三神山建造之宏图,然国力日衰,终是力不从心。无奈之下,他只能利用当时疏浚玄武湖所得的湖泥,勉强堆砌起三座小岛,以此仓促完成了昔日之愿景。此三座小岛,后世相传,即为今日玄武湖中的梁洲、菱洲与翠洲,至今日虽非南朝原貌,却亦承载着一段历史佳话。

公元463年,刘宋武帝刘骏于玄武湖畔精心策划了一场盛大的军事演习,并亲自检阅了水军的雄厚实力。他效仿汉武帝于长安开凿昆明池、演练水军之举,毅然决定将玄武湖更名为昆明池,昭示帝王雄心。玄武湖成了演兵场,频繁操练、战马嘶鸣的景象,使民间将之形象地称为饮

马塘。

时光荏苒，仅隔四年，即公元465年，明帝刘彧登基后，又出于某种考虑，将昆明池之名再度更改为习武湖，使得这片湖泊在短短数十年间，数次易名，留下了历史的印记。

公元579年，陈宣帝在玄武湖上举行了一场声势浩大、规模空前的大型水上阅兵活动。据史书记载，此次阅兵活动盛况空前，"五百楼船十万兵"的壮观景象令人叹为观止，充分展示了南陈水军的强大实力与威武之师的风采。

唐朝盛世，著名书法家颜真卿担任昇州（今南京）刺史之时，曾向唐肃宗呈上奏章，建议在全国范围内设立放生池，玄武湖亦被纳入此列。因而，在唐乾元年间，玄武湖被正式赐名为放生池，这一名称虽在历史的风雨中几经变迁，但"玄武湖"此名穿越千年，至今犹存。

玄武湖，这座拥有2300年深厚历史底蕴的湖泊，在历史的长河中熠熠生辉，不仅是我国现存最为宏大的皇家园林湖泊，更是江南地区硕果仅存的皇家园林瑰宝，被赞誉为璀璨夺目的金陵明珠，位列江南三大名湖之一。玄武湖历经沧桑，多次更名，更在时光的流转中，经历了大小不一、时隐时现的曲折历程，其独特的经历，确实非其他湖泊所能媲美。

回溯历史，公元589年，隋文帝一统天下，灭南陈之后，曾颁布命令将南京城夷为平地，虽然华林园、乐游苑等玄武湖边的皇家宫苑连同建康城一同被毁，但玄武湖依旧是金陵名胜，六朝旧迹多出其间，文人至此者每易引起盛衰兴废之感，他们或追思亡国之痛，或抒发忧己之伤，或发出天意之问，用诗眼看天下，诞生了许多金陵怀古名篇。公元727年，张九龄作《经江宁览旧迹至玄武湖》，记录了盛唐时期的玄武湖龙舟赛。该诗奠定了唐代金陵怀古诗歌抚今追昔、感慨盛衰巨变的情意内涵和创作范式。公元753年李白作《春日陪杨江宁及诸官宴北湖感古作》，称玄武湖为"京湖"。李白一生至少四游玄武湖，他或对后湖月，或赏北湖梅，或访郭璞墩，或泛后湖舟，"京湖"承载了他对玄武湖这座曾经的皇家园林的挚爱。"江雨霏霏江草齐，六朝如梦鸟空啼。无情最是台城柳，依旧烟笼十里堤。"公元883年韦庄作《台城》，因为这首金陵怀古的经典之作，台城柳成为历代文人墨客抚今追昔的"活化石"，而玄武湖的台城烟柳、十里长堤即出典于此诗。南唐时期玄武湖南岸有东宫园和北苑，故郑文宝在《南唐近事》中道："金陵城北有湖，周回十数里。幕府、鸡笼二山环其西，钟阜、蒋山诸峰耸其左。名园胜境，掩映如画。六朝旧迹，多出其间。"故宋欧阳修赞曰："金陵莫美于后湖，钱塘莫美于西湖。"时光荏苒，转眼间已至宋熙宁八年（公元1075年），江宁府尹王安石向宋神宗上书，请求批准泄湖得田之举，这一决策再次让玄武湖陷入了长达二百多年的沉寂之中。这段漫长的沉寂期，给南京城带来了每逢雨季便泛滥成灾的困境，让人不禁感叹历史的无情与变迁。

　　熙宁八年，王安石上奏宋神宗，建议利用金陵城北闲置的玄武湖。他认为该地山广地狭，人口稠密，玄武湖蓄水无用，应排干开垦为农田。获神宗批准后，王安石组织人力，规划十字河道，将湖水导入长江，开辟两万多亩湖田，以解贫民耕地之困。在王安石的诗作《书湖阴先生壁》中，他以生动的笔触描绘了这片新生土地的美好景象："茅檐长扫净无苔，花木成畦手自栽。一水护田将绿绕，两山排闼送青来。"诗中的"两山"分别指代钟山和九华山,而两山之间正是昔日的玄武湖。诗中"青"与"绿"二色,正是对泄湖后新辟湖田上禾苗茁壮、生机勃勃的生动描绘。此举不仅有效利用了土地资源,也为当地民众带来了实实在在的福祉。

朱熹说:"惑乱神祖之聪明,而变移其心术,使不得遂其大有为之志,而反为一世祸败之原者……"梁启超说:"若乃于三代下求完人,惟公庶足以当之矣。"两个人同评王安石一人,观朱熹之评,可以想见此人必是恶满天下、祸国殃民的小人;而依梁启超之评,想见此人必是德行无双、功盖天下的君子。

玄武湖景区王安石雕像

王安石与南京渊源深厚,仅以玄武湖评价其功过有失偏颇。宋朝建立,社会财富仍集中于少数士大夫及皇亲国戚,民众贫困。王安石视南京为故乡,致力于变法,选择填湖以扩大耕种面积,增加国家财赋,满足民众需求,认为此举正确且必要。

然而,王安石的政治生涯历经波折,他曾两次出山主持变法,亦两次被迫罢官归隐。在元丰八年(公元1085年),神宗驾崩,哲宗继位,太皇太后高氏垂帘听政,随即任命司马光为宰相。司马光上台后,主张"以母改子",全面废除新法,至此,王安石的改革变法事业以全面失败告终。

元祐元年(公元1086年),王安石因病辞世于钟山,终年六十六岁。朝廷特赠予其太傅之职,以示尊崇,并将其安葬于江宁半山园,以示缅怀。其在诗词作品《桂枝香·金陵怀古》中,既颂扬了金陵山水之壮美,又抒发了对历史兴亡之感慨,字里行间透露出对当时朝政的深切忧虑以及对国家政治大局的深切关注,展现了其深沉的爱国情怀与高尚的道德情操。

玄武湖这座举世闻名的观赏湖，在明朝时期却遭遇了朱元璋的封禁，他严令禁止普通民众踏入这片美景，即便是身份显赫的王公大臣，也需历经重重筛选方能入内，其审查之严格，甚至超过了入宫的标准。直至清朝，历经了长达260年的漫长岁月，玄武湖才得以重见天日，向天下百姓敞开了怀抱，成为大家共同享有的自然瑰宝。

明朝之际，开国皇帝朱元璋在此地创建了国家档案库，并赐名为后湖黄册库，彰显了其重要地位。然而，到了清朝，为避讳皇帝玄烨之名中的"玄"字，玄武湖被更名为元武湖。玄武湖名称改动频繁，不过其中最被认可、流传最广的还是"玄武湖"。今天这个名字不仅成为这座曾经的皇家园林湖泊流传下来的唯一文化遗存，而且蕴含了独特的文化内涵。

当时，玄武湖三座岛屿上精心构筑了库房，用以珍藏宝贵的"黄册"，库房数量繁多，几近千间，所藏黄册的数量更是蔚为壮观，总数超过170万册，其时规模首屈一指，环顾世界也堪称"最"，是古代中国规模最大的国家档案馆。黄册，作为大明王朝的核心文献，详尽地记录了几乎每一户家庭的姓名、籍贯、人口及财产状况，是征收赋税不可或缺的基石。由此可见，黄册对于国家财政的重要性无可估量，它为国家提供了精确的数据支撑，助力计算每户应缴的赋税，从而充盈国库，增强国家财政收入，堪称古代版的手工"大数据"。

为确保黄册的安全无虞，玄武湖岛屿四周被碧波环绕，自然形成了一道坚不可摧的屏障，使得盗贼难以靠近。而在防火方面，得益于湖泊的便利，一旦发生火情，救援行动

黄册库

金陵明珠玄武湖 • 371

将更为迅捷高效。此外，玄武湖仅设有一处入口，名为检阅堂，此路为必经之路。在此设立防线，并派驻精锐士兵进行严格的盘查，以有效防止不法之徒的潜入。对于需查阅黄册的官员而言，他们必须先在户部进行登记，并经过检阅堂管理人员的严密筛查，方能获准进入。因此，玄武湖因其得天独厚的地理环境和保护书册的卓越条件，被视为皇家珍贵的宝库，严禁百姓和非公干官员涉足，并设有重兵把守，以确保其安全无忧。

武庙古闸

玄武湖与武庙闸之间，存在着一种难以言喻的深厚联系。武庙闸，这座屹立于玄武湖南岸的古老建筑，不仅是其不可或缺的泄水要道，更承载着沉甸甸的历史记忆。回望过去，覆舟山与鸡笼山之间，秦淮河北上古河道的涓涓细流曾悠然流淌，后因长江主流西移、山丘隆起等自然变迁而逐渐淤塞，这些山丘自然而然地成了南京城南北水系的天然屏障，而玄武湖则顺势融入北部水系之中，与武庙闸共同书写着历史的篇章。

武庙闸，作为南北水系交汇的关键节点，见证了湖水自此汇入秦淮的壮丽景象，实现了两大水系之间的和谐共融与相互贯通。如果将金川河、秦淮河形容成"主动脉"，那玄武湖就是"心脏"。它不仅是自然变迁的见证者，更是历史文化的传承者，为后人留下了宝贵的历史遗产和深刻的文化印记。

武庙闸的水道，其历史可追溯至东吴时期，这一历史记载在《景定建康志》中得以留存。孙权于公元239年开凿了潮沟，分为主线、西线、北线，其中北线即为今日珍珠河北段之所在。六朝时期，潮沟不仅是建康城的重要水道，还兼具了防御、运输和水利等多重功能。然而，孙皓于公元267年开凿的"城北渠"，却并未能展现出其实用价值。时至南朝宋时，宋孝武帝在武庙闸区域开凿大窦，使得玄武湖与宫城水系紧密相连，进一步凸显了其水利价值。

历经唐宋时期的淤塞与明洪武元年的"复为湖"，玄武湖在历史的沧桑中始终保持着其独特的地位。明洪武初年，朱元璋更是对玄武湖进行了大规模的疏浚，并将其利用为护城河，同时扩建武庙闸为控水系统。清同治八年（公元1869年），因武庙迁移而改名，这一历史变迁也见证了武庙闸与玄武湖之间不可分割的联系。

自20世纪50年代以来，武庙闸经历了多次修缮与改造。1971年，其金属涵管被拆除并更换为水泥涵管，同时铜水闸也进行了变更。1988年，武庙闸更是被列为全国重点文物保护单位，其历史价值与文化意义得到了进一步的认可与保护。而到了2021年，武庙闸入选了江苏省首批省级水利遗产名录，成为江苏省水利文化的重要代表之一。

武庙闸的保护在玄武湖水利风景区内占据着举足轻重的地位。2023年，玄武湖水利风景区以其卓越表现荣膺国家水利风景区高质量发展的典范，广受赞誉。

景区致力于全面优化"水环境"，通过精心打造水生态公园及实施一系列有力举措，如严格的污染控制、科学的补水策略等，成功将湖水水质提升至崭新高度。同时，对唐家山沟等五条入湖河流进行了全面系统的整治，包括淤泥的彻底清理与雨污水管网的精心铺设，有效阻断了污水对河流的侵害，使得玄武湖的水质达到了前所未有的优良状态。吸引了大量的鸟类在此栖息，如鸳鸯、白骨顶鸡、白鹭、黑水鸡等；近岸区生态修复和岸线景观提升，营造了良好的观景、观水和观鱼环境，为游客和市民，尤其是广大小朋友提供了自然的科普基地。

景区深入挖掘"水文化"的深厚内涵，编撰并出版了与文学紧密相连的书籍，吸引了广大读者的浓厚兴趣与喜爱；创新性地推出了VR网上展馆，将玄武湖的历史变迁与文化积淀以生动逼真的形式呈现给公众，让人们仿佛置身于其中，亲身感受其独特的文化韵味。

此外，景区还积极推动"水经济"的繁荣发展。通过成立文旅消费联盟，实现了吃、住、行、游、娱、购等多元业态的有效整合，构建了完善的旅游消费生态体系。同时，成功举办了一系列精彩纷呈的活动，如百花闹春游园会、荷花节等，极大地丰富了环湖的消费体验，为游客带来了更加丰富多彩的旅游享受。如今，玄武湖景区已成为备受瞩目的旅游热点，不仅吸引了大量游客前来观光游览，还有效带动了周边酒店与商业的蓬勃发展，为当地经济注入了新的活力。

玄武湖，这颗镶嵌在南京古城之中的璀璨明珠，历经千年的沧桑巨变，其命运始终与南京这座充满故事的古都紧紧相依，共同绘就了一幅波澜壮阔的历史画卷。"江南佳丽地，金陵帝王州"，回溯往昔，玄武湖曾是皇家禁苑，其碧波荡漾、烟柳画桥的美景，只为帝王将相所独享。然而，时代的车轮滚滚向前，历史的尘埃终将落定。如今，南京已不再是帝王独揽天下的舞台，而是一个充满时代气息与人文关怀的现代化都市。

玄武湖之美，源自其独一无二的自然景观与深厚的人文积淀。随着四季的更迭，湖畔展现出各具特色的风貌，令人沉醉其中，心旷神怡。此外，这里亦是文人雅士们挥洒才情的圣地，无数诗词歌赋在此流传千古。时至今日，玄武湖已成为市民休闲娱乐的绝佳场所，湖畔游人如织，欢声笑语不绝于耳。它不仅是南京山水城林中不可或缺的璀璨明珠，更是历史与文化的精彩缩影。未来，玄武湖将继续承载着南京的悠久历史与灿烂文化，讲述着这座城市的动人故事，成为城市永恒的骄傲与自豪。

中华第一情侣园

如皋市龙游水利风景区

龙游水利风景区，位于江苏省中东部平原地区，如皋市主城区腹部，依托如皋市的母亲河——龙游河而得名，属于河湖型水利风景区。景区特色水景观由"两环两园两带一湖"构成，包括内外护城河、水绘园、龙游河生态公园、如泰运河风光带、龙游河风光带及龙游湖风景区。古城四周有外圆内方的护城河，形如古钱和玉带。徽派"国内孤本"水绘园沿河而建，因冒辟疆与董小宛的爱情故事成为"中华第一情侣园"。定慧禅寺建筑风格独特，形成"水环寺，楼抱殿"的格局。

2011年，如皋市龙游水利风景区被水利部批准为国家水利风景区。

长江之水，滋养着历史悠久的如皋大地；龙游河水系，作为如皋深厚人文底蕴的永恒源泉，源源不断地为其注入活力。如，意为前往；皋，则指水边的高地。因此，如皋之名，寓意着抵达水边的高地。

如皋地区历史悠久，其有文字记载的历史可追溯至2000多年前，早在1600余年前，就已建立县治。得益于丰富的水资源、纵横交错的河汊、广袤的湿地、茂密的林木以及肥沃的土地，如皋地区的生态环境极为优越，小动物种类繁多，尤以野鸡和水鸟为盛，因此，如皋亦别名雉皋。此外，如皋地名的由来还蕴含着一则引人入胜的历史故事。

水绘园凉亭

春秋时期，周武王之子唐叔虞受封于唐，立国号为晋。唐叔虞之嫡长子承袭其封地，而幼子姬公明则另受封于贾国，因此贾国亦属于姬姓之邦。贾国初为周朝封地之附庸小国，国力衰弱，疆域狭小。至晋献公时期，晋国逐渐崛起，成为春秋五霸之一，其间"并国十七，服国三十八"，国势鼎盛。然而，公元前678年，晋曲沃武公成功夺取晋地，贾国亦不幸为其所并，曲沃武公同样为姬姓之后。

各诸侯国在国君之下设立公、卿、大夫、士四级官制，以体现严格的封建等级秩序。南屏公，原为贾国上大夫，于贾国被晋国吞并后，仍得封大夫之职。他拥有自己的领地和食邑，在领地范围内，作为领地主的他，掌握着领地内的全部权力，并拥有一支军事力量。尽管晋国大夫实力雄厚、势力庞大，但南屏公却坚守忠诚之心，坚决拒绝为二主效力，毅然决然地连夜携带家眷及部属逃离。

南屏公，他秉持低调谨慎之姿，疾步而行，仓皇逃往东南方的中原地域。为追思先祖之德，他竟慷慨地将原住民悉数赐予贾姓，并自称为贾南屏，此举实乃别具一格，颇具深意。论及南屏公之性格，他坚毅如西北之磐石，粗犷而刚强，尽显西北硬汉之风范。至于其妻雷氏，则出身名门望族，姿容绝美，倾国倾城，令人一见难忘。

这逃亡的旅程啊，可不是闹着玩的，餐风饮露，饱受磨难。他们一路走走停停，翻山越岭，费尽九牛二虎之力才摆脱了追兵。可是啊，刚刚松了口气，又发现无处栖身。唉，这南屏公可真是波折连连啊！

一行人沿着大河蜿蜒前行，穿越繁华的城市，逐渐深入至东（黄）海之滨的荆蛮地域。某日，众人行至一处荒僻之所，只见四周杂草丛生，道路泥泞难行，且水泽遍布，致使车马无法继续前行。贾南屏远眺前方，发现远处有一高地矗立于沼泽之上，于是携同雷氏，策马前行，登上那片高地。

两人立于马背之上，向东眺望，只见远方海天相接，一片苍茫，银白色的海水绵延至天际。浅水沙滩之畔，无数白鹭鸟悠然自得地觅食于水中，麋鹿静静地伫立一旁，与他们对视。小蟹在泥地上忙碌地穿梭，如同黑点般点缀其间。天空中，大朵的白云宛如画卷上精心描绘的图案，静谧而安详。

面对眼前那幅宛如画卷的海边美景，逃亡了三年的雷氏，脸上虽带着无法掩饰的疲惫与沧桑，但此刻却第一次露出了由衷欢喜的神情。海浪轻轻拍打着岸边，金色的阳光洒在海面上，波光粼粼，美得令人屏息。微风轻拂，带着海洋特有的清新与咸味，吹散了雷氏心头的些许阴霾。

贾南屏见妻子终于露出了笑容，心中的阴郁顿时烟消云散，一股难以言喻的喜悦涌上心头。他纵马而来，正欲下马与妻子一同欣赏这难得的美景，突然，一阵急促的扑翅声打破了宁静。只见草丛中一只色彩斑斓的野鸡惊飞出来，它身上羽毛绚丽夺目，仿佛是大自然调色盘上最亮眼的一笔。野鸡振翅高飞，发出"啊，啊！"的洪亮叫声，似乎在宣告自己的存在。

贾南屏见状，眼中闪过一丝兴奋的光芒。他迅速取出随身携带的弓箭，张弓搭箭，瞄准了正在逃走的野鸡。他手臂一振，弓弦紧绷，一箭射出，箭矢如流星般划破长空，精准地将野鸡钉在了草丛之旁。野鸡扑腾着翅膀，却已无法挣脱那致命的束缚。

贾南屏走到野鸡旁，轻轻拔起箭矢，看着这只色彩斑斓的猎物，心中不禁涌起一股成就感。他回头望向妻子，见她正笑盈盈地看着自己，两人目光交汇，仿佛所有的疲惫和艰辛都在这一刻烟消云散。

历经三年的战火蹂躏，所见之处尽是破败与死亡，城市荒废，乡村凋敝，满目凄凉。然而，在这无尽的苦难中，终于寻得了一处安宁且富饶的所在。此刻，雷氏以欣喜而欣慰的口吻宣布："真是幸事，孩子们终于可以喝到鸡汤了！"

贾南屏高举手臂，在空中划出一道弧线，庄严而坚定地宣布："全体人员，即刻下马，于野鸡栖落之地驻扎营帐，我们不再前行！"英勇无畏的南屏公自此成为这片疆土的开山始祖，雷氏则成为这片土地上的首位女性。这片高地亦因此得名，响亮而富有传奇色彩——如皋。

千年古城如皋被内外护城河包绕，像一枚天圆地方的古钱币，也像一颗璀璨夺目的明珠镶嵌在广袤的大地上。循着青石板路的跫响，摸过青砖的古城墙裂隙，沿着蜿蜒清冽的河流，千年前的传说似乎还在眼前浮现。

数千年前，东海龙王玩心甚重，经常在龙宫和众海仙比赛各自道行，精彩处引得海潮汹涌，风浪滔天，潮水像脱缰的野马，冲垮海堤，百姓房屋倒塌，流离失所，死伤无数。玉帝知道后，大发雷霆，责成龙王立即退潮，并让出海滩二百里，留给人间百姓生息。龙王被罚在天庭接受惩处，龙后娘娘被罚为这二百里滩涂挖出河道，引来淡水，以利百姓灌溉。这里出现了龙后，是吴越文化中有关海龙王故事里第一次出现龙后的形象，这和如皋本地人有家庭和睦、夫妻恩爱、寿登耄耋等观念有关。夫妻双方就应该有福同享，有难同当。

龙后变化出龙身去挖河，爱子小龙也来帮忙，母子俩顺着海涂一路挖掘到如皋城。小龙力气小，劳累一天，疲惫不堪。是夜，龙后在如皋城挖了两条大坑，内里一条给小龙藏身，自己盘在外面坑里，怀里抱着小龙，母子俩在星空下疲倦入梦。

第二日，托塔李天王奉旨查看河道进展，看到龙后母子还在呼呼大睡，以为龙后怠工，立即取出鞭子抽打。龙子吓得抱头鼠窜，从城南逃出，一边向长江逃跑，一边惊慌回头，寻找龙后，龙子频频回顾的地方变成了九十九道弯，最后龙子进入长江，游回了东海。因龙子形成的河道港湾较多，曲折回环，河水流速缓慢，世人称为小龙游河，即后世的龙游河。

外城河风光带

龙后被李天王驱赶,向东南方向潜挖,直到丁堰大桥才停下来休息,在此处形成深潭,后世叫龙潭。龙后休息了一会,从南通节制闸处游入长江,进入东海,龙后挖出的河道被称为大龙游河。内外护城河和龙游河是人工水道还是天然水道并不重要,但如皋的老百姓却能安居乐业,休养生息,必须归功于流经这些水道的长江水。

一个地方人杰地灵,气象不凡,必定会招致文人墨客的青睐。

景区内有座风景秀丽、林木森森的名园,叫水绘园。300多年前,一个春日傍晚,百草盛茂,荼蘼花开,水绘园里高朋满座,茶香四溢,墨香晕开,琴声悠悠。只见临水水榭居中坐着一位花容月貌的女子,怀抱琵琶,柔荑轻轻划过四弦,在座的几位公子或交谈,或吟哦,或含笑,或赞许,不一而足。一曲琵琶弹尽,余音袅袅游丝曳,和茶香墨香一起萦绕耳畔鼻端。女子放下琵琶,走入后亭,不一会儿端来一盘点心,笑着说道:"闻郎喜好甜食,妾学做了一款酥糖,请大家品尝。"此糖外黄内酥,长五分,宽三分,以芝麻、炒面、饴糖、松子、桃仁和麻油作为原料制成,甜而不腻,又香又脆。后人称此点心为董糖,却是一代名妓董小宛的爱情凭证。

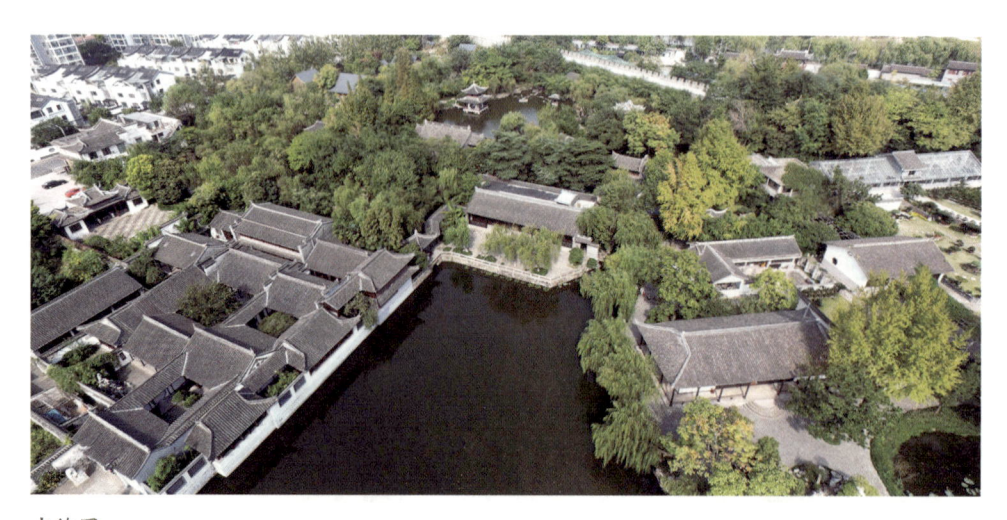

水绘园

明末四公子之一的冒辟疆,世代仕宦之家,其祖籍坐落于如皋,家族显赫,拥有水绘园及冒家巷、东府和西府等庞大府邸。冒辟疆既为名士,亦曾落第书生,其政治抱负未得施展,遂将情怀寄托于山水之间,纵情自然,以诗书为伴。他多次赴南京秦淮河畔之国子监参加乡试,而此地十里秦淮与贡院隔河相望,南曲名妓聚集,乃当时举子所好游之地。冒辟疆才情横溢,风度翩翩,性格洒脱不羁,与前贤唐伯虎颇为相似。

冒辟疆与董小宛画像

明朝覆灭后,冒辟疆决心隐逸,于如皋构筑水绘园,以水为尊,以影为美,借园以言志,以月为思,园内融琴棋书画、博古曲艺于一体,尽显文人墨客之雅趣。钱谦益、吴伟业、王士祯、孔尚任、陈维崧等名士纷纷造访如皋,聚于水绘园中,共襄诗文之盛举。清初名士陈维崧更是于此地寓居长达十二年之久,创作出众多脍炙人口之诗篇,为后世传颂。

水绘园最为人们津津乐道的,是冒辟疆和董小宛的爱情故事,两个人在乱世相知相守了九年,谱写了一曲才子佳人得偿所愿、不畏强权的爱情故事。

"秦淮八艳"之一的董小宛自苏州迁至如城,恰逢乡试失利的冒辟疆。二人相逢后,情愫渐生,董小宛遂下定决心脱离烟花之地,赎身以嫁冒辟疆。然而,董小宛芳名远播,江南皆知,老鸨视其为财源,岂肯轻易放其离去。幸得董小宛之挚友——秦淮八艳之魁首柳如是出手相助,凭借其广泛的影响力,终助董小宛成功赎身。

董小宛自苏州山塘启程,乘坐装饰华美的画舫,沿途笙歌悠扬,鼓乐齐鸣,穿越龙游河,最终抵达东关水畔的水绘园,与冒家结为连理。

然而,好景不长,战乱骤起,李自成攻陷京城,清兵挥师南下。冒家为避战火,被迫远走他乡。待战乱平息,冒家归来,发现家业已凋零,董小宛再次陷入生活困境。

在困顿之中,冒辟疆屡遭重病侵扰,生命垂危。董小宛不惧艰难,日夜守护,照料有加,终于助其渡过难关。然而,董小宛却因长期劳累,身体日渐衰弱,终致病倒,医治无效,遗憾离世。

董小宛的离世,令人痛惜,她的一生充满了对爱情和尘世的眷恋。她执着于爱情,追求幸福,鼓励冒辟疆坚守气节,不向清廷屈服。她的这些事迹,为后人所传颂,成为不朽的佳话。

龙游河风景区把如皋最负盛名的三位女子写入了历史,她们是如皋的缔造者、建设者和开发者,她们的人生贯穿如皋的起源、发展和繁荣,让一座城源远流长,博大精深,她们留下来的故事是无比丰富的宝藏。

长江在如皋停留了一下,于是就拉开了一个城市的序幕,从此这个城市伴水而生、伴水发展、伴水盛达。

水上城楼观江流

扬州市瓜洲枢纽水利风景区

瓜洲枢纽位于古运河与长江交汇处的扬州市瓜洲镇,是古运河入长江的口门,扬州城市安全"第一工程"。整个枢纽由瓜洲泵站、瓜洲节制闸、船闸和瓜洲古渡遗址公园组成,面积约0.62平方公里。自20世纪70年代至2016年,瓜洲古渡区域以水利水运工程和古渡公园南园为载体,建设了瓜洲古渡碑、杜十娘沉箱亭、观潮亭、锦春园、银岭塔等景点。自2019年,以瓜洲泵站为核心,新增水文化科普园与古渡公园北园,深度融合水利设施、水工智慧与大运河、古渡文化,实现水利景观、治水生态、亲水安全、教育科普的有机结合。

2002年,被水利部批准为国家水利风景区;2022年,更名为瓜洲枢纽水利风景区。

瓜洲，镶嵌于扬州滨江的璀璨明珠，原是长江流沙塑造的水下秘境，随潮起潮落而时隐时现。晋代起，它缓缓露出水面，化身为四面环水的翠绿沙洲，渐次演变成渔舟唱晚的村落，其形状宛如甘甜的瓜果，因而得名瓜洲。随着岁月的推移，泥沙累积，至唐代，瓜洲终于与北岸大陆牵手相连。唐开元二十六年（公元738年），润州刺史齐浣以非凡胆识，开凿伊娄河二十五里，贯通隋代运河与长江之脉，将扬子津渡口之繁荣移至瓜洲，使之跃居长江与古运河交汇之战略要地，成就其"七省通衢"的辉煌篇章，迅速崛起为滨江的璀璨明珠。

瓜洲，承载着近1800年的厚重历史，自唐代起便步入繁荣之轨，至明清更是盛极一时，被誉为"江北第一雄镇"。其地理位置得天独厚，扼南北之咽喉，是漕盐流转、轻货集散的黄金地带。千百年来，这里汇聚了漕运的繁盛、盐运的辉煌、水工的智慧、诗词的韵味、渡口的喧嚣，以及大江大河壮阔的生态美景。

景区步道

步入瓜洲景区，古渡碑亭巍然屹立，犹如时间的守护者，默默诉说着往昔的沧桑巨变。唐代高僧鉴真东渡日本的壮阔航程，便是从这片土地扬帆起航；冯梦龙笔下"杜十娘怒沉百宝箱"的传奇故事，亦在此地留下深深的烙印。康熙、乾隆两位帝王南巡时，皆曾亲临瓜洲，留下无数珍贵的历史足迹。更有历代文人墨客如李白、白居易、张若虚、王安石、陆游、杨万里等，纷至沓来，在此留下不朽的诗篇，为瓜洲增添了浓郁的文化底蕴和深厚的历史气息。

在浩瀚的文献记载中，明代正统年间建造的江淮胜概楼犹如一颗璀璨的明珠，格外引人注目。同时，明代万历年间的大观楼也是一绝。然而，这两座名楼终究未能逃脱地质变迁、朝代更迭及战争摧残的命运，最终在历史的长河中消逝无踪。

据明代王英所记，江淮胜概楼乃是由明正统年间工部侍郎周忱所建。周忱，作为明朝初年的杰出政治家及财税领域的翘楚，以其卓越的治国才能闻名于世。正统初年，他奉旨巡视淮安、扬州盐务，政绩斐然，不仅盐税收入丰厚，更实现了民不加赋的治理目标。

彼时，福建、浙江等地的贡品及朝廷派遣的钦差、使臣，乃至商旅人士、粮盐货物，均需通过瓜洲渡口渡江。然而，由于江面宽阔且气候多变，小船在渡江过程中常遭风浪侵袭，翻船溺水之悲剧时有发生，动辄导致数十上百人丧生。这一景象，无不令人扼腕叹息。

周忱目睹此景，心生怜悯，遂亲自主持筹措官款，精心打造两艘巨型航船，每艘船均可承载五百余人。同时，他广招善操舟楫之士四十余名，专职负责渡江事宜，确保人员与货物安全渡江，极大地增强了漕运的安

瓜洲泵站

全性。此外，周忱又在瓜洲江岸东侧设立便民仓，于瓜洲南港口修筑坚固石堤，以保障过渡乘客与装卸工人的安全。

随着巨型航船的投入使用，瓜洲渡口日益繁忙。然而，遗憾的是，渡口周边缺乏供人等候船只的场所。每逢风雨交加之日，人们只能聚集在江堤之上，头顶风雨，身体无遮无挡；脚下江水汹涌澎湃，潮起潮落，令人心生畏惧。此情此景，候船之人无不忧心忡忡，惶恐不安。

为彻底改善这一状况，周忱再次挺身而出，募集工匠，采购优质木材，于江堤之上建造起一座五楹高楼。该工程于丁卯年之秋动工，历时一年竣工。此楼高达十二三米，楼上设有轩敞明亮的厅堂与窗户，配备几案、茶歇等设施，供往来使臣与贵客休憩；楼下则为通道，两侧厢房可供商旅行人驻足候船；同时，楼后还设有厨房与餐馆，以方便旅客用餐。

自此以后，凡渡江候船之人皆能免受风雨之苦与浪高之险，无不欢欣鼓舞，对周公的善举感激不尽。而登楼远眺之人，更可饱览江运交汇、水天一色的壮丽景象，心旷神怡，赞叹不已。于是，周忱意气风发地于楼上横书大匾"江淮胜概"，以彰显此地的非凡景致与卓越贡献。

王英在《江淮胜概楼记》中评论，认为古代君子仁人中善于治理政务的人，"凡利民之事无大小必为之"。而周公巡抚南甸，除了治理财赋，使国用充沛，民生富足，同时"造舟作楼，特余事耳，人大受其惠"。周公乃是君子人物，"善于为政者"。

大观楼与江淮胜概楼在功能定位上呈现明显差异，后者侧重于漕运码头的运营与便民候船的服务，而大观楼则在此基础上，进一步拓展了使用范畴，将军事瞭望与江楼阅武等多重功能融合于一体。

大观楼傲立于瓜洲镇南城之巅，其悠久的历史渊源可追溯至明万历年间，由当时江防同知邱如嵩亲自督建而成。然而，世事无常，大观楼于清顺治十六年（公元1659年），不幸遭受郑成功攻克瓜洲的战火侵袭，导致建筑严重损毁。直至康熙元年(公元1662年)，新任江防同知刘藻毅然担起重任，积极组织并亲自参与了大观楼的重建工作，并亲自撰写了《重建大观楼记》一文，以资纪念。

然而，大观楼的命运似乎注定了多舛。道光二十三年(公元1843年)，因长江水道的剧烈变迁，瓜洲城南门突发塌陷，连带建于其上的大观楼也一同坠入滔滔江水之中，至此，这座承载着约250年历史(除去毁于战火的三年)的楼阁，正式退出了历史的舞台。

大观楼的建造，首要之务便是彰显其独特的军事价值。古瓜洲地处江心要冲之地，圌山之下即为江海交汇的壮阔景象。自大观楼之巅俯瞰，江面景象尽收眼底，无疑为侦察敌情提供了得天独厚的优势。而"江楼阅武"作为瓜洲十景之一，在历史上更是享有举足轻重的地位。顺治、康熙年间，瓜洲名士熊维熊在其《江楼阅武》诗的小序中，曾详细描绘了这一壮观场景的盛况，令人心生向往。

当时，每遇军事长官巡访扬州郡之际，必发檄文以调集水师，于大观楼前隆重举行武事讲习与校场比武之盛事。演习核心聚焦于江防体系之实战检验，特设倭寇战船为标靶，深入进行战术推演与攻防转换之训练。随着一声令下，炮声隆隆，战旗飘扬，两军对垒，将士们奋勇争先，犹似直面强敌，展现出狭路相逢勇者胜的豪迈气概。最终，通过精妙的火攻战术，成功挫败模拟来袭之敌，赢得演习之大捷。

演习不仅深刻检验了部队之作战实力，更极大地提振了士气。对于在演习中英勇奋战、立下赫赫战功的将士，依据其功绩给予了应有的表彰与奖励。江楼阅武之壮观场景，吸引了当地士绅百姓纷纷驻足观瞻，成为一时之盛事。

大观楼，不仅承载着军事之重任，亦是漕船启航之起点、重阳佳节登高望远之绝佳去处。其坐落于七米之高的城垣之上，规模宏大，景色壮丽，堪称一绝。楼下，长江之水滚滚东流，波澜壮阔；楼前，金山巍峨挺立，气势磅礴。极目远望，江南三山美景尽收眼底，令人心旷神怡。如此胜景，自然吸引了无数达官显贵、文人墨客前来游赏，他们或宴饮高歌，或诗词酬唱，共度美好时光。

文化长廊

值得一提的是，文学巨匠曹雪芹也曾亲登大观楼，沉醉于风雪中的长江壮丽景色，为之赞叹连连。随后，他巧妙地将这份情感与景致融入笔下，于《红楼梦》中多次提及瓜洲这一地名，诸如第一百零二回中那"冷惜春甘伴青灯佛，洁妙玉泥陷瓜洲渡"的细腻描写，令人回味无穷。此外，刘姥姥两次前往瓜洲救助巧姐的情节，更是为这段故事增添了几分温情与波折。曹雪芹更是在《红楼梦》中留下了"风雪大观楼"这一不朽的经典之笔，使得大观楼之名更加闻名遐迩，远播四海。

江淮胜概楼与大观楼，两者皆因得天独厚的地理位置及深厚的历史底蕴，而具备了渡口、军事防御及观光游览等多重功能。然而，随着岁月的流逝与建筑的变迁，以及社会的快速发展，这些功能在现代社会中已逐渐失去了昔日的迫切性。尽管如此，千年运河所承载的丰富文脉与长江那浩瀚无垠的壮丽景象，仍在此地交相辉映，展现出传承与创新的完美融合。

岁月悠悠，长江依旧奔腾不息，滚滚东流。2019年，于瓜洲古渡之东侧，一座气势磅礴的现代水利工程——瓜洲泵站傲然矗立，并顺利投入运营。自此，防洪保安成为该区域的核心功能，肩负起保护人民生命财产安全的神圣使命。此工程精妙融合汉唐古风，巍峨壮丽，南眺长江之壮阔，北守运河之宁静，续写着水上城楼的辉煌篇章，为这片历史悠久的沃土注入勃勃生机与不朽传奇。

泵站雄踞扬州主城区的排涝要道——古运河之北，直面浩渺无垠的长江之南，主站体与江面仅咫尺之遥，约150米之距。泵站装备有六台大型立式轴流泵，总设计流量高达170立方米/秒，乃江苏省城市圈内装机容量最大、规模最宏伟的城市排涝泵站。每逢汛期，江淮两水齐涨之时，瓜洲泵站六台机组并肩作战，高效排除扬州市区及周边区域的积水，精准调控古运河水位，确保城市安然无恙。

2020年汛期，长江与淮河流域屡遭强降雨侵袭，长江瓜洲段水位更是突破历史极值。瓜洲泵站挺身而出，奋力抽排城区积水超三亿立方米，成功避免32万亩农田受灾，保障区域内118万人口的生产生活秩序，减少洪涝灾害损失高达96.7亿元，其防洪排涝减灾之效显著，被誉为"城市安全第一工程"，实至名归。

瓜洲泵站以防汛为起点，以文化为脉络，以生态为归宿，将三者巧妙串联，绘制出一条展现扬州治水智慧与成就的"文化玉带"。拾级而上至泵房之巅，极目远眺，长江似在眼前流淌，脚下洪水则畅通无阻，直奔江心而去。远观江水滔滔东逝，群山巍峨挺立，一幅大格局、大视野、大胸怀的壮丽画卷铺展眼前，令人心潮澎湃，浩然之气油然而生，深深触动心灵。

瓜洲泵站的建筑造型深受"水上城楼"空间意象的启迪，其独特的建筑形态不仅展现了地域文化与区域特色的高度融合,还巧妙融入了水工技法的精髓,承载着丰富的文化内涵,并以其独特的方式传递着这些宝贵的信息。泵站建筑整体呈长方形,通面宽度精确至140.2米,进深为42.7米,高度则达到了28.3米,展现了其宏伟的尺度。主体部分采用了重檐歇山顶的传统形式,而两侧则通过连廊自然延伸,与四个十字交叉的歇山顶角楼巧妙相连,形成了"一主四辅、一高四低、中心对称"的独特布局,宛如群峰耸立,既展现出连绵的韵律,又不失平稳的稳重感,整体布局严整而疏朗,主次分明,彰显出极高的设计造诣。

在立面设计上,瓜洲泵站同样展现了对传统美学的深刻理解与运用。台基、屋身、屋顶三段式构造的运用,充分注重了传统美学比例的协调与和谐。古典而舒缓的屋顶线条,雄大且疏朗的建筑格调,以简洁明朗的构图手法,构筑了这座"水上城楼"雍容大度、气度不凡的新颖风貌。其设计之精妙,令人叹为观止。

瓜洲泵站不仅是对扬州传统建筑文化的创新性传承,更是水工程与水文化完美融合的典范之作。它虽无华丽繁复的装饰,却以其简约内敛、温馨质朴的独特气质,彰显出水工程所独有的生机与活力,展现出迷人的水文化魅力。因此,它被誉为"中国最美泵站",实至名归。

随着瓜洲泵站的落成,景区围绕"水韵扬城"的核心理念,深入挖掘周边地区在长江与运河文化中蕴含的深厚文化价值和精神内涵。从"保护、传承、利用"的角度出发,景区以古渡、长江及水利三方面的水文化为主题,将水利工程建设的发展历程、历史遗迹等元素有机融入景区文化建设之中。此举旨在进一步推进水生态文明建设,促进长江经济带、大运河文化带的繁荣发展,进而为城市的高质量发展注入新的活力与动力。

"京口瓜洲一水间,钟山只隔数重山。春风又绿江南岸,明月何时照我还?"愿春风吹拂之时,你我再约瓜洲!

姑苏台枕胥江水

胥·浦·塘水利风景区

胥·浦·塘水利风景区位于胥口镇南部，东枕长江，西临太湖，以管辖的胥口水利枢纽、七浦塘、西塘河为核心区，拓展至阳澄湖，辐射至与古城相连的外城河、胥江，是河湖型水利风景区。风景区内水质清澈无污染，自然资源丰富，林草覆盖率高达96%。河道两岸展现生态景致，包括水中荷、岸边竹、路边柳、湿地芦苇和香蒲等。姑苏台位于苏州南郊石湖风景区，是仿古游乐场所，重现旧时风貌。背靠上方山，面向石湖，山水环绕。原为春秋吴国园林，南宋诗人范成大曾居于此。

2004年，胥口枢纽水利风景区被评为国家水利风景区。2018年，苏州市人民政府以风景区复核为契机，扩大创建成果，将胥口水利枢纽、七浦塘、西塘河资源整合为胥·浦·塘水利风景区，通过国家水利风景区复核。

姑苏台，亦称姑胥台，巍然矗立于苏州城外西南隅的姑苏山之巅，其遗址即今日之灵岩山。公元前505年，吴王阖闾首开其建设之先河，后由夫差承继，历经五载春秋，终成大观。此建筑不仅富丽堂皇，更耗费巨资，规模之宏大，前所未有。

姑苏台高耸云端，其高度直逼三百丈之巨，宽度则横跨八十四丈之广。台内九曲回廊，蜿蜒曲折，拾级而上，直至高台之巅。登临此处，举目四望，二百里湖光山色与田园风光尽收眼底，其美景之绝，冠绝江南，名扬四海。

灵岩山姑苏台遗址

自古以来，世事如棋局局新，沧海桑田，变幻莫测。昔日麋鹿游弋于姑苏之地，留下斑斑足迹。追溯至远古先民时期，他们在这片麋鹿踏过的肥沃土地上播种耕耘，辛勤劳作，使得此地鱼米丰饶，成为富饶之地，亦使这里成为各方势力竞相争夺的宝藏之地。

岁月流转，至春秋之世，诸侯并起，逐鹿中原，战火连绵，英雄豪杰辈出。在中国南方，吴、楚、越三国因宿怨积深，爆发了一场持续近一个世纪的惨烈征战与混战。百年战火，江南之地饱受摧残，无数英勇之士血洒疆场。然而，这三个国家最终皆因自身的仇恨与贪婪而走向覆灭，被历史的洪流无情地吞没。

这场三国之争，其根源既深植于各国为消除外部威胁、强化自身实力以争夺霸主地位的宏伟战略之中，又交织着因私人恩怨而燃起的复仇之火。在这纷繁复杂的历史长河中，有一位人物犹如战争的导火索，他的存在让姑苏这片古老土地蒙上了一层神秘的传奇色彩。此人便是伍子胥，他的一生充满了脍炙人口的传奇故事。

伍子胥，这位源自楚国的英雄豪杰，其父伍奢身为太子太傅，却不幸遭小人谗言陷害。楚平王闻知伍奢有两位才智出众的儿子，心生畏惧，恐其成为日后之患，遂决定斩草除根。他以伍奢为饵，诱使二子入京。长子伍尚望着弟弟伍子胥，眼神中透露出无比的坚定："弟弟，你速速逃离，将来定要为我们父子报仇雪恨。我则愿与父亲共赴黄泉，以尽孝道。"

伍子胥历经千辛万苦，终于逃离楚国，这一路上的逃亡历程充满了惊心动魄，诸如伍子胥过昭关一夜白头等传奇，至今仍为人所传说。最终，他辗转至邻国吴国，并效忠于公子光。当得知伍子胥逃脱的消息时，其父伍奢不禁叹息道："楚国君臣即将陷入无休止的战争之中！"此言足见伍奢之清醒与远见。

公元前522年，伍子胥凭借其非凡的智慧与深邃的谋略，助力公子光成功登基为王，自此公子光成为了"吴王阖闾"。伍子胥因其卓越才能而深得吴王阖闾的赏识与信赖。他向吴王提出了一系列治国安邦之策，诸如修筑城郭以稳固基业，设立守备以保境安民，充实仓廪以备不时之需，整治兵器甲胄以壮大军力，并亲自"踏勘地形，品鉴水土"，最终选定苏州作为吴国的新都城。

此后，伍子胥全力辅佐吴王向西征伐强大的楚国。他亲自率军深入楚都，掘开楚平王之墓，鞭尸三百，以泄父兄被杀之恨。同时，他也积极向北展示吴国的强大实力，使齐国与晋国心生敬畏；向南则令越人归服，展现了其卓越的军事才能与外交智慧。

吴越两国之间，长期以来存在着根深蒂固的敌对关系，堪称世仇。从地缘政治的视角审视，吴国若欲在中原地区谋求霸权，首要之务便是征服越国，以消除来自后方的潜在隐患；反之，越国若欲北上中原，亦需先挫败吴国，方能畅通无阻地进军中原。

周敬王二十四年（公元前496年）之际，吴王阖闾亲自披挂上阵，率领大军挥师南下，与越国在槜李之地展开了一场惊心动魄的激战。越国方面采用了一种别出心裁的战术，即派遣死罪刑徒在阵前自刎，以此作为诱饵，吸引吴军的注意力。随后，越军趁吴军分心之际，猛然发动攻势，一举击溃了吴军。遗憾的是，吴王阖闾在战斗中不幸负伤，最终不治身亡，其子夫差随即继位，成为吴国新的君主。

时光荏苒，转眼间已至周敬王二十六年（公元前494年）。越国不甘示弱，派遣水军逆水而上，向吴国发起挑战。双方在夫椒之地再次展开激战，然而此役越军却遭遇了前所未有的重创，主力部队几乎全军覆没。吴军则乘胜追击，势如破竹地占领了越国的都城会稽。越王勾践率领着仅存的五千余将士，被围困在会稽山上，陷入了绝境之中。

面对如此严峻的形势，勾践做出了一个艰难的决定——向吴国请降。然而，吴国重臣伍子胥却坚决反对接受越国的投降，他深知"斩草不除根，春风吹又生"的道理，认为若不趁此时机彻底消灭越国，将来必定会后患无穷。然而，夫差却一心只想北上中原争夺霸权，对伍子胥的忠告置若罔闻。最终，夫差以越王勾践作为人质留在吴国为条件，勉强接受了越国的投降，并撤回了军队。

此次事件为勾践赢得了宝贵的喘息时机。勾践夫妇在吴国尽心尽力地为吴王驾车养马，勤勉服务长达三年之久。为了赢得夫差的信任，勾践甚至在夫差病重时，不惜以身试毒，亲自品尝其粪便以验证病情，此举深深触动了夫差，最终促成了他释放勾践回国的决定。

然而，勾践并未因此沉沦，他忍辱负重，卧薪尝胆，矢志复仇，奋发图强。在文种、范蠡等谋臣的辅佐下，他精心筹划了"十年生聚，十年教训"的宏伟蓝图。经过不懈的努力与奋斗，他最终成功击败夫差，使国家实力达到鼎盛，赢得了争夺中原的资格，并成为春秋时期的最后一位霸主。

在勾践卧薪尝胆、励精图治的同时,夫差却犯下了致命的错误。他轻信谗言,于公元前484年下令赐死伍子胥,并将其遗体投入江中,致使伍子胥的遗体沿江漂流至今日的胥口。伍子胥在临终前,命人挖出其双眼,悬挂于城门之上,以亲眼见证夫差失败的命运。未及十年,吴国便遭灭顶之灾,夫差亦步其后尘,自刎身亡。在生命的最后时刻,夫差回忆起伍子胥的种种治国良策,深感痛悔自己因听信谗言而诛杀忠良,导致国家陷入万劫不复的境地。他无颜面对伍子胥的英灵,遂以白布遮面,自刎而终。吴越之战的历史教训,至今仍对我们具有深刻的警示意义。

为缅怀伍子胥这位吴国忠臣的丰功伟绩与崇高品德,胥口人民特将其所居之地更名为"胥口",并相继修建了子胥墓与胥王庙以资纪念。同时,他们还将伍子胥亲自率众开凿的江南名运河命名为胥江,将相邻的小山更名为胥山,毗邻的太湖亦更名为胥湖,以此表达对这位伟大先贤的无限敬仰与深切怀念。

太湖夕照

在吴中任职的岁月里，伍子胥秉持着"相土尝水，象天法地"的严谨精神，深入细致地考察了当地的地理与水文环境。他独具慧眼地发现了太湖东岸的丘陵与平原地带，其西侧紧依湖泊与丘陵，构筑起一道天然的防御屏障，有效抵御了楚国的军事侵扰，同时也为筑城提供了丰富的石料资源。而吴中平原的肥沃土地、丰富的物产，更使其成为吴国理想的战略后方，为国家的繁荣稳定奠定了坚实的基础。

胥江，这条由伍子胥亲自率领众人精心开凿的河流，旨在促进水运的便捷，进而造福一方百姓。胥江的开通，不仅有效缓解了吴地频繁发生的水患问题，还极大地促进了当地的漕运流通和农田灌溉，对当地百姓的生计与发展产生了深远的影响，其意义不可估量。胥江的通航在当时具有举足轻重的地位，它使得吴国的舟师能够轻松驶往安徽芜湖市附近的大江之中，极大地拓宽了吴国的战略视野和影响力。

据史书记载，当年吴国六万水军正是在伍子胥所开凿的胥江助力下，从太湖悄然出发，一路西进，直至突然出现在巢湖之滨的楚军面前，最终连战连胜，五战五捷，成功攻克了楚都郢城。这一壮举不仅彰显了吴国军事实力的强大，也体现了伍子胥卓越的战略眼光和治理才能。

胥王庙遗址

伍子胥之后的三百余年,春秋战国时期著名的"四公子"之一春申君黄歇,在被封于吴地后,对历经战争摧残的城池进行了全面的整修与扩建。在他的精心治理下,这座城池逐渐焕发出新的生机与活力,成为一座繁华的都邑。黄歇还大兴土木,营造宫室,进一步提升了吴地的文化品位和城市形象。太史公在亲眼看见了黄歇的治理成果后,也不禁发出"盛矣哉"的赞叹之声。

胥口镇伍子胥墓

黄歇非但治国有方,更在治水领域展现出非凡才能。他精心策划并执行了一系列宏大的水利工程,特别是大内北渎的整修与四纵五横水道的巧妙布局,为苏城奠定了坚实的基石。尤为值得一提的是,他运用独到的智慧,以土制水,构筑了堰埭,此举不仅展现了其卓越的治水技术,更令此地得名黄埭,并沿用至今,成为对黄歇治水丰功伟绩的永恒铭记。

西塘河及其枢纽,静卧于黄埭镇怀抱,位于苏州城之西北隅,毗邻蠡口、渭塘、黄桥、东桥等镇,北望漕湖,与北桥镇隔湖相守。岁月流转,千年风雨未曾抹去其历史痕迹,反而让它成为黄歇治水卓越成就的活生生的见证。

在苏州任职期间,黄歇心系民众,将城池修缮与水利治理视为己任,为当地百姓带来了前所未有的福祉。彼时,上海尚是一片渔村景象,而苏州至上海间的河道因泥沙淤积,河床逐年抬高,水患频发,严重威胁着百姓的安宁。面对此情此景,黄歇毅然决然地踏上了实地考察之路,并亲自率领民众展开了艰巨的江河疏浚工程。最终,一条直通上海的河道横空出世,后世称之为"黄浦江"。同时,沿河而建的堤堰,亦被赋予了

"春申堰"或"春申埭"的美名。此外,黄歇还匠心独运地整治了一处湖泊,命名为"春申湖",并使得该湖所在之地亦以"黄埭"为名。

为了铭记黄歇的卓越贡献,吴地民众纷纷在各地建立春申君祠,以示对这位历史伟人的崇敬与感激。自唐代以来,黄歇更是被尊为苏州的城隍爷,享受着世人的无尽敬仰与崇拜。

胥江美

七浦塘,亦称七浦、七鸦浦、七丫河、戚浦塘,自古便位列常熟与昆山间五大浦之一,坐落于苏州市东北部。此塘源自阳澄湖,蜿蜒东去,穿越常熟、昆山、太仓,最终汇入浩渺长江。七浦塘全长达43.89公里。太湖流域众多泾河之水,皆借七浦塘等水道汇入长江,再流向浩瀚大海。作为沿江三十六浦之关键一员,七浦塘在调控水流、补充三江(吴淞江、娄江、东江)水量方面,扮演着不可或缺的角色。

历代朝廷与地方官府,皆对七浦塘的疏浚工作给予了高度重视。自宋代以降,直至清代,七浦塘共历经46次大规模疏浚,确保了其水利功能得以持续发挥,造福一方百姓。

在七浦塘与长江的交汇处,建有一处江边枢纽,枢纽工程雄伟壮丽,开闸放水之时,气势恢宏,蔚为奇观。沿线近百座闸站,粉墙黛瓦,映衬着江南水乡的独特韵味。而七浦塘阳澄湖枢纽,则位于七浦塘与张家港航道的交汇之处,通过巧妙设计的立交地涵,实现了清污分流,有效保障了七浦塘作为清水通道的功能,彰显了人类智慧与自然景观的和谐共生。

　　胥·浦·塘水利风景区集胥口水利枢纽、姑苏台、七浦塘水利工程、西塘河引水工程等关键要素于一体。其中,西塘河作为专为苏州环古城风貌保护及环城河水质提升而精心打造的专项引水工程,自望虞河琳桥口蜿蜒南下,直至环城河钱万里桥,全长达17.87公里,绵延不绝。

　　七浦塘地区,人才济济,文化底蕴深邃。历代文人墨客,如文徵明、归有光、王世贞、钱谦益、顾炎武等,皆在其诗文中留下了对七浦塘的细腻描绘与深刻记载。同时,古代水利史上的杰出治水官员,如徐贯、翁大立、姚文灏、周大韶等,亦多次上书朝廷,力主疏浚七浦塘,以造福苍生。七浦塘,无疑承载着并见证了它所流经的苏州、昆山、太仓、常熟等地的悠久历史与璀璨文化。

　　提及诗仙李白,他身佩长剑,游历四方,酒名远播。其笔下"姑苏台上乌栖时,吴王宫里醉西施",将昔日繁华景象展现得淋漓尽致。此外,

胥口水利枢纽演变图

众多诗人亦留下了关于姑苏台的优美诗句。"姑苏台枕吴江水,层级鳞差向天倚",则描绘了姑苏台的雄伟壮观,仿佛与天相接;"至今月出君不还,世人空对姑苏山",表达了对往昔英雄的深切怀念与无尽哀思;"姑苏台榭倚苍霭,太湖山水含清光",更是将江南水乡的秀美风光描绘得栩栩如生,令人陶醉不已;"空有姑苏台上月,如西子镜照江城",则让人感叹时光流逝,世事变迁。这些诗句中,江南水乡的神韵被展现得淋漓尽致,令人心旷神怡。

胥浦塘、水之乡,风景秀丽心向往。姑苏台枕胥江水,仙境迷人世无双!

杉青水秀别样情

宝应县宝应湖湿地水利风景区

宝应湖湿地水利风景区位于江苏省扬州市宝应县，以宝应湖广阔的水面和宝应湖国家湿地公园为依托，依林傍湖，环境优美，具有"水、绿、野、趣"四大主题和"水、岛、林、鸟"等生态要素，是苏中地区独特的水利风景旅游区。景区内水域广阔，荷花芦苇繁茂，杉木青翠，被誉为"苏中第一水上森林大氧吧"。湿地公园生态资源丰富，形成独特景观。景区融合运河文化和里下河风情，发展特色旅游项目，丰富人文和湖荡景观，是多功能旅游度假区。

2012年，宝应县宝应湖湿地水利风景区被水利部批准为国家水利风景区。

"九九那个艳阳天来哟，十八岁的哥哥呀坐在河边，东风呀吹得那个风车儿转哪，蚕豆花儿香啊麦苗儿鲜。"

这首广受欢迎的《九九艳阳天》源自描绘深情爱恋的电影《柳堡的故事》，其背景设定在风景如画的宝应县。宝应县的柳堡镇，因这部被誉为新中国首部纯粹爱情电影的诞生而声名远扬，与影片一同镌刻在无数人心中的美好回忆里。

宝应县，作为扬州的北大门，不仅是京杭大运河的关键节点城市，更是南水北调东线工程的初始调水梯级。其境内河流湖泊星罗棋布，水网交织，水域面积占据了县域国土面积的三分之一。京杭大运河纵贯宝应县南北，全长达40.5公里，它不仅是宝应水上交通的主动脉，还是全县生产、生活用水的重要源泉。

尽管电影中的时代已成过往云烟，但那些洋溢着水乡风情的独特景致——缓缓转动的风车、依依垂柳、古朴的板桥、轻轻摇曳的小舟，在宝

水鸟掠过宝应湖

应湖湿地水利风景区中依然可以寻觅。这片经过精心策划与建设的风景区，不仅守护了原始的自然风光，更以"湖域辽阔、林木葱郁、鸟鸣声声、芦花飞舞、渔歌田园"的全新面貌，为游客们展开了一幅幅令人心旷神怡的画卷。

宝应湖湿地水利风景区，紧邻京杭大运河，坐落于风景如画的宝应湖畔，其独特的地理位置吸引了长三角地区，尤其是上海、南京等大城市的众多游客前来探访。景区内的宝应湖，水域宽广，占地面积约3平方公里，微风轻拂，湖面泛起层层细腻的波纹，波光粼粼，美不胜收。湖面上，荷花竞相盛开，形成一片绚烂多彩的荷花世界，而湖畔则是茂密的水生植物与芦苇丛相互交织，共同构成了一幅"莲叶连天、荷花映日"的绝美画面，让人仿佛置身于一幅生动的诗意长卷之中。此外，芦苇丛中鸟鸣鸭叫，漫步其间，更能深切感受到那份浓厚的水乡情怀与韵味。

宝应湖四季分明，晴阴之间各有其独特景致。在晴朗的傍晚时分，夕阳渐渐西下，泛舟湖上，但见水天相接，落日的余晖在湖面投射出柔美的倒影，仿佛置身于一幅梦幻般的画卷之中，美不胜收，令人心驰神往。而初秋的清晨，薄雾轻笼，阳光透过浓密的树林，形成束束光柱，晶莹剔透的水珠在阳光的映照下熠熠生辉，犹如颗颗明珠散落于草丛之间，点点星光闪烁其间，四周雾气缭绕，恍若置身仙境。

在宝应湖的碧波中心，矗立着一座面积约为200亩的湖心岛，它在民间被亲切地称为白鹿岛。从高空俯瞰，其形状宛如一头奔腾的白鹿，在碧波荡漾的水面上跃动；又仿佛是天上的神鹿降临人间，静静地伫立于平静如镜的湖面，守护着这片广袤无垠的土地，象征着给人们带来幸福与吉祥的美好愿景。

关于白鹿岛得名的缘由，民间流传着一段动人的传说。据史书所载，明朝嘉靖年间，黄河改道，导致洪水肆虐，南下之势汹涌澎湃，所过之处因此遭受重创，灾情惨烈，百姓流离失所，生活困苦。然而，宝应当地的村民却仿佛置身于世外桃源，依旧保持着晨耕暮归的宁静生活，对即将到来的灾难浑然不觉。

一日，一只矫健的白鹿突然闯入村庄，沿途发出高亢的呦呦之声，仿佛在急切地呼唤着村民们。它见到村民便低头示意，引领着他们向高地转移。村民们虽然心存疑虑，但最终还是跟随白鹿的指引，来到了安全的高地。

不到半日，洪水便如猛兽般汹涌而来，瞬间将宝应四周淹没，唯有这片高地成为孤岛，村民们因此得以幸存。他们深感白鹿的救命之恩，纷纷跪倒在地，高呼"救命神鹿"。

在经历了一场惊心动魄的危机之后，突然间，又传来了呼救之声，它再次划破了空气。远远望去，只见一名妇女紧紧怀抱着一名女童，她们紧紧攀附在摇摇欲坠的水中树梢上，随着波涛的起伏而摇晃，情形极其危急，令人揪心。

此刻，白鹿毫不犹豫地纵身跃入汹涌的水中，它的身影在水中忽隐忽现，如同一只白色的精灵，在水中翩翩起舞，又仿佛一道闪电，瞬间划破水面，直逼事发地点。白鹿昂首挺胸，将长长的犄角挺起，为母女二人提供了坚实的攀附之处。随后，它踏波而行，犹如一位英勇的骑士，将她们安全地驮回了岛上。

在场的人们目睹了这一幕，纷纷鼓掌欢呼，对白鹿的英勇之举赞不绝口。他们的眼中闪烁着敬佩与感激的光芒，仿佛看到了希望与奇迹的化身。

然而，三日之后，大雨依旧倾盆而下，洪水肆虐，不断上涨的水位让岛屿面临着被淹没的危机。众人再次陷入了恐慌与绝望之中，仿佛被黑暗笼罩。但在这绝望之际，白鹿却神态自若地站在那里，两眼乌黑发亮，眼神中透露出宁静与安详。它仿佛一尊庄严的神祇,静静地给予人们一股强大的力量与信念。

白鹿仰天长鸣三声,声音高亢而有力,仿佛在呼唤着某种神秘的力量。随后,它用力跺地三下,瞬间云散雨停,水位迅速下降,岛屿重新露出了水面。众人见证了这一奇迹般的场景,再次深刻感受到了白鹿的神奇力量与伟大。他们纷纷下跪膜拜,表达着对神鹿的崇敬与感激之情。

一月有余后,洪水终于退去,天空中出现了一朵祥云。云端之上站立着一位慈祥的老翁,他身材不高却气宇轩昂,脑门凸起显得智慧非凡。他一手托着仙桃寓意长寿与吉祥,一手拄着拐杖显得稳重而有力。杖端还挂着一个葫芦,似乎蕴含着某种神秘的力量。老翁自空中挥手示意白鹿腾空而起,跟随他向南方飞去,渐行渐远。这一幕让人们感到震撼与敬畏。此时村中一位老先生忽然失声惊呼:"救我等性命者乃是南极老寿星也!"这一句话揭开了谜底,让人们恍然大悟。原来白鹿与老翁都是天上的神仙下凡,拯救苍生于水火之中。

渔舟唱晚

自此以后这片高地便被人们称为白鹿岛,以纪念那只英勇救人的白鹿和那位慈祥的老寿星。同时它也成了人们对祥瑞之兆的世代感恩与憧憬的象征。每当人们提起白鹿岛时,都会满怀敬意地讲述起那段传奇般的故事,以及它背后所蕴含的深刻意义。

神话传说的流传为白鹿岛披上了一件神秘的纱衣,而宝应湖那秀美的自然风光更是引得历代文人墨客纷至沓来,他们在这片美景中流连忘返,留下了无数脍炙人口的佳作,为这片土地增添了深厚的文化底蕴。

宋代杰出诗人杨万里,在其《过宝应县新开湖》一诗中深情吟唱:"渔家可是厌尘嚣,结屋圆沙最尽梢。外面更栽杨柳树,上头无数鹭鸶巢。"字里行间流露出对宝应湖宁静与美好的无限向往。

聊亭

湖畔的幽深树林中,矗立着一座历史悠久的古迹——"聊亭"。据史书记载,清代著名文学家蒲松龄,在他风华正茂的而立之年,应同邑进士、新任宝应知县且为挚友的孙惠之盛情邀请,不远千里,踏上了前往江苏扬州宝应的旅途。这次南游,是他人生中唯一一次远离故土的旅行,不仅丰富了他的生活阅历,更为他日后的文学创作提供了宝贵的素材与灵感,具有不可估量的价值。

彼时,蒲松龄亲临宝应运河西畔的宝应湖边,被其独树一帜的原生态自然景致深深触动。他遂于此地构筑凉亭,广邀挚友与文人墨客,共品香茗,畅叙幽情,并恳请他们分享诸多当地逸闻趣事,以资其聆听后融入笔墨,增色其著作。此间自然风光之秀美、民俗风情之淳朴、官场腐败之阴暗、社会矛盾之尖锐,皆给予蒲松龄深刻的体悟,激发了他无尽的创作灵感。

历经无数个日夜的勤勉笔耕,蒲松龄终于铸就了这部思想深邃、艺术造诣非凡的鸿篇巨制《聊斋志异》。后世为缅怀这位文学巨擘及其不朽之作,特将昔日那座凉亭命名为"聊亭",以彰显其作为《聊斋志异》创作灵感源泉的特殊地位。在景区建设过程中,当地民众对这片原生态自然风光倍加珍视,于原址之上重建"聊亭",以纪念蒲松龄及其辉煌成就,吸引了众多"聊斋迷"前来寻踪探秘。

游客在探访古迹、领略自然风光的同时,必不会错过景区内享有盛誉的湿地三绝——森林大氧吧、杉林一线天、湿地迷宫。园区内林木葱郁,水系纵横,天空湛蓝,水质清澈,土地翠绿,实乃一方难得的原生态净土。此地充分利用原有林场保留的浩瀚杉树林资源,拥有四十年树龄的成片水杉林四万株,总面积超过两千二百亩。水杉被誉为"森林氧吧",此处空气清新,负氧离子含量远超城市,高达一千三百五十倍,对于改善呼吸功能、促进新陈代谢、提振精神具有显著益处。因此,该地被誉为"苏中第一森林大氧吧",实至名归。

杉树林在春夏季呈现出勃勃生机,绿意盎然,高大的水杉树挺拔耸立,直插云霄,景致壮观无比。而到了秋季,杉叶层层叠叠,宛如红霞满天,如遇清晨雾气缭绕,朝阳初升,光线透过雾气,柔和地洒在绚烂的叶子上,构成一幅如梦似幻的油画景致。冬季雪落之时,白茫茫一片,水杉树成行成列,气势磅礴,傲然屹立,置身其间,令人心生敬畏。此外,林中更有风景河道蜿蜒其间,游客可乘木筏穿梭于杉林水道之中,领略林水交融、鱼跃鸟欢的自然美景,体验"木筏林中漂,人在画中游"的宁静与恬美。

水杉林

在宝应湖那独特的湿地迷宫中,呈现出一幅别样的自然画卷。荷花、蒲草、芦苇、水葱与茅草等植物交织生长,共同构建了一个既神秘又深邃的自然景观。荷花触手可及,它们以婀娜多姿的姿态,展现出婉约动人的魅力;蜻蜓在空中翩翩起舞,其灵动可爱的身影仿佛在引领游客深入迷宫,探寻那些未知的奥秘。同时,杉林中百鸟齐鸣的悦耳之声不绝于耳,声声相连,此起彼伏,为这片静谧的湿地增添了几分生机与活力。

自2016年起,宝应县积极响应建设生态大走廊与大运河文化带的号召,在不增加新占用的前提下,全力推进以"清、补、建"为核心的运河综合整治工程。历经五年的不懈努力,全县已累计投入资金超过6亿元,成功拆除了沿线各类堆场、码头、经营户及搅拌站等共计403户,并同步完成了25公里、148万平方米的堤防绿化修复工作。如今,运河堤防的绿化覆盖率已达到95%以上,东堤健身步道与城区风光带也相继建成,分别为25公里与2.3公里,生态运河与景观运河的雏形已逐渐显现。

春来青苇树芽绿,夏日浓荫凉意深;秋风尽吹鱼蟹肥,冬赏红日照森林。这里四季景色各异,人与自然已臻完美的和谐境地。白鹿是湿地的精灵,为人们带来吉祥和平安;宝应湖是湿地的眼睛,一半是水,一半是绿,成为人世间的一块生态净土;杉树林是湿地的心肺,跳跃着勃勃生机,呼吸着清新健康……生命是如此美好,您是否也想回归自然的怀抱,在璀璨的美景中尽情享受这别样的湿地风情呢?

春申治水芙蓉湖

江阴芙蓉湖水利风景区

江阴芙蓉湖水利风景区坐落于无锡市江阴市月城镇西部,地跨今无锡、常州、江阴之间。位于江阴月城境内的马甲湖,即芙蓉湖支湖,又名暨阳湖,简称暨湖。景区资源丰富,水生态景观众多,动植物品种多样,水文化、人文历史景观多样,景区主要由南部水生植物园、龙舟休闲园、中部云外水庄生态园、农渔文体体验园、北部农夫果园、秦望古建园、佛道养生园七个别园组成,宛如七星连珠,璀璨瑞景,绘就一幅水墨长卷,让人如痴如醉,流连忘返,是休闲旅游观光的绝佳去处。

2015年,江阴芙蓉湖水利风景区被水利部批准为国家水利风景区。

自古以来，无锡地区不仅以风景秀丽的太湖闻名遐迩，还孕育了吴地境内位列第二的壮丽湖泊——芙蓉湖。此湖南接苏州，东临江阴，横跨常州一府，其辽阔无垠，总面积高达一万七千顷，昔日更是太湖流域内首屈一指的浩渺水域。谈及芙蓉湖的成因，不得不提一位历史长河中的杰出人物——战国时期的显赫人物，春申君黄歇。

春申君，本名黄歇，出身楚国，乃平民之子。黄歇自幼胸怀壮志，游历四方，广拜名师，结交志士，因此博古通今，口才卓越，辩才无碍。在春秋战国这个英雄辈出的时代，黄歇凭借其非凡的才能迅速崭露头角，深得楚王的赏识，特别是楚顷襄王的器重与信赖。

在那个时期，强大的秦国欲图对楚国发动战争，楚国遂派遣黄歇前往秦国，以期通过和谈化解危机。黄歇在秦王面前，以雄辩之才展开游说，他深刻指出，秦楚两国均为大国，若一旦交战，必将如同鹬蚌

秦仪《芙蓉湖图卷》(局部)

相争，最终让其他诸侯小国坐收渔翁之利。因此，他力主秦楚两国应携手合作，共同抵御其他诸侯国的威胁。秦王闻其言，深感其理，遂与楚国订立盟约，使得楚国成功避免了战祸的降临。

楚国太子熊完与黄歇，作为和谈的使者，被留在了秦国作为人质。太子在秦国作为质子，度过了漫长的十年时光。然而，当楚顷襄王病危之际，秦国却拒绝让太子返回楚国。黄歇深知，若楚王崩逝而太子不在身边，将对楚国的未来产生不可估量的影响。于是，他精心策划了一场大胆的逃亡行动,协助太子伪装成车夫,趁着夜色逃离了秦国。

秦王得知此事后,勃然大怒,欲对黄歇施以重罚并追回太子。然而,黄歇再次以其卓越的辩才,向秦王阐述了太子回国继承大统对秦国长远利益的积极影响。秦王听后,深感其言之有理,遂决定释放黄歇,并允许太子返回楚国继承王位。

楚顷襄王逝世后,太子顺利继承了王位,即为楚考烈王。考烈王即位后,即刻任命黄歇为相国,并赐予其尊贵的称号"春申君",同时划封淮北地区的十二个县邑作为春申君的封地。

春申君与同时期的齐国孟尝君、赵国平原君及魏国信陵君,共同被誉为"战国四公子"。此四人均以广开才路、谦逊待士而著称于世。他们竞相延揽天下英才,广结宾客,彼此间亦不乏对贤能之士的激烈竞逐。他们共同致力于辅佐各自君王,强盛国家之根本,为战国时期的政治格局留下了浓墨重彩的一笔。

自担任相国之职以来,春申君始终勤勉于国事,屡建奇勋。他亲自率领大军围困秦国,成功地将赵国从危难之中解救出来;随后又挥师北进,一举消灭了北方的鲁国,极大地拓展了楚国的疆域,并显著增强了其实力,使得楚国在战国末期愈发强盛。

十五年之后,鉴于淮北地区因紧邻齐国而频繁遭受战事侵扰的严峻形势,黄歇毅然向楚王进言:"淮北之地,紧邻齐国,局势危急,宜将其设为郡治,以便加强治理,确保国家安宁。同时,臣愿将淮北所辖之十二个县献出,恳请大王将江东之地赐予臣作为封邑,以表臣之忠诚与决心。"楚王深感其忠诚与智勇,遂应允其请,将现今无锡、苏州、上海一带地域,正式划定为春申君之封地。

获封殊荣后,春申君即在吴国故都之地大举兴建,构筑起坚固的城堡,以之作为治理的核心枢纽。同时,他亦全身心投入水利建设之中,致

龙舟竞渡

　　力于根除当地长期困扰的水患问题。其中,对黄浦江与芙蓉湖等水域的精心治理与改造尤为卓著,为当地百姓带来了实实在在的福祉。

　　在驻守无锡的日子里,黄歇为无锡人民倾心奉献,尤为重视农田水利工程的构建。他充分利用无锡得天独厚的三江五湖之优势,亲自率领百姓治理芙蓉湖,使其焕发新生。

　　在芙蓉湖的治理过程中,黄歇特别关注北塘古运河起点,吴桥附近的黄埠墩。这处四面环水的圆形土墩,面积约为220平方米,原为古芙蓉河中的一处自然景观,旧称小金山。黄歇对其进行了深入的疏浚与改造,使其焕发出新的生机,并因此得名黄埠墩。黄埠墩地理位置险要,北接双河口,南临江尖渚,两股水道在此分流。惠泉山水自西向东经惠山浜流淌而来,东面更有小三里河汇入,水流湍急,给人以洪水汹涌而不沉没,水枯见底却深不可测之感。正因这份独特景致,唐代时便在此建起了两层飞檐的寺院小阁,使之成为一处闻名遐迩的名胜古迹。

　　古芙蓉湖,其水域辽阔无垠,波光粼粼,水质清澈见底且深浅适中。湖中荷花争艳斗丽,莲藕丰盈饱满,故而得名"芙蓉"。此湖作为太湖与长江之间的一个典型浅水湖泊,承载着调蓄洪水的重要使命。其水位的涨落直接影响着湖面面积的增减变化,展现出大自然鬼斧神工的壮丽景象。

追溯至古运河初通之际,其蜿蜒河道自南向北穿越中部高地后,悠然汇入芙蓉湖,彼时芙蓉湖畔尚未展开大规模的垦殖活动。随后,春申君亲自率领并组织了浩大的人力,对芙蓉湖进行了深入的疏浚作业,并开凿了申浦河。据《越绝书》所载:"无锡湖者,春申君治以为陂,凿语昭渎以东到大田。田名胥卑。凿胥卑下以南注大湖,以写〔泻〕西野。去县三十五里。"此举成功开辟了太湖与芙蓉湖之间的水道,极大地提升了该地区的排灌效率。

自魏晋以降,芙蓉湖虽历经多次整饬,然改善之效甚微。及至明代,工部右侍郎周忱主政芙蓉湖治理,并筑芙蓉圩,其功绩卓著,长久以来深受民众赞誉。此后,海瑞、欧阳东凤、吴兴祚等人相继投身芙蓉湖治理事业,有效缓解了旱涝灾害对太湖及运河沿岸农田的侵扰。

芙蓉湖的治理历程已逾一千七百年,其间疏浚与淤塞交替进行,循环往复。这一过程不仅见证了江南地区由荒芜渐趋繁荣的历史变迁,也深刻体现了人类在自然面前的力量的逐步增强,彰显了人类智慧与勇气的伟大力量。

东晋元帝时期,晋陵内史张闿曾引导芙蓉湖水流入五泻河,即今日之白荡圩,最终汇入太湖。张闿在任期间,曾有意将芙蓉湖改造为圩田,但因财力所限,未能如愿。南朝宋元嘉年间(公元424年),芙蓉湖疏浚工程初告成功,其后续治理成效一直延续至北宋。期间,无锡北门的莲蓉桥与莲蓉闸分别于初唐与北宋年间得以修筑。由于朝廷对围湖造田行为的严格限制,芙蓉湖的面积相较于往昔并未发生显著变化。

经过多次朝代的更迭,特别是宋室南迁之后,江南地区迎来了移民的激增,对耕地的需求迅速攀升,而水患问题则逐渐变得不那么紧迫。在这一背景下,围湖造田的风潮盛行起来,历经数十年的围垦,水域面积大幅度缩减,严重破坏了原有的水利系统平衡,导致生态环境失去了原有的稳定。

朝廷逐渐认识到了围湖造田所带来的长远危害日益加剧,因此多次重申在浙西地区禁止围田,并着手实施返田还湖的政策。然而,由于围田带来的即时利益巨大,以及连年水患所造成的惨痛损失,朝廷在还田为湖与围湖造田之间陷入了两难的境地,政策时而严厉时而宽松,始终难以在两者之间找到恰当的平衡点。

嘉靖年间,海瑞来到无锡,亲自登上黄埠墩,详细考察芙蓉湖的水情,随后又前往芙蓉圩,亲眼看见了虽然田畴已经围筑起来,但沟洫体系却尚未完善的现状。鉴于此,海瑞根据地势特点,着手修筑圩堤,并疏浚田间水道,有效地缓解了圩田面临的旱涝灾害。为了缅怀海瑞的卓越贡献,后世在芙蓉圩内的和尚桥周文襄公祠中,增设了海忠介公的配祀。

欧阳东凤在担任常州知府期间,对芙蓉圩进行了多次深入的勘察。他根据地势的差异,动员民众筑造了圩内的堤防。自此以后,芙蓉圩不仅外围坚固,内部也筑有界岸,明确划分了江阴、无锡两县的农田界限。这样的布局既便于划界防守,又避免了因一方受灾而殃及邻里的局面。同时,欧阳东凤还修筑了抵水岸与顺水岸。前者有效地防止了高处的水流下泄至低洼地带,而后者则确保了水流的顺畅,防止其向两侧泛滥。这一举措显著增强了芙蓉圩的防灾能力,初步解决了圩区内高低田灌溉与排水之间的矛盾。

在担任无锡知县之际,吴兴祚曾六度亲临芙蓉湖畔,深入湖心,亲自主持勘察荒地之任。他广集当地父老,倾心聆听圩民之苦楚,对芙蓉圩长期以来所遭受的水旱之灾,农田荒芜之困,以及防线脆弱之状,均了然于胸。圩民们诉诸口,言及农田十年九荒,仅靠一线长堤维系,其艰难防守之状,令人揪心。更遑论,欲确保圩区安全,则需筹措巨额工费,此等重负,一时之间,难以承担。

康熙九年（公元1670年），春夏之交，洪水肆虐，吴兴祚目睹此景，痛心疾首，毅然决然捐出俸米三千三百六十石，以解灾民燃眉之急。他更以身作则，劝导各田主每亩捐米三升，共襄救济佃户与修筑工程之善举。同时，他详细陈报灾情于朝廷，恳求赈济，终使众多饥民得以保全性命。

次年，自二月二十六日至四月十五日，每日均有三千五百六十三名堤工，不辞辛劳，从事土方挑运与堤岸加固之重任。为解除堤工后顾之忧，吴兴祚特请免除其各项徭役负担，并精心编排圩长三十六名、岸甲一百零八名，以详尽规则管理圩区，同时紧锣密鼓地督促圩堤培修工作。至康熙十四年（公元1675年），一部汇聚治水智慧的《治湖录》编纂完成，为后世治水提供了宝贵经验。

为缅怀吴兴祚在治水方面的卓越贡献，圩民们在杨家圩与芙蓉圩的和尚桥处，建起了吴公祠，以示对这位贤官的永久敬仰与纪念。

回溯历史，自东晋时期，晋陵内张阖便开启了治水修圩的先河。历经南宋初期的疏浚，及至明清两代，芙蓉湖更是经历了反复修缮，其水域范围逐渐缩减，最终演变成了"田畴密布，河汊纵横，桥梁林立，村落星罗棋布"的秀美景观。然而，时至今日，芙蓉湖已彻底消逝于人们的视野之中，仅留下芙蓉镇、芙蓉山、蓉湖庄、莲蓉门、莲蓉桥等地名，作为那段辉煌历史的淡淡印记。岁月如梭，人事已非，我们只能借由那些残存的遗迹与泛黄的史料，去追忆往昔那片碧波荡漾、浩瀚无垠的芙蓉湖。

芙蓉湖的治理之路，实则是一段其逐渐淡出历史舞台的记录。从宋朝至明朝末年，受

云外水庄雪景

东海水位下降、陆地抬升及围堰造田等多重自然与人为因素的影响交织，芙蓉湖昔日那浩瀚无垠的万顷碧波，最终蜕变为了肥沃的农田，孕育出"十万八千芙蓉圩"的壮丽景象。这一过程，不仅是人类智慧与自然界力量间漫长较量的生动写照，也深刻标志着无锡水环境发展史上的一次重大转折。

而今，芙蓉湖水利风景区以崭新的姿态展现在世人面前，它依托于马甲圩水利工程的坚实基石与区域内得天独厚的水系资源，匠心独运地构建了一个集水利生态展示、农渔文化传承、水利工程示范等多重功能于一体的国家水利风景区。在这里，科普教育与观光游览并蓄，生态休闲与人文体验交融，共同绘制出一幅人与自然和谐共生的美好画卷。

步入景区，只见湖面广阔无垠，河网如织，码头与航道交错纵横，游人可悠然自得地泛舟湖上，任凭清风拂面，波光粼粼，尽享那份宁静与美好；或漫步于石桥木栈道之间，耳边是潺潺流水的低吟浅唱，鼻尖萦绕着自然的芬芳，让人沉醉不已。此外，景区还巧妙地将徐霞客故居、晴山堂石刻、顾山红豆树等二十余处富含历史底蕴的人文景观串联起来，使游客在游览中仿佛穿越时空，领略到古今交融的独特魅力。

尤为值得一提的是，景区北部的黄港区域，绵延数公里的水上瓜果廊架更是游客们的最爱。在这里，游客们可以亲手采摘瓜果，体验农耕的乐趣，真正实现了"芙蓉湖畔赏芙蓉，景区之内览胜景"的美好愿景。

昔日的水患之地，今日已蜕变成为富饶的鱼米之乡，芙蓉湖犹如一位历史的见证者，静静地诉说着人类与自然从抗争到和谐共生的转变历程。这片湖泊不仅深深烙印着先民们勇于挑战自然的奋斗记忆，更是水利科技发展史上的一颗璀璨明珠，亦是现代生态文明建设实践的生动写照。

运河三塔映三湾

扬州古运河水利风景区

扬州古运河水利风景区位于江苏省扬州市，依托古运河与扬州闸而建，属于河湖型水利风景区。扬州古运河是古代运河的关键部分，源自隋朝，经多朝发展，成为长江与京杭大运河的枢纽。它全长约27公里，自京杭大运河引淮水入扬州城，至瓜洲汇入长江，被誉为扬州"母亲河"。景区秉持传承与弘扬的理念，修缮古迹，并依据特色资源、保护要求和发展需求，强调人与自然和谐、生物种群平衡。其古运河段于2014年入选世界文化遗产名录。

2016年，扬州古运河水利风景区被水利部批准为国家水利风景区；2022年，入选第一批水利风景区高质量发展典型案例展示。

2020年11月13日，习近平总书记来到江苏，视察扬州，在古运河国家水利风景区三湾段考察调研时盛赞"扬州是个好地方"，提出要"让古运河重生"的重要指示，充分肯定了古运河水利风景区建设发展成就，为进一步推动古运河水利风景区高质量发展指明了方向。

扬州，这座历史悠久的城市，不仅是大运河的起始点，更是长江经济带与大运河文化带相交汇的璀璨明珠。扬州与大运河之间，承载着千年的故事与传承。古运河扬州段，堪称整条运河之中历史最为悠久的段落，以其丰沛的水系，孕育了扬州历史上的无数辉煌时刻，更为这座城市赋予了深厚的历史底蕴与风华。这充分体现了总书记所说的，"千百年来，运河滋养两岸城市和人民，是运河两岸人民的致富河、幸福河"。

据史书记载，古运河的发端可追溯至春秋战国时期的古邗沟。《左传》在春秋时期便已有"（哀公九年）秋，吴城邗沟通江淮"的记述，明确揭示了古运河的初始形态。在此之前，江淮之间并无水路相连，直至公元前486年，吴王夫差为北伐齐国并输送兵力和物资，毅然下令开凿邗沟，并筑造了邗城。这条邗沟自长江起始，向北穿越樊梁湖、博芝湖、射阳湖，最终汇入淮河，实现了江淮之间水路的首次贯通。

时间流转至汉文景元年（公元前179年），吴王刘濞为发展盐业及促进商贸，自茱萸湾向东开辟了一条连接东部沿海盐区的运盐河，即今日之通扬运河。这一举措不仅推动了盐业的兴盛，更促进了扬州的繁荣，使得后世有评："夫差凿邗沟，扬州始立市；刘濞

大美三湾

兴盐业，扬州繁荣现。"

唐代开元二十六年（公元738年），润州刺史齐浣开凿了伊娄河，即今瓜洲运河，使之成为运河入江的重要渡口，也是由江达淮的关键通道。瓜洲在宋代崛起为重要城镇，至明代更成为连接七省的咽喉要地。唐代诗人李白在其《题瓜州新河饯族叔舍人贲》中盛赞："齐公凿新河，万古流不绝；丰功利生人，天地同朽灭。"此外，唐代高僧鉴真亦是从伊娄河口扬帆起航，成功东渡日本，传播佛教文化。

宋代天禧四年（公元1020年），发运使贾宗主持开凿新河，即今日之城南运河。《宋史·真宗纪》中记载："（天禧三年）六月癸未，浚淮南漕渠，废三堰……（四年春，正月）丙寅，开扬州运河。"自此，"运河"之名正式确立，并历经千年沿用至今。

新中国成立后，随着新运河口的改道六圩入江，扬州以东的河段被命名为京杭大运河，而扬州城区至瓜洲的河道则更名为古运河，承载着历史的厚重与文化的传承。

古运河北端起于广陵茱萸湾，亦称湾头。《漕运通志卷》记载："隋仁寿四年开，以通漕运，其侧有茱萸村，故名为茱萸湾。"据传，湾头运河北岸的龙王庙内，隐居着一位高僧，他学识渊博，精通天文地理，无所不通。一日，高僧仰观天象，预知将有洪水肆虐，便急忙警示乡民。然而，仅有少数乡民相信并提前撤离，大多数则对此置若罔闻。到了那日，暴雨倾盆而下，河水泛滥成灾，湾头瞬间化为一片汪洋。此时，那些未撤离的民众才后悔没有听从高僧的忠告。

灾后，疫病迅速蔓延，民众们呕吐不止，面容憔悴。高僧心怀慈悲，以草药熬制汤剂，为民众们解除病痛，使他们得以脱离苦海。病愈后，民众们纷纷询问所服之药名，高僧微笑着回答："此药名为茱萸。"民众们惊叹于茱萸的神奇疗效，纷纷表示想要栽种，以备将来救治他人。

高僧听后，慷慨地赠予他们鲜嫩的茱萸枝，并传授了栽植的方法。民众们按照高僧的教导，将茱萸枝插在房前屋后，精心照料。从此，这个地方便因"遍插茱萸"而闻名，被后人称为茱萸村。

自古以来，扬州便以其北高南低的地势特征著称。当淮河的上游水流湍急地流经此地时，其迅猛的水势常导致难以蓄积，进而使得漕运与盐运的船只频繁在此遭遇搁浅的困境。时至明朝万历年间，扬州知府郭光复，面对这一交通要道所遭遇的蓄水挑战，毅然决然地展开了沿河的改造工程。他摒弃了原有的直线河道设计，巧妙地采用了蜿蜒曲折的布局，将原本仅百余米的河道延长至了宏伟的1.7公里。这一创新之举，通过增加河道的长度与曲折程度，不仅显著提升了水位，更有效地减缓了水流的速度。

运河春韵

这一改造不仅成功地解决了蓄水量不足这一长期困扰的难题，更深刻地展现了我国古代河工们的非凡智慧与卓越创造力。因此，"三湾抵一闸"这一治水佳话得以流传千古，成为了后人传颂的典范。为了铭记这一伟大的水利工程，该段河道被赋予了"三湾子"的美名，并一直沿用至今。而今，当我们漫步在扬州古运河中段的三湾湿地公园时，仍能深切地感受到这一历史遗迹所承载的厚重与辉煌。

鉴于历史因素，二十世纪六七十年代，三湾片区曾是农药、皮革、建材等工业企业的聚集地，多达80余家，这一状况对运河，特别是三湾片区的生态环境造成了严重破坏。水质急剧下降，河道淤塞问题日益严峻，岸堤老化且破损严重，两岸棚户区密布。为改善这一恶劣环境，自2015年起，运河三湾景区被扬州市委、市政府列为重点推进的30项重大城建项目之一。同年6月，三湾生态修复工程正式拉开帷幕，计划打造总面积为3800亩、核心区面积达1520亩的宏大生态人文景区。

扬州市政府迅速响应，采取了一系列有力措施，包括企业搬迁、码头拆除、违建清理等，有条不紊地推进三湾周边工业企业的搬迁工作。腾出的土地被用于系统的污染治理，并同步实施水系疏浚、驳岸改造、湿地生态修复等一系列生态修复工程。经过持续不断的努力，三湾片区已焕发新生，展现出"绿柳依依、碧水萦绕"的优美画卷，游鱼在水中悠然自得，白鸟在蓝天中自由翱翔，生态环境实现了质的飞跃。

2022年，扬州市水利部门坚决贯彻习近平总书记在视察扬州时所提出的"让古运河重生"的重要指示精神，同时积极响应北护城河水上游览线建设的号召，启动了古运河城区段综合整治示范段（扬州闸—解放桥）的整治工程，该工程覆盖了2.36公里的河道长度。项目总投资额经批复确定为5041万元，工程自2022年11月正式启动，并于2023年9月顺利通过了完工验收。

生态修复工程的圆满成功，极大地提升了市民们的幸福感和获得感。值得一提的是，三湾公园在2018年荣膺4A级风景区称号，并荣获"江苏省最美运河地标"及"江苏省最美生态修复案例"等多项殊荣，这些荣誉充分展示了其在生态修复与保护领域所取得的杰出成就。

在古运河之上，距三湾上游约1.2公里处，矗立着文峰寺庙的文峰塔，它犹如一位历史的守护者，静静见证着岁月的流转。而沿河顺流而下4公里，则是高旻寺的天中塔，这两座古塔遥相呼应，共同构筑了沿岸地区独特且充满历史韵味的文化景观。此外，新建的扬州中国大运河博物馆中的大运塔,更是为这片区域增添了一抹亮丽的风景线。当从空中俯瞰三湾时,只见三塔倒映在运河的碧波之中,与三湾的景致相互映衬,古运河自北向南蜿蜒流淌,其壮丽景象令人叹为观止。

"宝塔有湾湾有塔,琼花无观观无花",此句所描绘的塔,正是那座傲然矗立于三湾上游的文峰塔。该塔始建于明代万历十年(公元1582年),据传其初建之宗旨,在于镇住扬州之地文风,以期学子们能在科举之路上独占鳌头,因而得名"文峰塔"。此塔以砖木结构为主,七层八面,造型独特,别具一格。塔基采用坚固的石筑须弥座,稳固而庄重;塔身则以砖砌而成,每层均设有精致的塔檐与栏杆,每一处细节都彰显出匠人的独运匠心。其平面内方外圆,形成八角之形,并巧妙地设置了四门以供出入,既实用又美观。

文峰塔的内壁设计更是巧妙绝伦,上下交错,重叠成八角状,既展现了独特的建筑美学,又赋予了塔身更深的层次感。此塔不仅造型秀丽,更兼气势雄伟,融合了南北建筑之精髓,给人以基础稳固、端重稳实之感。它雄踞于古运河进出扬州的咽喉要道之上,自落成之日起,便成为了船舶进出扬州的显著标志,见证了扬州漕盐业和古城数百年的沧桑巨变与兴衰历程。

此外,文峰塔还承载着深厚的历史文化底蕴。唐代高僧鉴真大师曾在此地六次启航东渡日本,这一历史事件更为文峰塔增添了几分神秘与庄严。如今,当我们站在这座历史悠久的古塔之下,不仅能感受到它那独特的建筑魅力,更能深刻体会到它所承载的丰富历史与文化内涵。

塔前立有一石碑,其上以隶书镌刻着"古运河"三个大字,左侧则刻有小字,记载着唐天宝二年(公元743年),鉴真大和尚命弟子抵东河造船,准备首次东渡的历史事件。登上文峰塔,远眺四周景色,塔下殿宇宁静祥和,运河水波荡漾,一动一静,相映成趣,令人心旷神怡。

在三湾之北，矗立着一座占地广阔、气势磅礴的宏伟建筑——中国大运河博物馆，其占地面积高达200亩，总建筑面积则约为8万平方米。这座博物馆不仅是文物保护、科研展陈与休闲体验等多元化功能的集大成者，更作为大运河国家文化公园建设的璀璨明珠，彰显着地方现代化综合性博物馆的非凡风采。

中国大运河博物馆和大运塔

博物馆内部，一座巍峨挺拔的宝塔——大运塔，以其112.3米的傲人身姿，成为了众人瞩目的焦点。大运塔与大运河的主题交相辉映，其设计灵感源自唐塔风格，地下设有一层，地上则巧妙地分为九层，并巧妙地融入了两个暗层，独具匠心地采用了钢架与玻璃作为主要构建材料，从而成为扬州历史上首屈一指的透明宝塔。作为扬州运河沿线上最为"年轻"的塔，大运塔以其独特的地理位置和视角，为游客们提供了一处俯瞰古运河三湾风光的绝佳平台。

而在大运塔的东南侧，扬州中国大运河博物馆的顶部，五座亭子以错落有致的布局点缀其间。其中，四座方形亭子分别矗立于四个角落，而顶部中央则是一座圆形景观亭，犹如众星拱月般环绕着中心。从空中俯瞰，这五座亭子共同构成了一幅"五亭拱月"的绝美画卷，为博物馆的整体景观增添了一抹浓郁的文化气息和韵味。

最后一座天中塔，矗立于三湾下游的高旻寺内，其历史可追溯至清顺治八年（公元1651年），乃由吴惟华主持兴建，旨在镇锁运河、缓解水患，为江北民众祈求和平安定、风调雨顺。天中塔竣工后，塔庙相继落成，此举不仅开启了清代高旻寺的建寺新篇章，亦为文人墨客提供了丰富的创作灵感。昔日,清人曾以诗颂扬此塔:"宝塔一层灯一层,灯光直上天光下。一更二更灯初红,照见隔水清芙蓉。十里五里灯尚见,明星隐约疏林中。"然而,不幸的是,清道光二十四年(公元1844年),塔体倒塌,此后未曾重建。

时至二十世纪九十年代初,高旻寺的德林大师心怀宏愿,立志重建"天中塔",并诚邀国内著名的古建筑专家潘德华先生担纲设计重任。新落成的天中塔,承袭了清代建筑风格,其主体结构巧妙地融合了钢筋混凝土材质,呈现出八面九级的巍峨之姿,高度直逼88米之巅。塔身之上,精心雕琢的石刻法华经全篇镶嵌其间,洋洋洒洒万余字,无一处拼接痕迹,堪称举世无双的艺术瑰宝,既彰显了古代文化的博大精深,又体现了现代工艺的巧夺天工。

三塔以三湾为中心,错落有致地沿线性分布,共同编织出一幅三塔映三湾的绝美画卷,成为了古运河水利风景区内最为耀眼夺目的标志性景观之一。

古运河,这条历经千年风雨沧桑的河流,不仅见证了昔日人文荟萃、交通繁荣的辉煌历史,更展现了今朝河湖安澜、文化繁荣的繁荣景象。三湾之地,从往昔"舍直改弯"的水利智慧遗存,到如今生态改造后的焕然一新,生动诠释了中国人民尊重自然、利用自然、改造自然的伟大实践。这一转变,不仅彰显了人类与自然和谐共生的深远智慧,更体现了时代发展与生态保护并重的先进理念。

如今,三座古塔巍然屹立,古老的运河宛如一条晶莹剔透的玉带蜿蜒流淌,景色美不胜收。这一景象不仅见证了文脉的绵延不绝、城市的日新月异、传统的推陈出新,更见证了"让古运河焕发新生"的当代壮举。在新时代的浪潮中,这一独特景观正书写着千年运河的辉煌新篇章,为后世子孙留下了一笔璀璨夺目的文化遗产。

上海人的蓝色梦

碧海金沙水利风景区

碧海金沙水利风景区,坐落于上海市奉贤区海湾旅游区。景区总面积达到2.94平方公里,其中沙滩面积占1.3平方公里,包括30米宽的海边树林和50米宽的金色沙滩,为游客提供了广阔的活动空间。碧海金沙是全国知名的早期开发的人造沙滩海滨浴场,也是上海一处难得的可供游玩的蓝色海域。景区有8万平方米沙滩,海水经沉淀除菌处理,保障游客游泳安全舒适。景区在海塘保滩工程上开发,融合护滩保塘与休闲娱乐,实现社会、经济、文化三重效益。

2007年,碧海金沙水利风景区被水利部批准为国家水利风景区。

碧海与蓝天交相辉映，金色的沙滩绵延至远方，在上海这座璀璨都市的边缘，一幅优美的临海画卷悄然铺展。这片海域以其无尽的魅力，将上海人深藏已久的蓝色幻想逐一实现。

踏足于细软如绸的沙滩之上，脚下是温暖而细腻的金沙，耳畔则是海浪，轻柔而有节奏地拍打着岸边，携带着海洋独有的清新与活力，令人流连忘返。

上海，这座充满现代气息的国际大都市，凭借其独有的韵味，吸引了无数旅人慕名而来。然而，在这片繁华似锦的土地上，海洋的壮丽景色更显珍贵与独特。如今，这片临海的美景终于得以全面展现，为忙碌的都市人提供了一片宁静与放松的避风港。

沙滩皮划艇

站立于海边，极目远眺，只见碧波万顷的海面上，阳光洒下点点金光，波光粼粼，宛如无数颗璀璨的宝石在轻轻闪烁，美得令人窒息。远处的海天一色，界限模糊，仿佛将人的视线无限拉长，引领着人们去感受大自然的辽阔与壮丽。海风轻拂面颊，带来一丝丝咸湿的海水气息，让人仿佛穿越到了一个全新的世界，心灵得到了前所未有的洗涤与净化。

在这片辽阔的海滩上，游客们或嬉戏玩耍，或悠然漫步，或静坐冥想，每个人都深深沉醉于这片蔚蓝海洋的壮丽景色中，享受着这份难得的宁静与安详。孩童们在细软的沙滩上忙碌地堆砌着沙堡，欢声笑语此起彼伏；情侣们手牵手，漫步在波光粼粼的海边，共享着浪漫温馨的时刻；而老人们则安详地坐在沙滩上，脸上洋溢着幸福的笑容，仿佛沉浸在往昔的回忆之中。

此外,这片充满魅力的海滩还吸引了无数摄影爱好者的目光。他们手持相机,精准捕捉海浪拍击岸边的瞬间,定格夕阳下金色沙滩的辉煌,记录下人们在海滩上欢聚的每一个温馨场景。这些照片不仅仅是海洋美景的展现,更是人们对大自然无限敬畏与热爱的深情传递。

这片临海的美景不仅实现了上海人对于蓝色梦想的追求,更为这座城市增添了一抹独特而迷人的色彩。它让人们在繁忙的都市生活中找到了片刻的宁静与放松,也让人们更加珍惜大自然的恩赐与馈赠。

置身于这片景区之中,人们仿佛穿越了时空的界限,置身于祖国南端那幅瑰丽的画卷之中。眼前,碧波荡漾的海水与金黄色的沙滩交相辉映,构成了一幅令人心旷神怡的自然美景。在这片宁静的海域里,人们可以暂时忘却都市的喧嚣与繁忙,找回久违的宁静与松弛。

然而,在这美丽的海滩之下,却隐藏着一个令人瞩目的护滩工程。这项工程并非简单地防止海浪侵蚀,而是经过精心设计与施工,旨在实现生态与景观的双重效益。护滩工程的设计者们巧妙地将自然元素与人工结构相融合,既保护了海滩免受风浪的侵袭,又使得整个景区更加和谐美丽、引人入胜。

自古以来,我国明代便已有"守堤不如守滩""滩存而堤固"的宝贵经验总结。这一思想强调了护滩工程的重要性,旨在从根本上解决护堤问题。通过构建坝垛以护岸、依据岸线形态确定弯道走向、利用弯道引导水流等手段,人为干预河道形态,调整河流流向与

景区入口

流速，有效控制中水流量，稳定中水河槽形态。这些措施不仅保护了河滩、稳固了堤防，更达到了维护防洪安全的目标。

作为长江下游最具规模的城市之一，上海市政府始终致力于护滩工程的探索与实践。他们积极投身于护滩工程的建设之中，并不断创新方法、总结经验。在不懈的努力下，上海市政府成功打造出一片极具魅力的海滨风光：平坦宽广的踏浪滩涂、历史悠久的华亭石塘、宽敞舒适的海滨浴场以及气势磅礴的各式楼阁等景观交相辉映、美不胜收。

得益于其得天独厚的地理位置和丰富多彩的旅游资源，海湾旅游业得以蓬勃发展。每年有数十万游客慕名而来，只为亲眼目睹这片清澈见底的蔚蓝海域和美丽迷人的海滨景色。广阔无垠的大海与绚丽多彩的海滨风光和谐相融，构成了一幅无须过多修饰的天然风景画卷。这幅画卷不仅为画家们提供了无尽的创作灵感与素材，更为广大游客带来了无尽的惊喜与感动。

为积极响应国家护滩保塘工程的号召，并致力于打造家门口的蔚蓝海域，上海市政府已将奉贤海湾旅游区的建设纳入上海市旅游发展三年行动计划之中。在此背景下，海湾人民深感责任重大、使命光荣。他们以科学严谨的态度和积极向上的精神风貌投入海湾旅游区的建设之中去。他们精心规划、精心建设、精心管理着这片海域的每一寸土地和每一个

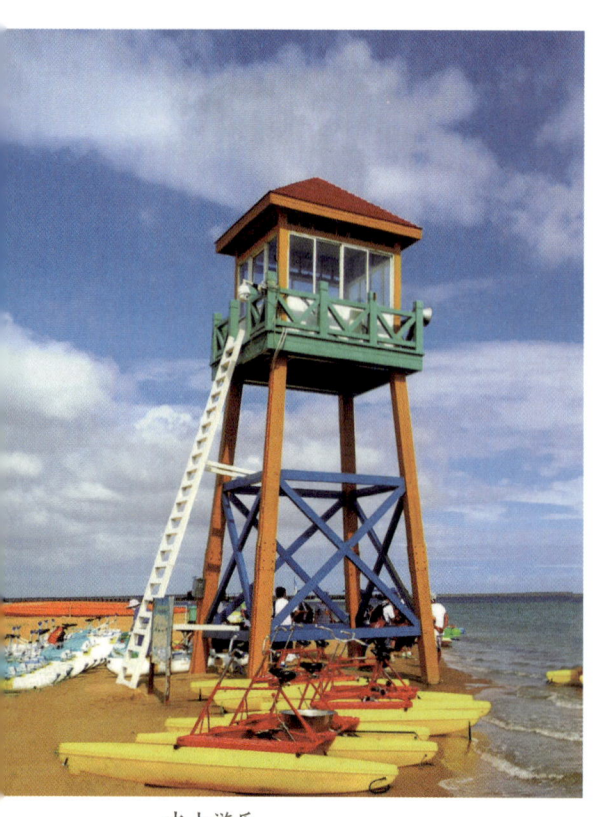

水上游乐

景点。他们的努力与付出不仅为上海市的旅游事业增添了新的亮点和活力,更为广大市民和游客带来了更加美好的旅游体验和更加丰富的精神文化生活。

水上快艇

为了保障项目的稳步推进,海湾人民精心挑选了金汇港东部滩面一块面积为2.94平方公里的区域作为试验区。在市、区水务部门的技术鼎力支持下,景区紧密结合海塘保滩的实际需求,成功实施了"碧海金沙"工程,为家门口的蔚蓝海域建设奠定了坚实的基础。

南汇人工半岛与东滩围垦工程以及长江口深水航道整治工程均取得了令人瞩目的成就。保滩顺坝在竣工后,经受了"麦莎""卡努"等台风的严峻考验,其工程效益逐渐彰显,并为碧海金沙人工沙滩的实施积累了宝贵的经验。

如今,得益于堤坝的坚固保护,碧海金沙展现出更加迷人且优雅的景致。在蓝天白云的映衬下,堤坝与浩瀚的海洋相互辉映,构成了一幅宛如诗画的壮丽景象,彰显出与都市截然不同的独特韵味。

基于保滩工程的圆满成功与顺利交付,"碧海金沙水上乐园"在此基础上进行了进一步的扩建与提升。乐园新建了东侧堤和两条隔堤,巧妙地将整体区域划分为三大功能区。西区占地142.21公顷,作为海水运动中心,为游客提供了丰富多彩的水上运动体验;中区占地74.05公顷,设置为沙滩区,并根据水深不同划分了深浅水区,以满足不同游客的娱乐需求;东区占地41.51公顷,规划为海水沉淀区及海上垂钓区,为游客

上海人的蓝色梦 • 429

景区航拍

提供了更多元化的休闲选择。

当游客登上游艇，在波涛汹涌的海面上眺望远方时，洁白的浪花如同忠诚的卫士，默默守护着游人的航程。沿途的波浪随着船只的航向轻柔地扩散开来，温柔地环绕着船只，默默指引着前行的方向。

西区充分利用了奉贤海岸线得天独厚的自然条件，包括其相对稳定的岸线、平坦坚硬的沙滩、咸润的海水以及充足的阳光等。结合海塘保滩工程，景区新建了海水运动中心，成功打造出一流的旅游资源精品。这不仅推动了上海海上运动产业的蓬勃发展，还有望形成新的海岸经济产业，为农村城市化进程注入了新的活力。此举不仅为海湾旅游区聚集了人气，也为招商引资奠定了坚实的基础。

"碧海金沙水上乐园"自首次亮相以来，便赢得了无数上海市民的喜爱。乐园凭借科学合理的景区规划、完善的基础设施、便捷的交通条件、独特的滨海风光以及丰富多彩的活动内容，成功吸引了四面八方的游客前来体验其魅力。作为夏日度假休闲的理想之地，"碧海金沙水上乐园"以其卓越的品质和独特的魅力,不断吸引着人们的目光与脚步。

乐园的结构布局被精妙地划分为三大层次。上层乃是一片匠心独运的人造绿地,它沿着防汛墙悠然铺展,绵延逾1300米之距,更向外扩张30余米,绿意盎然,总面积高达约4.5万平方米。在这片盎然生机的区域里,树木葱翠挺拔,繁花似锦绽放,共同编织出一幅生动绚烂的自然画卷。其间,木墙板与蓝屋顶的巧妙融入,既为景致添上了几分独特韵味,又毫不突兀,使得整体环境和谐而统一,美不胜收。

绿地与沙滩之间,一条长达1080米的木栈道蜿蜒曲折,为游客们开辟出一条悠然漫步的绝佳路径。漫步其上,蓝天碧海、绿树红花交相辉映,让人尽情沉醉于大自然的怀抱之中,感受无尽的美丽与宁静,心灵得以彻底释放。

尤为值得一提的是,绿化带的建设非但未曾对原有资源造成丝毫破坏,反而对保护海塘、改善盐碱地环境起到了积极的推动作用,进一步提升了乐园的生态品质与观赏价值,成为了乐园中一道亮丽的风景线。

中层则是精心打造的人工沙滩,它自绿化带向外自然延伸50多米,面积广阔,达到了8万平方米。金色的沙滩上,五彩缤纷的遮阳伞如繁星点点,游客们沐浴着温暖的阳光,尽情嬉戏于海浪之间,构成了一幅绝美的海滨风光画卷。

而下层,则是那片深邃而广阔的蓝色海域。它宽达520米,总面积更是高达59.60公顷,波澜壮阔,令人心旷神怡。

然而,鉴于奉贤杭州湾水域富含泥沙,致使海水呈现出泥黄色,当地政府巧妙地利用科技手段,先将海水引入东区,经过自然沉淀后,再排入中区。历经3至5日的沉淀过程,中区的水质焕然一新,随后被重新排放入海,同时引入清澈的新水。这一过程循环往复,不仅确保了亲水活动的安全卫生，更促进了水体的循环流动，有效保护了水环境。

放眼望去，一片碧蓝透明的海水与色彩斑斓的泳装交相辉映，白云朵朵与白帆点点相互衬托，为这悠闲的海滨增添了几分热闹与活力。清澈的水面如同镜子，倒映出水底的动植物与天空的景致，形成了一幅别具一格的美丽画卷。"碧海金沙"以其丰富多样的水上、沙滩活动为主要项目，辅以地面娱乐、美食与休憩设施，让游客们尽情享受海滨的无限乐趣。

水上活动区域广阔，其中包括了面积达6万平方米的宏大游泳场，以及各式各样的自划充气式船、儿童气艇、坐骑、游泳圈等水上玩具。此外，还有脚踏船、吹气躺椅、水上三轮车等趣味横生的水上项目，让游客们目不暇接，总能找到心仪的活动。而在绿地沙滩上，休闲娱乐活动同样丰富多彩，游客们可以开沙滩车驰骋，打排球、踢足球，或是搭建帐篷、品尝小吃，尽情享受海滨的悠闲时光。很快，"碧海金沙"便成了长三角地区游客度假的热门选择。

"碧海金沙"还凭借其得天独厚的场地资源，成为举办各类帆船帆、板比赛的绝佳场所。在这里，选手们在碧海蓝天的壮丽景色中奋力拼搏，展现了卓越的竞技水平，使得比赛激烈精彩。而岸上的观众们则能全身心地投入到观看比赛中，为选手们加油助威，同时欣赏到海边的无限风光，享受一场视觉与心灵的双重盛宴。

碧海金沙张开怀抱，热情迎接八方来客，将碧海蓝天与金色沙滩的绝美画卷变为现实，填补了上海旅游产业结构中滨海旅游度假的空白，

游客广场

极大地丰富了上海的旅游资源，同时也圆了上海人长久以来深藏于心的蓝色梦想。

在海中，游人畅游嬉戏，游艇穿梭往来，摩托艇风驰电掣，尽显速度与激情。金色沙滩在阳光的照耀下更显风情万种，海水轻轻拍打着沙滩，仿佛与沙滩若即若离，游人或悠闲地享受日光浴，或沉浸在沙滩运动的乐趣之中。沙滩北面，一条由棕榈等热带植物构成的翡翠长廊蜿蜒伸展，踏上木栈道穿行其中，不禁让人恍若置身于南国异域。蔚蓝的海水、金色的沙滩、翡翠般的长廊，三者交相辉映，共同演绎着浪漫的热带风情，同时也改写了上海有海无景的历史。在上海南部地区，一个集观光、休闲、度假于一体的游览区应运而生，成为连接长三角地区旅游产品的重要纽带。

对于奉贤海湾旅游区而言，其以濒临杭州湾、回归大自然为基调，精心打造了一系列生态旅游产品，包括沐海风、观海景、玩海水、品海鲜、放风筝、乘游艇等，为培育世界级旅游品牌、发展都市型旅游产业、建设国

水上帆船

际化旅游都市奠定了坚实的基础。

在普通人眼中，碧海金沙水利风景区或许只是一个普通的景区建设工程，但对于上海人民而言，它却是一项意义非凡的水利工程，为上海人民带来了实实在在的福祉。清澈的海水与碧蓝的天空交相辉映，构成了一幅令人心旷神怡的画卷。上海人民终于实现了他们多年来的蓝色梦想，在繁华的魔都海岸边建造出了一座海的乐园。顺堤稳固，长河流淤得以控制；护滩伟业，铸就了这片碧海金沙的壮丽景象！

古城处处皆水景

松江区松江生态水利风景区

松江区松江生态水利风景区地处上海的西南部,是全国唯一以行政区域命名的水利风景区,面积604平方公里。松江,这座拥有深厚历史文化底蕴的古城,历经1200多年的沧桑岁月,古文化遗迹遍布全境,素以"唐、宋、元、明、清,从古看到今"之盛誉闻名遐迩。松江生态水利风景区以生态、景观、文化、休闲和旅游为核心,打造"山城连景、水系畅通、回归自然、休闲度假、体现特色"格局。北部区域有12座山峰,其中佘山为上海独有的山地景观,为上海市增添了自然魅力。

2003年,松江区松江生态水利风景区被水利部批准为国家水利风景区。

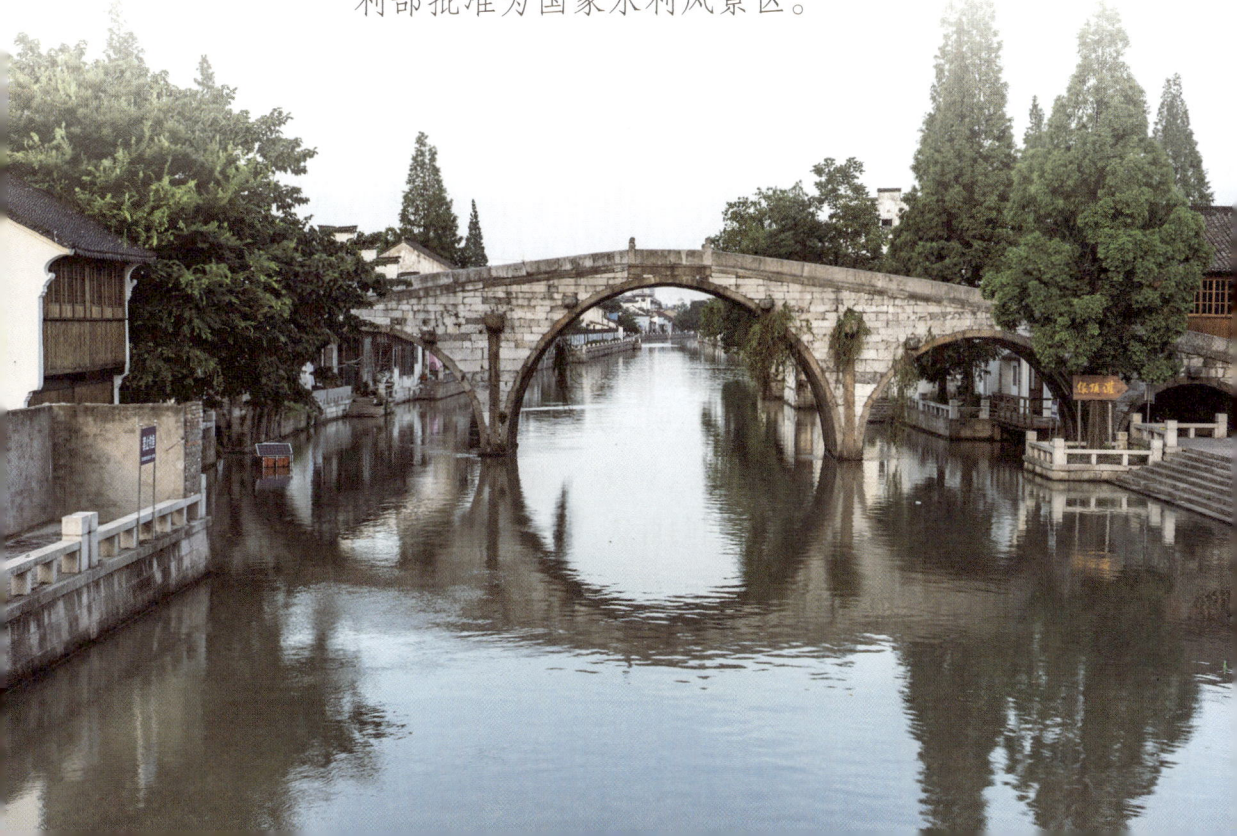

华亭新韵

　　古城松江，古韵悠长，彰显着独特的气象。它虽坐落于繁华的现代都市上海之中，却深藏着丰厚的历史底蕴与文化内涵，宛如一颗璀璨的明珠镶嵌在都市的繁华之中。松江，古称华亭，又名云间、茸城、谷水，自古以来便是江南的鱼米之乡，享有盛誉。

　　追溯至距今约6000年前的新石器时代，松江的先民便已在九峰三泖一带辛勤劳作，繁衍生息，留下了深厚的文化积淀。如今，松江景区坐落于长江三角洲的腹地，地处上海市的西南部，地理位置优越。作为上海连接长三角地区、辐射长江流域的重要枢纽，松江的地位非同一般，其发展轨迹与水资源紧密相连，因水而兴，因水而繁荣。

　　松江，这座拥有近1300年历史的古城，文化底蕴深厚，古文化遗迹遍布全城，赢得了"唐、宋、元、明、清，从古看到今"的美誉。依托其丰富的历史文化资源，景区以生态、景观、文化、休闲、旅游为核心，精心打造了"山城连景、水系畅通、回归自然、休闲度假、体现特色"的总体布局，为游客呈现出一幅幅动人的画卷。

尤为引人注目的是，在景区的北部，矗立着佘山等十二座巍峨的山峰，它们形态各异，独具魅力，共同构成了上海地区独有的山地景观。这些山峰不仅为游客提供了无与伦比的观景点，更带来了非凡的视觉盛宴和心灵的触动，使人们在喧嚣的都市生活中寻得一片宁静与美好。

松江区的水资源隶属于黄浦江水系，其上游汇聚了淀山湖、太湖以及浙北天目山等地的水源，最终汇入黄浦江，流向江海。这里河渠密布，池塘点缀其间，充分展现了典型的水网地貌特色。尤为特别的是，流经此地的所有河流均为感潮河段，昼夜间会经历两次壮观的涨潮与落潮，自然奇观令人叹为观止。

松江以其纵横交错的河流而闻名，素有"泄洪走廊"之称。在雨季，河水汹涌澎湃，以磅礴之势冲击着两岸，激起层层翻滚的浪花，仿佛大自然正在演奏一曲专属于松江的交响乐。然而，由于地势低洼，松江地区在历史上时常遭受水患的侵扰，雨季时易发生水涝灾害，给当地带来不小的损失。

为了攻克这一长期困扰的难题，松江区政府与上海市政府紧密合作，积极规划并加大投入力度，致力于将"水患"转化为"水资源治理"的成功典范，旨在将松江塑造成上海市的璀璨旅游明珠和展示窗口。

经过前期的精心规划与周密部署，松江区政府秉持着城乡统筹、一体发展的核心理念，科学地将全区划分为"一轴、两带、六廊、八片"的布局结构，并依托发达的交通网络和生态廊道等手段，稳固了区域空间格局，以更好地适应松江发展的新时代需求。

基于新中国成立以来多年水利建设的坚实基础，近年来，国家、市、区三级政府共同筹集了高达5.4亿元的资金，专项用于黄浦江的治理工作。经过精心策划和高效实施，黄浦江的防洪标准已从原先的20年一遇显著提升至如今的50年一遇，显著增强了该区域的防洪能力。

富林河

  自1997年起，松江区持续投入巨资，全面启动了流域整治、截污治污、引水清源等一系列系统工程。经过不懈努力，流域防洪标准再次由原先的50年一遇提升至100年一遇，充分展现了松江区在水利建设领域的卓越成就。多年的"大禹治水"行动，不仅有效提升了区域的防洪能力，还强有力地推动了松江区生态水利风景区的建设与发展，为区域的可持续发展奠定了坚实的基础。

  竣工后的松江生态水利风景区，已完美融入整座城市，成为一处令人向往的风景名胜区。如今的松江水利风景区，广袤无垠，覆盖了605平方公里的壮丽疆域，其中汇聚了无数生态河道与景观河道，它们与上海独有的山林资源——佘山等九峰相互映衬，共同绘制出一幅动人心魄的山水画卷。山川相依，江水与远处的峰峦遥相呼应，构成了一幅和谐共生的自然美景，令人心旷神怡。

  在碧水蓝天的交界处，几座山峰若隐若现，它们巧妙地掩映在林立的高楼之中,为这座城市增添了一抹自然的灵动与韵味。江水汇聚成滔滔大江,浩瀚的黄浦江自松江境内蜿蜒流淌,形成壮阔的干流,向东奔腾不息,展现出一种睥睨天下的雄浑气势,令人叹为观止。

尤为值得一提的是,松江新城区内河道纵横交错,构成了一幅幅美丽的水景画卷。从空中俯瞰,这些水道宛如一张精心编织的网格,既展现出井然有序的布局之美,又透露出一种杂乱而富有韵味的独特魅力,为城市平添了一抹别样的风采。

古城风韵是松江水利风景区的一大特色。这里遗留着众多名胜古迹,每一处都蕴含着丰富的历史文化气息。漫步在松江的街头巷尾,人们可以轻松地感受到江南地区的古韵古风,仿佛穿越时空,与千年前的古人进行了一场跨越时空的对话。松江作为一座具有悠久历史的文化古城,历经秦建镇、唐置县、元升府的沧桑变迁,各种不同风格的文化古迹遍布全区。在古迹之中游览,触摸着石壁之上斑驳的痕迹,跨过见证着无数历史变迁的门槛,游人仿佛与古人来了一场意外的邂逅。

景区内还汇聚了众多珍贵的文物古迹,如宋代的方塔、明清时期的古典园林醉白池、唐代的经幢以及明代的古桥大仓桥等。宋方塔历经近千年风雨洗礼,仍屹立不倒,它承载着宋代的文雅气息,为繁忙的都市注入了一抹独特的文化韵味。大仓桥横跨江面,连接着两岸的人们,游人在这座古桥之上来回穿梭,感受着古桥独有的历史沉淀与岁月沧桑。

松江,被誉为"上海之根",享有"唐、宋、元、明、清,从古看到今"的盛名。作为典型的江南水乡,松江拥有独特的水系布局,其千条河道交织成一幅如诗如画的水乡画卷。松江地处黄浦江上游,这条上海的"母亲河"在此发源,其干流贯穿松江,形成了独特的水上风景线。城乡间河网密布,水系发达,黄浦江奔腾东去,更添松江之壮丽。

松江不仅水系发达,更是上海唯一拥有山地景观的地区。浙江省天目山余脉延伸至松江,受大陆挤压隆起,形成了佘山、天马山等九峰十二山,它们连绵起伏,宛如一幅天然的山水画卷。山后蓝天与青峰交相辉映,构成一幅绝美景致,被誉为"九峰三泖"。湖水温柔地环绕着群山,刚柔并济,含蓄中透露出傲气,吸引着无数游人前来观赏。

松江的水利景观各具魅力,佘山的"月湖"水系景观尤为突出,湖水如一轮明月镶嵌在大地上,美不胜收。松江新城的水系景观则展现出"洋气"之美,水路蜿蜒曲折,带着一种漫不经心的韵味,却又令人瞩目。而松江老城的水系景观则充满了古朴气息,小桥流水人家,尽显江南温婉风情。

作为"上海之根",松江拥有丰富的水文化内涵。泗泾古镇、仓城历史风貌区等沿河流发展而来,形成了"水巷小桥多,人家尽枕河"的独特风貌。人们逐水而居,因水而生,水成为了松江景区的生命线。这些沿河而建的街镇,小桥、流水、人家相映成趣,蕴含着丰富的历史文化特色。

"浦江之首"石

在松江区石湖荡镇的东夏村,一块形似庞大战舰的三角洲自"入"字形的河面猛然突入江心,其"船头"所在,正是黄浦江的起点,被誉为"浦江之首"。

作为上海市首屈一指、以全区范围命名的国家水利风景区,自2003年荣获水利部授予的殊荣以来,松江水利风景区在二十余年的时光里,精心打造了一系列与水元素紧密相连的景观亮点,并创新推出了"河湖可阅读"项目,引领着人们深入探寻水文化的奥秘。

沿闵塔路向西行进,转而步入斜塘江畔的乡村小径,一座题有"浦江首幡"的飞檐牌坊映入眼帘,这便是"浦江之首"景区的神秘入口。

步入景区，一座小巧而雅致的江畔公园展现在眼前，银杏、槐树、垂柳等绿树成荫，与石拱桥、三曲桥交相辉映于池塘之中，偶尔有三五游人漫步其间，为这静谧的画面增添了几分生机与活力。

月湖一景

漫步穿过郁郁葱葱的公园，驻足于三角洲之上，眼前豁然出现一块巍峨的巨石，其上镌刻着"浦江之首"四个大字。面对这块巨石，左侧是通往江苏苏州市的拦路港，右侧则是流向浙江嘉兴的红旗塘，而正前方，正是黄浦江的源头，从这里开始，它奔腾向前，绵延近百里。

值得一提的是，这里遍布着富有深意的标识。其中，两个"00+000"的标记，象征着拦路港（泖河—斜塘）与红旗塘（大蒸港—圆泄泾）在此交汇，共同孕育出了一条全新的河流——黄浦江。而巨石上"浦江之首"的"首"字，更是别具匠心，多出的那一点，据松江区水务局介绍，是艺术家精心设计的杰作，它代表着三条不同的河流在此汇聚，寓意着塘、泾汇流之处，终将成为浩瀚壮阔的大江。

"浙溪震泽，徽徽乎二水并；九峰三泖，汤汤乎图卷一。""辟沪渎于鸿蒙，揽东溟之苍碧"，现代人陈鹏举一曲古韵绵长的《浦江之首赋》，娓娓道来"浦江源"的悠悠岁月与辉煌今朝。立于此地，但见水面烟波浩渺，船影穿梭其间，江风习习，江波悠悠，一派雄浑壮丽的景致尽收眼底。

转身回望，身后的航标灯塔巍然矗立，水文化馆静谧庄严，而远处的涵养林区郁郁葱葱，渔村蟹庄隐约可见，共同勾勒出一幅令人心旷神怡的休闲画卷。那航标灯塔背后的"春申堂"，其名源自战国时期的"四公子"之———春申君,这背后隐藏着一段关于黄浦江的悠久历史。

原来,黄浦江并不是天然河流,而是人工连通、疏浚多条河流而成的河流。上海地区,春秋属吴。战国先后属吴、越、楚,曾是战国四公子之一春申君黄歇的封邑。黄歇抵达封地后,面对频发的水患,毅然决然地发起了大规模的治水工程。他精心策划,凿通了河道,使得太湖与长江得以顺畅沟通,从而极大地缓解了太湖周边地区的水灾压力。由于春申君黄歇的卓越贡献,这条人工河逐渐获得了多个名字,包括黄浦塘、大黄浦、黄歇浦以及春申江,最终在清朝时期被正式定名为黄浦江。而上海这座城市,其别称"申",亦是源自这位伟大的治水英雄——春申君。

时至今日,浦江之首已成为一处备受瞩目的国家3A级旅游景区,其背后凝聚着无数治水人的辛勤与智慧。据悉,自2021年起,浦江之首便启动了绿道建设项目(一期)工程,对景区周边的绿化环境进行了大规模的更新与改造,新增绿化面积高达45731平方米,同时优化了园路及铺装场地面积达4594平方米。此外,还顺利完成了土方工程、雕塑小品、照明工程、标识设施等一系列辅助配套工程。

而自2022年10月起,浦江之首区域内更是启动了针对5条河道(申源河、沈家浜河、沈家东河、夏圩河、东三河)的水环境整治工程,河道轴线总长度达4.3公里,涉及排水沟27条,林地排水沟36条等,进一步提升了区域内的生态环境质量。这一系列久久为功的治水举措,不仅让浦江之首焕发出了新的生机与活力,更为游客们提供了一个更加美丽、宜人的旅游胜地。

以黄浦江为轴线,串联起1646条(段)错综复杂的水系网络,依托上海深厚的历史文化底蕴,共同编织出一幅山水相依、人水和谐共生的云间水乡画卷,为松江国家生态水利风景区增添了无限风光与魅力。

在此,浦江烟渚的朦胧、泗水汇波的壮阔、跨塘乘月的浪漫,这些蕴含着悠久历史底蕴的景观节点交相辉映；同时，英伦印象的时尚、五龙戏水的灵动，则展现了现代风情的独特魅力。随着五大新城山水云环建设的推进，秀春长堤的蜿蜒、油墩河谷的幽深、松浦大观的壮观等一大批新兴景观节点将依水而生，逐步构建出市民身边的幸福河湖体系。

松江国家生态水利风景区不仅以其独特的景观风貌吸引了众多游客的目光，更在景观效益、生态效益、社会效益和经济效益方面发挥了显著作用。2006年，该风景区管理委员会荣获水利部授予的先进集体荣誉称号，这既是对其过去成绩的肯定，也是对未来发展的期许。

故而，松江区水务局精心策划并推出创新项目，旨在引领市民亲身体验与探索身边的河湖美景。该局借鉴了"建筑可阅读"项目的成功经验，将河湖可阅读项目逐步拓展至全区范围内的美丽河湖及景观节点。通过多元化的线上展示手段，包括视频、图片及详尽的文字描述，居民只需简单地使用手机"扫一扫"功能，便能轻松揭开河湖背后的历史面纱，深入了解其丰富的水文化及专业知识。

"浦江之首"三角洲

此外，松江区水务局还积极拓宽公众参与治水的渠道，在"松江河长"微信公众号内巧妙地嵌入了"上海水务有奖举报小程序"以及水利部"12314"举报平台。用户只需访问"松江河长"微信公众号的"观水知事"栏目，并轻点"有奖举报"按钮，即可便捷地进入该小程序。此举极大地鼓励了市民利用随手拍摄的方式，积极反馈涉水违法线索及问题,从而凝聚起全民参与河湖管护的强大治水合力。

松江区水务局始终坚守水生态文明建设的坚定信念,持续发挥松江全域作为国家生态水利风景区的示范引领效应。为加速推动区域景观的提档升级,该局正紧锣密鼓地推进包括松江市河(鲈乡遗韵)在内的多个重点项目落地实施。与此同时,新城绿环主贯通道水系建设也已全面启动,并积极融入"油墩河谷"松江段的开发进程中。依托生态清洁小流域的独特优势,松江区水务局正精心打造一个与松江水生态肌理紧密相连的"山水云环"新型水系格局,旨在为市民营造一个更加优美宜人的水生态环境。

在现代水生态建设的宏大背景下,松江不仅追求水质的清澈透明,更致力于水景的美丽动人;不仅重视自然生态的保护,还注重人文景观的营造。松江生态水利风景区的建设不断融入和丰富水的文化内涵,实现从水清到水美,从自然到人文,从基本功能到附加价值的全面飞跃,最大限度地发挥水资源的综合效益和价值。

松江的景区巧妙融合了古代与现代、东方与西方的美学元素,矛盾之美在此得到了淋漓尽致的展现。游人漫步于这蜿蜒曲折的水路之间,深刻感受到山水相依、人与自然和谐共生的满足与愉悦。

唱不完的太湖美

湖州市太湖水利风景区

　　湖州市太湖水利风景区位于湖州市区北部，太湖南岸，弁山东麓，大钱港以西，下辖仁皇山、滨湖两个街道。太湖资源优越，山水秀美，文化深厚。64公里南太湖岸线，隔望苏锡。太湖环湖大堤工程，现已成国家4A级旅游景区，集旅游、购物、休闲、度假、居住等功能于一体。景区内有长田漾湿地、黄龙洞、丘城遗址、法华寺、古木博物馆、黄金湖岸、月亮广场、月亮酒店、渔人码头等景观，其生态多样，有白鹭、野鸭群等稀有动物以及太湖特有的珍稀鱼类。

　　2002年，湖州市太湖水利风景区被水利部批准为国家水利风景区。

三万顷太湖，碧波荡漾，广袤无垠。即便蛟龙腾跃，鱼跃龙门，亦难掩其浩瀚之美。南太湖，这一片辽阔的水域，其岸线如龙蛇般蜿蜒曲折，首尾相连，绘制出一幅壮阔的水墨长卷。湖面宁静而深邃，虽不及大海的浩瀚无边，却自有一番宽广无垠的韵味，引人遐想。

如此宁静而美好的景致，离不开湖州市水利工程建设的不懈努力。湖州市始终紧抓重点项目这一"牛鼻子"，环湖大堤（浙江段）后续工程，这一国家级水利"明星"项目，同时也是太湖流域综合治理的"领头羊"，现已圆满竣工，实现华丽蜕变，在防洪排涝方面展现出卓越成效！

与此同时，苕溪清水入湖河道整治后续工程也毫不逊色，作为水利建设领域的又一"重量级选手"，该项目横跨湖州市本级及长兴、德清、安吉等多个区域。通过一系列精心策划与实施的措施，如合溪新港、横山港等入湖河道的精心整治，晓墅港河道堤防的加固，以及小浦闸等新建工程的落成，不仅显著提升了防洪排涝能力，更使湖州的水环境焕发出前所未有的清澈与美丽！

湖州，这座古老而充满活力的城市，其历史之悠久，犹如一部厚重的史书，让人沉醉其中。早在战国时期，楚国春申君黄歇便独具慧眼，在此

环湖大堤（长兴县段）

地筑城,始称菰城县,为这片土地添上了第一抹绚烂的色彩。这座古城见证了湖州千年的历史变迁与文化积淀,仿佛一部宏大的历史长卷,引人入胜。

隋仁寿二年(公元602年),湖州正式置州治,因紧邻太湖而得名,太湖的波光仿佛赋予了这座城市独特的灵动气质。自此,湖州之名犹如一颗璀璨的明珠,在历史的长河中熠熠生辉,引人瞩目。

湖州,这座文化的宝库,自古以来便是文人墨客的朝圣之地。唐代诗人杨汉公曾以"吴兴城阙水云中,画舫青帘处处通"的诗句描绘其水乡之美;宋代欧阳修则以"吴兴水晶宫,楼阁在寒鉴"来赞美其建筑的精致与湖光的清澈;清代郑板桥更是挥毫泼墨,以"六千三万太湖波,七十二峰高峨峨"的壮丽词句,展现了湖州自然风光的雄浑与壮美。这些诗句如同一幅幅精美的画卷,将湖州的美丽风光与人文景观展现得淋漓尽致。

除了文人墨客的笔墨传颂外,湖州的自然风光同样令人陶醉。太湖的碧波荡漾、湖光山色交相辉映,是大自然最为慷慨的馈赠。每当晨曦初露或夕阳西下时分,站在湖边感受那微风拂面、水波不兴的宁静与惬意,实乃人生一大乐事。

在现代社会中,湖州依旧坚守着对传统文化的热爱与传承,当地政府更是不遗余力地推动文化产业的发展,让广大民众能够深切感受到湖州独特的文化韵味。同时,湖州也勇于拥抱现代文明,不断推动经济社会的全面发展,为这座古城注入了新的活力与生机。

湖州,这座历史悠久的古城,不仅拥有丰富多彩的历史文化遗产和令人陶醉的自然风光,还孕育了众多才华横溢的文人墨客。

"更感弁峰颜色好,晓云才散已当门。"弁山,作为湖州市区主峰,与太湖一同承载着深厚的吴越历史文化底蕴。其主峰云峰顶,巍峨挺拔,海拔高达521.5米,被誉为环太湖地区的第一高峰。弁山的地形地貌独特而迷人,人文景观更是丰富多彩。据不完全统计,山中遍布着三岩六洞九寺十三院等众多名胜古迹,如庄严的法华寺、神秘的金井、清澈的玉涧、奇特的乳窦、古老的项王走马埒、幽深的黄龙洞、秀丽的秀岩以及壮观的龙岩等,这些景观各具特色,相互映衬,共同为弁山增添了无尽的魅力与风采。

弁山观日

自古以来,诸多文坛巨匠如王羲之、杜牧、苏东坡等皆在此地留下了传颂千古的诗篇,为弁山的人文景观增添了无尽的辉煌。此外,弁山还承载着诸多引人入胜的神秘传说,其中项羽的遗闻更是扣人心弦。《史记·项羽本记》中明确记载,项羽在江东之时,曾以弁山为军事要地,驻扎重兵。战败后,他悲壮自刎于吴江,后世尊称其为"弁山王"。颜真卿在任湖州刺史之际,其著作《石柱记》亦提及"项王庙",此古迹至今屹立于弁山风景如画之处,成为后人凭吊英雄、追溯历史的圣地。

弁山,以其绝美的自然风光与深厚的文化积淀,吸引了无数游人纷至沓来,沉浸于其神秘而庄重的氛围之中。于晴朗之日登临山顶,万里无云的壮阔景致尽收眼底。立于峰巅俯瞰太湖,心境豁然开朗,只见湖面波光粼粼,清风徐来,恰似正值青春年华的文人墨客,胸怀壮志,豪情万丈。

在弁山东麓的景区内,黄龙洞周边山崖之上,密布着众多书法大家的摩崖石刻。其中,"丈人峰"上的巨型石块上,明朝天师张宇初亲笔题写的"黄龙洞天"真迹依然清晰可辨,激发了世人无尽的探索欲望。黄龙洞,作为道教圣地之一,乃洞天福地之所在,其直径达14.8米,垂直深度更是有37米之深。洞内寒气逼人,深不可测,仅凭肉眼难以窥其全貌。然而,洞内钟乳石形态万千,奇妙无比,尤以"响石厅"最为引人入胜。在此厅中,钟乳石以特殊的方式排列,敲击之下竟能发出清脆悦耳的声响,甚至能组合成悠扬的乐章,令人叹为观止。

据古老传说记载,太湖自古以来便是一片充满灵气的水域,碧波荡漾,浩瀚无垠。在这片深邃的湖水之下,隐匿着无数生灵,它们各自修行,汲取着太湖的精华与灵气。其中,一条长期栖息于太湖深处的小黄鳝,得益于太湖的滋养,修行之路愈发精进。它每日勤勉修炼,不懈探索修行的真谛,心中怀揣着化身为龙、掌握风雨之力的梦想。

历经无数日夜的刻苦磨砺与不懈坚持,小黄鳝终于在一次雷霆万钧的修炼中,成功蜕变为一条能够呼风唤雨的黄龙。它腾空而起,化作一道耀眼的金光,直冲云霄,威震四方。自那以后,黄龙便成为了太湖中其他灵物的首领,引领它们共同守护这片水域的宁静与和谐。

太湖之地,钟灵毓秀,不仅孕育了无数生灵,也滋养了周边的百姓。百姓们依仗太湖的恩赐,家禽兴旺,五谷丰登,过上了富足而安定的生活。然而,随着时代的变迁,人们逐渐忘却了与自然和谐共生的道理,过度开采与破坏环境的现象时有发生。于是,太湖的水质逐渐恶化,昔日清澈的湖水变得浑浊不堪,"柴似金条,米如泥"的奇特现象也随之浮现。

天帝得知此事后,勃然大

太湖帆影

怒。他认为百姓们本末倒置，不遵循天地间的规则，于是决定降下神罚以示惩戒。一时间，太湖地区遭遇了前所未有的干旱灾害。连续几年的干旱使得湖水干涸，农作物枯萎无收，百姓们的生活陷入了绝境。他们四处寻找水源和栖身之地，却无处可去。

黄龙目睹此景，内心焦虑万分。他不忍目睹百姓们深陷苦难之中，遂四处奔波，寻觅解救之道。在黄龙的不懈努力下，终于感动了慈悲的观世音菩萨。菩萨心怀慈悲，应允黄龙之请，愿降甘霖以拯救苍生。同时，菩萨亦告诫黄龙须谨慎行事，以免触怒天帝而招致惩罚。

黄龙谨遵菩萨教诲，悄然潜入白雀居所以避风头。然而，天帝终究得知了此事的来龙去脉，勃然大怒，遂派遣天兵天将全力追捕黄龙。黄龙只得四处逃窜，以躲避天兵的穷追不舍。

在逃亡途中，黄龙偶至小梅山，见西南方有一大片白石，误以为此乃菩萨所指的避难之所。于是，黄龙鼓足勇气，破水而出，意欲前往那片白石。然而，此举却引来了天兵的注意。尽管黄龙英勇非凡，但终因势单力薄，不幸丧命于小梅山之下。

黄龙的离世，令当地百姓痛惜不已。他们无力反抗天庭的权威，只能在心中默默缅怀这位曾拯救他们于水火的英雄。为纪念黄龙的恩德，百姓们在洞头修建了"黄龙神祠"，将黄龙的事迹传颂千古，让后人永远铭记这位伟大而英勇的龙神。

在湖州弁山南麓的葱郁林木之中，法华寺巍然矗立。作为湖州四大名刹之一，法华寺在当地民众心中更有着"白雀寺"的美誉。据传此地与南朝禅宗道迹神尼有着深厚的渊源。道迹大师乃东土初祖达摩大师之高足，曾潜心研读《法华经》二十余年，期间常有白雀环绕其旁，聆听佛法。大师圆寂后，其灵骨所藏之宝龛竟绽放出青莲花，被视为吉祥之兆。梁武帝闻讯后，特命工匠建造法华寺以纪念大师之德行。

法华寺内设有三殿,其中大雄宝殿气势恢宏,飞檐翘角;真身殿内则刻有"青莲古涧"四字崖刻,并悬挂有寒山寺方丈性空大师亲笔题写的"真身殿"匾额。作为江浙一带的佛教圣地,法华寺香火鼎盛,信徒如云。每逢佛圣节,寺内香烟缭绕,三日不绝。

弁山法华寺

弁山历经数千年风霜洗礼,以其丰富的神奇树木资源而闻名遐迩。在这片古老的土地上,湖州与"木"之间结下了不解之缘。在弁山的山麓处,一座"古木博物馆"悄然立于其中,馆内珍藏着众多古老的"神木"。这些展品中既有上古世纪遗留下来的珍稀"硅化木"与"树化玉",也有大自然鬼斧神工下形成的形态各异的古木。它们无一不彰显着大自然的神奇魅力与无穷奥秘。

目前,这座博物馆内珍藏的古木艺术品已超过千余件,其数量之巨,堪称世界之冠。这些展品源自全国各地,涵盖了云贵、川藏及祁连山的"神木",长白山、松花江及黑龙江流域的"浪木",以及四川峨眉山景区中,历史可追溯至六千多年至四万年前的"乌木"等珍稀品种,它们无一不是举世无双的自然遗产瑰宝。

湖岸两侧,建筑布局错落有致,犹如一位匠心独运的园艺师精心绘制的画卷。小巧别致的近水楼阁、风格迥异的异域建筑群,以及那条引人注目的景观大道,相互映衬,共同编织出一幅和谐美丽的画面。滨湖大道宛如一条灵动的巨龙,紧紧依偎在太湖之畔,蜿蜒伸展,时而贴近湖面轻抚碧波,时而跃上山丘眺望远方,为这片美景增添了几分神秘与灵动。

漫步于大道之上,湖风轻拂面颊,带来大自然最温柔的抚慰。有时,在阳光的照耀下,太湖中银鱼的倩影跃然眼前。它们在水中自由自在地穿梭游弋,若隐若现,宛如大自然赋予的珍贵礼物。在阳光的映照下,这些银鱼银光闪闪,宛如一支支精致的玉簪,散发出神秘而诱人的光芒。

说到太湖银鱼,其背后的故事丰富多彩,数不胜数。其中,孟姜女与太湖银鱼的传说尤为引人入胜。相传,在秦始皇修建万里长城之际,孟姜女得知丈夫范喜良不幸遇难,被深埋于长城之下。她心如刀绞,悲痛欲绝,哭声震天动地,感天动地。据说,连神仙也被她的悲情所感动,长城竟因此坍塌了一大段。

秦始皇闻悉孟姜女之美貌,顿起贪婪之心,意图将其占为己有。孟姜女为报夫仇,假意应允,却设下三道难以逾越的关卡。秦始皇为得佳人,竟一一应允,毫不迟疑。出殡之日,孟姜女携亡夫遗骸,踏上前往江南水乡之路。始皇亦信守诺言,亲自为范喜良点燃烛火,斟酒致祭。然孟姜女心中悲恸难抑,终毅然投身太湖,化作一道绝美倩影,永留碧波之间。

刹那间,奇迹乍现!孟姜女的身体皆化为银光闪烁之小鱼,宛如身着素裳之孟姜女再现,飘逸而幽邃。它们于水中翩翩起舞,似在诉说其哀愁与坚韧。那些小鱼的明亮眼眸,更是仿佛在怒视始皇,欲为其暴行讨回公道。

太湖银鱼

太湖银鱼是该湖的标志性生物。其身长逾二寸,形态略圆,精美绝伦。银鱼之肉质细腻柔滑,味道鲜美异常,且富含钙质与多种微量元素,营养价值极高。

每当人们细品太湖银鱼的鲜美之际,或许会在味蕾的触动下,忆起那个凄美动人的传说。那些闪烁着银光的细小鱼儿,宛若孟姜女的化身，悠悠地诉说着跨越千年的哀愁与坚韧。太湖银鱼，便这样成了穿越时空的桥梁，将过往的传说与当下的现实紧密相连，让人们在享受美食的同时，亦能深刻感受到那份厚重的历史积淀与丰富的文化底蕴。

在南太湖这片土地上，梅花文化根深叶茂，已深深融入每一寸土地与每一条河流之中。从小梅港、小梅山、小梅口这些充满诗情画意的地名，到太湖湖畔那遍布的梅花园及街巷间弥漫的梅花香，梅花早已成为了南太湖的标志性符号，其美丽与高雅，早已深深镌刻在每个人的心田。

每当春日回暖之时，小梅山上的梅花便竞相盛开，宛如火焰般炽热的红与雪花般纯洁的白交织在枝头，编织出一幅幅绚丽多彩的画卷。这些梅花不仅色彩斑斓，更是香气袭人。梅花盛开时节，整个太湖仿佛都被梅花的芬芳与雅致所包围。徜徉于梅花丛中，人们仿佛踏入了一个梦幻般的仙境，深切地感受着大自然的鬼斧神工与无尽魅力。

除了小梅山，南太湖地区的梅花园也是传承梅花文化的重要场所。这些梅花园规模庞大，品种繁多，既有传统经典的红梅、白梅，也不乏珍稀罕见的绿萼、宫粉等品种。在园林艺术家的匠心独运下，这些梅花绽放出千姿百态的美丽，为南太湖平添了无数动人的景致。

南太湖梅花节，作为该地区梅花文化的璀璨盛事，每年都会定时举行，活动多姿多彩，如梅花摄影大赛、梅花诗词朗诵会、梅花主题画展等。这些精心策划的活动，不仅将无数游客的目光聚焦于此，更为南太湖的文化旅游领域注入了盎然生机与蓬勃活力。

在南太湖这片充满诗意的土地上，梅花已然成了不可或缺的文化符号，它寄托了南太湖人民对美好生活的深切向往与不懈追求。同时，这股深厚的梅花文化之风，也极大地推动了南太湖地区的经济发展，为当地的旅游业与文化产业带来了显著的经济效益，成为南太湖一张耀眼的文化名片,承载着传承与发扬的历史使命,为这片土地增添了无尽的魅力与活力。

当时令的脚步踏入这方沃土,游客们更有幸在码头、农家小院、特色餐馆中品味到各式各样的美食佳肴。其中,太湖白虾以其细腻滑嫩的口感令人回味无穷,太湖银鱼则以其鲜嫩肥美的肉质赢得食客们的青睐,太湖蟹因其丰富的营养价值而备受推崇,而太湖鲚鱼则以其珍稀独特的品质成为餐桌上的一道亮丽风景线。这些美食佳肴,无一不令人垂涎欲滴,口口相传。

此外,太湖水利风景区以其悠闲自在的氛围,同样吸引着四面八方的游客前来游览。环太湖国际公路上,自行车赛手们奋力骑行,耳边是风的呼啸与加油的呐喊;极限运动赛场上,选手们摩拳擦掌,只待一声令下便勇往直前;湖面上,游艇轰鸣而过,留下一道道绚丽的浪花;月亮广场上,喷泉四溅,与风中矗立的月亮酒店交相辉映,构成了一幅幅动人心魄的美丽画卷。

登高望远,渔人码头的芦苇葱茏茂盛,依山而筑的邱城遗址,静静诉说着历史的沧桑巨变,其魅力却愈发历久弥新;太湖温泉,以其水温恒定、修身养性的独特魅力,成为游客们追求身心放松的绝佳圣地。云雾缭绕之中,温山御舜的茶香袅袅升起,令人心旷神怡,沉醉不已。

长田漾湿地内,野鸭悠然戏水,白鹭翱翔天际,共同绘制出一幅和谐共生的自然生态画卷。夏至之际,弁山杨梅成熟,整个庄园都被其鲜艳的色彩所覆盖,而弁山百合的芬芳,更是沁人心脾,引得无数野蜂野蝶纷纷驻足,竞相飞舞。

傍晚时分,静坐湖岸,微风轻拂面颊,带走所有的烦恼与忧愁。眼前展开的,是一幅"一街一美景、一村一温情、一湖一天地"的绝美山水画卷,令人心旷神怡,流连忘返,沉醉在这份宁静与美好之中。

千年海塘赏鱼鳞

嘉兴海盐鱼鳞海塘水利风景区

嘉兴海盐鱼鳞海塘水利风景区位于浙江省嘉兴市海盐县，规划面积33平方公里，水域面积0.46平方公里，景区内一线海塘长5728公里，属于河湖型水利风景区。滨海新城是国家级绿色生态示范城区，展现了滨海、水乡、生态、宜居魅力。风景区以明清鱼鳞海塘为特色，融合科普、文化、度假、购物，具有鲜明滨海特色。被誉为"海上长城"和"华夏第一古海塘"，展示了古代海塘工程建筑技术的卓越。

2018年，嘉兴海盐鱼鳞海塘水利风景区被水利部批准为国家水利风景区。

海盐，这座因"海滨广袤，盐田密布"而得名的城市，更因"大气如海，淳朴似盐"而享誉四方。作为一座自秦始皇二十五年（公元前222年）起便置县的千年古邑，海盐承载着厚重的历史与文化底蕴。嘉兴海盐鱼鳞海塘国家水利风景区，正是镶嵌在这片富饶土地上的璀璨明珠。

海盐，以"鱼米之乡、丝绸之府、礼仪之邦、旅游胜地、核电之都"的美誉闻名遐迩，同时，它也是马家浜文化、崧泽文化和良渚文化的发源地之一。在历史的长河中，海盐历经四度迁徙县治，六次分置疆域，积淀了六千余年的文明与两千二百多年的建县史，被誉为"千年聚居之地、千年盐产之都、千年海塘之筑、千年港埠之兴"。

如今的海盐，已荣获国家级生态县、国家园林县城、国家卫生县城、省级示范文明县城等诸多殊荣，这些荣誉共同铸就了新海盐的辉煌篇章。海盐县，坐落于浙北沿海，拥有长达39.4千米的壮丽海塘，是浙北地区唯一一座直接毗邻海洋的县城。鱼鳞海塘风景区管理机构则坐落于武原街道，与海塘仅一箭之遥。

自古以来，海盐县便饱受钱塘江南岸淤积而北岸受侵蚀的自然规律所带来的潮汐灾害之苦，导致县城多次迁徙。为抵御潮汐侵袭，自秦代起，海盐县便开始了漫长的堤塘建设历程，从土塘、竹笼塘到木桩塘、柴塘及陂陀塘，这些堤塘被誉为"捍海长城"，历经沧桑，不断改造升级，守护着这片土地的安全。

明初，海盐筑塘工程成为浙江地区防修工程的重中之重。嘉靖二十一年（公元1542

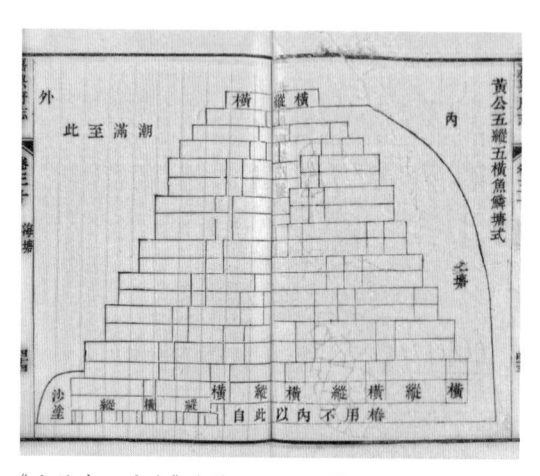

《光绪嘉兴府志》载黄公五纵五横鱼鳞塘式

年),浙江水利佥事黄光昇在此地创造性地提出了"五纵五横"的鱼鳞石塘塘体结构及其施工技术,这一创举不仅开创了鱼鳞海塘建设的先河,更成为我国古代海塘工程建筑技术领域的里程碑。

为纪念这位古代水利科学的巨匠,海盐人民特地为黄光昇塑造了一座雕像,矗立于观海园之中,威严而庄重,成为后人瞻仰与学习的圣地。鱼鳞塘,犹如一位巧手的工匠,以五纵五横的精湛技艺,巧妙叠砌17层,高达7米,宽达3米,展现了古代人民的智慧与力量。这条海塘南接海宁,北连平湖,历经风雨洗礼,多次增筑修缮,其中不乏清代名臣林则徐的足迹与贡献,使得这片区域成为了我国海塘工程的重要典范。

目前,海盐县境内遗存的明清时期的海塘,其总长竟达到了令人瞩目的8000米。这些海塘历经了四百八十余载的风雨侵蚀,依然巍然挺立,宛如忠诚的卫士,守护着这片土地。新中国成立后,海盐人民更是齐心协力,构筑了更高标准的海塘防线,以应对日益加剧的自然环境挑战,确保人民生命财产的安全。

鱼鳞海塘水利风景区,以其秀丽的自然风光和丰富的资源,吸引了无数游客的目光。景区内,河道交织如网,林地郁郁葱葱,桥梁错落有致,水岸坡道蜿蜒曲折,海塘坚如磐石,房屋古朴典雅,共同绘就了一幅绚丽多彩的立体画卷。

该景区深植于厚重的历史土壤之中,文化底蕴极为丰富。海盐县以其独特的文化遗产如鱼鳞海塘、绮园、天宁寺等而著称于世,并孕育了具有鲜明地方特色的海盐腔、滚灯等文化艺术形式,以及张元济、张乐平、步鑫生、余华等众多杰出人才。在景区的规划建设中,这些传统文化元素得到了充分的融入与展现。

步入景区,游客可首先探访海塘文化公园,亲身体验古代海塘的科技魅力,并深刻感受塘工们筑塘时的辛勤与智慧。海滨公园则生动再现了海盐的盐田文化、水运文化以及与海患抗争的英勇历史。白洋河畔，绿树成荫，林草丰茂，展现了生态河道治理的卓越成就。明代水利科学家黄光昇所创的鱼鳞石塘与现代雄伟壮观的海塘交相辉映，仿佛在诉说着历史的沧桑与变迁。靖海门历经风霜，默默见证了海盐的兴衰更替；潮音阁则是观赏海景、聆听涛声的绝佳场所。此外，那些凄婉动人的传说故事更为这片土地增添了无尽的情感色彩。

尤为值得一提的是，海盐地区还蕴藏着丰富的民俗文化资源。其中，"海盐腔"作为明代四大声腔之一，至今仍被广为传唱，展现了其独特的艺术魅力。而"海盐滚灯"则以其独特的表演形式和深厚的文化内涵荣获了国家级非物质文化遗产的称号，成为了海盐地区的一张闪亮名片。此外，"塘工号子"作为海盐人民勤劳与智慧的结晶，更是让人在聆听中感受到了那份深厚的劳动文化底蕴。

海盐地区还藏有清代私家园林绮园，这座园林被当代知名古建筑专家陈从周先生盛赞为"浙中园林之冠"，其精湛的建筑布局与雅致的园林景致，引得无数游客驻足欣赏。

在海盐地区，有一处别具特色的文化地标——"三毛之父"张乐平纪念馆。这里荣获中国美术家协会漫画艺术委员会授予的"全国少儿漫画基地"称号，无疑是对张乐平先生卓越艺术成就的崇高赞誉与深切缅怀。

此外，为缅怀中国近代杰出人物张元济先生，海盐地区特别兴建了张元济纪念馆。这里不仅是纪念他辉煌功绩的场所，更是让公众深入了解这位伟大人物生平与贡献的宝贵之地。

最后，海盐博物馆也是一处不容错过的文化宝藏。作为展示海盐历史文化的综合性博物馆，这里珍藏着丰富的历史文化遗产，为公众提供了一个全面而深入地了解海盐历史的绝佳窗口。

周边璀璨夺目，不仅有国家4A级旅游景区——南北湖风景名胜区闪耀光芒，更添浙江山水六旗国际度假区这一总投资额超300亿元的豪华点缀，两者联袂共绘一幅绚丽多姿的旅游长卷。这片景区宛若一颗璀璨的宝石，镶嵌于大地之上，以明清时期著名的鱼鳞海塘为脉络，熠熠生辉。海塘、绮园、白洋河湿地、海塘文化公园、海滨公园等核心景点犹如繁星点点，共同点缀着这片神奇的土地，深入挖掘"千年古县"的深厚历史底蕴，仿佛为我们推开了一扇通往远古的神秘之门。

作为一处集水利科普、文化体验、休闲度假、观光购物等多种功能于一体的旅游胜地，该景区不仅彰显了其独特的滨海风情，更以其勃勃生机和丰富多彩的旅游体验，吸引着无数游客前来探索与体验。在这里，每一步都蕴藏着新的惊喜，每一刻都洋溢着无尽的欢乐与活力！

在规划、设计与建设过程中，风景区巧妙融合了钱塘江、鱼鳞海塘、河道、滨海古镇及丰富的历史文化遗迹等多元资源，深度挖掘并传承"水文化"的精髓。同时，巧妙融入"靠海而生"的海洋文化、"泽水而栖"的水乡文化及"海滨广斥"的海塘文化等元素，精心打造了一条以鱼鳞石塘为特色的滨海旅游长廊，为游客献上一场令人叹为观止的风景盛宴。

依托于景区内独具匠心的鱼鳞石塘资源，深度挖掘并融合了千年海塘的深厚底蕴，匠心独运地打造了海塘文化展览馆等一系列设施。在景区之中，"千年海塘"与蜿蜒流淌的白洋河共同编织了一条滨水生态休闲的绿色长廊，巧妙地将各个景点紧密相连，形成了一幅绚烂多彩、和谐共生的美丽画卷。

这幅画卷中，明清时期的鱼鳞海塘闪耀着历史的光辉，历史悠久的南台头闸诉说着往昔的故事，文化底蕴深厚的海塘文化公园以及清新宜人的白洋河湿地，共同构筑了景区内别具一格的自然与人文景观。历经四百八十余年的风雨沧桑，这些古老的海塘依然矗立在东海之滨，它们不仅是海盐辉煌历史的见证者，更成为了当地独树一帜的人文景观。此处不仅有"海上长城"的雄伟与历史的深邃，还给游客以与浩瀚的大海进行心灵对话的机会。因此荣获了第七批省级文物保护单位的殊荣。

作为杭嘉湖南排工程的关键枢纽，南台头排涝闸以其32米的净宽和-1.5米的闸底高程，在汛期排涝中发挥着至关重要的作用，是防洪减灾的坚强后盾。

坐落于风景区南侧的海塘文化公园，则以丰富的文化内涵和多样的展示手法吸引了众多游客的目光。公园内，通过精致的地雕、富有韵味的景墙、逼真的实体模型以及详尽的展览馆等多种形式，生动再现了海盐海岸线的沧桑巨变、各时期海塘的修筑智慧以及众多治水名人的丰功伟绩。

在海盐的筑塘历史长河中，英雄豪杰层出不穷，传奇故事层出不穷。水利名人的治水壮举令人叹为观止，黄光昇首创鱼鳞石塘的奇思妙想、钱镠巧妙构建竹笼石塘的非凡智慧、杨瑄修筑坡陀塘的坚韧不拔、李卫不畏艰险抢修海塘的英勇无畏以及徐用福的治水伟业，每一个故事都充满了激情与热血，让人仿佛穿越时空回到了那段辉煌的岁月。

而流传至今的"塘工号子"，更是海盐劳动文化中的璀璨明珠。那高亢激昂的旋律，仿佛穿越时空，将人们带回那个充满艰辛与奋斗的年代。每当听到那熟悉的歌声，人们都能感受到海盐人民筑塘时的辛勤与坚持，从而心生敬意，也为他们的勇敢与毅力所感动。

观览此地，游人将沉浸在水利科学的深邃世界中，亲身体验海塘文化的非凡韵味，进而深刻洞悉"千年海塘"所承载的悠久历史与深厚底蕴。

此外，游人还将亲眼见证海盐在"五水共治"行动与"美丽河湖"建设中所取得的累累硕果。作为海盐县首个集多功能于一体的海滨公园，其诞生源自于对原海盐农药厂旧址的匠心改造与提升。通过一系列精心设计的工程项目——环城河清淤、土方造型塑造、植被绿化种植、景观桥建设、靖海门重建及古城墙遗址保护文化景墙的打造,海滨公园已华丽转身为市民休闲娱乐的理想之地。公园依海而建,整体布局呈狭长的三角形,巧妙利用中轴线作为空间导向,融合山、水等自然元素进行精妙造景,地形起伏跌宕,园路蜿蜒曲折。其设计理念灵感源自"山、水、岛",形态宛若一把优雅的吉他,河水环绕其间,细石子则作为盐的象征,深刻寓意着海盐独有的盐田文化精髓。

靖海门

由此,昔日以"黄河"戏称的白洋河,经过一系列精心策划与实施的综合治理措施——关停并迁沿岸企业、执行截流清淤工程、推进水生态修复项目及强化园林绿化建设等,已蜕变成一条彰显海盐绿色生态风貌的休闲长廊。此长廊不仅荣获"浙江最美绿道"的殊荣,更被评选为浙江省河道生态建设的典范之作,充分彰显了海盐在生态环境守护与建设领域的辉煌成就。

"问渠那得清如许?为有源头活水来。"海盐始终将生态环境保护与治理置于重要位置,特别是在近年来,更是加大了"三改一拆"、"五水共治"、"五气共治"及"一绿、二清、三整、四提升"等行动的力度,城乡环境面貌焕然一新,不仅荣获了2015年度浙江省治水工作的最高荣誉"大禹鼎",更在空气质量上持续领跑嘉兴市。

鱼鳞海塘国家水利风景区的建设,严格遵循"整合与开发并重,优化与创新齐飞"的原则,以"生态修复,人水和谐"为宗旨,通过深入挖掘并整合水利工程、河道、滨海古镇、历史文化遗迹等资源，致力于打造一处集生态观光、休闲度假、科普教育等多功能于一体的水利风景区。

近年来，海盐在该风景区的开发与建设上投入巨资，高达15亿元。一方面，深入研究并保护临江防洪古海塘，对其进行加固和标准化管理，其中海盐敕海庙段海塘更在2017年1月被列为省级文物保护单位。另一方面，对绮园周边区域进行综合开发，成功将其打造为国家4A级旅游景区"一园三馆"。此外，景区还十分注重环境建设，曾经的垃圾山已蜕变成为观海园，成为人们休闲娱乐的理想之地；农药厂、化工厂等旧厂区也经过改造，成为设施完善的海滨公园；而曾受工业污染严重的两条河流区域，如今已是绿草茵茵、水质清澈的白洋河湿地。

清晨，万籁俱寂之时，天边悄然泛起一抹温柔的曙光，破晓的晨光犹如顽皮的孩童，轻巧地穿梭于云层之间，悄悄地唤醒沉睡中的城市。当阳光化作热情洋溢的小精灵，竞相向大地倾洒下璀璨夺目的金辉，嘉兴海盐县的海塘边，一片被誉为"天空之镜"的奇景正静静地绽放其独特魅力。

此刻，霞光宛若一位慷慨的艺术家，以绚烂的色彩将整片海塘装扮得如诗如画，彤云与潮水交相辉映，共舞一曲优雅的华尔兹，勾勒出一道道绚丽的弧线，将天际染成一片绯红。鸟群沐浴在耀眼的光芒之中，它们在潮水退去后显露的浅滩上轻盈起落，似乎在为初升的太阳献上最热烈的欢呼与喝彩。

长天之下，旭日东升，群鸟翱翔，金光与波光交相闪烁，构成了一幅令人心醉神迷的画卷。此刻，游人已被这天地间的绝美景致深深吸引，仿佛置身于一个梦幻般的世界，唯有沉醉其中，方能体会那份难以言喻的震撼与美好。

水乡古韵运河园

绍兴运河园水利风景区

绍兴运河园水利风景区地处浙江省绍兴市，2002年10月动工，2003年9月建成开放，全长4.5公里，景区面积28万平方米，建设6处特色景点——"运河纪事""沿河风情""古桥遗存""浪桨风帆""唐诗始路""缘木古渡"，展示古运河变迁与沿河风情，再现绍兴民俗与古越地区水运繁盛。2013年5月，被纳入第七批全国重点文物保护单位，成为大运河项目的一部分；2014年6月22日，由京杭运河、浙东运河等组成的中国大运河，被列入世界文化遗产名录。

2007年，绍兴运河园水利风景区被水利部批准为国家水利风景区。

登龙纤道

古运河流淌的故土上,楼宇犹如雨后春笋般迅速崛起,前人遗留下的风韵在这片土地上熠熠生辉,其魅力历经岁月而愈发浓厚。漫步于古老的青石板路上,仿佛踏入了时光的隧道,青色的砖瓦上点缀着几片生机勃勃的青苔,那些斑驳的纹路如同历史的脉络,交织缠绕,让这片土地的古意更加浓郁而深沉。

置身于这水乡泽国之中,游人仿佛被一股温柔的力量所包围,全身心地沉浸在绍兴古运河园的独特韵味之中。绍兴,一座优美的东方水城,古运河园便是其中一颗璀璨的明珠,被水乡的古韵深深浸染,散发出一种温润而迷人的气息。

拥有两千多年悠久历史的绍兴古城,是名副其实的江南水乡典范。水道如织,桥梁密布,构成了一幅幅动人的水乡画卷。漫步在古朴的桥梁之上,穿梭于古街小巷之间,每一座看似平凡的住宅都蕴藏着丰富的历史故事,它们静静地伫立在那里,仿佛在向过往的行人低声诉说着那些历久弥新的往昔岁月。

绍兴,无疑是文人墨客心中的圣地!居住于此,仿佛能与千年前的先贤进行一场跨越时空的灵魂对话,感受那份深邃的文化底蕴。鲁迅先生笔下的村庄与城镇,无不透露出绍兴独有的韵味,让人不由自主地沉醉其中。

而在古城绍兴的西部,古运河园将古今文化完美融合。这里,从东到西,古运河蜿蜒流淌,当地政府匠心独运,利用古迹中的古石块、古构件，结合传统工艺，精心打造了一系列充满文化底蕴的新景点。这些景点，不仅展现了东方的典雅之美，更让人仿佛置身于一幅幅生动的历史画卷之中。

粉墙黛瓦，小桥流水，每一处景致都透露出古朴与雅致。石碑上繁复的花纹，更是传统工艺的精妙体现，让人不禁为古代工匠们的精湛技艺所折服。古避塘与古纤道，作为江南水乡的标志性景观，它们依傍着古运河，从东到西贯穿绍兴，绵延百余里，宛如两条绿色的绸带，将这片土地装点得更加美丽动人。这不仅是大自然的杰作，更是人类智慧的结晶，让人在赞叹之余，更添一份对历史的敬畏与尊重。

古越的劳动人民，真是心灵手巧，他们在日常的辛勤劳作中，竟然创造出了这种桥路合一的神奇工程。在那些水深河宽的地方，他们巧妙地利用周围的古石，筑起了高出水面的路基，再用石板相接，铺就了一条与自然和谐共生的石桥。这石桥就像一条飘逸的细长玉带，横卧在宽阔的河面上，将运河一分为二。

运河之畔，流水潺潺，古道旁清风徐来，民风依旧淳朴，恍若步入一幅精致的江南水乡画卷。

而古纤道，昔日里承载着繁重的交通运输重任。自唐代中叶以降，江南之地跃居全国经济之核心，大唐的昌盛与海外商贸的频繁交流密不可分。绍兴的瓷器、丝绸、茶叶与黄酒等瑰宝，作为对外贸易的重要商品，经由朝廷调度，远销海内外。然而，随着运输需求的急剧膨胀，陆路交通不甚方便，纤道便应运而生，成为水上交通不可或缺的命脉。与此同时，纤夫这一职业也悄

古纤道

然兴起,他们以坚韧不拔之力,为水上运输构筑了坚实的后盾。

游人漫步于古纤道之上,仿佛能够穿越时空,目睹千百年前纤夫们肩扛引船绳,紧拽绳索,随着领头的号令,万众一心,奋力向前,将满载货物的船只稳稳牵引至岸边。正是有了纤夫们的辛勤付出,船员们方能顺利将海上的珍宝搬运至陆地。纤夫们日复一日,汗水浸透衣襟,背上留下斑驳伤痕,直至夜幕低垂,方能归家,享受片刻的温馨与安宁。正是这些默默无闻的纤夫们,以他们的汗水与坚韧,推动着绍兴乃至全国的经济繁荣。可以说,在当地历史的长河中,正是无数纤夫们的默默无闻,才让历史的巨轮滚滚向前,不断前行。

如今的古纤道,已难觅千年前纤夫挥汗如雨的辛勤身影,取而代之的是络绎不绝的游客与居民。古运河之上,远洋巨舶的踪迹已逝,取而代之的是五彩斑斓的游船在宁静的河面上悠然穿梭。游人端坐船中,眼前尽是江南的旖旎风光,仿佛步入了一幅流动的诗画之中。这条曾经繁华一时的古道,虽已褪去历史的华丽外衣,但其留下的深厚底蕴仍令人感慨万千。世事变迁,历史的车轮滚滚向前,在游览之际,我们似乎仍能在这条遗存的古道上,与千年前的古人进行一场跨越时空的心灵交流。

运河两岸,杨柳依依,草木葱茏,芳草的气息弥漫在空气中,幽深的水面倒映着岸边的石桥、依依杨柳以及古朴的宅院,共同编织出一幅美妙而宁静的画卷,令人心旷神怡。

波光闪烁,水波轻漾,水面犹如一面光洁的镜子,令人不禁为古镇的绮丽景致而赞叹不已。在这片土地上,"古越照壁"巍然屹立,"玉山斗门遗存"诉说着往昔的辉煌,"法云寺陆太傅丹井遗存"更为此地添一抹神秘与古韵。这些景点无一不展示着当地深厚的历史文化底蕴,透露出浓郁的书卷气息,充分彰显着这片土地独有的文化魅力。

唐代才子贺知章与绍兴有着难以割舍的情缘。据传,一日他醉意盎然,策马行至绍兴,手执酒葫芦,悠然自得地穿梭于古朴的街巷之中。他策马缓行,沿途欣赏着小镇上独具韵味的景致,那场景美不胜收,令人陶醉!在朦胧的醉眼中,他仿佛捕捉到了江南水乡独有的灵秀之气,深切感受到了那份独特的韵味与风情。

杜甫曾赋诗赞誉贺知章:"知章骑马似乘船,眼花落井水底眠。"这两句诗不仅传神地刻画了贺知章醉酒游览时的豪放与不羁,更彰显了他非凡的气度与风采。贺知章在绍兴的游历,不仅让他饱览了江南水乡的绝美风光,更让他对这片土地产生了深厚的眷恋与情感。

相传,在宋朝那个繁荣昌盛的时代,大诗人陆游曾踏足绍兴这片美丽的土地。在一次偶然的旅途中,他来到这座江南水乡,被其独特的风光所吸引,于是挥毫泼墨,写下了那首脍炙人口的《钱清夜渡》。诗中云:"地势下东南,壮哉水所汇。月出半天赤,转盼离巨海,清晖流玉宇,草木尽光彩。"短短几句,便勾勒出了古运河绍兴的秀美风光,令人仿佛置身其中,感受那份宁静与美好。

当陆游乘舟夜渡之际,一幅幅江南水乡的温婉景致悄然铺展在他眼前。月光倾泻而下,洒在波光粼粼的河面上,宛如洒落了一层细腻的碎银,闪烁着令人心醉的柔和光芒。两岸的杨柳轻柔地垂挂,随风轻舞,仿佛在低语着千年的沧桑。河面上,小船悠然自得地飘荡,船夫的歌声在宁静的夜空中悠扬回荡,为这景致添上了一抹浓郁的诗意与浪漫。

陆游被这眼前的美景深深吸引,

"挥手杭越间"石

心中不禁激荡起一股保家卫国的壮志豪情。他铭记着自己的使命与责任，毅然决定为国家的繁荣昌盛而矢志不渝地奋斗。或许正是这次夜渡的深刻体验，让他更加坚定地迈向未来。

绍兴，这座历史悠久的江南小城，以其独有的韵味深深吸引着众多文人墨客前来探访。从贺知章的醉酒游历到陆游的《钱清夜渡》，这些故事犹如璀璨的明珠，在历史的长河中熠熠生辉，为后人所传颂。它们不仅让我们领略到古代文人的风雅与情怀，更使我们对绍兴这片文化底蕴深厚的土地充满了无限的向往与崇敬。

浙东运河博物馆

如今，漫步在古运河园，似乎仍能感受到那些文人墨客留下的历史痕迹，它们静静地诉说着往昔的故事。随意踏入小镇上的一家小店，与店主或当地居民闲聊几句，那古典的餐桌、复古的长椅，以及那柔和的吴侬软语，瞬间将人拉入了一个时空的隧道，仿佛穿越回了那个繁华而古朴的古镇时代。

四周人声鼎沸，商铺林立，各式各样的商品琳琅满目，人们忙碌而喜悦地穿梭其间，进行着各种有趣的交易。这种热闹而和谐的场景，让人不由自主地沉醉其中，感受着绍兴这座小城独有的韵味与魅力。

一到春回大地之时，堤岸两旁的杨柳便宛如翩翩起舞的少女，她们那柔软的枝条在空中轻盈地旋转，宛如优雅的舞者。柳絮随风飘散，犹如一场轻盈细腻的春雪，为大地披上了一袭洁白的外衣。湛蓝的天空与洁白的柳絮交相辉映，共同绘制出一幅如梦如幻的春日画卷。运河水面波光粼粼,不时有鱼儿跃出水面,与岸上的人们共同享受着春天的气息。漫步在斑驳的古道上,游人们无不沉醉于春天小镇的那份宁静与美好之中。偶尔,几只白鸟掠过湖面,它们洁白的羽毛在阳光下熠熠生辉,仿佛也在欢快地迎接春天的到来。

  随着夏日的脚步悄然而至,古运河园换上了夏日的盛装。骄阳如火,青翠的树木枝繁叶茂,为炎炎夏日带来了一抹清凉。这盛夏的热情取代了春日的柔情,为园中注入了更为旺盛的生命力。运河水底,鱼儿们自由自在地穿梭,仿佛在分享着避暑的秘诀。两岸草木葱茏,生机勃勃,展现出一派欣欣向荣的景象。游客们穿梭于古老的石桥之间,探寻着这座园林所蕴含的深厚文化底蕴。然而,在连日的酷暑之下,即便是那些绿意盎然的树木也显得略显疲惫,精神稍显萎靡。

  而当雨水降临之时,久经烈日炙烤的草木与人们皆感欣喜。这甘霖般的雨水不仅滋润了干渴的草木,也为园中的居民与游客带来了清凉的慰藉。雨滴轻轻落在干涸的土地上,瞬间融入其中,仿佛是大自然对这片土地的深情拥抱。

  在绵绵细雨中,两岸的树木仿佛经受了自然的洗礼,更显青翠欲滴,生机勃勃。运河波涛汹涌,万千雨点纷纷扬扬地洒落水面,它们交织在一起,仿佛演奏着一曲欢快的交响乐,经久不息,令人陶醉。然而,暴雨虽来势汹汹,却也匆匆离去。雨过天晴,阳光重新洒满大地,夏日的热烈与活力再次被唤醒,仿佛在提醒着人们,夏日的脚步未曾停歇。

  随着时光的流转,秋意悄然降临。此刻的古运河园,坐落于江南水乡,园内树木的叶子被金黄所浸染,宛如一夜之间换上了华丽的秋装,美不胜收。然而,尽管夏季的余温尚存,试图以炽热之姿占据秋天的领地,但大自然的规律却不容违逆。夏末的余辉终将被秋风轻轻拂去,带着丝丝眷恋,不舍地与古运河园作别。

夜幕降临，秋虫们纷纷登台，奏响秋天的终曲。一轮圆月高悬天际，其温柔的月光倾洒在古老的青砖之上，洒下一片宁静而柔和的光辉。漫步在这秋夜之中，仿佛能够穿越时空，与千年前的古人共鸣，领略那诗中描绘的秋夜独特韵味，让人心旷神怡。

有时，在黄昏时分，天空犹如一位技艺高超的画师，绘制出一幅幅绚丽的晚霞画卷。或粉或紫或红，与背后淡蓝的天幕交织在一起，形成一幅幅如梦似幻的美景。大自然的调色盘在这一刻发挥了极致的魔力，将所有色彩调和得如此和谐而美妙，令人叹为观止。游人们行走在古运河园的石桥之上，被这绚烂的天空所吸引，纷纷驻足仰望，沉浸在这一刻的美好与宁静之中。

在寒冷的冬日里，古运河园则展现出一种别样的风韵。街头巷尾的小吃摊位上，腾腾热气升腾而起，与寒冷的空气形成鲜明对比。店员们热情洋溢地吆喝着，各种美食的香气在寂静的冬日空气中弥漫开来，吸引着饱受冬日寒意侵袭的游客前来品尝。古老的宅院窗户与枯枝交织成景，虽然缺少了绿叶的点缀，却散发出一种独特的清冷韵味。湖面之上覆盖着一层薄薄的冰层，宛如一块珍贵的水晶镶嵌其上，为运河增添了一份别样的雅致。

人们纷纷避寒于屋内，期盼着暖阳的降临和来年春天的到来。届时冰雪消融、万物复苏，运河之水将再次变得清澈晶莹，古纤道将曲折蜿蜒地伸向远方，古老的石桥将屹立不倒地见证着岁月的流转。而古运河园则以其古朴的风貌承载着前人的智慧与后人的创新与传承，在四季的轮回中绽放出永恒的魅力。

若有机会来到绍兴，不妨前往古运河园，乘坐一艘乌篷船，品味当地名扬四海的黄酒，这将是一次难忘的人生体验，定能为您的旅程增添无尽的乐趣与回味。

参考文献

一、著作类

[1] 长江文明[M].冯天瑜,马志亮,丁援.北京:中信出版社,2021.

[2] 长江文明之旅(文学艺术篇):古典诗词[M].楚兰,荆荃.武汉:长江出版社,2015.

[3] 水文化与水历史探索[M].郑晓云.北京:中国社会科学出版社,2015.

[4] 水文化[M].郑国铨.北京:中国人民大学出版社,1998.

[5] 水与水工程文化[M].董文虎,刘冠美.北京:中国水利水电出版社,2015.

[6] 王战."一带一路"与长江经济带贯通发展研究[M].上海:上海社会科学院出版社,2023.

[7] 吴常艳.长江经济带土地利用与经济一体化[M].南京:南京大学出版社,2021.

[8] 张静,吴晗晗.长江中游城市群区域创新合作与发展路径研究[M].武汉:武汉大学出版社,2021.

[9] 徐少华,[日]谷口满,[美]罗泰,等.楚文化与长江中游早期开发国际学术研讨会论文集[M].武汉:武汉大学出版社,2021.

[10] 黄贤金.长江经济带资源环境与绿色发展[M].南京:南京大学出版社,2020.

[11] 秦尊文,贾海燕.长江经济带文化发展研究[M].武汉:武汉大学出版社,2020.

[12] 殷仁胜,马明和,慎先进.长江大保护:地方立法与政策实践[M].厦门:厦门大学出版社,2019.

[13] 姚锡棠.浦东崛起与长江流域经济发展[M].上海:上海人民出版社,2019.

[14] 王林梅.生态文明视域下长江经济带产业结构转型升级研究[M].成都:四川大学出版社,2018.

[15] 梁双波,曹有挥."大保护"视角下长江支流岸线资源规划利用实践——以芜湖市为例[M].南京:东南大学出版社,2018.

[16] 吴永超,马俊丽,刘波,等.长江经济带产业转型升级研究[M].成都:四川大学出版社,2016.

[17] 鲁西奇.长江中游的人地关系与地域社会[M].厦门:厦门大学出版社,2016.

[18] 李德英.近代长江上游农民生活状况研究[M].成都:四川大学出版社,2015.

二、报纸与期刊类

[1] 习近平.在深入推动长江经济带发展座谈会上的讲话[N].人民日报,2018-06-14(002).

[2] 马建华.以习近平生态文明思想为指引 全面推进长江流域水生态文明建设[N].人民长江报,2018-07-07(001).

[3] 蔡武进,刘媛.长江流域文化遗产保护的现状、价值及路径[J].决策与信息,2022(1):81-89.

[4] 笪颖,张晓蕊.开启长江文化与大运河文化高质量建设新篇章[N].新华日报,2021-11-12(014).

[5] 黄国勤.长江文化的内涵、特征、价值与保护[J].中国井冈山干部学院学报,2021,14(5):45-51.

[6] 马建华.持续推进四个长江建设 建设造福人民的幸福河[N].人民长江报,2020-03-21(001).

[7] 吴楠.长江文化的城市文脉[N].中国社会科学报,2019-09-06(004).

[8] 明海英.近代长江文化推动中国社会发展[N].中国社会科学报,2019-09-06(006).

[9] 左其亭."共抓大保护,不搞大开发":破解长江经济带发展困局的必由之路[N].中国水利报,2018-06-14(005).

[10] 邓先瑞.长江流域民族文化生态及其主要特征[J].中国地质大学学报(社会科学版),2007(6):9-11+95.

[11] 罗昌智.长江文化的历史生成与中华民族精神[J].理论月刊,2004(8):51-52.

[12] 姚伟钧.长江流域的地理环境与饮食文化[J].中国文化研究,2002（1）:131-140.

[13] 丁家钟,贺云翱.长江文化体系中的吴越文化[J].南京大学学报（哲学·人文科学·社会科学版）,1998(4):70-73.

[14] 夏振坤,张艳国.近代长江文化与中国早期近代化[J].学术月刊,1998(4):61-67.

[15] 刘玉堂.长江文化及其研究概论[J].长江论坛,1996(4):60-63.

[16] 叶书宗.长江文化的内涵与定位[J].上海师范大学学报（哲学社会科学版）,1996(2):45-48.

后 记

在水利部水利风景区建设与管理领导小组办公室、长江水利委员会、河海大学等领导的关心、支持和指导下，在一众编撰人员的艰辛努力下，我们荣幸地完成了《大江传奇》的编纂工作。这部著作不仅是对长江沿线水利风景区的一次全面而深入的剖析，更是对中华民族悠久的水文化的一次精彩展现。

在编纂过程中，我们得到了众多专家学者的大力支持与悉心指导。他们的深厚学识与独到见解，为本书的编纂提供了坚实的学术支撑。水利部农水司原副司长姜开鹏、水利部财务司原一级巡视员（正司级）牛志奇、水利部新闻宣传中心原副主任陈梦晖、南京市水利局原局长王凯等水文化研究专家，多次为本部著作提供建设性指导意见；长江流域水行政主管部门以及各水利风景区管理部门，为本书提供了翔实的资料、素材和宝贵的意见；南京东汉文化传播有限公司给予了鼎力支持。同时，我们也感谢所有为本书付出努力的同仁们，正是他们的辛勤工作，确保了本书的顺利出版。

《大江传奇》由郑大俊、王如高、董青统稿。参与本书编撰的人员主要有顾永明、蔡荣治、刘瑞、蒋彩虹、刘铁军、庹先沮、韩凌杰、李灵军、张添烨、任慧敏、钱亮、王慧等,河海大学校报记者团的同学也收集整理了资料,书中收录的图片均由各相关水利风景区管理单位倾情提供,在此对他们在本书编写中所付出的辛勤努力,一并表达谢意。

编写期间由于受到时间、人力等诸多因素限制,同时编写水利风景区故事本身仍未形成完备体系,语义表达难以精确到位,故事编写难免存在纰漏偏误,敬请广大读者、专家、学者批评指正。同时,需要指出的是,《大江传奇》选列了主要参考文献,未能详尽列出所有文献,在选引中难免有遗漏之处,敬请各位读者谅解。

本书编写组

2025年5月